회색 세상에서

BETWEEN SHADES OF GRAY
by Ruta Sepetys

Copyright ⓒ Ruta Sepetys, 2011
Korean Translation Copyright ⓒ MUNHAKDONGNE Publishing Corp., 2013

This Korean edition is published by arrangement with Philomel Books,
a division of Penguin Young Readers Group, a member of Penguin Group(USA) Inc.
through KCC(Korea Copyright Center Inc.), Seoul.
All rights reserved.

이 책의 한국어판 저작권은 (주)한국저작권센터(KCC)를 통해
Philomel Books와 독점 계약한 (주)문학동네에 있습니다.
저작권법에 의해 한국 내에서 보호를 받는 저작물이므로
무단 전재와 무단 복제를 금합니다.

이 도서의 국립중앙도서관 출판시도서목록(CIP)은
e-CIP 홈페이지(http://www.nl.go.kr/ecip)와
국가자료공동목록시스템(http://www.nl.go.kr/kolisnet)에서 이용하실 수 있습니다.
(CIP제어번호: CIP2013001778)

회색 세상에서

Between Shades of Gray

루타 서페티스 장편소설

오숙은 옮김

문학동네

요나스 서페티스를 기리며

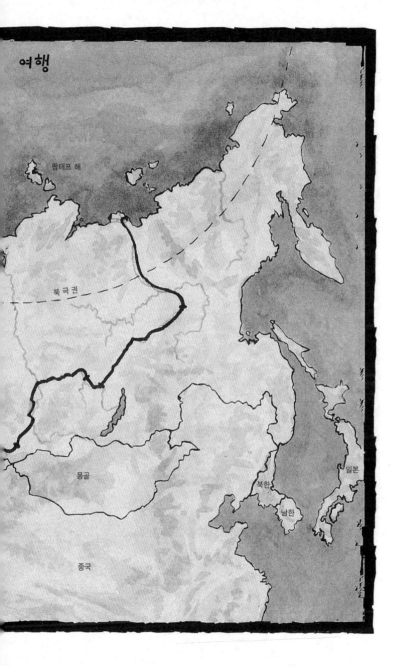

여행

람테프 해

북극권

몽골

중국

북한

남한

일본

일정

북극

카우나스
빌뉴스
스몰렌스크
오르샤
민스크

우랄 산맥

옴스크

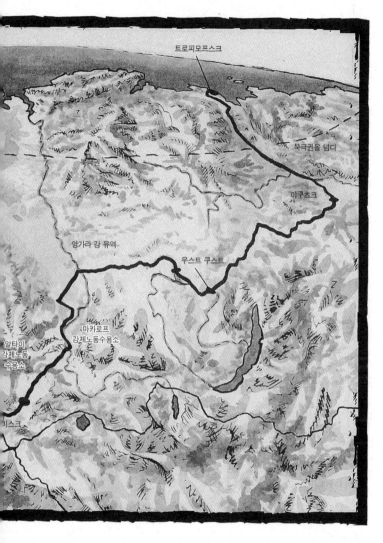

트로피모프스크

북극권을 넘다

야쿠츠크

앙가라 강 유역

우스트 쿠스트

북극권

마카로프
강제노동수용소

알타이
강제노동
수용소

비스크

| 일러두기 |

본문의 성서 인용은 『성경전서 새번역(표준새번역 개정판)』(2001)을 따랐다.

차례

도둑들과 매춘부들

1

그들은 잠옷 차림이던 나를 끌고 갔다.

돌이켜보면 조짐은 있었다. 가족사진들은 벽난로에서 불타고, 엄마는 밤늦도록 고급 은붙이들과 보석들을 외투 안감에 넣어 꿰매고 있었고, 아빠는 아직 퇴근 전이었다. 내 동생 요나스는 엄마에게 이런저런 것들을 묻고 있었다. 나 역시 엄마에게 여러 가지를 묻기는 했지만, 어쩌면 그런 조짐들을 받아들일 생각이 없었던 것 같다. 나중에야 나는 엄마 아빠가 우리를 데리고 도망갈 계획이었다는 것을 깨달았다. 우리는 도망가지 못했다.

우리는 끌려갔다.

1941년 6월 14일, 나는 잠옷으로 갈아입은 뒤 사촌 요아나에게 편지를 쓰려고 책상 앞에 앉았다. 열다섯번째 생일에 숙모에게서 선물 받은 필통과 상아색 새 편지지첩을 꺼냈다.

책상 앞 열린 창으로 솔솔 불어오는 저녁바람에 커튼이 살랑살랑 춤을 추고 있었다. 이 년 전 엄마와 함께 심었던 은방울꽃 향기가 흘러들어왔다. 요아나에게.

그것은 노크소리가 아니었다. 나도 모르게 의자에서 벌떡 일어설 만큼 다급하게 꽝꽝거리는 울림이었다. 누가 주먹으로 우리 집 현관문을 두드리고 있었다. 집 안의 누구도 꿈쩍하지 않았다. 나는 책상 앞에서 나와 복도 쪽을 내다보았다. 엄마는 액자에 든 리투아니아 지도가 마주보이는 벽에 바짝 붙어서 있었다. 눈을 질끈 감고 내가 본 적이 없는 불안한 표정을 지은 채. 엄마는 기도하고 있었다.

"엄마." 빼꼼히 열린 문틈으로 요나스의 한쪽 눈만 보였다. "현관문 안 열어주세요? 저 사람들이 문을 부숴버릴 것 같아요."

엄마가 고개를 돌려 각자 방문 틈으로 내다보고 있는 나와 요나스를 바라보았다. 엄마는 애써 웃어 보였다. "그래, 얘들아. 문 열어줘야지. 누구든 우리 집 문을 부수게 내버려둬선 안 되지."

엄마의 구두 뒷굽이 복도 마룻바닥을 울렸고, 얇은 치맛자락이 발목께에서 하늘거렸다. 엄마는 정말이지 놀랄 만큼 아름다우면서 우아했고, 주변이 환해질 만큼 유달리 활짝 웃는 사람이었다. 운 좋게도 나는 벌꿀색 머리와 밝은 파란 눈을 엄마에게서 물려받았다. 요나스가 물려받은 건 엄마의 웃음이었다.

현관에서 떠들썩한 목소리들이 울렸다.

"NKVD*야!" 하얗게 질린 얼굴로 요나스가 소곤거렸다. "타다스가 그러는데 그들이 이웃사람들을 트럭에 싣고 갔대. 사람들을 잡아간대."

"아냐. 여긴 안 와." 내가 대답했다. 소비에트 비밀경찰이 우리 집에 무슨 볼일이 있다고. 나는 무슨 일인지 알아보려고 복도로 나가 모퉁이 너머를 엿보았다. 요나스 말이 옳았다. 세 명의 NKVD 대원이 엄마를 에워싸고 있었다. 빨간 띠가 둘러지고 챙 위에 금색 별이 박힌 파란색 모자를 쓰고 있었다. 키가 큰 대원은 우리 여권을 손에 들고 있었다.

"시간을 좀더 주세요. 내일 아침까지 준비할게요." 엄마가 말했다.

"이십 분이오. 그때까지 안 되면 내일 아침까지 살아 있지 못할 거요." 그 대원이 말했다.

"제발, 목소리 낮추세요. 애들이 듣겠어요." 엄마가 속삭였다.

---

* 소련의 내무인민위원회를 줄여 부르는 말. 원래 1918년에 치안, 범죄 수사, 소방, 포로 감시 등의 업무를 수행하기 위해 조직되었으나 이후 여러 부서로 분리되거나 흡수되기를 반복했다. 스탈린 시대에 NKVD는 숙청, 반동 색출, 점령지 저항세력 체포, 처형, 수용소 감시 등을 담당했다. 흔히 KGB의 전신으로 통한다.

"이십 분." 그가 빽 소리질렀다. 그는 불붙은 담배를 깨끗한 우리 집 거실 바닥에 내던지고는 나무 바닥에 군홧발로 짓이겼다.

우리 신세가 그 담배처럼 되려 하고 있었다.

2.

우리는 체포되는 걸까? 아빠는 어디 계시지? 나는 내 방으로 달려갔다. 창문턱에 갓 구운 커다란 빵 한 덩이가 놓여 있고 그 밑에 두툼한 루블화 지폐 다발이 끼여 있었다. 엄마는 뒤에 찰싹 달라붙은 요나스와 함께 내 방으로 들어왔다.

"엄마, 우리 어디로 가는 거예요? 우리가 뭘 했다고요?" 요나스가 물었다.

"착오가 생긴 거야. 리나, 엄마 말 듣고 있니? 빨리빨리 움직여야 돼. 꼭 소중하진 않더라도 쓸모 있는 것은 모두 챙겨라. 무슨 말인지 알지? 리나! 옷가지와 신발부터 챙겨. 가방 하나에 다 들어갈 만큼만 짐을 싸." 엄마는 창문 쪽을 보았다. 그러더니 얼른 빵과 돈을 책상에 내려놓고 재빨리 커튼을 쳤다. "엄마한테 약속하렴, 누군가 너희를 도우려고 해도 아는 체하지 않겠다고. 우리 문제는 우리 스스로 해결할 거야. 이런 소동에 가족이나 친구들을 끌어들여선 안 돼, 엄마 말 알아들었지? 누가 너희를 불러도 대답하면 안 돼."

"우리 체포되는 거예요?" 요나스가 묻기 시작했다.

"약속해!"

요나스가 작은 소리로 대답했다. "약속할게요. 그런데 아빠는 어디 있어요?"

엄마는 잠시 가만히 있었다. 눈만 빠르게 깜박이며. "우리를 만나러 오실 거야. 이십 분밖에 시간이 없어. 자기 물건들 챙겨. 어서!"

내 방이 빙글빙글 놀기 시작했다. 엄마의 목소리가 머릿속에서 메아리쳤다. "어서. 어서!" 무슨 일이 벌어지고 있는 걸까? 열 살짜리 동생이 자기 방에서 분주히 뛰어다니는 소리가 내 의식의 한 가닥을 잡아끌었다. 나는 옷장에서 여행가방을 꺼내 침대 위에 펼쳤다.

꼭 일 년 전 소비에트 군대가 국경을 넘어 우리나라로 이동하기 시작했다. 그리고 8월에 리투아니아는 공식적으로 소련에 합병되었다. 어느 날 저녁식사 자리에서 내가 투덜거렸더니, 아빠는 호통을 치면서 절대, 두 번 다시 소비에트에 대한 비판을 입

밖에 꺼내지 말라고 하고는 나를 내 방으로 보냈다. 그후 나는 어떤 말을 하든 주의를 기울이게 되었다. 그러나 그 일에 대해서 생각이 많았다.

"요나스, 구두, 여분의 양말, 외투 하나!" 엄마가 복도를 향해 소리쳤다. 나는 책꽂이에 있던 가족사진을 빈 가방 맨 밑에 금색 액자 테두리가 위를 향하도록 놓았다. 아무것도 모른 채 행복한 얼굴들이 나를 보고 있었다. 이 년 전 부활절 때였고 할머니가 아직 살아 계실 때였다. 우리가 정말 감옥에 가는 거라면, 할머니도 데려가고 싶었다. 하지만 아닐 수도 있었다. 우리는 잘못한 게 없으니까.

온 집 안에 쿵쾅쿵쾅 소리가 울렸다.

"리나." 엄마가 양팔 가득 짐을 들고 방으로 달려왔다. "서둘러!" 엄마는 옷장과 서랍들을 열어젖히고는 내 가방에 정신없이 물건을 던지고 쑤셔넣었다.

"엄마, 스케치북이 안 보여요. 그게 어디 갔지?" 나는 하얗게 질려서 물었다.

"모르겠구나. 새 걸로 하나 사자. 옷가지나 싸렴. 어서!"

요나스가 내 방으로 달려왔다. 교복에 작은 넥타이를 매고 책가방을 든 요나스는 학교 가는 차림이었다. 금발은 가지런히 한쪽으로 빗질되어 있었다.

"준비 다 했어요, 엄마." 요나스가 떨리는 목소리로 말했다.

"아, 안 돼!" 엄마는 학교 가는 차림인 요나스를 보고 말문이 막혀 더듬거렸다. 엄마는 떨리는 숨을 들이쉬고는 목소리를 낮추었다. "아니, 얘야. 여행가방을 챙겨야지. 엄마랑 같이 가자." 엄마는 동생 팔을 붙잡고 동생 방으로 달려갔다. "리나, 양말이랑 신발도 신어라. 서둘러!" 엄마는 내 여름 레인코트를 나한테 던졌다. 나는 레인코트를 입었다.

나는 샌들을 신고 책 두 권과 머리 리본, 빗을 챙겼다. 스케치북이 어디 갔지? 책상에 있던 편지지첩, 필통, 지폐 다발을 아무렇게나 가방 안 수북이 던져넣은 물건들 위에 놓았다. 그러고는 가방 걸쇠를 잠그고 황급히 방을 나왔다. 여전히 책상에 놓인 갓 구운 빵 덩어리 위에서 바람에 날린 커튼이 펄럭거렸다.

나는 빵집 유리문에 비친 내 모습을 보고 잠시 멈춰 섰다. 턱에 녹색 물감이 조금 묻어 있었다. 손으로 물감을 문질러 닦은 뒤 빵집 문을 밀었다. 머리 위에서 종이 딸랑거렸다. 따뜻한 가게 안에선 이스트 냄새가 났다.

"리나, 정말 반갑구나." 빵집 아주머니가 나를 보고 카운터로 달려나왔다. "뭐 도와줄까?"

이 여자와 아는 사이던가? "죄송하지만, 전—"

"우리 남편이 그 대학교 교수란다. 네 아버지 밑에서 일하고 있어. 시내에서 부모님과 함께 있는 널 본 적이 있단다."

나는 고개를 끄덕였다. "엄마가 빵 한 덩이 사오라고 심부름 시키셨어요."

"그렇구나." 여자는 카운터 뒤로 총총걸음을 옮겼다. 여자는 큼직한 빵 하나를 갈색 종이에 싸서 건네주었다. 돈을 내밀자 여자는 고개를 저었다.

"됐다. 우리가 갚지 못할 신세를 졌는걸." 여자가 속삭였다.

"무슨 말씀이신지." 나는 동전을 내밀었지만 그녀는 못 본 체했다.

종이 딸랑거렸다. 누군가 가게로 들어왔다. "부모님께 안부 전해주렴." 여자는 다른 손님을 맞으러 갔다.

그날 밤 나는 아빠에게 그 빵에 관해 물었다.

"아주 친절한 분이구나. 그러지 않아도 되는데."

"아빠가 무슨 일을 하셨는데요?"

"아무것도 안 했다, 리나. 숙제는 다 했니?"

"하지만 빵을 공짜로 받을 만한 일을 하셨겠죠." 나는 물러서지 않았다.

"아빠는 무얼 받을 만한 자격이 없다. 리나, 옳은 편에 설 때는 감사나 보상을 기대하지 않는 거야. 그만 가서 숙제하렴."

3

엄마는 요나스 몫으로 똑같이 커다란 여행가방을 쌌다. 그 가방에 비하면 작고 가냘픈 요나스는 난쟁이처럼 보였다. 바닥에서 가방을 들어올릴 때는 몸을 뒤로 젖히고 두 손으로 옮겨야 했다. 동생은 무겁다고 불평하거나 도와달라고 하지 않았다.

유리와 도자기들이 깨지는 소리가 잠깐씩 간격을 두고 온 집 안에 울렸다. 엄마가 가장 아끼는 크리스털과 그릇들을 식당 바닥에 내던지고 있었다. 얼굴은 땀으로 번들거리고 헝클어진 황금색 곱슬머리가 눈 위까지 내려와 있었다.

"엄마, 안 돼요!" 요나스가 소리를 지르며 바닥에 흩어진 유리 조각들 쪽으로 달려갔다.

나는 유리를 건드리기 전에 얼른 동생을 뒤로 잡아끌고는 물었다. "엄마, 그 예쁜 그릇들을 왜 깨뜨리는 거예요?"

엄마는 동작을 멈추더니 손에 든 도자기 잔을 물끄러미 보았다. "이 그릇들을 너무 사랑하니까." 그러고는 잔을 바닥에 내던졌고, 깨지는 것을 보지도 않은 채 얼른 다른 그릇으로 손을 뻗었다.

요나스가 울기 시작했다.

"울지 마라. 훨씬 더 좋은 그릇들을 살 거니까."

문이 벌컥 열리고 총검을 단 소총을 든 NKVD 대원 세 명이 들어왔다. "무슨 일이오?" 키 큰 대원이 엉망이 된 주방을 살피며 물었다.

"사고였어요." 엄마가 침착하게 대답했다.

"당신은 소비에트 재산을 파괴했소." 그가 고함을 질렀다.

요나스는 자기 가방을 끌어당겼다. 곧 그 가방까지 소비에트 재산이 될까봐 두려운 모양이었다.

엄마는 현관 거울을 보며 흐트러진 머리를 매만지곤 모자를 썼다. NKVD 대원이 소총 개머리판으로 엄마의 어깨를 세게 밀치며 얼굴을 거울에 뭉갰다. "부르주아 돼지들은 항상 시간을 낭비한단 말이야. 모자는 필요 없어." 그가 코웃음을 쳤다.

몸을 일으킨 엄마는 균형을 잡으며 치마를 매만지고 모자를 고쳐 썼다. "미안합니다." 엄마는 남자에게 태연히 사과하고는 다시 머리를 매만지고 진주 핀으로 모자를 고정했다.

미안합니다? 정말로 엄마 입에서 나온 말일까? 이 남자들은 밤 중에 우리 집에 쳐들어와 엄마를 거울에 밀쳤다. 그런데 엄마가 미안하다고 사과를 해? 이어서 엄마는 기다란 회색 외투에 손을 뻗었다. 무언가 번뜩 머리를 스쳤다. 엄마는 소비에트 대원들 앞 에서 다음에 어떤 패가 들어올지 모르는 카드들을 쥔 사람처럼 연극을 하는 것이었다. 외투 안감에 보석과 서류나 은붙이, 또다 른 귀중품 들을 꿰매고 있던 엄마의 모습이 떠올랐다.

"화장실 좀 다녀올게요." 엄마와 외투로부터 그들의 관심을 돌리려고 내가 말했다.

"삼십 초 안에 끝내."

나는 화장실 문을 닫고 거울에 비친 내 얼굴을 보았다. 그 얼 굴이 얼마나 빨리 바뀔지, 얼마나 빨리 시들지 그때는 몰랐었다. 만약 조금이라도 짐작했다면, 거울 속 나를 찬찬히 보면서 잘 새 겨두었으리라. 십 년이 넘는 세월 동안 진짜 거울을 들여다본 것 은 그때가 마지막이었다.

4

가로등은 꺼져 있었다. 거리는 거의 칠흑처럼 깜깜했다. NKVD 들이 뒤에서 걷고 있었기 때문에 우리는 보조를 맞춰 걸음을 재촉해야 했다. 이웃에 사는 라스쿠나스 부인이 커튼 뒤에서 몰래 내다보다가 나와 눈이 마주치자마자 사라졌다. 엄마가 내 팔꿈치를 찔렀다. 고개를 숙이고 있으라는 뜻이었다. 요나스는 낑낑거리며 가방을 들고 걸었다. 커다란 가방이 자꾸 요나스의 정강이에 부딪혔다.

"다바이(빨리)!" 한 대원이 명령했다. 빨리, 언제나 빨리.

교차로로 들어선 우리는 커다란 검은 물체 쪽으로 다가갔다. 트럭이었다. 그 주변에는 NKVD가 더 많았다. 트럭 뒤쪽으로 가자 짐칸에 저마다 가방을 깔고 앉아 있는 사람들이 보였다.

"저 사람들이 나서기 전에 네가 엄마를 올려줘." 엄마는 혹시라도 NKVD가 외투를 건드릴까봐 재빨리 속삭였다. 나는 엄마 말대로 했다. NKVD가 요나스를 들어올렸다. 요나스는 짐칸에 얼굴부터 고꾸라졌고 가방은 요나스 위로 내던져졌다. 나는 넘어지지 않고 올라타는 데 성공했지만, 내가 일어선 순간 한 여자가 손으로 입을 가렸다.

"리나, 레인코트 단추를 잠가라." 엄마가 말했다. 고개를 숙여서 보니 꽃무늬 잠옷이 눈에 들어왔다. 정신없이 서두르고 스케치북을 찾느라 깜빡하고 옷을 갈아입지 않은 것이다. 키 크고 강단 있는 몸에 코가 뾰족한 여자가 요나스를 바라보고 있었다. 그리바스 선생님이었다. 독신인 선생님은 학교에선 엄격한 편이었다. 아는 얼굴이 더 있었다. 도서관 사서, 근처 호텔 주인, 그리고 거리에서 아빠와 이야기를 나누곤 했던 남자들이 몇몇 있었다.

우리 모두 명단에 올라 있었다. 그게 무슨 명단인지는 알 수 없지만, 어쨌든 우리가 명단에 있다는 건 분명했다. 우리와 함께 앉아 있는 나머지 열다섯 명도 그런 것 같았다. 트럭 뒷문이 쾅 닫혔다. 내 앞의 대머리 아저씨가 낮게 신음소리를 냈다.

"우리 모두 죽을 거요." 그가 천천히 말했다. "틀림없이 죽을 겁니다."

"허튼소리 마세요!" 엄마가 얼른 대꾸했다.

"아니, 죽을 거요. 이제 끝이란 말입니다." 그는 계속 그렇게 주장했다.

트럭이 급발진하며 출발하는 바람에 사람들이 기우뚱하며 자리에서 밀려났다. 대머리 아저씨가 갑자기 비틀거리며 일어서더니 트럭 벽을 짚고 가 밖으로 뛰어내렸다. 길바닥에 나동그라진 아저씨는 덫에 걸린 동물처럼 고통스럽게 울부짖었다. 트럭 안의 사람들이 비명을 질렀다. 트럭이 끼익 소리를 내며 멈췄고 NKVD들이 뛰쳐나왔다. 그들이 트럭 뒷문을 열었다. 아저씨는 길바닥에서 몸부림치고 있었다. 그들은 아저씨를 들어올려 뒤틀린 몸뚱이를 다시 트럭에 던져넣었다. 다리 한쪽이 못쓰게 된 것처럼 보였다. 요나스는 엄마의 소맷부리에 얼굴을 파묻었다. 나는 가만히 동생의 손을 쥐었다. 동생은 바들바들 떨고 있었다. 눈앞이 뿌옇게 흐려졌다. 나는 눈을 질끈 감았다가 떴다. 트럭이 다시 한번 앞으로 홱 쏠리며 움직이기 시작했다.

"안 돼애!" 대머리 아저씨가 다리를 붙잡고 울부짖었다.

트럭이 병원 앞에 멈추었다. 대머리 아저씨의 부상을 치료하려는 거라 짐작하고 다들 안도하는 눈치였다. 하지만 아니었다. 그들은 기다리고 있었다. 명단에 있는 한 여자가 아기를 낳는 중이었다. 탯줄을 자르는 대로 그들은 여자와 아기를 트럭에 던져넣을 참이었다.

5

거의 네 시간이 흘러갔다. 우리는 트럭을 떠나지 못하고 병원 앞 어둠 속에 앉아 있었다. 다른 트럭들이 지나갔다. 사람들을 태운 몇몇 트럭은 커다란 그물에 덮여 있기도 했다.

거리가 부산해지기 시작했다. "우리가 일찍 온 거예요." 한 남자가 엄마에게 말했다. 그는 손목시계를 들여다보았다. "이제 새벽 세시가 다 되어가네요."

반듯이 누워 있던 대머리 아저씨가 요나스를 향해 고개를 돌렸다. "꼬마야, 손으로 내 입을 막고 코를 꽉 쥐어다오. 그리고 놓지 마라."

"애한테 그런 짓 시키지 마세요." 엄마가 요나스를 끌어당기며 말했다.

"어리석은 여자군. 이제 겨우 시작이란 걸 모르겠소? 그나마 지금은 품위 있게 죽을 수라도 있지."

"엘레나!" 거리에서 숨죽인 목소리가 들렸다. 나는 어둑한 곳에 몸을 숨긴 엄마의 사촌 레기나를 보았다.

"이제 누워 있으니까 마음이 놓이나보죠?" 엄마가 대머리 아저씨에게 핀잔을 주었다.

"엘레나!" 목소리는 아까보다 더 커졌다.

"엄마, 누가 엄마를 부르는 것 같아요." 나는 트럭 반대쪽에서 담배를 피우고 있는 NKVD에게서 눈을 떼지 않고 속삭였다.

"엄마를 부르는 게 아니야. 미친 여자인가보구나." 엄마는 큰 소리로 말하더니 소리쳤다. "우리 귀찮게 하지 말고 어서 가요."

"하지만 엘레나, 난—"

엄마는 사촌을 완전히 무시하고 몸을 돌려 나랑 대화에 열중하는 척했다. 작은 꾸러미 하나가 날아들어 대머리 아저씨 근처 바닥에 털썩 떨어졌다. 아저씨가 그악스레 달려들었다.

"아까 품위 얘기 하지 않았어요?" 엄마가 꾸러미를 낚아채 다리 아래로 넣었다. 나는 그 꾸러미에 뭐가 들었는지 궁금했다. 그런데 엄마는 어떻게 자기 사촌더러 "미친 여자"라고 할 수 있담? 레기나는 큰 위험을 무릅쓰고 엄마를 찾아냈는데.

"대학교에 계시는 코스타스 빌카스 학장님 사모님이죠?" 우리보다 안쪽에 앉아 있던 정장 차림의 남자가 물었다. 엄마는 고개를 끄덕이며 맞잡은 양손을 비틀었다.

나는 엄마가 맞잡은 양손을 비트는 걸 지켜보았다.

식당에서 중얼거리는 소리가 커졌다가 가라앉았다. 그 아저씨들은 몇 시간째 앉아 있었다. "얘야, 방금 커피를 끓였으니 손님들한테 갖다드리렴." 엄마가 말했다.

나는 식당 쪽으로 걸어갔다. 식탁 위에 자욱한 담배연기는 닫힌 창문과 커튼에 꼼짝없이 갇혀 있었다.

"송환되는 거야, 무사히 빠져나갈 수만 있다면." 아빠가 문간에 나타난 나를 보더니 갑자기 말을 멈추었다.

"커피 드실 분 있어요?" 은 주전자를 들어올리며 내가 물었다.

몇몇 아저씨가 눈을 내리깔았다. 몇몇 아저씨는 헛기침을 했다.

"리나, 벌써 숙녀가 다 되어가는구나." 대학교에서 일하는 아빠 친구가 말했다. "듣자 하니 아주 재능 있는 화가라던데."

"정말 그렇다네. 우리 리나는 화풍이 아주 독특해. 게다가 여간 똑똑한 게 아니야." 아빠가 윙크를 하며 덧붙였다.

"그럼 제 엄마를 닮은 거로군." 누군가 농담을 던지자 일제히 웃음을 터뜨렸다.

"리나, 어디 네 의견 좀 들어보자." 신문에 기고하는 기자 아저씨가 말했다. "이번 새로운 리투아니아를 어떻게 생각하니?"

아빠가 재빨리 가로막고 나섰다. "글쎄, 그건 어린 아가씨한테 어울리는 주제는 아닌 것 같은데?"

"그건 누구에게나 어울리는 주제라네, 코스타스. 남녀노소 누구에게나." 기자 아저씨가 말했다. "게다가 내가 신문에 이 이야기를 쓸 일도 없을 테고." 그가 웃으며 말했다.

아빠는 앉은 자세를 바꾸었다.

"소비에트의 합병을 어떻게 생각하냐고요?" 나는 아빠의 눈길을 피하며 잠시 말을 멈췄다. "이오시프 스탈린은 깡패라고 생각해요. 스탈린의 군대를 리투아니아에서 몰아내야 해요. 애초에 그들이 들어와서 제멋대로 하게 허락해선 안 되는 거였어요. 그리고—"

"그만하면 됐다, 리나. 커피 주전자 놓고 부엌에 있는 엄마한테 가봐."

"하지만 사실이잖아요! 그건 옳지 않은 일이라고요." 내가 우겼다.

"됐다니까!" 아빠가 말했다.

나는 부엌으로 오다 말고 이야기를 엿듣기 위해 멈춰 섰다.

"블라다스, 저애를 부추기지 말게. 워낙 고집불통인데, 난 그게 너무나도 걱정된다네." 아빠가 말했다.

"어쩐다, 우리는 이제 저애가 제 아빠를 얼마나 닮았는지 알아버렸는걸, 안 그런가? 자네가 열혈 동지를 키웠어, 코스타스." 기자 아저씨가 대답했다.

아빠는 말이 없었다. 모임이 끝나자 아저씨들은 시간차를 두고서
더러는 앞문으로, 더러는 뒷문으로 차례차례 우리 집을 떠났다.

"대학교?" 대머리 아저씨가 여전히 아픈지 얼굴을 찡그린 채
물었다. "어, 저런. 그렇다면 벌써 죽었겠군."

나는 배를 얻어맞은 것처럼 위가 오그라들었다. 요나스가 절
망스러운 표정으로 엄마를 쳐다보았다.

"사실 난 은행에서 일하는 사람인데, 오늘 오후에 네 아빠를
봤단다." 한 아저씨가 요나스에게 미소 띤 얼굴로 말했다. 그게
거짓말이라는 걸 나는 알았다. 엄마는 고맙다는 뜻으로 아저씨
에게 고개를 끄덕여 보였다.

"그렇다면 자기 무덤으로 가는 걸 본 거겠지." 대머리 아저씨
가 퉁명스럽게 말했다.

나는 그 입을 다물게 하려면 풀이 얼마나 많이 필요할까 생각
하며 대머리 아저씨를 노려보았다.

"난 우표 수집가요. 한낱 우표 수집가일 뿐인데 저들은 내가
외국 수집가들과 편지를 주고받았다는 이유로 날 죽이려 데려가
고 있단 말이오. 대학에서 일하는 사람이라면 분명 명단 맨 위쪽
에—"

"닥쳐요!" 내가 불쑥 내뱉고 말았다.

"리나!" 엄마가 나무랐다. "당장 사과드려라. 이 아저씨는 끔찍한 통증을 겪고 있어. 본인이 무슨 말을 하는지도 모를 거야."

"내가 무슨 말을 하는지는 정확히 알고 있소." 대머리 아저씨가 나를 노려보며 대답했다.

병원 문이 열리고 안에서 커다란 울부짖음이 터져나왔다. 한 NKVD 대원이 피투성이 환자복을 입은 맨발의 여자를 끌고 계단을 내려왔다. "우리 아기! 제발 우리 아기는 건드리지 마요!" 여자가 비명을 질렀다. 또다른 대원이 포대기로 감싼 꾸러미를 들고 나왔다. 의사가 달려나와 그를 붙잡았다.

"제발 신생아는 데려가지 마세요. 살지 못할 겁니다!" 의사가 소리쳤다. "이렇게 빕니다. 제발 부탁입니다!"

장교는 의사에게 돌아서더니 군홧발로 힘껏 의사의 무릎을 걸어찼다.

그들이 여자를 들어 트럭에 태웠다. 엄마와 그리바스 선생님은 몸을 움직여 대머리 아저씨 옆에 여자가 누울 만한 공간을 만들었다. 아기도 건네졌다.

"리나, 부탁한다." 엄마가 살갗이 분홍색인 아기를 나에게 건넸다. 아기를 받아들자마자 그 작은 몸의 온기가 내 코트를 통해 전해졌다.

"오, 신이여, 제발. 우리 아기를!" 여자가 나를 쳐다보며 울부짖었다.

아기는 여린 울음소리를 내며 조그만 주먹으로 허공을 쳤다. 생존을 위한 아기의 싸움이 시작되었다.

6

은행에서 일한다는 아저씨가 재킷을 벗어 엄마에게 건넸다. 엄마는 재킷으로 여자의 어깨를 감싸고 얼굴에 달라붙은 헝클어진 머리카락을 넘겨주었다.

"이제 괜찮아요." 엄마가 젊은 여자를 안심시켰다.

"비타스. 그들이 우리 남편 비타스를 데려갔어요." 여자가 헐떡거렸다.

나는 포대기에 싸인 분홍색 얼굴을 내려다보았다. 갓난아기. 태어난 지 불과 몇 분밖에 되지 않은 아기, 소비에트는 벌써 이 아기를 범죄자로 취급하고 있었다. 나는 아기를 꼭 끌어안고 이마에 입술을 갖다대었다. 요나스가 내게 기대왔다. 갓난아기한테 서슴없이 이런 짓을 한다면, 우리한테는 무슨 짓을 할까?

"이름이 뭐예요?" 엄마가 물었다.

"오나예요." 여자가 목을 길게 뺐다. "아기는 어디 있어요?"

엄마는 포대기에 싸인 아기를 내 품에서 데려가 여자의 가슴에 내려놓았다.

"오, 우리 아기. 우리 예쁜 아기." 여자는 아기에게 입을 맞추며 울었다. 트럭이 급히 출발했다. 여자는 애원하는 눈으로 엄마를 쳐다보았다.

"내 다리!" 대머리 아저씨가 울부짖었다.

"혹시 의학 교육을 받은 사람 없어요?" 엄마가 트럭 안의 사람들을 훑어보며 물었다. 사람들은 고개를 저었다. 아예 고개를 들지 않는 사람들도 있었다.

"내가 부목을 만들어보죠." 은행원 아저씨가 말했다. "아무거나 길쭉한 물건 갖고 있는 분 없습니까? 부탁입니다, 우리 서로 도웁시다." 사람들은 트럭 안에서 불편하게 뒤척거리며 자기 가방에 뭐가 있는지 생각했다.

"여기요." 요나스가 내 쪽으로 몸을 기울이며 학교에서 쓰는 작은 자를 내밀었다. 내 잠옷을 보고 기겁했던 늙은 여자는 울기 시작했다.

"어, 그래. 그거 딱 좋겠구나. 고맙다." 아저씨가 자를 받으며 말했다.

"고맙구나, 우리 아들." 엄마가 요나스에게 미소 지었다.

"자? 그 쪼끄만 자로 내 다리를 고정하겠다고? 다들 미친 거 아니오?" 대머리 아저씨가 꽥꽥거렸다.

"지금으로선 이게 최선입니다." 은행원 아저씨가 말했다. "이 걸 묶을 만한 걸 가지고 있는 분?"

"제발 누가 나를 총으로 죽여줘요!" 대머리 아저씨가 고함을 질렀다.

엄마는 목에서 실크 스카프를 풀어 은행원 아저씨에게 건넸 다. 사서 선생님도 매고 있던 스카프 매듭을 풀었고, 그리바스 선생님은 가방을 뒤졌다. 오나의 환자복 앞쪽으로 피가 배어나 오기 시작했다.

나는 속이 메스꺼웠다. 눈을 감고 딴생각을, 뭐든 마음을 가 라앉힐 만한 생각을 하려고 애썼다. 내 스케치북을 떠올렸다. 손 이 움직이는 것이 느껴졌다. 영상들이, 영화의 한 장면처럼 머릿 속을 지나갔다. 우리 집, 부엌에서 아빠의 넥타이를 바로 매주는 엄마, 은방울꽃, 할머니…… 할머니 얼굴을 떠올리면 왠지 편안 해졌다. 나는 가방 안에 쑤셔넣은 사진을 떠올렸다. 할머니, 우 리를 도와주세요.

우리가 도착한 곳은 시골에 있는 작은 기차역이었다. 소비에 트 트럭들이 열차 조차장을 가득 메우고 있었고, 우리가 탄 트럭처럼 트럭마다 사람들이 꽉 차 있었다. 우리 트럭과 나란히 가던 트럭에서는 한 남자와 여자가 밖으로 얼굴을 내밀고 있었다. 여자의 얼굴은 눈물범벅이었다.

"파울리나!" 남자가 소리쳤다. "우리 딸 파울리나가 거기 없나요?" 그 트럭을 지나갈 때 나는 고개를 저었다.

"왜 카우나스 역이 아닌 시골 기차역에 데려온 걸까요?" 나이 많은 여자가 물었다.

"아마 가족끼리 묶어놓기가 더 쉬워서 그렇겠죠. 큰 역은 너무 복잡하잖아요." 엄마가 대답했다.

하지만 자신 없는 목소리였다. 엄마 스스로도 그렇게 믿으려 애쓰고 있었다. 나는 주변을 둘러보았다. 역은 외딴곳에 틀어박힌 채 울창한 숲으로 둘러싸여 있었다. 바다에서 양탄자를 들어올리고 거대한 소비에트 빗자루가 그 밑으로 우리를 쓸어넣는 광경이 머릿속에 그려졌다.

7

"다바이!" NKVD 대원이 트럭 뒷문을 열며 소리쳤다. 열차를
세워두는 조차장은 차량들과 NKVD들, 짐을 든 사람들로 북적
거렸다. 시간이 지날수록 시끄러운 소리는 더욱 커졌다.

엄마는 몸을 숙여 우리 어깨에 손을 얹었다. "엄마한테 꼭 붙
어 있어. 필요하면 엄마 외투를 잡아. 떨어지면 안 돼." 요나스는
엄마 외투를 붙잡았다.

"다바이!" NKVD가 소리치며 트럭에서 한 남자를 거칠게 끌
어내려 땅바닥에 패대기쳤다. 엄마와 은행원 아저씨는 트럭에서
내리는 사람들을 도왔다. 오나를 부축해 내려주는 동안엔 내가
아기를 안고 있었다.

대머리 아저씨는 사람들이 트럭에서 아저씨를 끌어내릴 때 아

파서 몸을 뒤틀었다.

은행원 아저씨가 NKVD에게 다가갔다. "치료받아야 할 사람들이 있습니다. 부탁입니다. 의사를 불러주세요." NKVD 대원은 아저씨 말을 무시했다. "의사 없습니까? 간호사 없어요? 여기 환자가 있습니다!" 아저씨가 사람들을 향해 소리쳤다.

NKVD 대원이 은행원 아저씨를 붙잡더니 소총을 등에 대고 떠밀었다. "내 짐!" 아저씨가 소리쳤다. 사서 선생님이 아저씨의 가방을 집어들었지만, 미처 달려가기도 전에 아저씨는 북적거리는 사람들 속으로 사라졌다.

한 리투아니아 여자가 멈춰 서더니 자기가 간호사라고 했다. 여자가 오나와 대머리 아저씨를 돌보는 동안 우리 모두 그 주변을 둥그렇게 에워쌌다. 조차장은 흙먼지투성이였다. 오나의 맨발에는 벌써 흙이 말라붙었다. 절망적인 표정의 사람들 무리가 서로서로 비집고 지나갔다. 같은 학교에 다니는 여자아이가 자기 엄마와 함께 지나가는 게 보였다. 그애는 나를 보고 손을 흔들려고 했지만, 우리 무리와 가까워지자 그애 엄마가 딸의 눈을 가려버렸다.

"다바이!" NKVD가 고함을 질렀다.

엄마가 애원했다. "이 사람들을 두고 갈 순 없어요. 들것이 필요해요."

NKVD가 웃었다. "당신들이 들고 가면 되잖아."

우리는 그렇게 했다. 같은 트럭을 타고 온 남자 둘이 울부짖는 대머리 아저씨를 데려갔다. 나는 아기와 가방 하나를 날랐고 엄마는 오나를 부축했다. 요나스는 낑낑거리며 나머지 짐들을 날랐고 그리바스 선생님과 사서 선생님이 도와주었다.

우리는 열차 플랫폼에 도착했다. 눈앞에 아수라장이 생생히 펼쳐져 있었다. 그들은 가족들을 떼어놓고 있었다. 아이들은 비명을 질렀고 엄마들은 애원했다. 대원 둘이 한 남자를 끌고 갔다. 남편을 보내지 않으려는 아내는 몇 미터쯤 질질 끌려가다가 발길질을 당했다.

사서 선생님이 나에게서 아기를 받아들었다.

"엄마, 아빠도 여기 있는 거예요?" 요나스가 여전히 엄마의 외투를 꼭 붙잡은 채 물었다.

나도 그게 궁금했다. 소비에트 대원들이 언제 어디서 우리 아빠를 끌고 갔을까? 출근길이었을까? 아니면 점심시간에 신문 가판대에서였을까? 나는 열차 플랫폼의 군중을 살펴보았다. 나이 많은 노인들도 있었다. 리투아니아에서는 노인들을 공경하는데, 여기선 노인들을 짐승처럼 내몰고 있었다.

"다바이!" NKVD 대원이 요나스의 어깨를 붙잡더니 끌고 갔다.

"안 돼요!" 엄마가 비명을 질렀다.

그들이 요나스를 데려가고 있었다. 착하고 귀여운 내 동생, 벌레를 밟아 죽이는 대신 집 밖으로 보내주는 내 동생, 까칠한 늙은 남자의 다리에 부목을 대라고 작은 자를 준 내 동생을.

"엄마! 누나!" 요나스가 두 팔을 휘저으며 울부짖었다.

"멈춰요!" 나는 비명을 지르며 그들을 쫓아갔다. 엄마는 한 대원을 붙잡고 러시아어로 말했다. 완벽하고 유창한 러시아어였다. 그가 걸음을 멈추고 귀를 기울였다. 엄마는 목소리를 낮추더니 차분히 말했다. 나는 한 마디도 알아들을 수 없었다. 대원이 요나스를 휙 잡아당겼다. 나는 요나스의 한쪽 팔을 붙잡았다. 요나스는 어깨를 들썩이고 흐느끼면서 온몸을 부들부들 떨기 시작했다. 동생의 바지 앞부분이 둥글고 커다랗게 젖어갔다. 요나스는 고개를 떨구고 엉엉 울었다.

엄마가 주머니에서 루블화 더미를 꺼내 대원에게 살짝 보여주었다. 그는 지폐 더미에 손을 뻗더니 고갯짓을 하면서 엄마에게 뭐라고 말했다. 엄마는 목에 걸었던 호박 펜던트를 손으로 잡아뜯어 그 NKVD의 손에 쥐여주었다. 그는 만족하지 않는 것 같았다. 엄마는 계속 러시아어로 말하며 외투에서 회중시계를 꺼냈다. 나도 아는 시계였다. 외할아버지의 시계였고 도금된 뒷면에는 외할아버지 이름이 새겨져 있었다. NKVD는 시계를 낚아채더니 요나스를 풀어주고 우리 옆에 있는 사람들에게 고함을 지르기 시작했다.

　사람 목숨의 가치가 얼마나 되는지 생각해본 적이 있는지? 그
날 아침, 내 동생은 회중시계 하나 값이었다.

8

"괜찮아, 아가. 우리 모두 괜찮아." 엄마가 요나스를 껴안고 눈물범벅이 된 얼굴에 입을 맞추면서 말했다. "괜찮지, 리나? 우리 모두 괜찮아."

"괜찮아요." 나는 조용히 대답했다.

그때까지도 울고 있던 요나스는 젖은 바지가 부끄러운지 바지 앞쪽으로 손을 가져갔다.

"그건 걱정하지 마. 우리가 갈아입을 옷을 줄게." 엄마는 요나스가 창피해하지 않도록 그 앞을 가려 서면서 말했다. "리나, 네 레인코트를 동생에게 빌려주렴."

나는 코트를 벗어 엄마에게 건넸다.

"그래, 잠깐만 누나 옷 입고 있는 거야."

"엄마, 그런데 저 사람이 왜 날 데려가려고 했던 거예요?" 요나스가 물었다.

"모르겠구나. 하지만 지금은 우리 다 함께 있잖아."

함께. 우리는 거기, 아수라장의 한가운데 열차 플랫폼에 서 있었다. 나는 꽃무늬 잠옷을 입은 채, 동생은 땅에 끌릴 듯한 하늘색 여름 레인코트를 입은 채로. 그런 우리 꼴이 무척 우스꽝스러웠겠지만, 아무도 우리에게 눈길조차 주지 않았다.

"빌카스 부인, 서둘러요!" 독신인 그리바스 선생님의 비음 섞인 목소리였다. 선생님은 우리더러 자기 쪽으로 오라고 재촉했다. "이쪽이에요. 서둘러요, 저들이 사람들을 나누고 있어요."

엄마는 요나스의 손을 꼭 잡았다. "가자, 얘들아." 마치 바다 속으로 빨려들어갈지 떠 있을지 모르는 채 풍랑 속을 나아가는 작은 배처럼 우리는 힘겹게 군중 속을 헤쳐갔다. 붉은색 판자로 만든 열차 차량들이 눈길 닿는 데까지 플랫폼에 길게 늘어서 있었다. 만듦새가 엉성하고 더러워 가축을 싣고 다니던 화차 같았다. 수많은 리투아니아 사람들이 소지품을 들고서 그 화차들을 향해 꾸역꾸역 몰려들었다.

엄마는 우리 어깨를 밀었다 당겼다 하면서 사람들 틈을 헤집고 나아갔다. 여행가방을 놓칠세라 손마디가 하얘지도록 꽉 쥐고 있는 손들이 보였다. 무릎을 꿇고 울면서 터진 가방을 노끈으로 묶는 사람들도 있었는데, NKVD들은 쏟아져나온 짐들을 짓밟아댔다. 부유한 농부들과 그 가족들은 넘칠 듯이 찰랑거리는 우유 양동이와 치즈 덩어리 들을 날랐다. 어느 작은 소년은 제 몸만큼 커다란 소시지를 들고 걸었다. 소년이 소시지를 떨어뜨린 순간, 사람들의 발밑에서 소시지는 순식간에 사라져버렸다. 한 여자는 들고 있던 은 촛대로 내 팔을 쳤고 한 남자는 아코디언을 들고 달려갔다. 나는 우리 집 마룻바닥에서 박살난 아름다운 물건들이 생각났다.

"빨리요!" 그리바스 선생님이 우리에게 손짓하면서 소리쳤다. "여기는 빌카스 가족이에요." 그녀는 서류철을 들고 있는 대원에게 설명했다. "이 열차에 탈 사람들이에요."

엄마는 화차 앞에 멈춰 서더니 사람들을 주의 깊게 살폈다. 제발, 아빠를 찾는 엄마의 눈은 그렇게 말하고 있었다.

요나스가 소곤거렸다. "엄마, 이건 소나 돼지가 타는 화물열차잖아요."

"그래, 알아. 우리 이번엔 모험을 해볼까, 어때?" 엄마가 요나스를 안아올려 화차에 태운 다음 순간, 나는 그 소리를 들었다. 아기 울음소리와 남자의 신음소리.

"엄마, 싫어요. 난 저 사람들하고 같이 있기 싫어요."

"그만해, 리나. 저 사람들은 우리 도움이 필요해."

"다른 사람이 도와주면 안 돼요? 우리도 도움이 필요하다고요."

"엄마." 열차가 출발할까봐 걱정되는지 요나스가 불렀다. "엄마도 탈 거죠, 그렇죠?"

"그럼, 우리도 타야지. 이 가방 좀 들어줄래?" 엄마가 나를 보며 말했다. "리나, 선택의 여지가 없어. 동생이 무서워하지 않게 최선을 다해 돌봐줘."

그리바스 선생님이 엄마에게 손을 뻗었다. 나는요? 나도 겁먹었다고요. 그건 아무렇지도 않아요? 아빠, 어디 있어요? 나는 이제 아비규환 그 자체인 플랫폼을 둘러보았다. 달아나버릴까, 더 달릴 수 없을 때까지 달릴까. 대학교까지 달려가서 아빠를 찾아볼 거야. 우리 집까지 달려갈 거야. 그냥 달릴 거야.

"리나." 이제 내 앞에 와서 선 엄마가 내 턱을 들어올렸다. "엄마도 알아. 이 상황이 너무 끔찍하다는 걸." 엄마가 속삭였다. "그래도 우린 함께 있어야 해. 그게 정말 중요하단다." 엄마가 이마에 입을 맞춰주고 나를 열차 쪽으로 돌려세웠다.

"우리 어디로 가는 거예요?" 내가 물었다.

"아직은 몰라."

"정말 이 가축 화차를 타야 해요?"

"그래, 하지만 오래 타고 가진 않을 거야, 틀림없어." 엄마가 대답했다.

9

화차 안은 답답했고, 문이 열려 있는데도 사람들의 체취가 진
동했다. 사람들은 발 디딜 틈 없이 다닥다닥 붙어 자기 짐을 깔
고 앉아 있었다. 차량 한쪽 끝 옆면에는 1.8미터쯤 되는 커다란
널빤지들로 선반이 설치되어 있었다. 그중 한 널빤지 위에 창백
한 오나가 누워 있고 아기는 오나의 가슴에서 울고 있었다.

"아악!" 대머리 아저씨가 내 다리를 찰싹 때렸다. "조심해, 학
생! 하마터면 날 밟을 뻔했잖아."

"남자들은 다 어디 갔어요?" 엄마가 그리바스 선생님에게 물
었다.

"그들이 데려갔어요."

"다친 사람들을 도우려면 열차에 남자들이 있어야 할 텐데."

엄마가 말했다.

"남자는 한 명도 없어요. 사람들을 어떤 기준에 따라 분류한 것 같아요. 계속 사람들을 데려다가 마구 밀어넣고 있어요. 나이 많은 남자들이 좀 있긴 한데, 어차피 노인들은 힘을 못 쓰잖아요." 그리바스 선생님이 말했다.

엄마는 차량 안을 둘러보았다. "어린아이들은 맨 위쪽 널빤지에 올라가도록 하죠. 리나, 아이들이 더 들어갈 수 있게 오나를 맨 아래 칸으로 옮기자."

"바보 같은 짓 마요." 대머리 아저씨가 떽떽거렸다. "괜히 공간을 만들었다간 저들이 여기로 더 많은 사람들을 밀어넣을 거요."

사서 선생님은 나보다 키가 작고 땅딸막했다. 힘도 세서 오나를 옮기는 걸 거들었다. "편하게 리마스 아주머니라고 불러요." 사서 선생님이 오나에게 말했다.

아주머니라니…… 사서 선생님도 결혼한 여자였다. 남편은 어디 갔을까? 어쩌면 우리 아빠랑 같이 있을지도 모른다. 아기가 빽빽 울어댔다.

"아기는 딸이에요, 아들이에요?" 리마스 아주머니가 물었다.

"딸이에요." 오나가 힘없이 대답했다. 오나는 널빤지 위에서 맨발을 움직였다. 군데군데 베인 두 발은 흙투성이였다.

"곧 아기한테 젖을 먹여야 할 거예요." 리마스 아주머니가 말했다.

나는 화차 안을 둘러보았다. 머리가 몸에서 분리된 듯한 느낌이었다. 더 많은 사람이 그 좁은 공간으로 떠밀려들어왔고 그중에 내 또래의 소년과 함께인 아주머니도 있었다. 누가 나를 잡아당겼다.

"언니 지금 잘 거야?" 머리색이 진주 같은 어린 소녀가 물었다. "응?"

"잠옷을 입고 있어서. 벌써 잘 거야?" 소녀는 누더기가 된 인형을 내밀었다. "얘는 내 인형이야."

잠옷. 나는 여태 잠옷 차림이었다. 요나스는 여전히 내 연하늘색 레인코트를 걸치고 있었다. 까맣게 잊고 있었다. 나는 사람들을 밀치고 요나스와 엄마에게 다가갔다. "우리 옷 좀 갈아입어야겠어요."

"가방을 펼칠 만한 공간이 없어. 갈아입을 데도 없고." 엄마가 대답했다.

"제발요." 요나스가 내 레인코트를 꽉 여미며 애원했다.

엄마는 화차 구석으로 자리를 옮기려고 해보았지만 소용없었다. 엄마는 허리를 굽히고 내 가방을 열어 겨우 틈새를 만들었다. 그러고는 손을 깊숙이 집어넣었다 뺐다 하면서 옷가지를 뒤졌다. 내 분홍색 스웨터와 속치마가 보였다. 마침내 엄마가 남색면 원피스를 꺼냈다. 이어서 요나스의 바지도 찾았다.

"실례합니다." 엄마가 화차 구석에 앉은 여자에게 말을 걸었다. "아이들이 옷을 갈아입어야 하는데 자리 좀 바꿀 수 있을까요?"

"여긴 우리 자리예요." 여자가 딱 잘라 말했다. "우린 여기서 움직일 생각이 없어요." 여자의 두 딸이 우리를 쳐다보았다.

"댁의 자리라는 건 알아요. 그냥 잠깐이면 돼요. 우리 아이들이 사람들 눈을 피할 수 있게만 해주세요."

여자는 아무 대꾸도 않고 팔짱을 꼈다.

엄마는 우리를 구석 가까이, 그 여자 위로 밀다시피 했다.

"이봐요!" 여자가 양팔을 휘저으며 소리를 질렀다.

"아, 네. 정말 죄송해요. 잠깐만 가리면 돼요." 엄마는 요나스에게서 내 레인코트를 벗겨 칸막이로 삼았다. 재빨리 옷을 갈아입은 나는 요나스를 위해 내 잠옷으로 칸막이를 더 크게 만들어주었다.

"쟤 오줌 쌌어." 두 딸 중 한 명이 내 동생을 가리키며 말했다. 요나스는 몸이 굳어버렸다.

"저런, 꼬마 아가씨. 오줌을 쌌다고? 어머, 어떡하니." 나는 일부러 큰 소리로 떠들었다.

화차 안의 온도는 우리가 탄 뒤로 꾸준히 오르고 있었다. 겨드랑이에서 나는 축축한 땀내가 코끝에 걸린 것처럼 가시지 않았다. 약간이라도 바깥공기를 쐬길 기대하며 우리는 조금씩 문 가까이로 나아갔다. 우리는 가방들을 쌓아올렸고 요나스는 친척 레기나가 준 꾸러미를 안고서 그 위에 앉았다. 엄마는 아빠를 찾으려는지 발끝으로 서서 플랫폼을 내다보려 애썼다.

"여기요." 머리가 허연 아저씨가 작은 상자를 바닥에 내려놓았다. "이 위에 서서 보세요."

"정말 고맙습니다." 엄마가 인사하며 올라섰다.

"얼마나 되었소?" 아저씨가 물었다.

"어제부터요." 엄마가 대답했다.

"바깥양반은 무슨 일을 하는데요?"

"대학교 학장이에요. 코스다스 빌카스요."

"아, 그렇군요, 빌카스." 아저씨가 고개를 끄덕였다. 그가 우리를 바라보았다. 눈이 친절해 보였다. "아이들이 예쁘군요."

"네. 아빠를 쏙 빼닮았어요." 엄마가 말했다.

우리 식구는 기다란 벨벳 의자에 앉았다. 요나스는 아빠 무릎에 앉았다. 엄마는 밑이 풍성하게 퍼진 녹색 실크 원피스를 입고 있었다. 반짝이는 금발이 얼굴 옆쪽으로 물결치듯 흘러내렸고, 에메랄드 귀고리가 조명 아래 반짝거렸다. 아빠는 검은색 새 정장을 입고 있었다. 나는 갈색 공단 장식 띠가 달린 크림색 드레스와 내 머리색에 어울리는 리본을 골랐다.

"정말 아름다운 가족이군요." 사진사가 커다란 사진기를 조정하면서 감탄했다. "코스타스, 리나가 당신을 꼭 닮았어요."

"불쌍하지 뭔가." 아빠가 장난을 쳤다. "저 아이가 크면 제 엄마를 닮길 바라야지."

"희망사항일 뿐이죠." 나도 덩달아 장난을 쳤다. 모두 웃음을 터뜨렸다. 플래시가 터졌다.

10

사람들의 수를 세어보았다. 마흔여섯 명이 바퀴 달린 동물 우리, 아니 굴러가는 관 안에 빽빽이 들어차 있었다. 나는 화차 앞쪽 근처 먼지 쌓인 바닥에 손가락으로 이 장면을 그렸다가 지우고 다시 그렸다가 지우기를 반복했다.

사람들은 우리가 어디로 가게 될지 목적지를 놓고 떠들고 있었다. NKVD 본부일 거라고 말하는 사람들도 있었고 모스크바라고 말하는 사람들도 있었다. 나는 사람들을 훑어보았다. 그 얼굴들은 저마다 앞날을 묻고 있었다. 용기와 분노, 두려움과 혼란스러움이 보였다. 절망스러운 얼굴들도 있었다. 그들은 벌써 포기해버린 사람들이었다. 나는 어느 쪽일까?

요나스가 얼굴과 머리를 찰싹찰싹 쳐서 파리를 쫓아냈다. 엄마는 내 또래의 아들을 데리고 온 여자에게 조용히 말을 걸었다.

"넌 어디서 왔어?" 소년이 요나스에게 물었다. 그는 갈색 곱슬머리에 눈동자가 파랬다. 학교에서 인기깨나 있을 법했다.

"카우나스. 형은 어디서 왔어?" 요나스가 되물었다.

"샨치아이."*

우리는 말없이 어색하게 서로 쳐다보았다.

"형네 아빠는 어디 있어?" 요나스가 불쑥 물었다.

"리투아니아 군대에." 소년이 잠시 말을 멈추었다. "군대에 가신 지 한참 됐어."

그의 어머니는 장교의 아내인 듯 화려했고, 더러운 것에 익숙하지 않은 것 같았다. 내가 미처 말릴 새도 없이 요나스가 계속 떠들었다.

"우리 아빠는 대학교에서 일해. 나는 요나스야. 여기는 우리 누나 리나고."

소년이 내게 고개를 까딱했다. "난 안드리우스 아르비다스야." 나도 고갯짓으로 인사하고는 눈길을 돌려버렸다.

요나스가 물었다. "저 사람들이 우리가 나가는 걸 잠깐이라도 허락해줄까? 저쪽으로 말이야. 만약 아빠가 이 역에 있다면 밖으

* 리투아니아의 카우나스에 있는 작은 구.

로 나가야 우리를 볼 텐데. 지금은 우리를 못 찾을 거야."

"NKVD는 우리가 뭘 하게 가만 내버려두지 않을걸. 아까 보니까 도망치려던 사람을 막 때리던데." 안드리우스가 대답했다.

"우리더러 돼지래." 요나스가 말했다.

"그 사람들 말 듣지 마, 요나스. 그 사람들이 돼지야. 멍청한 돼지들." 내가 말했다.

"쉬, 나라면 그런 말은 하지 않겠어." 안드리우스가 말했다.

"네가 뭔데, 경찰이라도 되니?" 내가 따졌다.

안드리우스가 눈썹을 치켜세웠다. "아니, 난 그냥 네가 곤란해질까봐 그런 거야."

"누나, 우리를 곤란하게 만들지 마." 요나스가 말했다.

나는 엄마 쪽을 돌아보았다.

"가지고 있던 건 다 줬어요. 아들이 정신박약아라고 거짓말하고요. 어쩔 수가 없었죠." 안드리우스의 엄마가 소곤거렸다. "저들이 우리를 떼어놓았을 거예요. 이제 나한테는 아무것도 없어요, 부스러기 하나도요."

엄마가 여자에게 손을 뻗으며 말했다. "알아요. 우리한테도 똑같이 그러더군요. 우리 아들은 겨우 열 살인데 말예요."

오나의 아기가 울어댔다. 리마스 아주머니가 사람들을 비집고 엄마에게 다가왔다.

"오나가 젖을 먹이려고 하는데 뭔가 잘못됐나봐요. 아기가 제대로 젖을 못 물어요."

몇 시간이 며칠처럼 지나갔다. 사람들은 덥고 배가 고프다고 아우성쳤다. 대머리 아저씨가 아프다고 투덜거리는 동안 다른 사람들은 자리와 짐들을 정리하려고 했다. 나는 바닥의 먼지 캔버스를 포기하고 대신 손톱으로 벽에 그림을 새겨야 했다.

안드리우스는 화장실에 가려고 뛰어내렸다가 NKVD에게 얻어맞고 다시 화차 안으로 내동댕이쳐졌다. 총성이 울리거나 비명이 들릴 때마다 모두 움찔했다. 누구도 다시는 화차 밖으로 나갈 엄두를 내지 못했다.

누군가 고집쟁이 여자와 두 딸이 앉은 구석 자리에서 접시 크기만한 구멍을 발견했다. 그들은 그 구멍과 그리로 들어오는 신선한 공기를 감추고 있었던 것이다. 사람들이 여자한테 달려들어 자리를 옮기라며 닦달했다. 여자가 질질 끌려 자리에서 쫓겨나자 한 사람씩 돌아가며 모두 그 구멍으로 볼일을 봤다. 차마 거기서 소변을 못 보는 사람들도 더러 있었다. 그 소리와 냄새 때문에 나는 머리가 어지러웠다. 어린 소년 하나는 화차 밖으로 고개를 내밀고 토했다.

리마스 아주머니가 아이들을 불러모아 이야기를 들려주기 시작했다. 어린아이들이 앞다투어 사서 선생님에게 다가왔다. 심술궂은 여자의 두 딸까지도 엄마 곁에서 떨어져 넋을 놓고 앉아 환상적인 이야기에 귀기울였다. 인형을 안은 소녀는 리마스 아주머니에게 기대어 엄지손가락을 빨았다.

우리는 도서관 바닥에 둥그렇게 둘러앉았다. 어린 소년들 중 한 명은 드러누워서 엄지손가락을 빨았다. 사서 선생님은 아이들에게 그림책 책장을 한 장씩 보여주면서 활기찬 목소리로 읽어나갔다. 나는 이야기를 들으며 내 작은 공책에 등장인물들을 그렸다. 용을 그렸더니 심장박동이 빨라지기 시작했다. 용이 살아 있었다. 불을 뿜는 입김이 내 머리카락을 뒤로 불어날리면서 얼굴에 와 닿는 열기가 느껴졌다. 이어서 달아나는 공주를 그렸다. 산비탈에서 공주의 아름다운 금발이 찰랑기렸고……

"리나, 나갈 준비 해야지?"

나는 고개를 들었다. 내 머리 위에 사서 선생님이 있었다. 아이들은 모두 나가고 없었다.

"리나, 괜찮니? 얼굴이 빨개. 아픈 건 아니지?"

나는 고개를 젓고 공책을 내밀었다.

"어머나, 리나. 이 그림 네가 그렸니?" 사서 선생님이 얼른 공책을 받아들었다.

나는 미소 지으며 고개를 끄덕였다.

11

해가 지기 시작했다. 엄마가 땀에 젖은 내 곱슬머리를 땋아주었다. 나는 우리가 이 감옥 상자 안에서 얼마나 많은 시간을 보냈는지 꼽아보고 앞으로 얼마나 더 많은 시간을 보내야 하는지 생각해보았다. 사람들은 가져온 음식을 먹었다. 대부분은 나눠 먹었다. 그러지 않는 사람도 몇몇 있었다.

"리나, 그 빵 꺼내렴." 엄마가 말했다.

나는 고개를 저었다. 그 빵은 아직도 내 책상 위에 그대로 있을까? "빵 안 가져왔어요."

"그렇구나." 엄마는 그렇게 말하며 오나에게 음식을 건넸다. 오나는 낙담해서 입술을 오므렸다.

안드리우스는 쪼그리고 앉아 담배를 피우고 있었다. 그가 나를 빤히 바라보았다.

"몇 살이야?" 내가 물었다.

"열일곱." 그의 눈길은 여전히 내게 고정된 채였다.

"담배는 언제부터 피웠어?"

"네가 뭔데, 경찰이라도 돼?" 그가 대꾸하고는 눈길을 돌렸다.

밤이 되었다. 나무 상자 안은 깜깜했다. 엄마는 저들이 문을 열어둔 것을 다행으로 여겨야 한다고 했다. 나는 무엇을 준대도 NKVD에게 고마워할 생각이 없었다. 몇 분마다 그들이 행진하며 지나가는 군홧발 소리가 들렸다. 잠이 오지 않았다. 바깥에 달이 떴는지, 만약 떴다면 어떤 모습일지 궁금했다. 아빠 말로는 과학자들은 달에서는 지구가 파랗게 보일 거라고 추측한다던데. 그날 밤 나는 그 말을 믿었다. 파란 지구, 눈물로 무거워진 지구를 그려야겠다. 아빠는 어디 있을까? 나는 눈을 감았다.

무언가 내 어깨를 쳤다. 나는 눈을 떴다. 화차 안은 아까보다 밝았다. 안드리우스가 서서 발로 나를 쿡쿡 찌르고 있었다. 그는 손가락을 입에 대고 고개를 가로저었다. 나는 엄마를 돌아보았다. 엄마는 외투를 단단히 여민 채 자고 있었다. 요나스가 보이지 않았다. 나는 급히 고개를 돌려 동생을 찾아보았다. 안드리우스가 다시 나를 차더니 손짓으로 앞쪽을 가리켰다.

나는 일어나서 짐짝처럼 누운 사람들 사이로 발을 디디며 화차 문으로 향했다. 요나스가 문간 한쪽을 꽉 붙잡고 서 있었다. "안드리우스 형이 그러는데 한 시간 전에 기다란 기차가 들어왔대. 그 기차에 남자들이 가득 타고 있다고 누가 얘기해주더래." 요나스가 소곤거렸다. "어쩌면 아빠가 거기 있을지 몰라."

"누구한테 들었어?" 나는 안드리우스에게 물었다.

"누구한테 들었는지는 신경쓰지 마. 아빠들이나 찾아보자."

나는 화차 밖을 내다보았다. 지평선 위로 해가 막 떠오르고 있었다. 만약 아빠가 이 기차역에 있다면, 꼭 찾아내고 싶었다.

"내가 가서 찾아보고 얘기해줄게. 그 기차가 어디 정차했어?" 내가 말했다.

"우리 뒤에. 그런데 넌 가지 마." 안드리우스가 말렸다. "내가 갈게."

"네가 어떻게 우리 아빠를 찾으려고? 얼굴도 모르잖아." 내가 쏘아붙였다.

"넌 항상 그렇게 상냥하니?" 안드리우스가 대꾸했다.

"형이랑 누나 둘 다 가도 되잖아." 요나스가 제안했다.

"혼자 갈 수 있어. 아빠를 찾아서 우리 열차로 데려올 거야." 나는 고집을 부렸다.

"이게 뭐야. 괜히 시간만 낭비하고 있잖아. 널 깨우는 게 아니었는데." 안드리우스가 투덜거렸다.

나는 열차 밖을 살폈다. 30미터쯤 떨어진 곳에 경비대원 한 명이 이쪽으로 등을 돌리고 있었다. 나는 문 모서리를 붙잡고 내려가 살그머니 땅에 발을 딛고는 열차 밑으로 기어갔다. 그건 안드리우스가 나보다 잘했다. 갑자기 외마디 비명이 들리고 뛰어내리는 요나스가 보였다. 안드리우스가 요나스를 붙잡았고 우리는 열차 밑 바퀴 뒤에 몸을 숨기고 밖을 훔쳐보았다. NKVD 대원이 걸음을 멈추고 두리번거렸다.

나는 요나스의 입을 막았다. 우리는 숨을 죽이고 바퀴 옆에 몸을 웅크린 채 가만히 있었다. 경비대원이 다시 걷기 시작했다.

안드리우스는 반대편을 살피더니 따라오라고 손짓했다. 나는 열차 밑에서 기어나갔다. 우리 열차 뒤쪽에 러시아어가 쓰여 있었다.

"도둑들과 매춘부들." 안드리우스가 소곤거렸다. "그렇게 쓰여 있어."

도둑들과 매춘부들. 우리 엄마들이 열차 안에 있고, 선생님과 사서, 노인들, 그리고 갓난아기도 함께 있는데 도둑들과 매춘부들이라니. 요나스가 글씨를 쳐다보았다. 나는 동생이 러시아어를 몰라서 다행이라고 생각하며 동생의 손을 잡았다. 요나스는 그냥 열차에 있었으면 좋았을걸.

우리 열차 뒤쪽 선로에 붉은색 가축 화차들이 또 한 줄 길게 늘어서 있었다. 하지만 문들은 굳게 닫혀 커다란 빗장이 걸려 있었다. 우리는 주변을 살핀 뒤 그 열차 밑으로 뛰어들어가 후두둑 떨어지는 쓰레기들을 피하며 달렸다. 안드리우스가 화장실 구멍 쪽 바닥을 두드렸다. 그림자가 하나 나타났다.

"네 아빠 이름이 뭐야?" 안드리우스가 물었다.

"코스타스 빌카스." 나는 얼른 대답했다.

"페트라스 아르비다스와 코스타스 빌카스를 찾고 있어요." 그가 소곤거렸다.

그 사람 머리가 사라졌다. 열차 바닥 위에서 쿵쾅거리는 소리가 들렸다. 아까 그 머리가 다시 나타났다. "이 차량에는 없다. 조심해라, 얘들아. 조용조용히 움직여."

우리는 이 화차 저 화차로 잰걸음을 옮겨다니며 머리 위로 떨어지는 오물을 피해 바닥을 두드려보았다. 누군가의 머리가 구멍 저쪽으로 사라질 때마다 가슴이 조여드는 것 같았다. "제발, 제발, 제발." 요나스가 중얼거렸다. 그러고 나면 우리는 조심하라는 경고나 사랑하는 사람에게 전하고 싶은 말을 받고는 다시 자리를 옮겼다. 일곱번째 화차에 도착했다. 남자의 머리가 사라졌다. 화차 안은 조용했다. "제발, 제발, 제발." 요나스가 기도했다.

"요나스?"

"아빠!" 우리는 목소리를 높이지 않으려 애썼다. 널빤지에 대고 성냥을 긋는 소리가 났다. 구멍 저쪽에서 아빠 얼굴이 나타났다. 안색이 좋지 않은데다 한쪽 눈은 시퍼렇게 멍들어 있었다.

"아빠, 우린 저쪽 화차에 있어요. 우리랑 같이 가요." 요나스가 말했다.

"쉬……" 아빠가 말했다. "아빠는 못 가. 너희는 여기 오면 안돼. 엄마는 어디 있니?"

"화차 안에요." 나는 기쁘기도 했지만 두들겨맞은 아빠 얼굴을 보니 겁이 나기도 했다. "아빠는 괜찮아요?"

"괜찮다. 너희는 괜찮니? 엄마는 어때?"

"다 괜찮아요." 내가 대답했다.

"엄마는 우리가 여기 온 거 몰라요." 요나스가 말했다. "우린 아빠를 찾고 싶었어요. 아빠, 그 사람들이 집에 쳐들어와서는—"

"안다. 저들이 우리 열차를 너희 열차에 연결하고 있어."

"우리를 어디로 데려가는 거죠?" 내가 물었다.

"시베리아로 가는 것 같구나."

시베리아? 그럴 리가 없었다. 시베리아는 지구 반대쪽에 있었다. 시베리아에는 아무것도 없었다. 아빠가 화차 안쪽에 대고 뭐라고 말했다. 이윽고 옷가지 같은 걸 똘똘 뭉쳐 구멍 밖으로 내밀었다.

"이 재킷과 양말들을 가져가. 필요할 때가 있을 거야." 안에서 다시 말소리가 났다. 아빠가 또다른 재킷 한 벌과 셔츠 두 장, 양말들을 내밀었다. 그러고는 커다란 햄 덩어리를 내려주었다.

"얘들아, 이거 쪼개서 먹어라."

사람들이 화장실로 사용하는 바로 그 구멍으로 아빠가 내민 햄을 나는 머뭇거리면서 바라보기만 했다.

"지금 당장 입에 넣어!" 아빠가 다그쳤다.

나는 두꺼운 햄 덩어리를 네 조각으로 쪼개어 요나스와 안드리우스에게 주었다. 마지막 조각은 엄마를 위해 원피스 주머니에 넣었다.

"리나, 이걸 엄마한테 갖다드려. 필요하다면 팔아도 된다고 하고." 아빠가 내민 손에는 결혼 금반지가 쥐어져 있었다. 나는 물끄러미 반지를 바라보았다.

"리나, 내 말 알아들었니? 돈이 필요할 때를 위한 거라고 엄마한테 말씀드려."

나는 벌써 요나스와 회중시계를 맞바꾸었다는 말을 아빠한테 하고 싶었다. 그러나 목이 메어서 햄 덩어리를 넘기지 못한 채 고개만 끄덕이고는 엄지손가락에 반지를 끼웠다.

안드리우스가 물었다. "아저씨, 페트라스 아르비다스가 이 차량 안에 있나요?"

"미안하구나. 그런 사람은 없단다." 아빠가 대답했다. "이런 짓은 너무 위험해. 너희 열차로 돌아가야 해."

나는 고개를 끄덕였다.

"요나스."

"네, 아빠?" 요나스가 구멍을 쳐다보며 대답했다.

"여기까지 오다니 아주 용감하구나. 너희 모두 꼭 붙어다녀야 해. 아빠가 없는 동안 네가 누나랑 엄마를 잘 보살필 거라고 믿는다."

"그럼요, 아빠. 약속할게요. 그런데 언제 다시 아빠를 보게 될까요?"

아빠가 멈칫했다. "모르겠구나. 곧 만나기를 기대해야지."

나는 옷 꾸러미를 꽉 쥐었다. 눈물이 뺨을 타고 흘러내렸다.

"울지 마라, 리나. 힘을 내. 네가 아빠를 도와줘야지."

나는 아빠를 쳐다보았다.

"무슨 말인지 알겠니?" 아빠는 머뭇거리며 안드리우스를 보고는 다시 속삭였다. "아빠가 널 찾도록 네가 도울 수 있어. 아빠는 널 알아볼 거야…… 네가 뭉크를 알아보는 것처럼. 단, 정말 조심해야 한다."

"그치만," 나는 무슨 뜻인지 잘 몰라 되묻고 싶었다.

"너희 둘 다 사랑한다. 엄마한테도 사랑한다고 전해줘. 떡갈나무를 생각하라고 전하렴. 기도해라, 얘들아. 그러면 아빠가 너희 기도를 들을 테니까. 리투아니아를 위해 기도해. 이제 그만 돌아가. 어서!"

가슴이 미어지고 눈이 화끈거렸다. 걸음을 옮기기 시작했지만 이내 휘청했다.

안드리우스가 나를 붙잡았다. "괜찮아?" 그는 다정하고 걱정스러운 얼굴이었다.

"괜찮아." 나는 재빨리 눈물을 훔치고 그에게서 팔을 뺐다. "이제 네 아빠를 찾으러 가자."

"안 돼, 네 아빠 말대로 해. 어서 돌아가. 네 엄마한테 아빠가 한 말을 전해야지."

"그럼 네 아빠는 어쩌고?"

"조금만 더 찾아볼래. 나중에 우리 화차에서 만나. 어서 가, 리나. 괜히 시간 낭비하지 말고."

나는 망설였다.

"너희만 가려니까 겁나?"

"아냐! 겁 안 나. 아빠가 우리더러 같이 다니라고 했는데 우리만 가게 되니까 그렇지." 나는 요나스의 손을 잡아끌었다. "요나스, 우리끼리 갈 수 있지, 그렇지?"

요나스는 어깨 너머로 안드리우스를 돌아보며 비틀거렸다.

12

"멈춰!" 명령하는 목소리가 들렸다.

우리는 우리 화차와 아주 가까운 거리에, 그 밑에 거의 다 와 있었다. NKVD의 군화가 우리를 향해 다가왔다. 나는 엄지손가락을 주먹으로 감싸쥐고 아빠의 결혼반지를 빼어 손바닥에 감췄다.

"다바이!" 목소리가 커졌다.

요나스와 나는 화차 밑에서 기어나왔다.

"리나! 요나스!" 엄마가 화차 밖으로 몸을 내밀고 소리쳤다.

NKVD는 엄마에게 총을 겨눠 조용히 하라는 신호를 했다. 그러고는 우리 주변을 빙빙 돌았다. 한 바퀴 돌 때마다 그의 군화가 점점 더 가까워졌다.

요나스가 내 옆에 바싹 붙어서는 게 느껴졌다. 나는 경비대원이 아빠의 반지를 못 보길 바라며 주먹을 꽉 쥐었다. "화장실 구멍에 뭘 빠뜨렸어요." 나는 옷 꾸러미를 들어 보이며 둘러댔다. 엄마가 경비대원에게 내 말을 러시아어로 통역했다.

대원은 내가 들어올린 꾸러미 맨 위에 있는 양말들을 살폈다. 그러더니 요나스를 붙잡고 주머니를 뒤지기 시작했다. 원피스 주머니의 햄에 생각이 미쳤다. 우리 모두 이렇게 배를 곯고 있는데 주머니에 햄 조각이 들어 있는 걸 어떻게 설명하지? 대원이 우리 둘을 땅바닥으로 밀쳤다. 그러고는 러시아어로 고함을 지르며 우리 얼굴 앞에 대고 소총을 흔들었다. 나는 요나스 가까이 웅크리며 총신을 노려보았다. 눈을 감았다. 제발, 안 돼요. 그는 자갈을 차서 우리 다리에 날리더니 "다바이!"라고 내뱉으며 우리 화차를 가리켰다.

엄마의 얼굴은 흙빛이었다. 이번에는 엄마도 두려움을 제대로 감추지 못했다. 손을 바들바들 떨었고 거의 헐떡이고 있었다. "하마터면 죽을 뻔했잖아!"

"우린 괜찮아요." 요나스가 말했지만 목소리는 떨렸다. "아빠를 찾으러 갔었어요."

"안드리우스는 어디 있니?" 아르비다스 부인이 우리 뒤쪽을 살폈다.

"그애도 우리랑 같이 갔었어요." 내가 대답했다.

"그런데 지금은 어디 있냐고?" 부인이 다그쳤다.

"아빠를 찾겠다고 갔어요." 내가 말했다.

"제 아빠를?" 부인이 깊은 한숨을 쉬었다. "그애는 왜 내 말을 안 믿지? 벌써 여러 번 말했는데도. 제 아빠는……" 그녀가 몸을 돌려 울기 시작했다.

나는 큰 실수를 저질렀다는 걸 깨달았다. 안드리우스를 두고 와선 안 되는 거였다.

"엄마, 우리가 아빠를 찾았어요. 아빠를 찾았다고요." 요나스가 말했다.

사람들이 우리에게 몰려들었다. 그쪽 열차에는 사람이 얼마나 많은지, 자기들이 사랑하는 사람이 있는지 궁금해했다.

"아빠 얘기가 우리는 아마 시베리아로 가고 있는 것 같대요." 요나스가 전했다. "그리고 우리한테 햄을 줬어요. 우리 셋이 나눠먹었는데, 엄마 것도 남겨왔어요. 누나, 엄마한테 햄 드려."

나는 주머니에서 햄 조각을 꺼내 엄마한테 건넸다.

그때 엄마는 보았다, 내 엄지손가락의 반지를.

"엄마한테 돈이 필요할 경우를 위해서래요. 필요하면 팔아도 된다고 했어요."

"떡갈나무를 생각하라고도 했어요." 요나스가 보탰다.

엄마는 내 손가락에서 반지를 빼더니 입술로 가져갔다. 엄마

72

가 울기 시작했다.

"울지 마요, 엄마." 요나스가 말했다.

"학생!" 대머리 아저씨가 소리쳤다. "그것 말고 먹을 거 가져온 건 없어?"

"리나, 이 햄 조각을 스탈라스 씨한테 갖다드려. 배고프실 거야." 엄마가 훌쩍이며 말했다.

스탈라스 씨. 대머리 아저씨도 이름이 있었다. 나는 아저씨에게 다가갔다. 아저씨의 야윈 팔은 멍이 들어 울긋불긋했다. 나는 햄 조각을 내밀었다.

"그건 네 엄마 거고. 다른 건 없냐?"

"아빠가 준 건 그게 다예요."

"그 열차는 차량이 몇 칸이나 연결돼 있던?"

"모르겠어요. 한 스무 칸쯤?"

"우리가 시베리아로 간다고 네 아빠가 그랬어?"

"네."

"아마도 맞을 거다, 네 아빠 말씀이."

엄마의 울음이 가라앉았다. 나는 햄 조각을 다시 내밀었다.

"그건 네 엄마 거야." 대머리 아저씨는 끝내 거절했다. "꼭 엄마가 드시게 해라. 어쨌든 난 햄을 좋아하지 않는다. 이제 혼자 있고 싶구나."

"안드리우스 형은 우리랑 같이 오려고 하지 않았어요." 동생이 아르비다스 부인에게 설명했다. "그래서 형과 누나가 싸웠는데 형이 조금만 더 찾아보고 온댔어요."

"우린 싸운 게 아니야." 내가 끼어들었다.

"그러다가 저들이 안드리우스를 발견하고 그애가 장교 아들이란 걸 알게 되면—" 아르비다스 부인이 말하면서 두 손으로 얼굴을 감쌌다.

백발 아저씨가 고개를 젓더니 시계태엽을 감았다.

나는 죄책감이 들었다. 왜 안드리우스랑 같이 가지 않았을까, 아니면 같이 돌아가자고 우기지 않았을까? 나는 안드리우스의 모습이 눈에 띄길 고대하며 화차 밖을 내다보았다.

소비에트 비밀경찰 두 명이 한 신부님을 플랫폼으로 끌어내렸다. 신부님은 양손이 묶여 있고 사제복은 더러웠다. 신부님은 왜? 하지만 곧바로 이런 의문이 들었다…… 우리 모두는 왜?

13

해가 높이 솟으면서 열차 안의 온도가 빠르게 올랐다. 축축한 대소변 냄새가 더러운 담요처럼 우리 위를 맴돌았다. 안드리우스는 돌아오지 않았고, 아르비다스 부인은 어찌나 우는지 무서울 정도였다. 나는 죄책감 때문에 토할 것 같았다.

한 경비대원이 열차로 다가와 물 한 동이와 멀건 수프 한 동이를 내밀었다.

모두가 양동이를 향해 몰려들었다. "잠깐만요." 그리바스 선생님이 학생들에게 지시하듯 소리쳤다. "모두에게 돌아가게 다들 조금씩만 먹어요."

멀건 수프는 가축이나 먹는 회색 여물 같았다. 몇몇 아이들은 싫다며 먹지 않았다.

요나스는 엄마의 사촌 레기나가 준 꾸러미를 뒤졌다. 작은 담요 한 장, 소시지와 커피 케이크가 하나씩 나왔다. 엄마는 모두에게 아주 조금씩 음식을 나누어주었다. 아기는 계속 울어댔다. 아직도 젖을 먹지 않으려고 해 분홍색 살갗이 더욱 어두워진 아기 옆에서, 오나는 몸을 뒤틀며 비명을 질렀다.

몇 시간이 지났다. 안드리우스는 돌아오지 않았다. 엄마가 내 옆에 앉았다. "아빠는 어떤 것 같던?" 엄마는 땋은 내 머리채를 어루만지고는 어깨에 손을 얹었다.

"아주 나빠 보이진 않았어요." 거짓말이었다. 나는 엄마 어깨에 머리를 기댔다. "저들이 왜 우리를 데려가는 걸까요? 정말로 아빠가 대학교에서 일해서예요? 그건 말이 안 되잖아요."

내머리 아저씨가 신음했다.

"저 아저씨만 해도 그래요." 내가 소곤거렸다. "저 아저씨 교사가 아니잖아요. 우표 수집가인데도 추방됐잖아요."

엄마가 숨죽여 대답했다. "아저씨는 그냥 우표 수집가는 아닐 거야. 틀림없어. 너무 많은 걸 알고 있는 거야."

"저 아저씨가 뭘 알고 있다는 거예요?"

엄마는 고개를 저으며 한숨을 쉬었다. "얘야, 스탈린이 계획을 세웠단다. 크렘린은 그 계획을 실행하기 위해서라면 무슨 짓이든 할 거야. 그건 너도 알지. 스탈린은 리투아니아를 소비에트

76

연방으로 편입시키고 싶어해. 그래서 우리를 잠시 이주시키는 거란다."

"그런데 왜 하필 우리예요? 소비에트는 벌써 작년에 리투아니아에 들어왔잖아요. 그것으론 충분하지 않대요?"

"우리만이 아니야, 얘야. 아마 라트비아, 에스토니아, 핀란드도 똑같은 일을 겪고 있을걸. 복잡한 문제란다." 엄마가 말했다. "좀 쉬렴."

나는 녹초가 되었지만 잠은 오지 않았다. 내 사촌 요아나도 열차 어딘가 있을지 궁금했다. 어쩌면 아빠 근처에 있을지도. 아빠는 내가 아빠를 도울 수 있다고 말했지만, 우리가 정말 시베리아로 가는 거라면 어떻게 아빠를 도울 수 있을까? 나는 안드리우스를 생각하며, 그의 얼굴을 떠올리려 애쓰면서 꾸벅꾸벅 졸았다.

그 그림 앞을 지나가던 나는 걸음을 멈추었다. 얼굴. 내가 본 그 어떤 것과도 다른, 매혹적인 얼굴이었다. 그것은 젊은 남자를 그린 목탄 초상화였다. 양쪽 입꼬리를 올려 미소 짓고 있음에도 불구하고 얼굴에 드러난 고통 때문에 내 눈시울이 젖어들었다. 머리카락의 색깔은 한 올 한 올 더없이 부드럽게 섞여 있었고 그러면서도 색조 변화는 또렷했다. 자세히 보려고 한 발짝 다가갔다. 나무랄 데가 없었다. 어쩜 저렇게 선이 끊긴 데나 지문 자국 하나 없이 완벽한 음영을 만들어냈을까? 이 화가는 누구고 저 젊은이는 누구일까? 나는 서명을 살펴보았다. 뭉크였다.

"학생, 친구들을 따라가요. 그건 다른 전시회 그림이에요." 안내원이 말했다.

몇몇 아이들은 아까부터 불평하고 있었다. 어떻게 미술관 현장학습을 와서 불평할 수 있을까? 나는 몇 달 동안 목이 빠져라 기다렸는데.

안내원의 구두가 또각거리며 타일 바닥을 걸어갔다. 내 몸은 앞으로 나아갔지만 내 눈은 아까 그 그림에, 그 얼굴에 고정되어 있었다. 나는 손가락들을 비볐다. 그래, 가벼운 터치, 하지만 자신 있게. 그걸 시도해보고 싶어 미칠 지경이었다.

내 방 책상 앞에 앉았다. 종이에 대고 그을 때 목탄이 살짝 떨리는 것이 느껴졌다. 목탄이 종이를 스치는 소리에 소름이 돋았다. 나는 아랫입술을 깨물었다. 가운뎃손가락으로 선 가장자리를 문질러 뚜렷한 선을 부드럽게 만들었다. 똑같지는 않았지만 거의 비슷했다.

나는 바닥의 흙먼지에 손가락 끝을 대고 그 이름을 썼다. 뭉크. 나는 어디서든 그의 그림을 알아볼 것이다. 아빠도 내 그림을 알아볼 것이다. 아빠가 한 말 뜻은 바로 그것이었다. 내가 그림으로 흔적을 남긴다면 아빠는 나를 찾을 수 있을 것이다.

14

잠을 깼을 때, 화차 안은 어두웠다. 나는 앞쪽으로 옮겨가 신선한 공기를 마시려고 밖으로 목을 쭉 빼서 고개를 떨어뜨렸다. 머리카락이 목덜미에서 흩날렸다. 한줄기 바람이 얼굴을 에워쌌고, 나는 깊이 숨을 들이켰다. 자갈 위를 자박거리는 소리가 났다. 경비대원이 오나보다 싶어 얼른 고개를 들었다. 아무도 없었다. 다시 자갈들이 부딪치는 소리가 났다. 나는 다시 고개를 숙여 열차 밑을 들여다보았다. 바퀴 근처에 구부정한 검은 그림자가 보였다. 흐릿한 어둠 속에서 초점을 맞추려고 눈을 가늘게 떴다. 피 묻은 손이 떨면서 나를 향해 올라왔다. 흠칫 뒤로 물러나다가 문득 깨달았다.

안드리우스였다.

엄마를 돌아보았다. 엄마는 요나스를 안은 채 눈을 감고 있었다. 열차 플랫폼을 내다보았다. 차량 두 칸 떨어진 곳에서 NKVD는 내게 등을 보인 채 저쪽으로 멀어지고 있었다. 인형을 안은 어린 소녀가 문간에 무릎을 꿇고 앉았다. 나는 손가락을 입술에 댔다. 소녀가 고개를 끄덕였다. 나는 소리나지 않게 조심조심 열차 밑으로 내려갔다. 내게 총을 겨누던 경비대원이 떠올라 가슴이 쿵쾅거렸다.

조금 더 다가가다 멈추었다. 바깥 어딘가에서 트럭이 지나가는지, 헤드라이트 불빛이 순간적으로 열차 밑을 훑고 갔다. 안드리우스가 얻어맞아 시퍼렇게 멍든 얼굴로 빤히 바라보고 있었다. 눈 주변이 퉁퉁 부어 있었다. 셔츠는 피투성이고 입술은 찢어져 있었다. 나는 그의 옆에 무릎을 꿇었다.

"걸을 수 있어?"

"조금은."

나는 NKVD들을 살펴보았다. 그들은 차량 네 칸 떨어진 곳에서 담배를 피우고 있었다. 나는 화장실 구멍 주변을 가볍게 두드렸다. 투덜이 여자의 얼굴이 나타났다. 여자의 눈이 동그래졌다.

"안드리우스가 왔어요. 열차로 끌어올려야 해요."

여자가 나를 빤히 바라보았다.

내가 속삭였다. "내 말 안 들려요? 안드리우스를 끌어올려야 한다고요. 어서요!"

여자의 얼굴이 구멍 저쪽으로 사라졌다. 화차 안에서 기척이 나자 나는 경비대원들 쪽을 흘낏 보았다. 그러고는 안드리우스의 피 묻은 팔을 내 어깨에 걸치고 그의 허리를 붙잡았다. 우리는 일어서서 문을 향해 조금씩 다가갔다. 백발 아저씨가 화차 아래로 고개를 쑥 내밀더니 기다리라는 신호를 했다. 안드리우스가 내 어깨 위로 축 늘어지자 무릎이 절로 꺾였다. 이런 상태로 내가 얼마나 더 버틸 수 있을지 알 수 없었다.

"지금이야!" 백발 아저씨가 말했다. 나는 안드리우스를 아저씨 쪽으로 밀었고, 아저씨는 다른 사람들과 힘을 합쳐 그를 끌어올렸다.

나는 NKVD들을 내다보았다. 내가 움직이려는 순간, 그들이 몸을 돌려 이쪽으로 걸어오기 시작했다. 나는 필사적으로 주변을 둘러보았다. 열차의 차대를 붙잡고 두 다리를 끌어올려 열차 밑에 매달렸다. 군화 소리가 가까워지더니 바퀴 근처에 군화가 나타났다. 나는 눈을 감았다. 러시아어로 말하는 소리가 들렸다. 치익 하고 성냥을 긋는 소리가 나고 경비대원의 군화에 불빛이 비쳤다. 그들은 낮은 소리로 떠들었다. 차대를 붙잡고 있는 팔이 떨려왔다. 빨리.

나는 거기에 매달려 있었다. 손에 땀이 나기 시작했다. 손아귀

의 힘이 빠지고 있었다. 빨리 가. 근육 섬유들이 속에서부터 타는
것 같았다. 경비대원들의 대화는 끝날 줄 몰랐다. 제발. 나는 입
술을 깨물었다. 자리를 뜨라니까. 개가 짖었다. 그들이 소리나는
쪽으로 걸어갔다.

엄마와 백발 아저씨가 나를 끌어올렸다. 나는 열린 문에 풀썩
기대앉아 가쁜 숨을 몰아쉬었다. 인형을 안은 소녀가 손가락을
입술에 대고 고개를 끄덕였다.

나는 안드리우스를 바라보았다. 이와 입가에 피가 말라붙어
있었다. 턱은 부어 있었다. 나는 그들이 미웠다. NKVD와 소비
에트가 미웠다. 나는 마음속에 미움의 씨앗 하나를 심었다. 그것
이 커다란 나무로 자라서 그 뿌리가 그들을 모두 목 졸라 죽일
거라고 저주했다.

"어떻게 이런 짓을 할 수 있죠?" 내가 소리쳐 물었다. 나는 열
차 안을 둘러보았다. 아무도 말하지 않았다. 모두가 두려워 웅크
린 채 아무 말도 하지 않는다면 우리가 어떻게 스스로를 지킬 수
있단 말인가?

나는 말해야 한다. 모든 것을 글로 쓰고 모든 것을 그림으로
그릴 것이다. 아빠가 우리를 찾게 도울 것이다.

안드리우스가 다리를 움직였다. 나는 그를 내려다보았다.

그가 작은 소리로 말했다. "고마워."

15

화들짝 놀라 잠을 깨고 보니 요나스와 안드리우스 옆이었다. 우리 화차 문은 닫혀서 잠겨 있었다. 사람들은 극심한 공포에 빠졌다.

기관차가 칙칙 소리와 함께 증기를 뿜고 있었다.

"꼭 필요할 때가 아니면 움직이지 않도록 해요. 화장실 구역은 청결을 유지하고요." 그리바스 선생님이 지시했다.

"책 아줌마? 이야기 하나 들려주세요." 인형을 안은 소녀가 부탁했다.

어디선가 작은 목소리가 칭얼거렸다. "엄마, 무서워요. 불 켜줘요."

"혹시 랜턴 있는 분?" 누군가 물었다.

"있고말고, 뿐만 아니라 내 주머니엔 푸짐한 만찬까지 들어 있소." 대머리 아저씨였다.

"스탈라스 씨." 엄마가 애원했다. "부탁이에요. 우리 모두 애쓰고 있잖아요."

"학생." 대머리 아저씨가 불렀다. "저 작은 틈새로 밖을 내다보고 뭐가 보이는지 말해줘."

나는 화차 앞쪽으로 가서 몸을 곧추세웠다.

"해가 떠오르기 시작해요."

"시 낭송은 집어치우고." 대머리 아저씨가 떽떽거렸다. "밖에서 무슨 일이 벌어지고 있는 거냐?"

열차가 다시 칙칙 소리를 내더니 철컹거렸다.

"NKVD 대원들이 소총을 들고 기차 옆을 걸어가고 있어요. 검은 정장을 입은 남자들이 열차를 바라보고 있고요."

갑자기 덜컹하더니 기차가 움직이기 시작했다.

"사방에 짐들이 널려 있어요. 플랫폼에는 먹을 것들이 잔뜩 떨어져 있어요." 사람들이 신음했다. 기차역은 으스스해 보였다. 그곳에서 벌어졌던 아수라장의 파편들만 남은 채 황량하게 얼어붙어 있었다. 짝 없는 신발들이 흩어져 있었고, 지팡이 하나, 입이 벌어진 여성용 지갑, 고아가 된 곰 인형이 있었다.

"우리 열차가 역을 빠져나가고 있어요." 내가 전했다. 목을 빼고 앞쪽을 바라보았다. "사람들이 있어요." 나는 계속 말했다. "신부님이 있어요. 신부님이 기도하고 있어요. 어떤 남자는 커다란 십자가를 들고 있고요."

신부님은 하늘을 쳐다보며 성유를 뿌렸고, 우리 기차가 떠날 때 성호를 그었다.

그는 마지막 의식을 올리고 있었다.

16

기차가 나아가는 동안, 나는 창밖에 보이는 것들을 빠짐없이
전했다. 네무나스 강, 커다란 교회들, 건물들, 거리들, 지나가는
나무들까지도. 사람들이 숨죽여 흐느꼈다. 리투아니아가 그토록
아름다워 보인 적은 없었다. 6월의 풍경에 꽃들이 색색으로 망울
을 터뜨렸다. '도둑들과 매춘부들'이라고 쓰인 우리 열차는 계속
나아갔다.

두 시간이 지나자 기차가 속도를 늦추기 시작했다.

"역에 들어가고 있어요." 내가 말했다.

"표지판에 뭐라고 쓰여 있냐?" 대머리 아저씨가 물었다.

나는 기차가 가까이 다가갈 때까지 기다렸다. "빌뉴스. 여기
는…… 빌뉴스예요." 나는 조용히 대답했다.

빌뉴스, 리투아니아의 수도. 학교에서 역사시간에 배운 적이 있다. 육백 년 전, 게디미나스 대공은 꿈을 꾸었다. 그는 언덕 높은 곳에 쇠로 된 늑대가 서 있는 것을 보았다. 그는 사제에게 해몽을 부탁했고, 사제는 쇠로 된 늑대는 크고 막강한 도시, 기회의 도시를 나타낸다고 설명했다.

"리나, 선생님이랑 얘기 좀 할까?"

나머지 친구들은 한 줄로 교실을 나갔다. 나는 선생님 책상으로 다가갔다.

"리나." 선생님이 책상 위에서 두 손을 맞잡으며 말했다. "너는 공부보다 친구들과 어울리는 게 더 좋은가보구나." 선생님은 앞에 놓인 서류철을 펼쳤다. 나는 위가 목구멍으로 튀어나오는 것 같았다. 서류철 안에는 내가 우리 반 여자애들에게 그림을 곁들여 건넸던 메모들이 끼여 있었다. 맨 위에는 그리스 누드화와 미남인 역사 선생님 초상화가 놓여 있었다. "쓰레기통에서 이것들을 발견했단다. 네 부모님한테도 말씀드렸어."

손이 땀으로 축축해졌다. "그건 도서관 책에 나온 그림을 베끼려고 했던 건데—"

선생님이 손을 들어 내 말을 막았다. "너는 아주 사교적인데다가 재능 있는 예술가인 것 같아. 네가 그린 초상화들은—" 선생님은 말을 멈추고는 그림을 돌려놓았다. "—마음을 끄는 데가 있어. 네 나이보다 훨씬 조숙한 감정의 깊이가 보여."

"감사합니다." 나는 숨을 내쉬었다.

"네 재능은 우리가 키워줄 수 있는 수준을 넘어선 것 같구나. 마침 여름학교 프로그램이 있어. 빌뉴스에서."

"빌뉴스요?" 내가 되물었다. 빌뉴스는 몇 시간 거리나 떨어진 곳이었다.

"그래, 빌뉴스에서. 내년에, 네가 열여섯 살이 되면 입학 자격이 생긴단다. 만약 합격하면 북유럽에서 가장 재능 있는 몇몇 화가들과 함께 공부하게 되지. 어때, 관심 있니?"

나는 흥분을 가라앉히려 한참을 애쓴 뒤에 대답했다. "네, 프라나스 선생님, 그렇고말고요."

"그럼 너를 추천하마. 원서를 쓰고 네 그림 몇 장을 힘께 제출해." 선생님은 내 메모, 스케치와 함께 서류철을 건네며 말했다. "그러면 우리가 최대한 빨리 빌뉴스에 보내줄 테니까."

"프라나스 선생님, 고맙습니다!"

선생님은 웃음을 짓고는 의자에 등을 기대었다. "나도 기쁘단다, 리나. 넌 재능이 있어. 네 앞에 성공적인 미래가 놓여 있구나."

누군가 짐 무더기 뒤쪽 벽에서 널빤지 하나가 헐거워진 걸 발

견했다. 요나스가 그쪽으로 기어가더니 꼼지락거리며 널빤지를
한쪽으로 벌렸다.

"뭐가 보여?"

"숲속에 남자가 있어요." 요나스가 대답했다.

"유격대원일 거야." 대머리 아저씨가 말했다. "우리를 도우려
는 사람들이다. 주의를 끌어봐라."

요나스는 판자 틈새로 한 손을 집어넣어 흔들었다.

"그 사람이 와요." 요나스가 말했다. "쉬!"

"저들이 남자들이 탄 차량의 고리를 풀고 있어요." 남자 목소
리가 들렸다. "열차를 두 부분으로 나누고 있어요." 그는 얼른
숲속으로 되돌아갔다.

멀리서 간간이 총성이 울렸다.

"남자들을 어디로 데려가는 걸까요?" 내가 물었다.

"아마 남자들은 시베리아로 가는 걸 거야." 리마스 아주머니
가 대답했다. "우리는 다른 어딘가로 갈 거고."

만약 아빠가 가게 될 곳이 시베리아라면, 나도 시베리아가 더
나을 것 같았다.

철컹, 끼익 하는 금속 소리가 들렸다. 그들이 열차를 분리하고
있었다. 또 한번 소리가 들렸다.

"들어봐요." 내가 말했다. "남자들 목소리예요." 그 소리가 커

졌다. 점점 더 커졌다. 그들은 노래하고 있었다, 목청이 터져라 노래하고 있었다. 안드리우스가 따라 불렀고, 이어서 내 동생과 백발 아저씨가 따라 불렀다. 마지막으로 대머리 아저씨도 같이, 우리나라 국가를 같이 불렀다. 리투아니아, 영웅들의 땅……

나는 눈물이 났다.

17

다른 차량에 탄 남자들의 목소리에는 자부심이, 자신감이 넘쳤다. 누군가의 아버지, 형제, 아들, 남편들. 그들 모두는 어디로 가고 있을까? 그리고 우리는 어디로 가고 있을까, 여자, 아이, 노인, 병약자들이 가득한 이 열차는?

나는 손수건으로 눈물을 훔치고 다른 사람들도 눈물을 닦게 손수건을 건넸다. 그 손수건이 다시 내게 돌아왔을 때 가만히 손수건을 바라보았다. 종이와는 달리 손수건은 해지지 않고 손에서 손으로 전해질 수 있을 것이다. 손수건에 아빠에게 보낼 그림을 그리면 될 것이다.

내가 계획을 궁리하는 사이, 차량 안의 여자들은 좀처럼 젖을 빨지 못하는 것 같은 아기를 걱정하고 있었다.

리마스 아주머니가 오나에게 젖을 물려보라고 자꾸 재촉했다.
"어서, 어서 해봐요."

"무슨 문제 있어요?" 엄마가 열차 안의 어둠 속에서 물었다.

"오나 말이에요." 리마스 아주머니가 말했다. "젖이 막힌데다
탈수가 너무 심해요. 아기가 빨려고 하지 않네요."

리마스 아주머니가 애를 써도 전혀 도움이 되지 않는 것 같았다.

열차는 며칠 동안 달렸다. 이따금 허허벌판 한가운데 정차하
기도 했다. NKVD는 아무도 우리를 보지 못하는 곳, 우리가 달
아날 곳도 없는 데만 골라 열차를 세웠다. 우리는 날마다 정차하
는 순간만을 기다렸다. 문이 열리고 햇빛이나 신선한 공기를 쐴
수 있는 건 그때뿐이었다.

"한 명 나와! 양동이 두 개 들고! 죽은 사람은 없나?" 경비대
원들은 그렇게 묻곤 했다.

우리는 한 명씩 돌아가며 나가기로 의견을 모았다. 그렇게 하
면 모든 사람에게 열차 밖으로 나갈 기회가 생길 터였다. 오늘은
내 차례였다. 나는 파란 하늘을 보고 얼굴에 닿는 햇살을 느끼길
꿈꿔왔다. 하지만 아까부터 비가 내리고 있었다. 우리는 빗물을
받으려고 서로 밀치며 작은 틈새로 잔이나 그릇을 내밀었다.

나는 우산을 접어 보도 위에 빗물을 털었다. 정장을 입은 신사가

식당에서 나오다가 내가 흩뿌리는 물방울을 피해 재빨리 물러섰다.

"어머, 죄송합니다!"

"아니, 괜찮아요." 그는 고개를 끄덕이고는 모자 테를 매만졌다.

구운 감자와 양념된 고기 냄새가 식당 밖으로 새어나왔다. 해가 나오면서 콘크리트 위에 황금 필터를 펼쳤고 내 뒤통수를 따뜻하게 비추었다. 다행이다— 오늘밤 공원 음악회가 취소될 일은 없을 것이다. 엄마는 풀밭에서의 달밤 피크닉을 위해 도시락 바구니에 저녁거리를 싸갈 계획을 세워두었다.

우산을 말아 끈을 둘러 잠그던 나는 발밑 물웅덩이에서 나를 쳐다보는 얼굴을 보고 놀라서 펄쩍 뛰었다. 다음 순간 방향감각을 잃었던 나 자신에게 웃음을 터뜨리며 웅덩이 속 내 얼굴을 들여다보았다. 웅덩이 가장자리가 햇빛에 어른거리며 얼굴 주변으로 아름다운 액자를 만들고 있었다. 사진을 찍어놓고 나중에 그림으로 그리고 싶었다. 갑자기 웅덩이 속 내 머리 뒤로 희미한 그림자가 나타났다. 뒤를 돌아보았다. 파스텔 무지개가 구름 속에 둥근 아치를 그리며 내려와 있었다.

기차가 속도를 줄였다. "서둘러, 리나. 양동이 챙겼니?" 엄마가 물었다.

"네." 나는 문으로 다가갔다. 일단 기차가 멈추자, 신호를 기다렸다. 군화 소리와 철커덕 소리. 문이 홱 열렸다.

"한 명! 양동이 둘. 죽은 사람 없나?" NKVD가 물었다.

나는 어서 빨리 나가고 싶어 안달하면서 고개를 저었다. 경비대원이 옆으로 비켜서자 뛰어내렸다. 뻣뻣한 다리가 휘청거리면서 진흙 바닥에 넘어졌다.

"리나, 괜찮니?" 엄마가 물었다.

"다바이!" 경비대원이 고함을 지르더니 한바탕 러시아어로 욕설을 퍼붓고는 나에게 침을 뱉었다.

나는 일어서서 기다란 열차를 바라보았다. 하늘은 잿빛이었다. 비는 끊임없이 내리고 있었다. 비명소리에 고개를 돌려보니 축 늘어진 어린아이 몸뚱이를 진흙탕 속으로 끌어내리고 있었다. 한 여자가 시체를 따라 뛰어내리려고 했다. 경비대원이 소총 개머리판으로 여자의 얼굴을 갈겼다. 또 시체 한 구가 내던져졌다. 죽음이 수확을 시작한 것이다.

"꾸물거리지 마라, 리나." 우리 차량에서 백발 아저씨가 말했다. "양동이를 들고 냉큼 가."

마치 고열이 나서 몽롱해졌을 때와 같은 기분이 들었다. 머릿속은 멍하고 다리가 휘청거렸다. 나는 고개를 끄덕이고 우리 차량을 바라보았다. 하나씩 차곡차곡 쌓인 머리들이 나를 바라보고 있었다.

흙과 오물로 범벅이 된 얼굴들. 안드리우스는 담배를 피우며 다른 쪽을 바라보고 있었다. 얼굴의 멍은 아직 가시지 않았다.

열차 바닥 아래로 오줌 줄기가 흘렀다. 오나의 아기가 안에서 울어댔다. 나는 젖은 녹색 들판을 보았다. 이리 와, 들판이 손짓했다. 달아나.

어쩌면 그래야 할까봐, 나는 생각했다. 어서 달려, 리나.

"쟤 왜 저래요?" 열차에서 사람들이 두런거리기 시작했다.

달아나, 리나.

양동이들이 내 손을 떠났다. 안드리우스가 절뚝거리며 대신 양동이를 들고 가고 있었다. 나는 들판을 바라보며 그냥 그 자리에 서 있었다.

"리나. 제발 돌아와, 얘야." 엄마가 애원했다.

나는 눈을 감았다. 내 살갗과 머리카락에 떨어지는 빗방울이 느껴졌다. 성냥 불빛 속에서 열차 구멍 아래를 내려다보는 아빠 얼굴이 보였다. 아빠는 널 알아볼 거야…… 네가 뭉크를 알아보는 것처럼.

"다바이!"

NKVD 대원이 나를 굽어보며 서 있었다. 그의 숨결에서 술냄새가 풍겼다. 그는 내 팔을 잡고 열차 쪽으로 나를 내동댕이쳤다.

안드리우스가 물과 회색 여물이 든 양동이를 들고 돌아와 말했다. "목욕은 실컷 했겠구나."

대머리 아저씨가 물었다. "학생, 아까 거기서 뭘 봤어?"

"저기…… NKVD가 열차에서 시체를 끌어내려 진흙탕에 처박았어요. 어린아이 둘이었어요." 사람들이 놀라서 숨을 들이켰다. 우리 차량의 문이 쾅 닫혔다.

"죽은 아이들은 몇 살인데?" 요나스가 조용히 물었다.

"몰라. 멀리서 겨우 봤는걸."

엄마가 어둠 속에서 내 젖은 머리를 빗겨주었다.

"도망치고 싶었어요." 나는 엄마에게 소곤거렸다.

"네 맘 이해해."

"정말요?"

"리나, 여기를 빠져나가고 싶은 마음은 이해하고도 남아. 하지만 아빠 말대로 우리 모두 함께 있어야 해. 그게 아주 중요해."

"하지만 저 사람들이 대체 뭔데 우리를 짐승 취급하는 거예요? 우리가 누군지도 모르잖아요."

"우리는 우리가 알아. 그 사람들이 틀린 거야. 그리고 그들이 널 어떻게 생각하든 절대 거기 넘어가선 안 돼. 내 말 알겠니?"

나는 고개를 끄덕였다. 하지만 몇몇 사람들은 벌써 그들의 생각에 넘어갔다는 걸 알 수 있었다. 경비대원들 앞에서 움츠러드는 절망적인 얼굴의 사람들을 나는 보았다. 그 모든 것을 그림으로 그리고 싶었다.

"아까 우리 열차를 보니까 다들 환자 같았어요."

"아니, 그렇지 않아." 엄마가 말했다. "우린 아프지 않아. 우린 곧 집에 돌아갈 거야. 세계의 다른 나라들이 소비에트가 하는 짓을 알게 되면, 이 모든 걸 해결해줄 거야."

정말 그럴까?

18

우리는 아프지 않았지만, 아픈 사람들도 있었다. 날마다 기차가 멈추면, 우리는 열차 밖으로 몸을 내밀고 내던져지는 시체의 수를 세었다. 그 수는 날마다 늘어났다. 나는 요나스가 열차의 마룻널에 돌멩이로 금을 그어 죽은 아이들의 수를 표시하고 있다는 걸 눈치챘다. 나는 금을 보며 그 위에 작은 머리를 하나씩 그리는 상상을 했다—머리카락, 눈, 코, 그리고 입을.

사람들은 우리가 남쪽으로 이동해왔다고 추측했다. 누가 되었든 널빤지 틈새 앞에 배치된 사람은 열차가 표지판이나 신호를 지나칠 때마다 큰 소리로 일러주었다. 내 발은 마룻널의 진동 때문에 감각이 없었다. 머리에선 좀처럼 악취가 가시지 않았고, 온몸이 끔찍이도 가려웠다. 머릿니가 관자놀이 부근과 귀 뒤, 겨드랑이 안쪽을 물어뜯고 있었다.

우리는 빌뉴스, 민스크, 오르샤, 스몰렌스크를 지나왔다. 나는 손수건에 잉크로 우리가 지나온 도시 이름들을 적었다. 날마다 문이 열려 빛이 들어올 때면, 더 자세한 내용을 적거나 아빠가 알아볼 만한 단서를 덧붙였다. 우리 생일이나 빌카스, 즉 늑대 그림이었다. 나는 손수건 한가운데, 여러 손들이 손가락을 서로 맞대고 원을 그리고 있는 안쪽에만 표시를 했다. 그 손 그림 아래엔 '전달'이라는 단어를 휘갈겨썼고 리투아니아 동전 하나를 그려넣었다. 손수건을 접으면 가운데 글씨들이 보이지 않았다.

"그림 그리니?" 백발 아저씨가 시계태엽을 감으며 소곤거렸다.

나는 화들짝 놀랐다.

"놀라게 할 생각은 없었다." 아저씨가 사과했다. "소문내지 않으마."

"아빠한테 소식을 전해야 해요." 나는 목소리를 낮추고 말했다. "그래야 아빠가 우리를 찾을 수 있어요. 이 손수건을 손에서 손으로 전하다보면 결국엔 아빠한테 갈 거라고 생각했어요."

"아주 영리하구나."

여행하는 동안 아저씨는 친절했다. 이 아저씨를 믿어도 될까? "이게 얼마나 중요한지 잘 알고 손수건을 다시 누군가에게 건네줄 사람한테 줘야 할 거예요."

"그 일은 내가 도와주마." 아저씨가 말했다.

우리가 출발한 지 팔 일째 되던 날, 갑자기 열차가 덜컹하더니 속도를 늦추기 시작했다.

요나스가 작은 창문으로 쓰는 널빤지 틈새 앞에 있었다. "열차가 한 대 더 있어요. 우리 열차가 반대 방향에서 오는 그 열차 쪽으로 다가가고 있어요. 저쪽 차가 멈췄어요."

우리 열차는 바퀴를 천천히 굴리면서 속도를 크게 늦추었다.

"저 열차와 나란히 정차하고 있어요. 저쪽에 남자들이 타고 있어요. 열차 창문들이 열려 있어요." 요나스가 전했다.

"남자들?" 엄마가 되물었다. 엄마는 황급히 사람들을 비집고 창가로 와서 요나스와 자리를 바꾸더니 러시아어로 소리쳤다. 대꾸하는 소리가 들렸다. 엄마 목소리에 힘이 들어갔고, 엄마는 질문 사이사이에 간신히 숨을 쉬며 빠르게 말을 쏟아냈다.

대머리 아저씨가 투덜거렸다. "이봐요, 아주머니. 사교활동은 그만하시고 무슨 일인지 말 좀 해주구려. 그 사람들은 누구랍니까?"

"군인들이에요." 엄마가 들떠서 알렸다. "전선으로 가고 있대요. 독일과 소련 사이에 전쟁이 벌어졌대요. 독일군이 리투아니아로 들어갔고요." 엄마가 외쳤다. "들었어요? 독일군이 리투아니아에 진격했대요!"

사기가 하늘을 찌를 듯했다. 안드리우스와 요나스는 소리치고 함성을 질렀다. 그리바스 선생님은 '고향으로 나를 데려가주오' 노래를 부르기 시작했다. 사람들은 서로 껴안고 환호했다.

오직 오나만 조용했다. 아기가 죽은 것이다.

19

러시아 군인들을 태운 기차가 멀어져갔다. 열차 문들이 열렸고, 요나스가 양동이를 들고 뛰어내렸다.

나는 오나를 돌아보았다. 오나는 죽은 아기에게 억지로 젖을 물리려 하고 있었다.

"안 돼." 오나는 이를 악물고서 몸을 앞뒤로 흔들었다. "안 돼. 안 돼."

엄마가 오나에게 다가갔다. "오, 어떡해요. 정말 안됐어요."

"안 돼!" 오나가 아기를 붙들고 비명을 질렀다.

뜨거운 눈물이 바싹 마른 내 눈을 따갑게 찔렀다.

"뭣 때문에 우는 거요?" 대머리 아저씨가 투덜거렸다. "이런 일이 일어날 줄 알고 있었잖아요. 아기가 머릿니를 먹겠소, 뭘 먹겠소? 하나같이 얼간이들이군. 차라리 잘된 거요. 내가 죽으면, 당신들이 똑똑하다면 나를 먹겠구려. 당신들 모두 살고 싶어 그렇게 안달이니 말이오."

그는 짜증스레 화를 내며 지껄였다. 심사가 배배 꼬인 말들이었다. 목소리의 음색만이 내 귓속을 쿵쿵 울렸다. 심장에서 솟구친 피가 목까지 올라왔다.

"빌어먹을!" 안드리우스가 버럭 소리를 지르더니 비틀거리며 대머리 아저씨에게 달려들었다. "그 주둥이 닥치지 못해, 이 노인네야. 안 그럼 당신 혀를 뽑아버리겠어. 두고 봐. 차라리 소비에트가 친절하게 느껴지도록 만들어줄 테니." 아무도 안드리우스에게 뭐라고 하거나 말리려 드는 사람이 없었다. 엄마까지도. 나는 마치 그 말이 내 입에서 나온 것처럼 속이 시원했다.

안드리우스는 윽박질러댔다. "당신은 제 몸 하나만 걱정되는 모양인데, 독일군이 리투아니아에서 소비에트를 몰아내는 날 우린 당신을 이 길에 팽개치고 떠날 거야. 그럼 더는 당신을 참고 견딜 필요가 없겠지."

"꼬마야, 너는 뭘 몰라도 한참 몰라. 독일군이라고 문제를 해결해주지는 않아. 히틀러는 아마 문제만 더 만들어낼 거다. 그리고 그 망할 명단들도." 대머리 아저씨가 말끝을 흐렸다.

"아무도 당신 얘기를 듣고 싶어하지 않는다고, 알아?"

"오나, 아기를 나한테 줘요." 엄마가 말했다.

"그들한테 주지는 마요." 오나가 애원했다. "부탁이에요."

"경비대원들한테 아기를 주진 않을 거예요. 약속해요." 엄마가 말했다. 엄마는 마지막으로 한 번 아기를 살피면서 맥박이나 호흡을 느껴보았다. "우리가 예쁜 천으로 아기를 싸줄게요."

오나가 흐느꼈다. 나는 바람을 쐬러 열린 문 쪽으로 갔다. 요나스가 양동이를 들고 돌아왔다.

"왜 울어?" 요나스가 올라오며 물었다.

나는 고개를 저었다.

"무슨 일인데?" 요나스가 다그쳤다.

"아기가 죽었어." 안드리우스가 대답했다.

"우리 아기가?" 요나스가 낮게 되물었다.

안드리우스가 고개를 끄덕였다.

요나스는 양동이를 내려놓았다. 포대기에 싸인 아기를 안고 있는 엄마 쪽을 바라봤다가 다시 나를 보았다. 그러고는 무릎을 꿇고 주머니에서 작은 돌멩이를 꺼내 마룻널 위 다른 금들 옆에 금을 하나 그었다. 요나스는 잠시 가만있더니 표시된 금들 위로 돌멩이를 쿵쿵 내리치기 시작했다. 점점 더 세게. 저러다 손이 부러지지 않을까 걱정될 만큼 세게 바닥을 때렸다. 나는 요나스에게 다가갔다. 안드리우스가 나를 막았다.

"가만 놔둬."

나는 머뭇거리며 그를 보았다.

"익숙해지는 게 나아."

익숙해지다니, 무엇에? 주체할 수 없는 분노에? 아니면 가슴 한가운데가 텅 비어버린 것 같아 더러운 양동이의 여물로 다시 채워야 하는 깊디깊은 슬픔에?

나는 안드리우스를 보았다. 그의 얼굴은 여전히 멍이 든 채 일그러져 있었다. 그도 나를 응시했다. "그래, 넌 익숙해졌니?" 내가 물었다.

그의 턱 근육이 실룩였다. 그는 주머니에서 담배꽁초 하나를 꺼내 불을 붙였다. "그래." 그가 담배연기를 공중으로 뿜으면서 대답했다. "난 익숙해졌어."

사람들은 전쟁에 대해 이야기했고 독일군이 어떻게 우리를 구해줄지 의견을 나누었다. 이번만큼은 대머리 아저씨가 말이 없었다. 나는 궁금했다. 아저씨가 히틀러에 대해 한 말이 진짜일까? 우리가 스탈린의 낮을 더 나쁜 것으로 바꾸고 있다니, 그게 말이 되는 걸까? 아무도 그렇게 생각하는 것 같지 않았다. 아빠라면 알 텐데. 아빠는 언제나 그런 일들을 알고 있었지만, 나와는 그런 얘기를 나눈 적이 없었다. 엄마와는 얘기했다. 이따금 한밤중에 엄마 아빠 방에서 소곤거리고 중얼거리는 소리가 들리곤 했다. 그것은 두 분이 소비에트 얘기를 하고 있다는 뜻이라는 걸 나는 알고 있었다.

아빠를 생각했다. 아빠는 전쟁에 대해 알까? 우리 모두에게 머릿니가 들끓는다는 걸 알까? 우리가 죽은 아기와 함께 부대끼며 지낸다는 걸 알까? 아빠는 알까? 내가 얼마나 보고 싶어하는지. 아빠의 웃는 얼굴을 떠올리며 나는 주머니 안의 손수건을 움켜쥐었다.

"가만있어요!" 내가 투덜거렸다.

"가려워서 그랬어." 아빠가 씨익 웃으며 말했다.

"가려운 게 아니라 날 골탕 먹이려고 그러는 거잖아요." 나는 아빠의 밝은 파란색 눈을 포착하려 애쓰면서 짓궂게 놀렸다.

"널 시험하는 거야. 진정한 화가는 순간을 포착할 수 있어야 하거든."

"하지만 가만있지 않으면 사팔뜨기처럼 나올 거예요." 나는 연필로 아빠의 옆얼굴에 음영을 넣으며 말했다.

"어쨌거나 원래 사팔뜨기인걸, 뭐." 아빠는 눈을 가운데로 모았다. 나는 웃었다.

"요아나한테선 소식 없니?" 아빠가 물었다.

"요즘은 없어요. 얼마 전에 요아나한테 작년 여름에 같이 지냈던 니다의 시골 별장 그림을 보내줬거든요. 답장으로 글 한 줄 못 받았어요. 엄마는 요아나가 그림을 받았어도 공부하느라 바빠서 답장을 못 한 거래요."

"그렇지. 너도 알다시피 요아나는 의사가 되고 싶어하잖아."

나도 알고 있었다. 요아나는 소아과의사가 되고 싶다는 희망과 의학에 관해 종종 말했었다. 내가 그림을 그릴 때는 항상 내 손가락의 힘줄이나 관절 얘기를 하면서 그림을 방해했다. 내가 재채기라도 심하게 할라치면, 밤이 오기 전에 나를 무덤으로 보낼 수 있는 온갖 감염성 질병의 이름들을 줄줄 늘어놓곤 했다.

작년 여름 우리가 니다에서 방학을 보낼 때, 요아나는 한 소년을 사귀었다. 날마다 나는 밤늦도록 자지 않고 기다렸다가 두 사람의 데이트에 관해 시시콜콜 전해들었다. 열일곱 살인 요아나에게는 지혜와 경험이 있었고, 나를 매혹시키는 해부학책까지 한 권 있었다.

"됐어요." 나는 그림을 다 그리고 말했다. "어때요?"

"그건 뭐야?" 아빠가 종이를 가리키며 물었다.

"제 서명이에요."

"네 서명이라고? 그냥 갈겨쓴 거잖아. 아무도 이게 네 서명인 줄 모를걸."

나는 어깨를 으쓱했다. "아빠가 알아보겠죠."

20

우리는 더 남쪽으로 이동해 우랄 산맥을 지났다. 그리바스 선생님이 우랄 산맥은 유럽과 아시아를 가르는 경계라고 설명했다. 우리는 아시아, 다른 대륙으로 건너온 것이다. 사람들은 우리가 시베리아 남부로 가고 있다고, 어쩌면 중국이나 몽골로 가고 있을지도 모른다고 얘기했다.

우리는 사흘 동안 오나의 아기를 몰래 밖으로 옮기려고 애썼지만, 문이 열릴 때마다 항상 NKVD가 근처에 서 있었다. 더운 열차 안에서 살이 썩는 냄새가 견딜 수 없을 만큼 지독해졌다. 나는 구역질이 났다.

오나는 결국 화장실 구멍으로 아기를 떨어뜨리는 데 동의했다. 오나는 포대기를 안고서 구멍 옆에 무릎을 꿇고 흐느꼈다.

대머리 아저씨가 신음했다. "제발, 그것 좀 치워줘요. 숨을 못 쉬겠소."

"조용히 해요!" 엄마가 대머리 아저씨에게 소리질렀다.

"못 하겠어요." 오나가 훌쩍였다. "아기가 선로에서 으스러져 버릴 거예요."

엄마가 오나 쪽으로 움직였다. 엄마가 가기도 전에, 그리바스 선생님이 오나에게서 포대기를 빼앗아 구멍으로 던져버렸다. 나는 놀라 숨이 멎는 것 같았다. 리마스 아주머니가 울었다.

"이제 됐어요. 제삼자에게는 일이 더 쉬운 법이죠." 그리바스 선생님은 치마에 양손을 닦고서 틀어올린 머리를 매만졌다. 오나는 엄마의 품으로 쓰러졌다.

요나스는 안드리우스 옆에 붙어서 거의 매시간 같이 지냈다. 요나스는 내내 화가 나 있었다. 평소의 다정한 모습과는 너무 달랐다. 안드리우스는 요나스에게 저속한 러시아어 몇 가지를 가르쳐주었다. NKVD가 그런 말을 쓰는 걸 들은 적이 있었다. 나는 화가 났다. 결국엔 러시아어를 조금이나마 배워야 한다는 걸 알고 있었지만, 어쨌거나 그런 생각 자체가 싫었다.

어느 날 밤, 나는 빨간 담뱃불이 요나스의 얼굴을 비추는 걸 보았다. 엄마에게 투덜거렸더니, 엄마는 동생을 내버려두라고 했다.

"리나, 요나스 옆에 안드리우스가 있어서 엄마는 밤마다 신께 감사하고 있어. 너도 그래야 해." 엄마가 타일렀다.

속이 쓰리다 못해 위장에 구멍이라도 난 것 같았다. 굶주림의 통증이 시시때때로 사정없이 밀려왔다. 엄마는 우리가 생활 리듬을 잃지 않게 하려고 애썼지만, 나는 시간 가는 걸 잊고 가끔 낮에도 졸곤 했다. 눈꺼풀이 자꾸만 내려올 때 큰 소리가 들렸다.

"어떻게 그런 짓을 해? 너희 미쳤니?" 날카로운 여자 목소리가 열차 안을 갈랐다.

일어나 앉은 나는 눈을 가늘게 뜨고서 무슨 일인지 알아보려고 했다. 그리바스 선생님이 요나스와 안드리우스를 굽어보고 있었다. 나는 사람들을 비집고 그쪽으로 갔다.

"그것도 디킨스를. 너희가 어떻게 감히! 저들이 우리를 짐승 취급한다고 너희도 짐승이 되는구나!"

"무슨 일이에요?" 내가 물었다.

"네 동생과 안드리우스가 담배를 피우고 있잖아!" 선생님이 고함을 질렀다.

"엄마도 알고 있어요." 내가 말했다.

"책 말이야!" 선생님은 표지가 두꺼운 책을 내 얼굴에 들이밀었다.

요나스가 조용히 대답했다. "담배가 다 떨어졌는데, 마침 안드

110

리우스 형한테 담뱃가루가 있었어요."

엄마가 나섰다. "그리바스 선생님, 제가 알아서 할게요."

그리바스 선생님은 물러서지 않았다. "소비에트는 아는 것이 많고 배운 사람들이라는 이유로 우리를 체포했어. 책장을 찢어서 담배를 피우는 짓은 한낱…… 대체 무슨 생각이었니? 이 책은 어디서 났어?"

디킨스. 나는 가방 안에 『피크위크 페이퍼스』를 챙겨왔다. 할머니가 돌아가시기 전 내게 준 크리스마스 선물이었다. "요나스! 내 책 가져갔구나. 어떻게 그럴 수 있어?"

"리나." 엄마가 나를 말렸다.

"내가 그랬어. 나를 탓해." 안드리우스가 말했다.

"내가 봐도 분명 네 잘못이야." 그리바스 선생님이 끼어들었다. "이 어린아이한테 나쁜 물을 들이고 있잖아. 부끄러운 줄 알아야 해."

아르비다스 부인은 무슨 일이 벌어졌는지 까맣게 모르는 채 반대쪽에서 자고 있었다.

"이 바보천치야!" 나는 안드리우스에게 빽 소리질렀다.

"내가 새 책으로 구해줄게." 그가 말했다.

"아니, 구할 수 없어. 이 책은 선물 받은 거야. 요나스, 할머니가 나한테 주신 책이라고."

"미안해." 요나스가 고개를 떨구며 말했다.

"미안하다면 다야?" 내가 소리쳤다.

"리나, 내가 그러자고 한 거야. 동생 잘못이 아니야." 안드리우스가 말했다. 나는 손짓으로 그를 물리쳤다. 남자애들은 하나같이 왜 그렇게 바보 같을까?

21

몇 주가 지났다. 나는 우리가 여행을 시작한 지 얼마나 오래되었는지 날짜를 놓쳐버렸다. 열차에서 내던져지는 시체들을 지켜보는 것도 그만두었다. 기차가 섰다가 떠날 때마다 우리는 무슨 쓰레기처럼 시체들을 남기고 갔다. 다른 사람들이 그 시체들을 보면 어떻게 생각할까? 시체들을 묻어줄 사람은 있을까, 아니면 우리가 정말 도둑이고 매춘부라고 믿어버릴까? 나는 마치 흔들리는 추에 올라탄 기분이었다. 내가 절망의 심연 속으로 들어가려는 순간, 추는 좋은 것을 조금 가지고 다시 돌아오곤 했다.

예를 들면, 옴스크를 막 지난 어느 날 기차가 시골에 멈췄을 때가 그랬다. 그곳에 작은 간이매점이 있었다. 엄마는 열차 밖으로 나가게 해달라며 경비대원에게 뇌물을 주었다. 엄마가 뛰어

돌아왔을 때 엄마의 치마가 불룩하니 무겁게 처져 있었다. 엄마는 열차 안에서 무릎을 꿇고 치마를 펼쳤다. 사탕, 토피, 롤리팝, 검은 감초사탕, 산더미 같은 젤리과자, 그밖에도 맛난 것들이 바닥에 쏟아지면서 무지개처럼 우리 앞에 펼쳐졌다. 사방이 밝은 색깔들로 넘쳤다. 분홍, 노랑, 초록, 빨강. 그리고 모두가 먹을 만큼 충분한 양이었다. 아이들은 좋아라 하며 꺄꺅 소리를 지르고 펄쩍펄쩍 뛰었다. 나는 젤리과자 하나를 깨물었다. 입안에 새콤한 감귤 맛이 확 퍼졌다. 나는 웃음을 터뜨렸고 요나스도 덩달아 웃었다.

어른들을 위한 담배와 성냥, 진한 초콜릿 웨이퍼도 있었다.

"빵이나 뭐 중요한 것은 없더군요." 엄마가 그 보물들을 모든 사람에게 나누어주며 설명했다. "신문은 아예 없었어요."

아이들은 기뻐서 엄마의 다리를 붙잡고 고맙다며 인사했다.

"어리석은 아주머니군. 왜 남한테 돈을 낭비해요?" 대머리 아저씨가 말했다.

"아저씨가 배고파하고 기운이 없으니까요." 엄마가 아저씨에게 담배 한 개비를 건네며 말했다. "그리고 우리 아이들이 곤궁에 처했을 때는 아저씨도 똑같이 해줄 테니까요."

"푸하." 그는 코웃음을 치더니 고개를 돌렸다.

이틀 후, 양동이 배식을 타서 돌아오던 안드리우스가 석영과

114

여러 광물이 가득 박힌 타원형 돌멩이 하나를 발견했다. 모두가 오오, 아아, 감탄하면서 돌아가며 돌멩이를 구경했다. 아르비다스 부인이 장난치면서 마치 그것이 반짝거리는 보석인 양 손가락 위에 올려놓았다.

"여러분은 몰랐죠? 나는 열차 공주랍니다." 부인이 말했다.

왁자지껄 웃음이 터졌다. 사람들이 웃었다. 웃으니까 딴사람들 같았다. 나는 안드리우스를 바라보았다. 얼굴이 환한 웃음으로 빛나면서 생김새마저 완전히 달라 보였다. 웃을 때 보니 잘생긴 얼굴이었다.

22

육 주가 지나고, 음식 배급이 중단된 지 사흘째 되던 날, 열차
가 멈추었다. 문은 열리지 않았다. 널빤지 틈새로 표지판을 보고
불러주는 도시 이름들로 우리가 지나는 길을 짚어왔던 대머리
아저씨는 우리가 알타이 지역, 중국 바로 북쪽의 어디쯤일 거라
고 추측했다. 나는 널빤지 틈새로 내다보려고 했지만, 바깥은 어
두웠다. 우리는 문을 쾅쾅 두드렸다. 아무도 오지 않았다. 오븐
에서 갓 꺼내 아직 따뜻하게 부풀어 있던 내 방 창틀에 두고 온
빵 덩어리가 생각났다. 한 조각만 먹을 수 있다면. 손톱만큼 작
은 조각이라도.

배가 고파서 위장에 불이 난 것 같았고 머리가 지끈거렸다. 진
짜 종이에 그림을 그리고 싶었고 제대로 스케치할 수 있는 빛이

그리웠다. 사람들하고 이렇게 붙어 지내는 것도 지긋지긋했다. 나를 뒤덮은 시큼한 입냄새들, 끊임없이 내 등을 찌르는 누군가의 팔꿈치와 무릎들. 때로는 사람들을 그냥 밀쳐버리고 싶은 충동도 느꼈지만 그래봐야 소용없었다. 우리는 작은 성냥갑 안의 성냥들 같았다.

오전 늦게 철컹하는 쇳소리가 들렸다. 경비대원들이 문을 열더니 내려야 한다고 했다. 드디어. 환한 햇빛의 충격에 온몸이 떨렸다. 나는 손수건에 "알타이"라고 표시했다.

"리나, 요나스. 이리 와서 머리 빗자." 엄마가 말했다. 엄마는 펴지지도 않는 우리 옷의 주름을 펴느라 애썼고, 내가 머리를 틀어올리는 것을 도와주었다. 머리를 틀어올리자 가려움은 더 심해졌다.

"명심해, 우리 모두 붙어 있어야 해. 절대 어디 가거나 한눈팔지 마. 알았지?" 우리는 고개를 끄덕였다. 엄마는 여전히 외투를 겨드랑이 밑에 꼭 끼고 있었다.

"여기가 어디예요? 저 사람들이 물 양동이를 줄까요?" 요나스가 물었다.

"아직 모르겠구나." 엄마도 머리를 매만지며 대답했다. 그리고 립스틱을 꺼내더니 야윈 손가락으로 문질러 녹여 입술에 발랐다. 요나스가 미소 지었다. 엄마가 한쪽 눈을 찡긋했다.

NKVD들은 총검을 들고 준비 자세를 취하고 있었다. 단검처럼 생긴 칼날에 햇빛이 반사되었다. 언제든 눈 깜짝할 사이에 우리를 찌를 태세였다. 그리바스 선생님과 리마스 아주머니는 어린아이들이 먼저 내리도록 도와주었고, 이어서 우리가 내렸다. 안드리우스와 백발의 신사는 대머리 아저씨를 부축했다.

우리가 내린 곳은 기차역이 아니었다. 숲이 우거진 산비탈에 둘러싸인 넓고 깊은 골짜기였다. 멀리 산맥이 보였다. 하늘은 어쩜 그리도 파랗고 아름다워 보이던지. 강렬한 햇빛에 눈이 부셔 손차양을 해야 했다. 나는 심호흡을 해서 오염되었던 폐 속으로 흘러드는 상쾌하고 깨끗한 공기를 맛보았다. NKVD는 각 차량에서 내린 추방자들에게 선로에서 6미터 정도 떨어진 풀밭에 무리지어 앉으라고 명령했다. 각각 여물과 물이 담긴 양동이 두 개가 주어졌다. 아이들이 양동이에 달려들었다.

내가 다른 승객들을 보게 된 건 그때가 처음이었다. 수천 명은 되는 것 같았다. 우리도 저들만큼 남루해 보일까? 수많은 리투아니아 사람들이 찌그러진 여행가방과 불룩한 자루들을 들고서 골짜기로 쏟아져나왔다. 마치 시궁창에서 몇 년은 살았던 사람들처럼 지저분하고 거뭇했고 옷은 꼬질꼬질했다. 하나같이 느릿느릿 움직였고, 더러 짐을 옮길 힘도 없을 만큼 쇠약해진 사람들도 있었다.

다리가 제대로 말을 듣지 않았다. 사람들 대부분이 그랬다. 자기 몸무게를 못 이기고 바닥에 주저앉는 사람도 많았다.

"앉기 전에 근육 좀 풀어줘야겠다, 얘들아. 지난 몇 주 사이에 근육이 많이 약해졌나봐." 엄마가 말했다.

요나스가 스트레칭을 했다. 요나스는 꼭 길거리의 꾀죄죄한 거지 같았다. 황금색 머리카락은 납작하니 한 덩어리로 뭉쳐 머리에 달라붙어 있고 입술은 말라서 갈라졌다. 요나스도 나를 보더니 눈이 휘둥그레졌다. 나는 내 꼴이 어떨지 상상에 맡길 수밖에 없었다. 우리는 풀밭에 앉았다. 화차 바닥에 비하면 풀밭은 깃털 침대, 천국 같은 느낌이었다. 그러나 덜컹거리는 기차의 움직임은 여전히 내 몸안에 남아 있었다.

나는 우리 차량에서 내린 사람들을 보았다. 그 사람들도 나를 보았다. 밝은 햇빛 아래 모습을 드러낸 우리는 육 주 동안 깜깜한 벽장에서 같이 부대꼈던 낯선 얼굴들을 바라보았다. 오나는 나보다 겨우 몇 살 더 많아 보였다. 오나가 병원 앞에서 트럭에 실릴 때는 어두워서 잘 보지 못했었다. 아르비다스 부인은 어둠 속에 있을 때보다 더 매력적이었다. 대단히 균형 잡힌 몸매인데다 매끈한 갈색 머리에 입술이 통통했다. 키가 작고 발목이 굵은 리마스 아주머니는 엄마 또래의 나이였다.

사람들은 가족이나 사랑하는 사람들을 찾아보려고 다른 무리들과 이야기를 나누기 시작했다. 시계태엽 감는 아저씨가 나에게 다가왔다.

"손수건 있으면 좀 빌려주겠니?" 아저씨가 물었다.

나는 고개를 끄덕이고는 내 글이 보이지 않게 잘 접은 손수건을 재빨리 아저씨에게 건넸다.

"고맙다." 아저씨가 손수건으로 코를 가볍게 두드리며 말했다. 그러고는 등을 돌려 붐비는 사람들 틈으로 걸어갔다. 아저씨는 아는 사람인 듯한 남자와 악수를 나누면서 손바닥에 쥐고 있던 손수건을 몰래 넘겼다. 남자는 손수건으로 이마를 톡톡 찍고는 자기 주머니에 넣었다. 그렇게 계속 전해주세요, 나는 손수건이 이 사람 손에서 저 사람 손으로 여행하면서 마침내 아빠에게 도착하는 모습을 상상했다.

"엘레나, 저기 봐요." 리마스 아주머니가 말했다. "말이 끄는 수레들이 있어요."

엄마가 일어서서 줄지어 있는 무리들을 살폈다. "웬 남자들이 NKVD랑 같이 있네요. 그들이 사람들 사이로 들어가는데요."

안드리우스는 손가락으로 곱슬거리는 머리를 빗질했다. 고개를 숙인 채 끊임없이 주변을 살피면서 경비대원들에게서 눈을 떼지 않았다. 불안한 모양이었다. 얼굴은 다 나았지만, 노랗게 된 멍이 옅게 남아 있어 안색이 누랬다. 혹시 저들이 안드리우스를 알아보지 않을까? 안드리우스를 끌고 가거나 우리가 보는 앞에서 죽인다면? 나는 안드리우스가 가려지게끔 그의 앞쪽으로 자리를 옮겨앉았다. 하지만 그는 나보다 키가 크고 어깨가 넓었다. 나는 총검의 날카로운 칼날을 보았다. 무서워서 간이 콩알만 해지는 것 같았다.

오나가 큰 소리로 울기 시작했다. "조용히 해요." 대머리 아저씨가 말했다. "당신 때문에 우리가 시선을 끌게 생겼잖아."

"제발, 울지 마세요." 안드리우스가 오나와 경비대원들을 번갈아보면서 애원했다.

NKVD들은 열차 앞쪽 부근에 있던 한 무리를 두 마리 말이 끄는 수레에 태웠다. 마차가 떠났다. NKVD들은 남자들과 함께 이 무리에서 저 무리로 걸음을 옮겼다. 남자들은 생김새가 이상했는데, 리투아니아나 러시아 사람은 확실히 아니었다. 피부색이 짙고 머리색이 검고, 대체로 단정하지도 세련되지도 못한 차림이었다. 그들이 우리 바로 옆의 무리에서 멈추더니 NKVD들과 이야기를 나누기 시작했다.

"엘레나, 저들이 뭐라고 하는 거예요?" 리마스 아주머니가 물었다.

엄마는 대답하지 않았다.

"엘레나?"

"저 사람들이⋯⋯" 엄마는 말을 잇지 못했다.

"뭔데요?" 리마스 아주머니가 다그쳤다.

"저 사람들이 우리를 팔아넘기고 있어요." 엄마가 소곤거렸다.

23

　

나는 무리들 사이를 걸어다니면서 상품을 살피는 남자들을 지켜보았다. 그들은 사람들을 일어서게 하더니, 한 바퀴 돌아보라거나 손을 보여달라고 했다.

"엄마, 저 사람들이 왜 우리를 팔아요?" 요나스가 물었다. "우리는 어디로 가는 건데요?"

아르비다스 부인이 사정했다. "엘레나, 저 사람들한테 우리 안드리우스는 바보라고 말해줘요. 부탁이에요. 안 그러면 저들이 안드리우스를 데려갈 거예요. 안드리우스, 고개 숙이고 있어."

"사람들을 집단으로 한꺼번에 팔아넘기고 있어요." 엄마가 대꾸했다.

나는 우리 무리를 둘러보았다. 대부분이 여자와 아이였고, 남자는 노인 두 명뿐이었다. 그러나 우리에겐 안드리우스가 있었다. 비록 부상을 입기는 했지만, 힘세고 일 잘하게 보였다.

"팔리는 게 좋은 거예요?" 요나스가 물었다. 아무도 대답하지 않았다. 경비대원 하나가 남자 한 명과 함께 다가왔다. 그들은 우리 무리 앞에 멈춰 섰다. 나만 빼고 모두가 땅바닥만 보았다. 나도 스스로를 주체할 수 없었다. 나는 경비대원을 노려보았다. 푹 쉬고 잘 먹은 깨끗한 얼굴이었다. 엄마는 입을 막고 헛기침을 하면서 몰래 립스틱을 지우고 있었다. 부스스한 머리의 남자가 엄마를 가리키더니 경비대원에게 뭐라고 말했다. 경비대원은 고개를 젓고는 우리 무리를 가리키며 커다란 원을 그려 보였다. 남자는 다시 한번 엄마를 가리키며 외설적인 몸짓을 해 보였다. 경비대원은 껄껄 웃고는 혼잣말을 중얼거렸다. 남자가 우리를 살피다가 이번에는 안드리우스를 가리켰다.

경비대원이 안드리우스에게 걸어가면서 뭐라고 명령했다. 안드리우스는 움직이지 않았다. 나는 목구멍이 꽉 조여오는 것 같았다.

"애가 좀 늦돼요, 그애는 건드리지 마세요." 아르비다스 부인이 말했다. "엘레나, 대신 말해줘요."

엄마가 러시아어로 한 단어를 말했다. 경비대원은 안드리우스의 머리채를 휘어잡고 고개를 젖혔다. 안드리우스가 멍한 눈으로 쳐다보았다. 오나가 울부짖으며 몸을 앞뒤로 흔들었다. 대머리 스탈라스 아저씨가 신음하더니 투덜거렸다. 남자는 우리가 정나미 떨어진다는 듯 손사래를 치며 가버렸다.

다른 무리들은 팔려서 마차에 실려 산비탈들 사이에 생긴 V자 공간으로 골짜기를 따라 사라졌다. 우리는 여물과 물을 마지막 한 방울까지 다 먹어치우면서 우리가 팔리는 게 좋았을지 아닐지 토론을 벌였다.

누군가 탈출을 이야기했다. 달아나자는 의견을 놓고 잠깐 이야기하는데 한 발의 총성이 울렸고, 이윽고 열차 앞쪽 부근에서 비명들이 터져나왔다. 인형을 안은 소녀는 울기 시작했다.

"엘레나." 리마스 아주머니가 엄마를 불렀다. "아까 사람들을 어디로 데려가는 건지 경비대원한테 물어봐요."

엄마는 경비대원에게 말을 붙였지만, 그는 못 들은 척했다. 잠시 나는 주변에서 무슨 일이 일어나든 개의치 않았다. 풀밭은 신선한 골파 냄새를 풍겼고, 햇빛은 내게 활력을 불어넣었다. 나는 일어서서 기지개를 폈다.

아이들이 조금씩 돌아다녔지만 경비대원들은 신경도 쓰지 않는 것 같았다. NKVD들은 열차를 점검하다가 이따금 하던 일을 멈추곤 우리에게 열차를 깨끗이 쓸 줄 모르는 더러운 돼지라고 소리를 질러댈 뿐이었다. 열차 엔진이 칙칙 소리를 내며 떠날 준비를 했다.

"사람을 더 많이 데려오려고 돌아가는 거야." 안드리우스가
말했다.

"그래?" 요나스가 물었다.

"저들은 멈추지 않을 거야." 안드리우스가 대답했다. "우리를
죄다 없애버릴 때까지는."

24

시간이 흘러 해가 기울기 시작했다. 이제 남은 건 두 무리뿐이었다. 투덜이 여자는 쿵쿵거리고 돌아다니면서 우리에게 소리를 질렀다. 엄마 때문에 우리가 허약한 무리처럼 보였고, 그래서 이제 다들 총에 맞아 죽게 생겼다는 것이었다.

"차라리 우리를 쏘라고 하시오. 분명히 말하지만, 그게 더 나을 거요." 대머리 아저씨가 말했다.

"하지만 저들은 우리를 노예로 만들려고 했단 말이에요." 아르비다스 부인이 항변했다.

"일 조금 한다고 죽지는 않아요." 투덜이 여자가 아르비다스 부인을 쏘아붙였다. "아마도 우리한테 이런저런 막노동을 시키려는 거겠죠, 그뿐이라고요. 그래서 다른 사람들을 먼저 데려간 거예요. 당신들은 너무 비실비실해 보이니까요. 나는 농장에서 자랐어요. 내 손 더럽히는 것쯤은 하나도 겁 안 난다고요."

안드리우스가 발끈했다. "그럼 아줌마가 뽑혔으니까 땅 파서 먹을 거나 구해와요. 이제 우리 엄마들은 그만 괴롭히고요."

요나스와 나는 풀밭에 널브러져서 뻣뻣해진 근육을 풀어보려고 애썼다. 안드리우스가 우리 옆에 눕더니 머리 뒤로 팔짱을 끼고 하늘을 쳐다보았다.

"네 이마가 빨개지고 있어." 내가 말했다.

"햇볕에 타는 건 조금도 걱정 안 돼. 난 경비대원들한테 등을 안 보이려는 거야. 혹시라도 피부색이 더 건강해 보이면, 우리는 저 마녀의 소원대로 팔려가 소비에트 노예가 될지 모르지."

요나스가 몸을 굴려 안드리우스처럼 등을 대고 누웠다. "우리는 최대한 오래 같이 있어야 해. 그게 중요하다고 아빠가 그랬어."

"나는 엄마 곁에 있을 수밖에 없어. 엄마가 지금까지 잘 버텨왔다는 게 놀라울 뿐이야." 안드리우스가 자기 엄마 쪽을 보면서 말했다. 아르비다스 부인은 실크 손수건으로 파리들을 쫓다가 균형을 잃고 비틀거렸다. "엄마는 강한 사람이 아니거든."

"형한테 다른 형제는 없어?" 요나스가 물었다.

"없어. 우리 엄마가 나 임신했을 때 무척 힘드셨다나봐. 아빠는 아들이 있으니 아이는 더 필요 없다고 했어."

"우리 아빠가 언젠가는 나한테도 동생 하나 만들어준다고 했는데. 난 남동생이 좋을 것 같아. 그런데 형, 고향에 있는 사람들은 다들 뭐하고 있을까? 우리가 어떻게 됐는지 궁금하지 않을까?"

"우리 소식이 궁금해도 너무 무서워서 못 물어볼걸." 안드리우스가 말했다.

"왜 무서워하지? 우리는 왜 잡혀온 거고?" 요나스가 물었다.

"우리 이름이 명단에 있었으니까." 내가 대답했다.

"우리 이름이 왜 명단에 있었어?" 요나스는 계속 물었다.

"우리 아빠가 대학교에서 일하니까." 내가 대답했다.

"하지만 라스쿠나스 부인도 대학교에서 일하는데, 안 잡혀왔잖아." 요나스가 따졌다.

요나스 말이 맞았다. 그날 밤 우리가 끌려갈 때 라스쿠나스 부인은 자기 집 커튼 뒤에서 바깥을 엿보고 있었다. 나는 똑똑히 보았다. 부인네 가족은 왜 잡혀오지 않았을까? 그들은 왜 우리가 끌려가는 걸 막을 생각도 하지 않고 커튼 뒤에 숨어 있었을까? 아빠라면 절대 그러지 않았을 텐데.

"난 대머리 아저씨가 왜 명단에 올랐는지 알 것 같아." 내가 말했다. "아저씨가 못됐기 때문이야."

"죽고 싶어 안달하는 사람 같지?" 안드리우스가 하늘을 올려다보며 말했다.

"그거 알아? 하늘을 쳐다보고 있으면 마치 리투아니아의 우리 집 풀밭에 누워 있는 것 같아." 요나스가 말했다.

엄마 입에서나 나올 법한 요나스의 그런 말이 흑백의 그림에 색깔을 입혀주는 것 같았다.

"저기 봐, 저 구름은 대포처럼 생겼어." 요나스가 계속 말했다.

"그 대포로 소비에트들을 날려버려." 나는 풀잎들을 손가락으로 쓸며 말했다. "소비에트는 그래도 싸."

안드리우스가 나를 향해 고개를 돌렸다. 물끄러미 바라보는 시선에 나는 거북한 느낌이 들었다.

"왜?" 내가 물었다.

"넌 항상 하고 싶은 말이 잔뜩 있는 것 같아."

"아빠도 그렇게 말했어. 알겠지, 누나? 입조심하는 게 좋아." 요나스가 말했다.

내 방 문이 벌컥 열렸다. "리나, 거실에서 나 좀 보자." 아빠가 나를 불렀다.

"왜요?"

"거실로 나와, 당장!" 아빠는 콧구멍을 벌름거리며 방을 나갔다.

"엄마, 무슨 일이에요?"

"아빠 얘기 들었잖아, 리나. 거실로 가봐."

우리는 복도로 나왔다.

"요나스는 가서 자." 엄마는 동생 방 쪽은 보지도 않고 말했다. 내가 슬쩍 보니 요나스는 눈을 동그랗게 뜨고 방 문틈으로 밖을 엿보고 있었다.

아빠는 몹시 화가 나서 씩씩 콧김을 내뿜고 있었다. 내가 뭘 잘못했지? 나는 거실로 들어갔다.

"네 재능을 이런 식으로 낭비해?" 아빠가 내 얼굴에 종잇장을 들이밀었다.

"아빠, 이건 장난으로 한 거예요." 내가 설명했다.

"너는 장난이라고 생각하겠지. 하지만 크렘린에서 이걸 장난이라고 생각 안 하면 어쩔래? 아주 똑같이 그렸더구나, 세상에!" 아빠는 그 종이를 내 무릎에 떨어뜨렸다.

나는 내가 그린 스케치를 보았다. 완벽히 닮은 모습이었다. 어릿광대 옷을 입고 있었어도 그건 영락없는 스탈린이었다. 내가 그린 그림에서 스탈린은 우리 집 식당에 서 있고, 아빠와 친구들이 식탁에 둘러앉아 스탈린에게 종이비행기를 날리고 있었다. 아저씨들은 웃고 있었다. 스탈린은 종이비행기들을 머리에 맞고 울상을 짓고 있었다. 아빠와 셸처 박사님은 완벽하게 똑같았다. 기자 아저씨의 턱은 아직 완성 전이었다.

"다른 그림들이 또 있어?" 아빠가 나에게서 종이를 채어가며 물었다.

"장난으로 그린 거예요." 작은 목소리가 들렸다. 요나스가 파자마 차림으로 복도에 서 있었다. "아빠, 제발 화내지 마세요."

"이 그림 그릴 때 너도 같이 있었어?" 아빠가 소리쳤다.

"오, 요나스." 엄마도 놀랐다.

"요나스하곤 상관없는 일이에요! 제가 그린 거예요. 재미있다고 생각해서 요나스한테 보여준 거고요."

"이 그림을 누구 다른 사람한테 보여준 적 있니?" 아빠가 물었다.

"아뇨. 아까 오후에 그린 그림인걸요."

"리나, 이건 심각한 일이야. 소비에트들이 네 그림을 보면 너를 체포할지도 몰라." 엄마가 타일렀다.

"하지만 소비에트가 어떻게 이걸 보겠어요? 제가 버렸는데." 내가 우겼다.

"아빠처럼 누가 쓰레기통에서 이 그림을 찾아내면 어쩔래? 바람에 날려서 이 그림이 스탈린 발 앞에까지 갈지 어떻게 알아?" 아빠가 소리쳤다. "넌 아빠와 아빠 친구들이 소련의 지도자를 비웃는 모습을 그렸어! 다른 그림들이 있어 없어?" 아빠가 물었다.

"아뇨, 그거 한 장뿐이에요."

아빠는 그림을 찢어서는 종잇조각들을 벽난로에 던져넣었다.

안드리우스는 계속 나를 바라보다가 마침내 물었다. "그게 네가 바라는 거야? 소비에트들을 날려버리는 거?"

나는 몸을 돌려 그를 바라보았다. "그냥 집에 가고 싶을 뿐이야. 아빠가 보고 싶어."

그가 고개를 끄덕였다.

25

저녁이 되었고 두 무리는 남겨졌다. NKVD들 대부분은 기차와 함께 떠났다. 남은 건 무장한 대원 다섯 명과 트럭 두 대가 고작이었다. 리투아니아 사람은 서의 일흔다섯 명이나 되고 소비에트는 다섯 명뿐이었지만, 감히 아무도 움직이려 하지 않았다. 우리 대부분이 너무 지치고 힘이 없는 것 같았다. 풀밭은 기분 좋은 침대였고, 공간은 호사스러웠다. 나는 아빠에게 보낼 그림을 그리려고 풍경의 특징들을 머리에 새겼다.

NKVD가 모닥불을 피워 저녁을 준비하는 동안 우리는 앉아서 물끄러미 구경만 했다. 그들은 미국제 통조림과 빵, 커피를 먹었다. 식사가 끝나자 보드카를 마시고 담배를 피웠다. 그들의 목소리가 조금씩 커져갔다.

"저 사람들 무슨 얘기를 하는 거예요?" 내가 엄마에게 물었다.

"자기 집, 고향 얘기를 하는 거란다. 친구들과 가족들 얘기를 나누고 있어."

믿어지지 않았다. 나는 러시아어로 나누는 대화에 귀를 기울였다. 목소리의 분위기와 키득거리는 웃음소리는 전혀 가족 얘기를 하는 것처럼 들리지 않았다. 오나가 또 시작했다. 기도문을 읊조리듯 "안 돼, 안 돼, 안 돼" 하는 소리를 반복하고 또 반복했다. NKVD 한 명이 일어서더니 우리에게 손가락을 딱딱 튀기면서 소리를 질렀다.

"저 사람들이 화내기 전에 오나를 진정시키는 게 좋겠구나." 엄마가 일어서며 말했다. 요나스는 벌써 잠들어 있었다. 나는 내 하늘색 레인코트를 요나스에게 덮어주고 눈 위로 내려온 머리카락을 넘겨주었다. 대머리 아저씨가 코를 골았다. 백발 아저씨는 시계태엽을 감았다. 안드리우스는 무리 가장자리에 한쪽 무릎을 가슴에 끌어당겨 앉은 채로 경비대원들을 지켜보고 있었다.

그의 옆얼굴은 윤곽이 뚜렷하고 턱선이 날렵했다. 헝클어진 머리는 얼굴 옆쪽으로 완벽하게 늘어져 있었다. 그걸 그리려면 심이 무른 연필이 있어야 했다. 그가 내 시선을 눈치챘다. 나는 얼른 고개를 돌려버렸다.

"야." 그가 나에게 소곤거렸다.

나는 고개를 들었다. 뭔가 풀밭을 굴러오더니 내 다리에 부딪혔다. 그가 열차에서 뛰어내렸던 날 발견했던 반짝이는 광물이 박힌 돌멩이였다.

"열차 공주님의 귀중한 보석이잖아." 내가 웃으며 속삭였다.

그도 웃으며 고개를 끄덕였다.

나는 돌멩이를 도로 그에게 굴리려고 집어들었다.

"아니, 너 가져." 안드리우스가 말했다.

우리는 해가 뜰 무렵 깨어났다. 몇 시간 후 마차 한 대가 오더니 다른 무리를 택했고, 그들을 태우고 떠났다. 이윽고 경비대원들은 우리를 두 대의 트럭 뒤에 태우고는 골짜기를 지나 산비탈이 V자로 파여 길이 시작되는 곳으로 데려갔다. 아무도 입을 열지 않았다. 우리는 겁에 질려 어디로 가게 될지 얘기를 나눌 수조차 없었다.

트럭 뒤에 타고 가는 동안 탈출을 시도하는 건 말도 안 되는 짓이라는 걸 깨달았다. 사방 몇 킬로미터를 가도 개미 새끼 하나 없었다. 사람 하나, 지나가는 차 한 대도 보이지 않았다. 나는 내 손수건을 가져간 남자를 생각하며, 그것이 계속 전해져 아빠에게 더 가까이 가기를 바랐다. 두 시간쯤 지났을 때 길가에 드문드문 오두막들이 보였다. 트럭은 사람이 거주하는 것 같은 지역으로 들어가더니 어느 나무 건물 앞에 멈췄다. 경비대원들이 뛰어내리면서 소리쳤다. "다바이! 다바이!" 그리고 다른 지시를 내렸다.

"트럭에 짐을 두고 내리래요." 엄마가 외투를 옆구리에 꼭 끼면서 말했다.

"내리기 전에 우리가 어디로 가는지는 알아야겠어요." 아르비다스 부인이 말했다.

엄마가 경비대원들에게 말을 걸어보았다. 그러고는 고개를 돌리며 미소 지었다. "저 건물은 목욕탕이래요."

우리는 트럭에서 뛰어내렸다. 엄마는 외투를 접어 가방에 넣었다. 경비대원들이 우리를 남자와 여자 두 무리로 나누었다.

"얘들아, 나도 데려가야지." 대머리 아저씨가 안드리우스와 요나스에게 말했다. "너희가 날 씻겨줘야 한다."

요나스는 겁먹은 표정이었고, 안드리우스는 넌더리를 냈다. 나는 웃음이 나왔는데, 그 때문에 안드리우스는 더 짜증스러운 모양이었다. 남자들이 먼저 갔다. 경비대원들은 남자들을 현관으로 불러 얼굴에 대고 고함을 지르면서 마구 밀쳤다. 요나스가 통역해달라는 표정으로 엄마를 쳐다보았다.

"옷을 벗어, 얘야." 엄마가 통역했다.

"지금요? 여기서 바로?" 요나스가 여자 어른과 아이들을 보면서 되물었다.

"우리 모두 뒤로 돌아서 있을 거야, 그렇죠, 숙녀 여러분?" 엄마의 말에 우리 모두 현관을 등지고 섰다.

"지금 얌전 빼는 건 아무짝에도 쓸데없다." 스탈라스 아저씨가 말했다. "우리는 해골이나 다름없어. 얘들아, 내 바지 좀 벗겨다오. 아얏! 다리 조심해."

스탈라스 아저씨가 투덜거리고 요나스가 사과하는 소리가 들렸다. 허리띠 버클이 현관 나무에 딱 부딪히는 소리가 들렸다. 나는 그게 안드리우스의 허리띠인지 궁금했다. 경비대원들이 소리쳤다.

"벗은 옷들은 거기 두고 가래요. 저들이 옷의 이를 없애줄 거래요." 엄마가 통역했다.

묘한 냄새가 났다. 우리 여자들에게서 나는 냄새인지 아니면 목욕탕에서 나는 냄새인지는 알 수 없었다. 건물 안에서 대머리 아저씨가 고래고래 지르는 소리가 들려왔다.

엄마는 뒤돌아보며 두 손을 꼭 맞잡고 중얼거렸다. "우리 착한 요나스."

26

우리는 기다렸다. "저 안에서 무슨 일이 벌어지고 있을까요?"
내가 물었다. 엄마는 고개를 가로저었다. NKVD 세 명이 현관에
서 있었다. 한 명이 떽떽거리며 뭐라고 또 지시를 내렸다.

"한 번에 열 명씩 오래요." 엄마가 말했다. "우리도 현관으로
가서 옷을 벗어야 해요."

우리는 아르비다스 부인, 투덜이 아줌마와 그 딸들과 함께 첫
번째였다. 엄마는 오나를 일으켜 현관 쪽으로 부축해갔다. 원피
스 단추를 풀어 머리 위로 벗은 나는 땋은 머리를 풀고 샌들도
벗었다. 엄마는 브래지어와 팬티를 입은 채 오나를 거들었다. 경
비대원들이 현관에 서서 우리를 물끄러미 보고 있었다. 나는 머
뭇거렸다.

"괜찮아, 리나." 엄마가 타일렀다. "다시 깨끗해진 느낌이 얼마나 좋을지 상상해보렴." 오나가 훌쩍이기 시작했다.

금발의 젊은 경비대원이 담배에 불을 붙이고는 우리를 등지고 트럭이 있는 쪽을 바라보았다. 물끄러미 우리를 지켜보던 또다른 NKVD는 아랫입술을 깨물며 씨익 웃었다.

나는 브래지어와 팬티를 벗고 손으로 몸을 가린 채 현관에 섰다. 내 옆에 선 아르비다스 부인은 풍만한 가슴이 너무 커서 가느다란 팔뚝으로는 가릴 수가 없었다. 금니를 박은 경비대원이 지휘관으로 보였는데, 그가 현관으로 다가와 여자들 한 명 한 명 앞에서 멈추고는 위아래로 훑어보았다. 그가 아르비다스 부인 앞에 멈춰 섰다. 부인은 고개를 들지 않았다. 그는 이쑤시개를 혀로 굴리더니 눈썹을 치켜세우며 눈길로 부인을 범했다.

나는 역겨워서 한숨이 나왔다. 엄마가 나한테 고갯짓을 했다. 지휘관이 내 두 팔을 붙잡아 억지로 끌어내렸다. 그러고는 나를 위아래로 훑어보고 징그럽게 웃었다. 그가 손을 뻗어 내 가슴을 더듬었다. 내 살갗을 긁는 것 같은 우툴두툴한 손톱이 느껴졌다.

그때까지 나는 한 번도 남자 앞에서 벌거벗고 있어본 적이 없었다. 그의 촉감, 거친 손 때문에 구역질이 날 것 같았고, 내 몸 바깥쪽보다 안쪽이 더 더러운 느낌이 들었다. 나는 팔로 몸을 가리려고 했다. 엄마가 러시아어로 뭐라고 소리치고는 나를 오나

뒤로 끌어당겼다.

오나의 허벅지 안쪽과 엉덩이에는 피딱지들이 덕지덕지 말라 붙어 있었다. 지휘관이 엄마에게 소리를 지르기 시작했다. 엄마는 속옷을 마저 벗고는 나를 팔로 감싸안았다. 그들은 우리를 목욕탕 안으로 데려갔다.

27

경비대원 한 명이 멀찌감치 서 있었다. 그는 커다란 국자를 양동이에 푹 넣더니 무언가 하얀 가루를 우리에게 뿌렸다. 샤워기가 딸각 소리를 내며 자디잔 물보라를 뿌렸다.

"서둘러야 해. 저들이 시간을 얼마나 줄지 모르잖아." 엄마는 작은 비누조각을 들고서 자기는 씻을 생각을 하지 않고 내 머리와 얼굴부터 문질러댔다. 나는 갈색 땟국물이 다리를 타고 흘러내려 발목을 지나 강을 이루며 배수구로 들어가는 것을 지켜보았다. 나도 그 더러운 물과 함께 빨려들어가 경비대원들과 이 수치심으로부터 멀리멀리 흘러가고 싶었다.

"계속 문질러, 리나. 어서." 엄마가 재촉하면서 오나에게 돌아섰다.

나는 물줄기 아래서 부르르 떨면서도 최대한 깨끗이 씻었고, 저 벽 너머에는 우리를 기다리는 경비대원들이 없기를 빌었다.

나는 엄마의 등을 밀어주고 머리도 감겨주려고 애썼다. 아르비다스 부인은 물줄기 아래 서서 두 손을 머리 위로 우아하게 올리고 있었다. 마치 자기 집 아늑한 욕실 안인 양 태연했다. 샤워기가 딸깍 잠겼다.

벽 반대편에 우리 옷들이 있었다. 나는 재빨리 머리부터 원피스를 꿰입는데 허벅지에 뭔가가 부딪쳤다. 안드리우스가 준 돌멩이였다. 나는 주머니에 손을 넣어 손가락으로 그 반들반들한 모서리를 더듬었다.

엄마가 손가락으로 내 머리를 빗겨주었다. 나는 엄마의 젖은 얼굴을 바라보았다. 엄마의 금색 곱슬머리에서 어깨 위로 물방울이 떨어졌다.

"집에 가고 싶어요." 나는 몸을 떨며 속삭였다. "제발."

엄마는 들고 있던 옷을 떨어뜨리고 나를 오래오래 꼭 껴안아주었다. "우리는 집에 갈 거야. 아빠랑 우리 집을 계속 생각하렴. 마음속에 우리 집을 생생하게 간직하고 있어야 해." 엄마가 포옹을 풀고 나를 바라보았다. "그렇게만 하면 꼭 집에 가게 될 거야."

남자들은 벌써 첫번째 트럭에 타고 있었다. 우리가 나오는 동안 또 한 무리의 여자들과 아이들이 현관에 벌거벗고 서 있었다.

"기분이 훨씬 나아졌지?" 엄마가 요나스에게 미소 지으며 트럭에 올라탔다. 엄마는 가방 안의 외투가 잘 있는지 확인했다. 요나스는 겉모습도 기분도 훨씬 나아진 것처럼 보였다. 안드리우스도 마찬가지였다. 그의 젖은 머리가 짙은 계피색으로 반짝거렸다.

"이제 우리는 깨끗한 시체들이 되었어. 그래서 뭐가 달라졌어?" 대머리 아저씨가 말했다.

"죽은 시체였다면 우리한테 샤워를 허락하지도 않았겠죠." 백발 아저씨가 손목시계를 들여다보며 말했다.

"이야, 더러운 때에 가려 이 금발을 못 봤네." 안드리우스가 손을 뻗어 내 머리카락 한 올을 집었다. 나는 몸을 움츠리면서 고개를 돌려버렸다. 엄마가 나에게 팔을 둘렀다.

"누나, 어디 아파?" 요나스가 물었다.

나는 못 들은 척했다. 나는 내 몸에 손을 댔던 지휘관과 내가 미처 하지 못했던 모든 행동을 생각했다. 그의 따귀를 때리고, 발로 차고, 얼굴에 대고 비명을 질렀어야 했다. 나는 주머니에 손을 넣어 안드리우스가 준 돌멩이를 쥐었다. 그리고 돌멩이가 으스러져라 세게 힘을 주었다.

"사우나에 다녀왔으니 이제 저들이 우리한테 푸짐한 만찬을 대접해주겠죠?" 리마스 아주머니가 농담을 했다.

"네, 그렇겠죠. 초콜릿 케이크 한 조각과 코냑 한두 잔도." 아르비다스 부인이 웃었다.

"향기롭고 뜨거운 커피를 주면 좋겠네요." 엄마가 말했다.

"진한 커피로." 대머리 아저씨도 거들었다.

"와, 깨끗해지면 이렇게 기분이 좋을 줄은 미처 몰랐어요!" 요나스가 자기 손을 살피며 감탄했다.

모든 사람의 기분이 훨씬 좋아졌지만 오나만은 예외였다. 오나는 계속 웅얼거리고 있었다. 리마스 아주머니가 애써보았지만 진정시킬 수가 없었다. 마지막 여자와 아이 무리가 트럭에 오를 때, 일어섰다 앉았다 하면서 머리를 쥐어뜯는 오나의 모습이 지휘관의 눈에 띄고 말았다. 지휘관이 오나에게 소리쳤다. 트럭 뒤에서 금발의 젊은 경비대원이 나타났다.

"내버려두세요. 저 불쌍한 것이 슬퍼서 그래요." 리마스 아주머니가 말했다.

엄마가 지휘관에게 통역했다. 오나는 일어서서 오른발을 굴렀다. 지휘관이 올라와 오나를 트럭에서 끌어내렸다. 오나는 완전히 자제력을 잃고 비명을 지르며 그를 할퀴려 했다. 하지만 키로나 힘으로나 지휘관의 상대가 되지 않았다. 지휘관이 오나를 바닥에 패대기쳤다. 그의 눈이 가늘어지고 네모난 턱이 굳게 다물어졌다. 엄마는 오나에게 가려고 당장 트럭에서 뛰어내릴 기세였다. 너무 늦었다. 지휘관이 권총을 꺼내 오나의 머리를 쏘았다.

나를 비롯한 나머지 사람 모두 헉 하는 외마디소리를 내뱉었다. 안드리우스는 요나스의 머리를 껴안고 눈을 가려주었다. 오나의 머리 밑으로 짙은 적포도주색의 피 웅덩이가 생겼다. 오나의 다리는 구부러진 채 부자연스럽게 뻗어 있었다. 한쪽 발은 신발이 어디 갔는지 맨발이었다.

"리나." 안드리우스가 불렀다.

나는 멍하니 돌아보았다.

"보지 마." 그가 말했다.

나는 입을 벌렸지만 아무 소리도 나오지 않았다. 나는 다시 고개를 돌렸다. 금발의 어린 경비대원이 오나의 주검을 물끄러미 보고 있었다.

"리나, 나를 보라고." 안드리우스가 다시 말했다.

엄마는 오나를 내려다보며 트럭 모서리 근처에서 풀썩 무릎을 꿇었다. 나는 동생 곁으로 다가가 앉았다.

엔진이 부르릉거리고 트럭이 움직이기 시작했다. 엄마는 주저앉아 손으로 얼굴을 감쌌다. 그리바스 선생님은 고개를 저으며 혀를 찼다.

요나스가 내 머리를 자기 무릎 위로 끌어당기고는 머리카락을 쓰다듬으며 속삭였다. "누나, 제발 경비대원들한테 아무 말도 하지 마. 녀석들을 자극하지 마, 부탁이야."

우리가 멀어질수록 오나의 시체는 점점 작아졌다. 오나는 NKVD에게 살해되어 흙먼지 위에 누워 있었다. 수백 마일 떨어진 풀숲 어딘가에서는 오나의 딸이 부패하고 있었다. 오나의 가족들은 그녀에게 무슨 일이 생겼는지 알게 될까? 우리에게 무슨 일이 벌어지고 있는지 누군가는 알게 될까? 나는 기회가 있을 때마다 계속 글을 쓰고 그림을 그릴 것이다. 지휘관이 총을 쏘고, 엄마가 무릎을 꿇고 앉아 양손으로 머리를 감싸고, 우리 트럭이 오나의 시체 위로 돌멩이를 뱉어내면서 멀어지는 모습을 그릴 것이다.

28

우리는 커다란 집단농장으로 들어갔다. 방 한 칸짜리 허름한 오두막들이 판자촌을 이루고 있었다. 따뜻한 해는 잠깐만 이곳에 머물다 가는 모양이었다. 건물들은 비스듬히 기울어 있고 뒤틀린 지붕들이 혹한의 날씨를 경고했다.

경비대원들이 우리더러 트럭에서 내리라고 명령했다. 안드리우스는 고개를 숙이고 자기 엄마 옆에 바짝 붙어 섰다. 경비대원들이 우리를 판잣집으로 들여보내기 시작했다. 앞으로 우리가 지낼 곳인 모양이었다. 하지만 그리바스 선생님과 리마스 아주머니가 어느 판잣집에 들어가자마자 한 여자가 달려나오더니 경비대원들과 말다툼을 벌였다.

"여기 오두막에 사람들이 살고 있어요." 요나스가 소곤거렸다.

"그래, 아마 오두막을 같이 써야 할 것 같구나." 엄마가 우리를 가까이 끌어당기며 대답했다.

여자 두 명이 커다란 물동이를 들고 우리를 지나갔다. 우리가 탔던 열차에서는 못 봤던 사람들이었다.

우리에게는 정착촌 끄트머리 근방의 우중충한 오두막이 배정되었다. 회색 목재는 바람과 눈의 계절을 숱하게 보냈는지 껍질이 벗겨져 있었다. 쪼개지고 금이 간 나무문은 뒤틀린 채 문틀에 끼여 있었다. 강풍 한 번이면 하늘로 날아가 산산조각날 것 같은 판잣집이었다. 금발의 경비대원이 문을 당겨 열면서 러시아어로 뭐라고 고함을 지르더니 우리를 안으로 떠밀었다. 옷을 겹겹이 껴입은 땅딸막한 알타이 여자가 문으로 달려와 경비대원 등뒤에 대고 떽떽거리기 시작했다. 엄마는 우리를 구석으로 데려갔다. 여자는 몸을 돌려 이번에는 우리에게 소리를 질러댔다. 여자의 머릿수건 밖으로 머리카락이 검은 짚처럼 비죽비죽 나와 있었다. 세파에 찌든 넓적한 얼굴에는 주름살들이 지도를 그리고 있었다.

"저 아줌마가 뭐라고 하는 거예요?" 요나스가 물었다.

"더러운 범죄자들에게 내줄 방이 없다는구나." 엄마가 말했다.

"우린 범죄자가 아니잖아요." 내가 대꾸했다.

여자는 고래고래 소리를 질러대며 두 팔을 휘젓고는 오두막

바닥에 침을 뱉었다.

"미친 사람 아니에요?" 요나스가 물었다.

"자기 먹을 것도 없는데 우리 같은 범죄자랑은 음식을 나눠 먹을 수 없다고 하는 거야." 엄마가 여자를 등지고 돌아섰다. "자, 우리는 이쪽 구석에 짐을 풀어놓자꾸나. 요나스, 가방을 내려놓으렴."

여자가 갑자기 내 머리채를 붙잡더니 나를 문으로 끌고 가 밖으로 내동댕이쳤다.

엄마가 여자에게 러시아어로 고함을 질렀다. 엄마는 내 머리채를 잡은 여자의 손을 뿌리치고는 따귀를 때리고 밀쳐버렸다. 요나스는 정강이를 걷어찼다. 알타이 여자는 검은 눈을 치뜨고 우리를 노려보았다. 엄마도 똑같이 노려보았다. 갑자기 여자가 넉살 좋게 껄껄 웃고는 뭐라고 물었다.

"우린 리투아니아 사람들이에요." 엄마가 처음에는 리투아니아어로, 다음에는 러시아어로 대답했다. 여자가 꼬리를 내렸다.

"뭐라고 하는 거예요?" 내가 물었다.

"성깔 있는 사람들이 일도 잘한다면서 방세를 내라고 하는구나." 엄마는 계속 질문했다.

"방세요? 무슨 방세? 허허벌판의 이따위 흙구덩이에 살면서 방세를 내요?" 내가 따졌다.

"여기는 알타이야. 이 사람들은 감자와 비트 농사를 지으며 살고." 엄마가 말했다.

"그럼 먹을 감자는 있겠네요?" 요나스가 물었다.

"식량은 배급제래. 경비대원들이 농장과 일꾼들을 감독한대." 엄마가 말했다.

스탈린이 농부들의 땅과 농기구, 가축을 징발했다는 아빠의 말이 떠올랐다. 스탈린은 어떤 작물을 생산할지, 그 값으로 얼마를 줄지 제멋대로 결정했다. 나는 그건 말도 안 된다고 생각했다. 스탈린은 어떻게 자기 것도 아닌 것을, 농부들과 그 가족이 평생 일해왔던 것을 그냥 가져갈 수 있을까? "그게 공산주의란다, 리나." 아빠가 말했었다.

여자는 엄마에게 손가락을 흔들고 고개를 가로저으며 소리쳤다. 그러고는 오두막을 나갔다.

우리는 집단농장, 콜호스에 와 있었고, 나는 비트 농부가 되어야 했다.

나는 비트라면 질색인데.

지도와 뱀

29

판잣집은 가로세로가 3미터에 3.6미터 정도 되는 크기였다. 구석에는 작은 화덕이 있고 그 주변에 냄비 두 개와 더러운 양철통들이 놓여 있었다. 화덕과 가까운 벽 앞에는 짚을 깔아놓은 침상이 있었다. 베개는 없었고, 다 해진 조각 이불 한 장이 전부였다. 작은 창 두 개에는 접착제로 이어붙인 유리가 대어져 있었다.

"여긴 아무것도 없어요. 싱크대도 없고 식탁도 없고 옷장도 없어요. 저기가 저 여자 침대인가봐요?" 내가 물었다. "우리는 어디서 자요? 화장실은 어디에요?"

"우리는 어디서 먹어요?" 요나스가 물었다.

"잘 모르겠어." 엄마가 냄비들 안을 들여다보며 대답했다. "지저분하네. 그래도 조금만 닦으면 못 쓸 것도 없겠어, 안 그래?"

"하긴 그 기차에서 내린 것만도 좋아요." 요나스가 말했다.

금발의 젊은 NKVD가 불쑥 문으로 들어왔다. "엘레나 빌카스."

엄마는 경비대원을 쳐다보았다.

"엘레나 빌카스!" 그가 이번에는 더 크게 불렀다.

"네, 저예요." 엄마가 대답했다. 두 사람은 러시아어로 얘기하더니 곧 언성을 높였다.

"엄마, 무슨 일이에요?" 요나스가 물었다.

엄마가 우리를 두 팔로 감쌌다. "걱정 마, 얘들아. 우린 같이 있을 거니까."

경비대원이 "다바이!" 하고 소리지르면서 우리에게 밖으로 나가라고 손짓했다.

"어디로 가는 거예요?" 내가 물었다.

"지휘관이 나를 보자는구나. 그래서 우리 모두 같이 가야 한다고 했어."

지휘관. 나는 가슴이 조여들어서 대답했다. "난 여기 있을게요. 괜찮을 거예요."

"아냐, 우리 모두 같이 붙어다녀야 해." 요나스가 말했다.

우리는 허름한 판잣집들 사이로 금발의 경비대원을 따라가, 다른 집들보다는 훨씬 괜찮은 통나무 건물에 다다랐다. 문 근처에서 NKVD 몇 명이 담배를 피우고 있었다. 그들이 엄마를 힐끔거렸다. 엄마는 건물과 경비대원들을 살폈다.

"여기 있어. 금방 돌아올게." 엄마가 말했다.

"싫어요. 우리도 엄마랑 같이 들어갈래요." 요나스가 말했다.

엄마는 건장한 경비대원들 쪽을 봤다가 나를 보았다.

경비대원 하나가 문에서 내려왔다. "다바이!" 그가 소리지르며 엄마의 팔꿈치를 잡아당겼다.

"금방 돌아올게." 엄마는 어깨 너머로 말하고는 문으로 사라졌다.

"금방 돌아올게." 엄마가 말했다.

"그런데 엄마가 보기엔 어때요?" 내가 물었다.

"아주 사랑스러워." 엄마가 뒤로 물러나면서 내 드레스를 보고 감탄했다.

"좋아." 재단사는 공단으로 된 작은 핀 쿠션에 도로 핀을 꽂으며 말했다. "다 됐어, 리나. 이제 갈아입어도 돼. 하지만 조심해. 바느질한 게 아니라 핀으로 꽂은 거니까."

"이따가 요 앞에서 보자." 엄마는 어깨 너머로 말하고는 문으로 사라졌다.

"네 엄마 드레스 고르는 안목이 아주 탁월하구나." 재단사가 말했다.

재단사 말이 옳았다. 드레스는 아름다웠다. 연회색이 내 눈을 더욱 돋보이게 했다.

나는 옷을 갈아입고 밖으로 나와 엄마를 찾았다. 엄마는 거기 없었다. 나는 밝은 색으로 칠해진 가게들을 들여다보았지만 엄마의 모습은 보이지 않았다. 길 아래쪽에서 문이 열리고 엄마가 나왔다. 엄마의 파란 모자는 원피스와 같은 색이었고, 걸을 때마다 치맛자락이 다리 주변에서 펄럭였다. 엄마는 쇼핑백을 팔에 건 채 아이스크림콘 두 개를 손에 들고서 미소 지었다.

"남자들이 재미를 보고 있는데 우리도 즐거운 시간을 보내야지." 엄마의 빨간 립스틱이 반짝였다. 엄마는 아이스크림콘을 내게 건네고 길가 벤치로 데려갔다. "잠깐 앉자."

아빠와 요나스는 축구 경기를 보러 갔고, 엄마와 나는 쇼핑을 하며 오전을 보냈다. 나는 부드러운 바닐라 아이스크림을 핥고는 따뜻한 벤치에 등을 기댔다.

"앉으니까 좋구나." 엄마가 한숨을 쉬었다. 그리고 나를 돌아보았다. "그래, 드레스는 끝났고— 우리가 해야 할 일이 또 뭐 있었지?"

"목탄이 필요해요." 내가 일깨워주었다.

"아, 맞아. 우리 화가 선생님께서 쓰실 목탄."

"우리가 엄마랑 같이 가야 했어." 요나스가 말했다.

맞는 말이었다. 하지만 나는 그 지휘관 근처에는 얼씬도 하기 싫었다. 엄마도 그걸 알고 있었다. 그래도 엄마와 같이 갔어야 했다. 엄마는 이제 혼자서, 보호해주는 사람도 없이 그들 틈에 있었다. 그건 내 잘못이었다. 나는 건물 옆면에 난 더러운 창문 근처로 요나스를 끌고 갔다.

"저 금발 경비대원이 널 볼 수 있게 여기 있어." 내가 말했다.

"누난 뭐하려고?"

"창 안쪽을 들여다볼 거야, 엄마가 괜찮은지 확인해야지."

"안 돼, 누나!"

"거기 있으라니까."

금발 경비대원은 기껏해야 스무 살 정도로 보였다. 그는 우리가 옷을 벗을 때 돌아서 있던 병사였다. 그가 주머니칼을 꺼내더니 손톱 밑을 파기 시작했다. 나는 살금살금 창문으로 다가가 까치발을 했다. 엄마는 의자에 앉아 물끄러미 무릎만 보고 있었다. 지휘관은 엄마 앞쪽 책상 모서리에 걸터앉아 있었다. 그는 서류철을 가볍게 넘기면서 말을 하고 있었다. 이윽고 그가 서류철을 덮어 허벅지 위에 얹어놓았다. 나는 경비대원 쪽을 흘깃 돌아본 뒤 방안을 더 잘 보려고 발끝을 좀더 들었다.

"그만해, 누나. 안드리우스 형이 그랬단 말이야, 말썽 부리면 저들이 총을 쏘아 죽인다고." 요나스가 소곤거렸다.

"말썽 부리는 게 아니야." 나는 동생에게 돌아오며 말했다. "그냥 엄마가 무사한지 확인하는 거라고."

"그래도 오나가 어떻게 됐는지 잊지 마." 요나스가 말했다.

오나에게 무슨 일이 생겼던가? 오나는 지금 자기 딸과 우리 할머니와 함께 천국에 있을까? 아니면 기차와 리투아니아 사람들 사이를 떠돌면서 남편을 찾고 있을까?

그건 아빠에게 하고 싶은 질문이었다. 아빠는 항상 고개를 끄덕이며 내 질문을 주의 깊게 들어주었고, 그러고 나면 잠시 뜸을 들였다가 대답을 해주었다. 이제 내 질문에 누가 답해줄까?

하늘엔 구름이 끼어 있었지만 날씨는 따뜻했다. 판자촌 너머 멀리 농장 사이로 드문드문 가문비나무와 소나무 들이 보였다. 나는 아빠에게 보낼 그림을 그리기 위해 주변 풍경을 둘러보며 머릿속에 새겼다. 안드리우스와 그 엄마는 어디 있는지 궁금했다.

몇몇 건물은 우리 판잣집보다 나아 보였다. 한 곳은 통나무 울타리까지 있었고, 또 한 곳은 작은 정원이 있었다. 그것들도 그려야지—슬프고 움츠러든 느낌으로, 색깔은 거의 쓰지 않고서.

건물 출입문이 열리고 엄마가 나왔다. 지휘관도 밖으로 나와 문틀에 기대서는 걸어가는 엄마의 뒷모습을 지켜보았다. 엄마는 입을 굳게 다물고 있었다. 우리에게 다가오며 엄마는 고개를 끄덕였다. 지휘관이 문간에서 엄마에게 뭐라고 말했다. 엄마는 그 소리를 무시하고 우리 손을 꼭 잡았다.

"우리 오두막으로 데려다줘요." 엄마가 금발 경비대원에게 말했다. 그는 꼼짝하지 않았다.

"내가 길을 알아요." 요나스가 흙길을 앞장서며 말했다. "따라와요."

"괜찮아요?" 걸음을 떼놓자마자 내가 엄마에게 물었다.

"괜찮아." 엄마가 낮은 목소리로 대답했다.

내 어깨를 무겁게 짓누르던 짐이 빠져나가는 것 같았다. "지휘관이 왜 부른 거래요?"

"나중에 말해줄게." 엄마가 말했다.

30

"엄마더러 자기네랑 같이 일해달래." 요나스를 따라 오두막으
로 돌아온 뒤 엄마가 말했다.

"자기네랑 같이 일을 하라고요?" 내가 되물었다.

"그래, 그러니까 자기네를 위해서 일하라는 거지. 서류도 번역
하고, 여기 있는 리투아니아 사람들과 대신 이야기도 하고."

나는 지휘관이 들고 있던 서류철이 떠올랐다.

"일해주면 엄마한테 뭘 해준대요?" 요나스가 물었다.

"엄마는 그들의 통역사가 되지는 않을 거야." 엄마가 대답했
다. "싫다고 했어. 게다가 나더러 사람들이 하는 얘기를 귀담아
듣고 지휘관한테 보고하라고 하더구나."

"고자질하라고요?" 요나스가 물었다.

"그래."

"모든 사람을 몰래 감시하고 자기네한테 보고하라는 거예요?" 내가 물었다.

엄마는 고개를 끄덕였다. "자기네 말대로 하면 특별대우를 해 주겠대."

"돼지 같은 녀석들!" 내가 빽 소리를 질렀다.

"리나! 목소리 낮춰." 엄마가 질겁했다.

"우리한테 그런 짓을 하고도 엄마가 도와줄 거라고 생각했대요?" 나는 씩씩거렸다.

"하지만 엄마, 엄마는 특별대우를 받을 필요가 있을지도 몰라요." 요나스가 걱정스러운 눈빛으로 말했다.

"그건 그들 진심이 아니야." 내가 잘라 말했다. "그들은 전부 거짓말쟁이야, 요나스. 엄마한테 아무것도 주지 않을 거라고."

엄마는 동생의 얼굴을 어루만지며 말했다. "요나스, 엄마는 그들을 믿지 않는단다. 스탈린은 NKVD한테 리투아니아 사람들은 자기네 적이라고 말해왔어. 그 지휘관과 경비대원들은 우리를 자기들보다 못한 사람처럼 업신여기고 있고. 무슨 말인지 알겠니?"

"안드리우스 형도 그렇게 말했어요." 요나스가 대답했다.

"안드리우스는 아주 영리한 아이야. 우리가 하는 얘기는 다른 사람이 못 듣게 우리끼리만 해야 해." 엄마가 나에게 고개를 돌렸다. "그리고 리나, 뭘 쓰거나 그릴 때는 제발 조심하렴."

우리는 가방을 샅샅이 뒤져 급할 때 팔 만한 것들을 챙겼다.
나는 『피크위크 페이퍼스』를 들춰보았다. 6쪽부터 11쪽까지 찢
겨나가고 없었다. 12쪽에는 흙 얼룩이 묻어 있었다.

나는 가방 안에서 금색 액자를 꺼내 아빠 얼굴을 가만히 바라
보았다. 손수건은 어디쯤 갔을까. 다시 아빠에게 뭔가를 보내야
했다.

"여보." 등뒤에서 엄마 목소리가 들렸다. 나는 엄마에게 사진
틀을 건넸다. 엄마는 집게손가락으로 사진 속 아빠의 얼굴을, 이
어서 할머니의 얼굴을 어루만졌다. "이 사진을 가져오다니 정말
고맙구나. 덕분에 엄마가 얼마나 기운이 나는지 넌 모를 거야.
부디 잘 간직하렴."

나는 가방에 챙겨온 편지지첩을 펼쳤다. 1941년 6월 14일. 요
아나에게. 첫 장에는 달랑 그 글자뿐, 아무런 이야기도 없었다. 거
의 두 달 전 우리가 끌려오던 날 밤에 쓴 글이었다. 요아나는 어
디 있을까, 그리고 나머지 친척들은 또 어디 있을까? 만약 지금
편지를 마저 써야 한다면 무슨 이야기를 쓸까? 소비에트 병사들
이 우리를 강제로 가축 차량에 태워 음식도 물도 거의 주지 않고
육 주 동안 죄수 취급했다고 쓸까? 그들이 엄마한테 염탐을 시

키려 했다고 쓸까? 우리 차량에서 죽은 아기에 대해서는, 그리고 NKVD가 오나의 머리에 총을 쏜 일에 대해서는 뭐라고 쓰지? 나더러 조심하라고 경고하는 엄마의 목소리가 들렸지만 내 손은 벌써 움직이기 시작했다.

31

알타이 여자가 돌아와 딸깍딸깍 발소리를 내며 돌아다녔다. 여자는 화덕에 냄비 하나를 올렸다. 우리는 여자가 감자 두 알을 삶고 빵 토막을 물어뜯는 걸 지켜보았다.

"엄마, 오늘밤 우리가 먹을 감자도 있을까요?" 요나스가 물었다.

우리가 여자한테 물었더니 음식을 먹으려면 일해야 한다는 대답이 돌아왔다.

"만약 엄마가 NKVD를 위해 일하면 엄마한테 음식을 줄까요?" 요나스가 물었다.

"그렇지 않아. 그들은 지키지도 않을 약속을 하는 거야." 엄마가 대답했다. "그런 허황된 약속은 빈 뱃속보다 더 나쁘단다."

엄마는 여자에게 돈을 주고 감자 한 알을 샀고, 다시 감자를 삶는 값으로 또 돈을 냈다. 기가 막힐 노릇이었다.

"우리한테 돈이 얼마나 남았어요?" 내가 물었다.

"거의 없어."

우리는 아무것도 깔지 않은 널빤지 바닥에서 엄마에게 기대고 웅크린 채 잠을 자려고 애썼다. 농부 여자는 크르륵 숨넘어가는 소리를 내더니 코를 골며 짚풀 침대에서 곯아떨어졌다. 여자의 시큼한 입냄새가 작은 방안에 진동했다. 여자는 이곳 시베리아에서 태어났을까? 다른 삶을 살아본 적은 있을까? 나는 어둠 속을 바라보며 내 머릿속 검은 캔버스에 그림을 그리려 애썼다.

"어서 열어봐, 리나!"

"못 하겠어요, 너무 떨려요." 내가 엄마에게 말했다.

"리나는 당신이 퇴근할 때까지 기다리자고 했어요." 엄마가 아빠에게 말했다. "몇 시간째 저 봉투를 들고만 있었다니까요."

"열어봐, 누나!" 요나스가 재촉했다.

"불합격이면 어떡해요?" 나는 축축한 손가락으로 봉투를 움켜쥐고 있었다.

"글쎄, 그럼 내년에 합격하면 되지." 엄마가 말했다.

"봉투를 열어보지 않는 한 우리가 어떻게 알겠니." 아빠가 말했다.

"열라니까!" 요나스가 편지봉투 뜯는 칼을 내밀었다.

나는 편지봉투 뒷면 덮개 밑으로 은색 칼날을 집어넣었다. 프라나스 선생님이 지원서를 부친 후로 나는 다른 생각을 거의 할 수 없었다. 유럽에서 최고의 화가들과 함께 공부하는 것. 그것은 엄청난 기회였다. 나는 편지봉투 덮개를 열고 고이 접힌 종이 한 장을 꺼냈다. 타이핑된 글자를 눈으로 잽싸게 훑어나갔다.

"빌카스 양께,

이번 여름 미술 프로그램에 지원해주셔서 감사합니다. 보내주신 견본 작품은 매우 인상적입니다. 우리 프로그램에 귀하의 자리를 마련하게 된 것을 큰 기쁨으로 여기며—"

"됐어요! 합격이래요!" 나는 소리를 질렀다.

"그럴 줄 알았다!" 아빠가 말했다.

"축하해, 누나." 요나스가 한 팔을 내게 두르며 말했다.

"요아나한테 당장 소식을 전할래요." 내가 말했다.

"정말 잘됐구나! 축하 파티를 해야겠다." 엄마도 기뻐했다.

"마침 케이크도 있잖아요." 요나스가 말했다.

"그래, 뭔가 축하할 일이 있을 줄 알았다니까." 엄마가 한쪽 눈을 찡긋했다.

아빠가 환히 웃었다. "우리 딸, 재능을 타고났구나." 아빠는 내 손을 잡으며 말했다. "네 앞에는 멋진 일들이 기다리고 있어, 리나."

부스럭거리는 소리가 나서 고개를 돌렸다. 알타이 여자가 툴툴거리며 어기적어기적 구석으로 가더니 양철 깡통에 오줌을 누었다.

32

아직 날이 밝지도 않았는데 NKVD가 소리를 지르기 시작했다. 그들은 우리더러 판잣집 밖으로 나오라고 명령했고 한 줄로 서라고 소리쳤다. 우리는 허둥거리다가 다른 사람들과 부딪쳐 넘어졌다. 내 러시아어 어휘력은 늘고 있었다. '다바이' 말고도 '아니요'를 뜻하는 '니에트', '돼지'를 뜻하는 '스비냐' 같은 중요한 단어들, 그리고 물론 '파시스트'인 '파시스트'를 배웠다. 그리바스 선생님과 투덜이 아줌마는 벌써 줄을 서 있었다. 리마스 아주머니가 엄마에게 손짓했다. 나는 안드리우스와 그 엄마를 찾아 두리번거렸다. 그들은 보이지 않았다. 대머리 아저씨도 없었다.

지휘관이 이쑤시개를 씹으면서 줄을 따라 앞뒤로 왔다갔다했다. 그는 우리를 대충 훑어보더니 나머지 경비대원들에게 지시를 내렸다.

"뭐라고 하는 거예요, 엘레나?" 리마스 아주머니가 물었다.

"작업별로 조를 나눈대요." 엄마가 대답했다.

지휘관이 엄마에게 다가오더니 얼굴에 대고 고함을 질렀다. 그러고는 엄마와 리마스 아주머니, 투덜이 아줌마를 줄에서 끌어냈다. 금발의 젊은 경비대원이 나를 끌어내 엄마에게 밀쳤다. 그는 나머지 사람들도 조를 나누었다. 요나스는 나이 많은 두 여자와 한 조가 되었다.

"다바이!" 금발의 젊은 경비대원이 엄마에게 띠로 묶은 캔버스천 꾸러미를 건네고는 우리 조를 출발시켰다.

"이따 오두막에서 보자." 엄마가 요나스에게 소리쳤다. 과연 그럴 수 있을까? 엄마와 나는 NKVD 건물에서 돌아가는 길도 못 찾았는데. 우리에게 길을 안내한 건 요나스였다. 우리는 틀림없이 길을 잃고 말 것이다.

배가 고파서 속이 울렁거렸다. 다리가 질질 끌렸다. 엄마와 리마스 아주머니는 금발 경비대원 뒤에서 리투아니아어로 소곤거리며 나아갔다. 우리는 몇 킬로미터를 걸어 숲속 공터에 이르렀다. 경비대원은 엄마에게서 천 꾸러미를 낚아채고는 땅바닥에 던졌다. 그가 소리치며 명령했다.

"파라고 하는데요." 엄마가 말했다.

"파라고요? 어디를요?" 리마스 아주머니가 물었다.

"여기인가봐요. 굶어죽기 싫으면 땅을 파야 한대요. 우리가 얼마나 일하느냐에 따라 배급을 준대요."

"뭘 가지고 땅을 파요?" 내가 물었다.

엄마가 금발 경비대원에게 물었다. 그는 천 꾸러미를 발로 찼다. 엄마가 꾸러미를 펼치자 녹슨 모종삽 몇 자루가 나왔다. 정원을 가꿀 때 쓰는 종류였다. 손잡이는 달아나고 없었다.

엄마가 경비대원에게 뭐라고 말했지만 짜증스러운 "다바이" 소리와 함께 발길질에 날아온 삽들이 우리 정강이를 쳤다.

"저리 비켜요." 투덜이 아줌마가 말했다. "난 이 일을 끝낼 거예요. 난 먹어야 한다고요, 내 딸들도 그렇고." 여자는 땅바닥에 무릎을 꿇고 앉더니 조그만 삽으로 땅을 파나가기 시작했다. 우리도 따라했다. 경비대원은 나무 아래 앉아 담배를 피우면서 우리를 지켜보았다.

"감자와 비트는 어디 있어요?" 내가 엄마에게 물었다.

"글쎄다, 아마 엄마한테 벌을 주는 것 같구나."

"벌을 주다뇨?" 리마스 아주머니가 물었다. 엄마는 지휘관이 자기를 위해 일해달라고 했었다고 귓속말로 전했다.

"하지만 엘레나, 당신은 특별대우를 받을 수도 있었잖아요. 틀림없이 음식도 더 받을 수 있었을 텐데."

"음식 더 받자고 양심을 팔 수는 없는 일이죠." 엄마가 잘라 말했다. "그 사무실에서 나한테 어떤 요구를 할지 생각해봐요. 나머지 사람들이 무슨 일을 당할지도요. 그런 죄책감을 안고 살 순 없어요. 나도 다른 사람들과 똑같이 버틸 거예요."

"어떤 여자가 그러는데 5킬로미터쯤 떨어진 곳에 마을이 있대요. 거기에 가게랑 우체국, 학교도 있대요." 리마스 아주머니가 말했다.

"거기까지 걸어가서 편지를 부칠 수도 있겠네요. 어쩌면 남자들의 소식을 들은 사람이 있을지도 모르고요." 엄마가 말했다.

"조심해요, 엘레나. 괜히 편지를 보냈다가는 고향에 남은 사람들이 위험해질 수도 있어요. 절대 어떤 것도 글로 쓰지 마세요."

나는 내 발만 보고 있었다. 나는 모든 것을 글로 써오고 있었고, 그림과 설명까지 넣어가며 쓴 것이 벌써 몇 쪽이나 되었다.

"그래야죠." 엄마가 속삭였다. 엄마는 흙바닥을 때리고 있는 투덜이 여자를 보더니 리마스 아주머니에게 몸을 기울여 소곤거렸다. "나한테 연락책이 있어요."

'연락책'이라니 무슨 말일까? 누가 엄마의 연락책일까? 그리고 전쟁은? 이제 리투아니아에는 독일군이 와 있었다. 히틀러는 무얼 하고 있는 걸까? 나는 우리 집과 우리가 남기고 온 모든 것이 어떻게 됐을지 궁금했다. 게다가 우리는 왜 여기서 멍청하게 이 구덩이를 파고 있는 거지?

"그래도 아주머니랑 같이 사는 사람은 얘기라도 해주는군요."
엄마가 말했다. "우린 리나의 머리채를 휘어잡는 짐승 같은 여자
와 같이 지내요."

"이 마을 사람들이 행복한 것 같진 않아요." 리마스 아주머니
가 말했다. "하지만 우리가 오기를 고대하고 있었나봐요. 며칠
전에는 트럭 몇 대가 근처 마을에다 에스토니아인들을 내려놓고
갔던 모양이던데요."

엄마가 삽질을 멈추었다. "에스토니아인들을요?"

"네." 리마스 아주머니가 소곤거렸다. "저들이 에스토니아와
라트비아에서도 사람들을 추방했거든요."

엄마가 한숨을 쉬었다. "그런 일이 일어날까봐 두려워했었는데.
정말 미친 짓이에요. 대체 얼마나 많은 사람을 추방할 건지……"

"엘레나, 수십만 명은 될 거예요." 리마스 아주머니가 말했다.

"그만 떠들고 일이나 해요." 투덜이 여자가 떽떽거렸다. "난
굶어죽긴 싫단 말예요."

174

33

구덩이 하나를 60센티미터 깊이쯤 파들어갔을 때 트럭 한 대가 작은 물동이를 싣고 왔다. 경비대원이 휴식 시간을 주었다. 내 손에는 물집이 잡혀 진물이 흘렀다. 손가락엔 흙이 엉겨붙었다. 그들은 국자도 잔도 주지 않았다. 금발 경비대원이 커다란 수통에 든 물을 여유롭게 마시는 동안, 우리는 한 사람씩 개처럼 머리를 숙이고 양동이의 물을 꿀꺽꿀꺽 들이마셨다. 물에서 비린내가 났지만 상관하지 않았다. 내 무릎은 날고기처럼 벌게지고 몇 시간 동안 구부정히 앉아 있던 탓에 허리가 아팠다.

우리가 땅을 파던 작은 공터는 숲으로 둘러싸여 있었다. 볼일을 보고 와도 좋다는 허락을 받은 엄마는 나를 데리고 리마스 아주머니와 함께 숲으로 들어갔다. 우리는 쪼그리고 앉아 허리 위로 치마를 올리고는 볼일을 보았다.

우리는 마주보는 채로 쪼그리고 앉아 있었다. "엘레나, 목욕
파우더 좀 건네줄래요?" 리마스 아주머니가 나뭇잎으로 뒤를 닦
으며 말했다.

우리는 웃기 시작했다. 무릎을 붙잡고 둘러앉은 우리 모습이
우스꽝스럽기 짝이 없었다. 우리는 정말로 웃었다. 엄마는 너무
심하게 웃는 바람에 머릿수건이 풀어져 곱슬머리가 흘러내렸다.

엄마가 눈물이 그렁그렁해서는 말했다. "그래도 저들은 우리
유머 감각을 빼앗아가진 못할 거예요, 그렇죠?"

우리는 왁자지껄 웃었다. 호롱불 불꽃이 어둠 속에서 일렁거렸다.
요아나의 오빠는 아코디언으로 유쾌한 곡조를 연주했다. 블랙베리
술을 실컷 마신 삼촌은 시골집 뒷마당에서 엄마들 춤을 따라하려고
애썼지만 팔다리가 따로 놀았다. 삼촌은 치맛자락을 들어올린 시늉
을 하고 이쪽에서 저쪽으로 원을 그리며 움직였다.

"잠깐만 걷자." 요아나가 내 손을 잡고 속삭였다.

우리는 팔짱을 끼고 불 꺼진 오두막들 사이를 지나 바닷가로 걸어
갔다. 샌들 안으로 모래가 들어왔다. 우리는 바닷가에 섰다. 바닷물
이 우리 발치에서 찰랑거렸다. 발트 해가 달빛에 빛나고 있었다.

"달빛이 수면에서 반짝이는 게 마치 들어오라고 손짓하는 것 같

아." 요아나가 한숨을 쉬었다.

"맞아. 우리를 부르고 있어." 나는 나중에 그리려고 달빛과 그림자를 머릿속에 새기면서 대답했다. 나는 샌들을 벗었다. "들어가자."

"수영복을 안 가져왔는걸."

"나도 안 가져왔어. 그래서 뭐?"

"그래서 뭐라니? 발가벗고 수영할 수는 없잖아." 요아나가 대꾸했다.

"누가 발가벗고 수영한대?" 내가 되물었다.

나는 옷을 입은 채 검은 바다로 걸어들어갔다.

"리나! 세상에, 무슨 짓이야?" 요아나가 기겁했다.

나는 팔을 뻗고서 수면 위 달그림자를 쫓았다. 치마가 위로 둥실 떠올랐다. "들어와, 정말 좋아!" 나는 물속으로 잠수했다.

요아나는 신발을 벗고 발목 깊이까지 걸어왔다. 달빛이 요아나의 긴 갈색 머리와 큰 키에 반사되었다.

"어서 들어와, 정말 아름다워!" 내가 소리쳤다. 요아나는 천천히, 너무 천천히 걸어들어왔다. 나는 펄쩍 뛰어올라 요아나를 물속으로 끌어당겼다. 그녀는 비명을 지르고 웃어댔다. 요아나의 웃음소리는 많은 사람들 속에서도 알아들을 수 있을 만큼 독특했다. 그 웃음 속에서 느껴지는 날것 그대로의 자유가 나를 둘러싸고 울려퍼졌다.

"미쳤어!" 요아나가 나를 나무랐다.

"뭐가 어때? 정말 아름답잖아. 이 풍경의 일부가 되고 싶었을 뿐이야."

"이런 우리 모습을 그리려고?" 요아나가 물었다.

"그래, 제목은…… '어둠 속에 까딱이는 두 개의 머리'." 나는 요아나에게 물을 튀기며 말했다.

"집에 가고 싶지 않아. 여긴 너무 완벽해." 요아나는 두 팔로 물을 휘저으며 말했다. "쉬, 누가 온다."

"어디?" 내가 한 바퀴 돌아보며 물었다.

"저기, 숲속에." 요아나가 소곤거렸다. 해변 앞 숲속에서 두 형체가 나타났다. "리나, 그애야! 저기 키가 큰 쪽. 내가 전에 말했잖아. 시내에서 봤다는 그애 말이야! 어떡하지?"

두 소년이 우리 쪽을 보며 바닷가로 걸어왔다.

"수영하기엔 좀 늦은 시간인데, 안 그래?" 키 큰 소년이 말했다.

"천만의 말씀." 내가 대답했다.

"아, 그래? 넌 항상 해가 지고 나서 수영하나보지?" 소년이 물었다.

"마음 내키면 언제든 해."

"그럼 거기 네 언니는 어떤데? 언니도 항상 밤에 수영하러 오니?"

"직접 물어보지그래?" 내가 말했다. 요아나가 물속에서 나를 걷어찼다.

"조심해야겠다. 발가벗은 모습을 다른 사람한테 들키고 싶지는

178

않겠지?" 그가 싱긋 웃었다.

"그래? 이런 모습 말이야?" 나는 물속에서 벌떡 일어섰다. 젖은 원피스가 종이에 녹아붙은 사탕처럼 몸에 달라붙어 있었다. 나는 물속에서 팔을 세게 뻗쳐 두 소년에게 물보라를 퍼부었다.

"미쳤구나." 그가 물을 피하며 하하 웃었다.

"가자." 친구가 말했다. "회의에 늦겠어."

"회의? 무슨 회의길래 이런 시간에 하는 거야?" 내가 물었다.

두 소년은 잠시 고개를 떨구었다. "우린 그만 가야 해. 거기 언니도 안녕." 키 큰 소년이 요아나에게 인사하고는 몸을 돌려 친구와 함께 해변을 걸어갔다.

"잘 가." 요아나가 말했다.

우리는 정말 큰 소리로 웃어젖혔다. 우리 웃음소리가 부모님한테까지 들렸을 것 같았다. 우리는 물 밖으로 뛰어나와 샌들을 들고 모래사장을 달려 어두컴컴한 오솔길로 접어들었다. 개구리와 귀뚜라미 들이 사방에서 요란하게 울어댔다. 어둠 속에서 요아나가 팔을 잡아 나를 멈춰 세웠다. "우리 부모님한테는 아무 말 마."

"요아나, 우린 흠뻑 젖었어. 수영했다는 걸 모를 리가 없을걸."

"아니, 내 말은 아까 그애들 말이야…… 그애들이 한 얘기도."

"알았어, 언니. 말 안 할게." 내가 싱긋 웃으며 대답했다. 우리는 오두막에 도착할 때까지 어둠 속을 깔깔 웃으며 달렸다.

요아나는 그 소년들과 회의에 대해 내가 모르는 걸 뭔가 알고 있었던 걸까?

웃음이 잦아들었다. "리나, 그만 가자." 엄마가 말했다.

나는 우리가 파던 구덩이를 돌아보았다. 우리가 파고 있는 게 우리 무덤이라면?

34

나는 나뭇가지 하나를 발견해 반으로 부러뜨렸다. 그러고는
주저앉아 그걸로 딱딱한 흙바닥에 그림을 그렸다. 다시 일을 시
작할 시간이 될 때까지 나는 우리 집과 정원, 나무들을 그렸다.
작은 돌멩이들을 주워 엄지손가락으로 흙속에 꾹꾹 눌러 현관문
에 이르는 길도 만들었고, 잔가지들을 가지런히 놓아 지붕도 꾸
몄다.

"대비를 해야 해." 엄마가 말했다. "여기 겨울은 우리가 알던
겨울보다 훨씬 더 추울 테니까. 기온이 영하로 떨어질 거야. 먹
을 것도 없을 거고."

"겨울이라뇨?" 나는 굽혔던 몸을 펴면서 되물었다. "농담이
죠? 겨울이 올 때까지 우리가 여기 있을 거라고요? 싫어요, 엄

마!" 겨울은 몇 달이나 남아 있었다. 나는 몇 달 동안 판잣집에서 지내며 땅이나 파고 지휘관을 피해 다닐 생각을 하니 견딜 수가 없었다. 금발 경비대원을 흘깃 바라보았다. 그는 내가 땅바닥에 그린 그림을 보고 있었다.

"엄마도 그런 일은 없었으면 좋겠구나." 엄마가 목소리를 낮추었다. "하지만 혹시라도 그런 일이 생기면 어떡하니? 미리 준비하지 않으면 우리는 얼어 죽든가 굶어 죽을 거야." 투덜이 여자도 어느새 엄마의 말에 귀를 기울이고 있었다.

"시베리아의 눈보라는 위험하죠." 리마스 아주머니가 고개를 끄덕였다.

"그 판잣집들이 눈보라를 어떻게 견디는지 모르겠어요." 엄마가 말했다.

내가 물었다. "우리가 직접 집을 지으면 어때요? 콜호스 사무실 같은 통나무집을 지으면 되잖아요. 굴뚝이랑 화덕도 만들고. 거기서 다들 같이 살면 되잖아요."

"바보 같기는. 우리가 뭘 지을 시간을 저들이 줄 리 없잖아. 더군다나 우리가 뭐라도 짓는 날엔 당장 빼앗아버릴 테고." 투덜이 여자가 말했다. "잔말 말고 땅이나 계속 파."

비가 내리기 시작했다. 빗방울이 머리와 어깨 위로 툭툭 떨어졌다. 우리는 입을 벌려 빗물을 마셨다.

"이건 정신 나간 짓이야." 리마스 아주머니가 투덜거렸다.

엄마가 금발 경비대원을 큰 소리로 불렀다. 그의 담뱃불이 나뭇가지로 덮인 그늘 아래서 빨갛게 빛났다.

"우리더러 더 빨리 파라는데요." 비가 억수같이 쏟아지기 시작하자 엄마의 목소리가 높아졌다. "비를 맞아 흙이 물러졌을 거래요."

"못된 녀석." 리마스 아주머니가 으르렁거렸다.

나는 흙속으로 사라져가는 우리 집을 돌아보았다. 그림을 그리던 내 막대는 비바람에 휩쓸려 굴러갔다.

나는 머리를 숙이고 땅을 팠다. 작은 삽을 쥐고 세게, 더 세게, 흙바닥이 지휘관이라도 되는 양 마구 찔러댔다. 손가락에 쥐가 나고 팔은 힘이 다 빠져서 부들부들 떨렸다. 치맛단은 찢어지고 얼굴과 목은 오전 볕에 타서 벌겋게 익어 있었다.

비가 그치자 우리는 허리까지 진흙투성이가 된 채 수용소로 돌아왔다. 배가 고파서 위가 경련을 일으켰다. 리마스 아주머니는 천 꾸러미를 어깨에 걸치고 왔고, 우리는 발을 질질 끌면서 왔다. 뻣뻣이 굳어버린 손으로는 거의 스무 시간 동안 잡고 있었던 삽날을 여전히 붙들고 있었다.

우리는 수용소 뒤쪽 근처까지 갔다. 나는 대머리 아저씨가 있는 갈색 문의 판잣집을 알아보았고 덕분에 엄마를 우리 판잣집으로 안내할 수 있었다. 안에서는 요나스가 우리를 기다리고 있었다. 냄비마다 넘칠 만큼 물이 가득했다.

"잘 찾아왔네!" 요나스가 소리쳤다. "집을 못 찾을까봐 걱정했어요."

엄마가 요나스를 껴안으며 머리에 키스했다.

"내가 돌아왔을 땐 아직 비가 오고 있었어요. 빗물을 받아두려고 냄비들을 바깥에 내다놓았어요."

"아주 잘했구나. 너는 물 좀 마셨니?" 엄마가 물었다.

"아주 많이요." 요나스가 대답하며 후줄근하게 젖은 내 모습을 바라보았다. "물 받아두었으니 누나도 실컷 목욕할 수 있겠다."

우리는 커다란 냄비의 빗물을 마시고 다리를 씻었다. 나는 더 못 마실 것 같은데도 엄마는 물을 더 마시라고 다그쳤다.

요나스는 널빤지 바닥에 책상다리를 하고 앉아 있었다. 그 앞에는 엄마의 스카프 하나가 펼쳐져 있었다. 스카프 가운데 빵 한 조각이 동그마니 놓여 있었고, 그 옆에 작은 꽃 한 송이도 있었다.

엄마는 빵과 살짝 시든 꽃을 보며 물었다. "이런 데서 웬 만찬이니?"

"오늘 일한 몫으로 배급표를 받았어요. 구두 만드는 아줌마 두 명이랑 같이 일했어요." 요나스가 미소 지으며 말했다. "누나, 배고프지? 피곤해 보인다."

"배고파 죽겠어." 나는 하나뿐인 빵조각에서 눈을 떼지 못하고 대답했다. 요나스가 실내에서 구두를 만들고 빵을 받았다면 우린 칠면조 한 마리는 받아야 하는데, 나는 생각했다.

"한 사람한테 하루 일당으로 빵 3백 그램을 준대. 콜호스 사무실에 가서 배급표를 받아와야 해." 요나스가 설명했다.

"그게…… 그게 전부라고?" 엄마가 물었다.

요나스가 고개를 끄덕였다.

마른 빵 3백 그램이라니. 믿을 수가 없었다. 몇 시간이나 땅을 팠는데 그게 전부라니. 그들은 우리를 굶겨 죽이고는 아마 우리가 판 구덩이에 묻을 생각인 것 같았다. "그걸로는 어림도 없어." 내가 말했다.

"뭔가 더 구할 수 있을 거야." 엄마가 말했다.

다행히도 우리가 통나무 건물에 도착했을 때 지휘관은 보이지 않았다. 애걸하거나 춤추지 않아도 배급표는 주어졌다. 우리는 다른 사람들을 따라 근처 건물 안으로 들어갔다. 무게를 달아 빵을 나누어주고 있었다. 손바닥에 놓고 주먹을 쥘 수 있을 정도로 적은 양이었다. 돌아오는 길에 우리는 자기 판잣집 뒤에 서 있는 그리바스 선생님을 보았다. 선생님이 손짓했다. 선생님의 팔과 옷이 몹시 더러웠다. 하루 종일 비트 밭에서 일한 모양이었다. 우리 몰골을 보자 선생님 얼굴이 심하게 일그러졌다. "저들이 두 사람한테 대체 무슨 짓을 하는 거예요?"

"땅을 파래요." 엄마가 흙이 말라붙은 머리카락을 얼굴에서 쓸어넘기며 대답했다. "빗속에서요."

"얼른 받아요!" 선생님이 우리를 끌어당겼다. 선생님 손이 떨렸다. "두 사람을 위해 이런 위험을 무릅쓰다간 내가 큰일을 당할지도 몰라요. 그것만은 알아줬으면 해요." 선생님은 브래지어에 손을 넣더니 작은 비트 몇 개를 꺼내 재빨리 엄마에게 내밀었다. 그러고는 치마를 들춰 속옷에서 두 개를 더 꺼냈다. "그럼 얼른 가요!" 선생님이 말했다. 우리 뒤쪽에 있는 판잣집 안에서 대머리 아저씨의 고함소리가 들렸다.

우리는 종종걸음으로 오두막에 돌아와 만찬을 들기 시작했다. 끔찍이도 배가 고팠던 나는 내가 비트를 싫어한다는 것도 잊어버렸다. 그 비트가 누군가의 땀에 전 속옷 안에 들어 있었다는 것도 아무렇지 않았다.

35

"리나, 이걸 주머니에 넣어서 스탈라스 씨한테 갖다드려라."
엄마가 내게 비트 하나를 내밀었다.

대머리 아저씨. 그럴 수 없었다. 그냥 그렇게 할 수가 없었다.
"엄마, 너무 피곤해요." 나는 달아오른 뺨을 널빤지에 대고 바닥
에 누웠다.

"바닥에 깔고 자려고 내가 짚풀 좀 가져왔어." 요나스가 말했
다. "같이 일하는 아줌마들이 짚풀이 있는 곳을 말해줬어요. 내
일은 더 가져올게요."

"리나, 더 어두워지기 전에 얼른 다녀와. 스탈라스 씨한테 갖
다드려." 엄마가 요나스와 함께 짚을 깔며 말했다.

나는 대머리 아저씨의 오두막으로 들어갔다. 회색 공간 대부

분은 한 여자와 빽빽 울어대는 아기 둘이 차지하고 있었다. 스탈라스 아저씨는 구석에 처박혀 있었다. 부러진 다리에는 판자로 부목이 대어져 있었다.

"왜 이렇게 오래 걸린 거냐?" 아저씨가 투덜거렸다. "날 굶겨 죽일 작정이야? 너도 저들과 한패거리 아니냐? 세상에 이런 고문이 없다. 낮이고 밤이고 울어대니, 원. 말 안 듣는 저 아기보다는 차라리 이 쓰레기가 더 낫겠다."

나는 그의 무릎 위에 비트를 떨어뜨리고는 얼른 나가려고 몸을 돌렸다.

"손은 어떻게 된 거냐? 아주 볼썽사납구나."

"하루 종일 일해서 그래요. 아저씨랑 다르게요." 내가 쏘아붙였다.

"그들이 무슨 일을 시키던?"

"구덩이를 파게 했어요."

"구덩이를 팠다고?" 아저씨가 중얼거렸다. "흥미롭구나. 저들이 네 엄마는 작업에서 빼줄 거라 생각했는데."

"무슨 말씀이세요?"

"네 엄마는 똑똑한 사람이잖니. 모스크바에서 공부했고. 저 소비에트 놈들은 우리에 관한 모든 걸 알고 있어. 우리 가족에 대해서도 알고 있지. 저들이 그런 정보를 이용하지 않을 거란 기대는 하지 마라."

나는 아빠를 생각했다. "아빠가 우리를 찾도록 아빠한테 연락해야 해요."

"너희를 찾는다고? 어리석은 소리." 아저씨가 코웃음을 쳤다.

"아빠는 우리를 찾아낼 거예요. 찾을 방법을 알아낼 거라고요. 아저씨는 우리 아빠를 몰라요."

대머리 아저씨가 눈을 내리깔았다.

"우리 아빠를 알아요?"

"저 경비대원들이 아직 너와 네 엄마를 건드리지는 않았냐?" 아저씨가 물었다. 나는 그를 바라보았다. "네 가랑이 말이다, 녀석들이 아직 널 건드리지 않더냐?"

나는 역겨워서 씩씩거렸다. 더는 참을 수가 없었다. 얼른 오두막을 나와버렸다.

"어이."

소리가 나는 쪽으로 고개를 돌렸다. 안드리우스가 판잣집에 기대서 있었다.

"안녕." 나는 그를 살피며 대답했다.

"꼴이 말이 아니네."

나는 너무 피곤해서 멋진 대답이 생각나지 않았다. 고개를 끄덕였다.

"너한테는 무슨 일을 시키던?"

"우린 구덩이를 팠어. 요나스는 하루 종일 구두를 지었대."

"난 숲에서 나무를 베었어." 안드리우스가 말했다. 그는 지저분해 보였지만 경비대원들이 괴롭히진 않은 모양이었다. 얼굴과 팔은 볕에 타서 눈이 더욱 파랗게 보였다. 나는 머리카락에서 흙덩어리를 떼어냈다.

"넌 어느 판잣집에 있어?" 내가 물었다.

"저쪽에." 그가 딱히 어느 쪽을 가리키지 않고 대답했다. "그 금발 NKVD랑 같이 땅 파는 거야?"

"같이? 농담하시네. 그 자식은 안 파. 그냥 주변을 서성거리면서 담배 피우고 우리한테 소리나 지른다고."

"녀석 이름은 크레츠스키야. 지휘관, 그 자식은 코모로프고. 내가 더 많은 걸 알아내는 중이야."

"그런 정보는 어디서 얻니? 혹시 남자들 소식은 없니?" 나는 아빠를 생각하며 물었다. 안드리우스는 고개를 저었다.

"근처에 마을이 있대, 우체국도 있고. 그 얘기는 들었니? 내 사촌한테 편지를 부치고 싶은데."

"네가 쓴 글은 뭐든지 소비에트가 읽어볼걸. 통역하는 사람들까지 있어. 그러니 너도 말조심해."

나는 NKVD가 엄마한테 통역자가 되어 달라고 요구했던 일이 생각나 고개를 숙였다. 우리가 주고받는 편지는 더는 개인적인 것이 아니었다. 이제 혼자만의 것이라곤 기억뿐이었다. 기억은 잠이나 빵처럼 배급이 제한되지도 않는다. 나는 NKVD가 엄마에게 사람들 염탐을 시키더라는 얘기를 안드리우스에게 할까 말까 고민했다.

"이거." 안드리우스가 손을 내밀었다. 그는 손바닥을 펴서 담배 세 개비를 보여주었다.

"나한테 주는 거야?"

"그럼, 뭔 줄 알았어? 내 주머니에 구운 오리고기라도 들어 있을까봐?"

"아니, 그게 아니라…… 고마워."

"그래. 네 엄마랑 동생 갖다줘. 두 사람 다 잘 있지?"

나는 고개를 끄덕이면서 발로 흙을 찼다. "담배는 어디서 얻었어?"

"그냥 여기저기서."

"너네 엄마는 어때?"

"괜찮으셔." 그가 황급히 대답했다. "난 그만 가봐야겠다. 요나스한테 안부 전해줘. 그 손의 물집으로 담배 망가뜨리지 말고." 그가 놀렸다.

나는 비틀비틀 우리 판잣집으로 돌아오면서 안드리우스가 간

쪽을 살펴보았다. 그의 판잣집은 어디일까?

나는 엄마에게 담배를 드렸다. "안드리우스가 줬어요."

"착하기도 하지. 그애는 담배를 어디서 얻었대?"

"안드리우스 형 만났어?" 요나스가 물었다. "형은 괜찮아?"

"괜찮던걸. 하루 종일 숲에서 나무를 벴대. 너한테 안부 전해
달라더라."

알타이 여자가 뒤뚱뒤뚱 걸어오더니 엄마에게 손을 내밀었다.
두 사람이 짧은 언쟁을 벌이는 동안 간간이 "니에트"가 들리고
알타이 여자가 발을 굴렀다.

"엘레나." 엄마가 자기 가슴을 가리키고 이어서 우리를 가리
키며 말했다. "리나, 요나스."

"울류시카!" 여자는 바닥이 보이게 손을 내밀며 말했다.

엄마가 여자에게 담배 한 개비를 건넸다.

"담배를 왜 주는 거예요?" 요나스가 물었다.

"방세로 받는 거래." 엄마가 대답했다. "자기 이름이 울류시카
라는구나."

"그게 성이에요, 이름이에요?" 내가 물었다.

"모르겠어. 하지만 우리가 여기 살아야 하는 이상 서로를 제대
로 부를 수 있어야겠지."

나는 요나스가 가져온 짚 위에 레인코트를 펼치고 누웠다. "우

리가 여기 살아야 하는 이상"이라니, 우리가 계속 여기서 지낼 것처럼 말하는 엄마의 말투가 싫었다. 엄마가 '고맙습니다'를 뜻하는 러시아어인 "스파시바"라고 말하는 소리가 들렸다. 고개를 돌려보니 엄마와 울류시카는 성냥불 하나로 담배에 불을 붙이고 있었다. 엄마는 기다란 손가락으로 우아하게 두 모금을 빨아들이더니 아껴두려는 듯 곧 담배를 껐다.

"누나." 요나스가 소곤거리며 나를 불렀다. "안드리우스 형은 잘 지내는 것 같아?"

"괜찮아 보이더라." 나는 그을린 그의 얼굴을 떠올리며 대답했다.

나는 침대에 누워 그 소리를 기다리고 있었다. 밖에서 조용한 발소리가 들렸다. 커튼이 부풀어오르고, 요아나의 그을린 얼굴이 창문에 나타났다.

"현관으로 나와."

나는 살금살금 침실을 나와 오두막 현관으로 나갔다. 요아나는 흔들의자에 비스듬히 걸터앉아 앞뒤로 몸을 흔들고 있었다. 흔들의자 옆 의자에 앉은 나는 무릎을 끌어올려 면 잠옷 속으로 맨발을 집어넣었다. 요아나가 어둠 속을 바라보는 동안에도 흔들의자는 똑같은 박자로 삐걱거렸다.

"그래서? 어땠어?" 내가 물었다.

"너무 근사하더라." 요아나는 한숨을 내쉬었다.

"정말? 그애 똑똑해? 해변에서 온종일 맥주나 마시는 멍청한 남자애는 아니지, 그렇지?"

"오, 아니야." 요아나는 심호흡을 했다. "올해 대학교에 들어갔대. 공학을 공부하고 싶대."

"흠. 그럼 여자친구는 없고?"

"리나, 그 사람한테서 결점을 찾아내려고 애쓰지 마."

"그게 아니야. 그냥 묻는 거야." 내가 말했다.

"언젠가 네 눈에 어떤 사람이 들어오면 말이야, 리나. 그런 일이 생기면 너도 그렇게 깐깐하게 굴지 못할걸."

"깐깐한 게 아니라니까. 그냥 너랑 비교해서 그 남자가 부족하지는 않은지 확인하고 싶어서 그래."

"그애한테 남동생이 있다던데." 요아나가 나를 보며 활짝 웃었다.

"정말?" 나는 코를 찡긋거렸다.

"봐. 너 벌써 깐깐하게 굴고 있잖아, 아직 만나보지도 않았으면서."

"그런 게 아니라니까! 그래서 그 남동생은 어디 있대?"

"다음주에 여기 온대. 만나보고 싶어?"

"잘 모르겠어. 그 사람이 어떤 사람인가에 따라 다르겠지."

"얘는, 만나보지도 않고 어떻게 아니, 안 그래?" 요아나가 놀렸다.

36

그 일이 일어났을 때 우리는 자고 있었다. 전날 밤 나는 손의 물집을 물로 씻어내고 요나에게 편지를 쓰기 시작했다. 하지만 너무 고단했다. 어느새 곯아떨어졌다. 그다음 기억나는 것은 NKVD가 소리를 지르며 나를 밖으로 밀쳐냈다는 것이다.

"엄마, 무슨 일이에요?" 요나스가 물었다.

"우리더러 당장 콜호스 사무실에 출두해야 한대."

"다바이!" 랜턴을 든 경비대원이 소리쳤다. 그들은 짜증이 나 있었다. 한 대원이 권총을 빼들었다.

"다(알았어요)! 알았어요!" 엄마가 말했다. "서둘러라, 얘들아! 어서!" 우리는 짚을 깐 침상에서 허겁지겁 기어나왔다. 울류시카는 반대쪽으로 돌아누웠다. 나는 얼른 내 가방을 살폈다. 다행히 그림은 잘 감춰져 있었다.

다른 사람들도 저마다 오두막에서 나와 있었다. 우리는 한 줄로 흙길을 걸어 콜호스 사무실로 향했다. 우리 뒤쪽 어디선가 고래고래 소리지르는 대머리 아저씨의 목소리가 들렸다.

그들은 우리를 통나무 건물의 큰 방에 가두었다. 시계태엽 감는 백발 아저씨는 구석에 서 있었다. 인형을 안은 어린 소녀는 마치 오랫동안 연락이 끊겼던 친구를 다시 만난 것처럼 나를 보더니 흥분해서 손을 흔들었다. 소녀의 뺨은 커다랗게 멍이 들어 있었다. 사람들이 모두 도착할 때까지 조용히 있으라는 지시가 떨어졌다.

통나무 벽은 회색 석고로 틈새가 메워져 있었다. 방 앞쪽에는 검은색 의자가 딸린 커다란 책상이 공간을 차지하고 있었다. 책상 위쪽 벽에는 마르크스, 엥겔스, 레닌, 스탈린의 초상화가 걸려 있었다.

이오시프 비사리오노비치 주가슈빌리. 그는 스스로를 '강철 사나이'란 뜻의 이오시프 스탈린이라 불렀다. 나는 그 초상화를 노려보았다. 그도 나를 노려보는 것 같았다. 아치를 그린 그의 오른쪽 눈썹이 사뭇 도전적이었다. 나는 그의 텁수룩한 콧수염과 검고 차가운 눈을 보았다. 초상화 속의 그는 능글맞은 웃음을 짓고 있었다. 일부러 저렇게 그린 걸까? 나는 스탈린을 그린 화가들이 궁금해졌다. 화가들은 스탈린 앞에서 그림을 그리게 되어 감사하게 생각했을까, 아니면 스탈린이 자기 초상화를 못마땅해할까봐 겁을 먹었을까? 초상화 속 스탈린은 약간 일그러져 보였다.

문이 열렸다. 대머리 아저씨가 부러진 다리로 절뚝거리며 들어왔다.

"날 도와주려고 생각한 사람이 어떻게 한 명도 없어!" 아저씨가 소리를 질렀다.

지휘관 코모로프가 들어왔고, 소총을 든 NKVD 여러 명이 따라 들어왔다. 금발 경비대원 크레츠스키는 종이 뭉치를 들고 맨 끝에 들어왔다. 안드리우스가 어떻게 저 사람들 이름을 알았을까? 나는 두리번거리며 안드리우스와 그 엄마를 찾아보았다. 그들은 보이지 않았다.

코모로프가 연설을 시작했다. 모두가 엄마를 보았다. 말을 멈춘 지휘관은 엄마를 향해 한쪽 눈썹을 치켜세우며 항상 입에 달고 다니는 이쑤시개를 혓바닥 위에서 굴렸다.

엄마의 얼굴이 굳었다. "서류 작성을 해야 해서 우리를 여기 데려왔대요."

"서류 작성? 이 시간에?" 리마스 아주머니가 되물었다.

코모로프가 말을 이었다. 크레츠스키가 타이핑한 서류를 들어올렸다.

"우리 모두 저 서류에 서명해야 한대요." 엄마가 말했다.

"서류에 뭐라고 쓰여 있는데요?" 사람들이 물었다.

"세 가지 사항이 있대요." 엄마가 코모로프를 바라보며 말했다. 그는 중간중간 엄마가 통역할 틈을 주면서 말을 이어갔다.

"첫째는 우리가 이 집단농장에 입소한다는 데 동의하는 서명이에요." 웅성거림이 일었다. 지휘관이 말을 잇자 사람들은 그를 돌아보았다. 그는 태연하게 제복 옆으로 팔을 내려 허리에 찬 총을 보여주었다. 사람들이 움찔했다.

"둘째는," 엄마가 말했다. "어린아이를 포함해서 한 사람당 200루블의 전쟁세를 내겠다고 동의하는 서명이에요."

"우리가 어디서 200루블을 구한단 말이오?" 대머리 아저씨가 말했다. "저들은 벌써 우리가 가진 모든 걸 훔쳐갔잖소."

말대꾸가 잇달았다. NKVD 한 명이 소총 개머리판으로 책상을 쳤다. 방안이 조용해졌다.

나는 코모로프가 말하는 동안 그를 쳐다보았다. 그는 엄마를 똑바로 바라보고 있었다. 마치 엄마에게 말을 거는 이 상황을 몹시 즐기는 것 같았다. 엄마가 말을 멈추었다. 엄마의 입꼬리가 처졌다.

"아니, 무슨 일이에요? 세번째는 뭐예요, 엘레나?" 리마스 아

198

주머니가 물었다.

"우리가 범죄자라는 걸 인정하는 거래요." 엄마가 잠시 멈추었다가 말을 이었다. "그리고 우리가…… 중노동 이십오 년 형을 선고받는 데 동의하는 거예요."

고함소리와 통곡이 사방에서 터져나왔다. 누군가는 가쁜 숨을 몰아쉬었다. 사람들이 따지면서 책상을 향해 몰려들었다. NKVD들이 소총을 들어올려 우리를 겨냥했다. 나는 입이 다물어지지 않았다. 이십오 년? 우리가 이십오 년 동안 갇혀 지내야 한다고? 그건 우리가 풀려날 때쯤이면 내 나이가 지금 엄마 나이보다 많아진다는 얘기였다. 나는 비틀거리지 않으려고 요나스에게 팔을 뻗었다. 요나스는 거기 없었다. 동생은 이미 내 발치에 주저앉아 있었다.

심호흡을 하려 해도 할 수 없었다. 사방에서 벽이 나를 향해 달려들기 시작했다. 나는 공포의 물결에 휩쓸려 미끄러지고 있었다.

"조용!" 한 남자가 소리쳤다. 다들 그쪽을 돌아보았다. 시계태엽을 감는 백발 아저씨였다.

"진정합시다." 그가 느릿느릿 입을 열었다. "흥분해서 좋을 게 하나도 없습니다. 공황 상태에 빠지면 제대로 생각할 수 없어요. 우리가 이러면 아이들이 겁을 먹어요."

나는 인형을 안은 소녀를 보았다. 소녀는 자기 엄마 치맛자락에 매달려서 멍든 뺨 위로 눈물을 흘리고 있었다.

백발 아저씨는 목소리를 낮추고 차분히 말을 이었다. "우리는 지적이고 품위 있는 사람들입니다. 저들이 우리를 추방한 것도 바로 그 때문이고요. 혹시 모르는 분이 계실까봐 소개합니다만, 저는 알렉산드라스 루카스입니다. 카우나스에서 변호사 일을 합니다." 사람들이 조용해졌다. 엄마와 나는 요나스를 부축해 일으켰다.

지휘관 코모로프가 방 앞쪽 책상에서 뭐라고 소리쳤다.

"빌카스 부인, 지휘관에게 전해주십시오. 제가 사람들에게 이 상황을 설명하고 있다고요." 엄마가 루카스 아저씨의 말을 통역했다. 금발의 젊은 경비대원 크레츠스키는 엄지손톱을 질겅질겅 씹었다.

그리바스 선생님이 나섰다. "난 어떤 서류에도 서명하지 않겠어요. 저들은 교사 협의회에서 우리 교사들에게 등록 서류에 서명하도록 했어요. 그 결과가 어떻게 됐는지는 저를 보세요. 저들은 바로 그렇게 해서 추방할 교사들 이름을 수집했다고요."

"서명하지 않으면 우리를 죽일 거예요." 투덜이 여자가 반박했다.

"제 생각은 다릅니다." 루카스 아저씨가 말했다. "겨울이 오기 전까지는 우릴 죽이지 않을 겁니다. 이제 8월 첫 주입니다. 아직 할 일이 산더미처럼 많아요. 우리는 훌륭하고 힘센 일꾼들입니다. 저들을 위해 농사짓고 저들을 위해 건물을 짓고 있어요. 적어도 겨울이 올 때까지는 우리를 이용하는 것이 저들에겐 이득입니다."

"그건 변호사 양반 말이 맞소." 대머리 아저씨가 말했다. "저들은 우선 우리를 가루가 될 때까지 부려먹고 그다음에 죽일 테지. 하지만 그때까지 기다리고 싶은 사람 있어요? 난 아니요."

"저들은 아기 엄마를 쏘아 죽였다고요." 투덜이 여자가 씩씩거렸다.

"저들이 오나를 쏜 건 오나가 제정신이 아니었기 때문이에요." 루카스 아저씨가 말했다. "오나는 통제할 수 없는 상태였습니다. 우리는 아닙니다. 우리는 지적이고 합리적인 사람들이에요."

"그렇다면 서명하지 말아야 하는 건가요?" 누군가 물었다.

"네. 저는 우리가 질서정연하게 앉아 있어야 한다고 믿습니다. 우린 서명할 마음의 준비가 되어 있지 않다고 빌카스 부인이 설명해줄 겁니다."

"마음의 준비가 안 됐다고 하라고요?" 리마스 아주머니가 물었다.

"저도 같은 생각이에요." 엄마가 말했다. "저들의 말을 전면적으로 거부해서는 안 돼요. 그리고 우리가 흥분해서 분별력을 잃지 않는다는 걸 보여주어야 해요. 세 줄로 앉으세요."

NKVD는 우리가 무얼 하려는지 몰라 소총을 들었다. 우리는 책상 앞 러시아 지도자들의 초상화 아래 똑바로 줄지어 앉았다. 경비대원들은 어안이 벙벙해 서로를 보았다. 우리는 차분히 앉아 있었다. 약간이나마 품위를 되찾은 것이었다. 나는 요나스에게 한 팔을 둘렀다.

"빌카스 부인, 코모로프 지휘관에게 우리가 무슨 죄로 기소됐는지 물어봐주세요." 루카스 아저씨가 말했다. 엄마가 통역했다. 코모로프는 책상 모서리에 걸터앉아 군홧발을 까딱거렸다.

"우리가 소비에트 형법 58조 소비에트공화국연방에 대한 반혁명 활동죄로 기소되었다고 하네요." 엄마가 말했다.

"그것만으로는 이십오 년 형이 나올 수 없어요." 루카스 아저씨가 중얼거렸다.

"우리는 그들을 위해 일할 것이고 훌륭한 노동력을 제공하겠지만 서명할 준비는 되지 않았다고 전해주세요." 루카스 아저씨가 말했다.

엄마가 통역했다. "지금 서명해야 한대요."

"전 저에게 이십오 년 형을 선고하는 서류에 서명하지 않겠어요." 그리바스 선생님이 말했다.

"저도요." 내가 거들었다.

"그럼 어떻게 하죠?" 리마스 아주머니가 물었다.

"해산될 때까지 여기서 조용히 기다리는 겁니다." 루카스 아저씨가 시계태엽을 감으며 말했다.

그래서 우리는 기다렸다.

"안드리우스 형은 어딨어?" 요나스가 속삭였다.

"몰라." 내가 대답했다. 똑같은 질문을 하는 대머리 아저씨의 목소리가 들렸다.

우리는 그렇게 콜호스 사무실 바닥에 앉아 있었다. 코모로프는 몇 분 간격으로 아무나 붙잡아 뺨을 때리거나 발로 차면서 서명하라고 괴롭혔다. 하지만 아무도 서명하지 않았다. 나는 그가 걸음을 옮길 때마다 움찔했다. 땀이 목덜미를 타고 등줄기로 흘러내렸다. 나는 코모로프가 나를 볼까 두려워 고개를 푹 숙이고 있었다. 앉아 있다가 잠든 사람들은 두들겨맞았다.

몇 시간이 흘렀다. 우리는 교장선생님 앞의 초등학생들처럼 얌전히 앉아 있었다. 마침내 코모로프가 크레츠스키에게 말했다.

"저 젊은 경비대원한테 알아서 처리하라고 하는군요." 엄마가 통역했다.

코모로프가 엄마에게 다가왔다. 그는 엄마의 팔을 붙잡더니 굴 비슷해 보이는 것을 엄마의 얼굴에 뱉었다. 그러고는 방을 나갔다.

엄마는 재빨리 그런 것 따위는 아무렇지도 않다는 듯 그 끈적 끈적한 점액을 닦아냈다. 나는 괜찮지 않았다. 나는 끓어오르는 혐오감을 입속에서 돌돌 굴려 모아서는 그의 얼굴에 뱉어주고 싶었다.

37

해가 떠오르자 그들은 우리에게 일하러 갈 시간이라고 말했다. 한시름 놓은 우리는 피곤한 몸을 이끌고 판잣집으로 돌아갔다. 울류시카는 벌써 나가고 없었다. 오두막 안에서는 썩은 달걀 냄새가 진동했다. 우리는 빗물을 조금씩 마시고 엄마가 남겨두었던 빵 한 토막을 먹었다. 어떻게든 물로 씻어보려 애썼지만, 진흙이 엉겨붙은 내 원피스는 여전히 뻣뻣했다. 손은 작은 동물이 잘근잘근 씹어버린 것처럼 엉망이었다. 물집에서 누런 고름이 새어나왔다.

나는 빗물로 쓰라린 물집을 끙끙대며 닦아보았다. 전혀 나아지지 않았다. 손에 굳은살이 박여야 한다고 엄마가 말했다.

"할 수 있는 만큼만 하렴." 엄마가 위로했다. "너는 팔만 움직이면서 땅 파는 시늉을 해, 진짜로 힘을 주지는 말고. 엄마가 네 몫까지 할게." 우리는 오두막을 나와 작업조별로 줄서는 곳으로 갔다.

리마스 아주머니가 공포에 질린 얼굴로 우리를 향해 걸어왔다. 그 순간 나는 보았다. 가슴팍이 말뚝에 꿰뚫린 채 콜호스 사무실 옆벽에 박힌 남자의 시체를. 꼭두각시 인형처럼 사지가 대롱거렸다. 셔츠를 적신 피가 흘러내려 발밑에 웅덩이를 이루고 있었다. 대머리수리들이 총상 주변의 살을 쪼아먹으며 만찬을 즐기고 있었다. 한 마리는 텅 빈 눈구멍을 쪼아댔다.

"저 사람은 누구예요?" 내가 물었다.

엄마는 숨도 제대로 못 쉬고 내 손을 붙잡고는 내 눈을 가리려 했다.

"편지를 썼다는구나." 리마스 아주머니가 소곤거렸다.

나는 엄마 옆으로 비켜서면서, 죽은 남자 옆에 압정으로 붙박여 펄럭거리는 종이를 바라보았다. 손으로 쓴 글씨와 엉성한 약도가 보였다.

"리투아니아 자유 투사 유격대에 편지를 썼대. 그 편지가 NKVD 눈에 띈 거야." 리마스 아주머니가 말했다.

"편지 내용은 누가 저들에게 통역해줬을까요?" 엄마가 소곤거렸지만 리마스 아주머니는 어깨를 으쓱할 뿐이었다.

206

나는 내 그림들이 생각나 가슴이 철렁했다. 토할 것 같아서 얼른 손으로 입을 막았다.

금발 경비대원 크레츠스키가 나를 노려보았다. 그는 피곤하고 화가 난 것 같았다. 우리가 버티는 바람에 잠을 못 잤던 것이다. 그는 평소보다 빠른 걸음으로 우리를 숲속 공터로 행군시키면서 고래고래 소리를 지르고 우리를 밀쳐댔다.

우리는 어제 파두었던 커다란 구덩이에 도착했다. 지금 보니 남자 네 명이 들어가서 누울 정도는 되는 것 같았다. 크레츠스키는 그 옆에 또다른 구덩이를 파라고 지시했다. 아까 본 죽은 남자의 모습이 머릿속에서 떠나지 않았다. 그 약도는 엉성한 몇 개의 선에 지나지 않았다. 하지만 내 가방 안에 있는 그림들은 실물과 아주 비슷했고 고통이 그대로 전해지는 것이었다. 그것들을 감추어야 했다.

나는 하품을 하며 흙을 푹푹 찍어 파냈다. 엄마는 우리를 행복하게 해주는 것들에 대해 얘기하다보면 시간이 훨씬 빨리 간다고 말했다. 그것이 우리에게 힘을 준다는 것이었다.

"마을에 가보면 좋겠어요. 거기 가면 먹을 걸 사거나 편지를 부칠 수 있을 거예요." 내가 말했다.

"할 일이 이렇게 많은데 어디든 갈 수나 있겠어?" 투덜이 여자가 말했다. "그리고 일을 하지 않으면 먹지도 못해."

"같이 사는 여자한테 내가 물어볼게." 리마스 아주머니가 말했다.

"물어볼 때는 조심해요. 누가 믿을 만한 사람인지 모르니까요." 엄마가 충고했다.

아빠가 보고 싶었다. 아빠는 누구에게 물어야 하는지, 누구를 멀리해야 하는지 알고 있을 것이다.

우리는 물이 도착할 때까지 파고 또 팠다. 지휘관 코모로프가 트럭에 타고 있었다. 그는 구덩이들을 돌아보며 꼼꼼히 살폈다. 내 눈은 물동이에 가 있었다. 내 머리카락은 얼굴에 들러붙어 있었다. 물동이에 머리를 처박고 물을 마시고 싶었다. 코모로프가 떽떽거리며 명령을 내렸다. 크레츠스키가 쭈뼛거렸다. 코모로프는 같은 명령을 반복했다.

갑자기 엄마 얼굴이 백지장처럼 하얗게 질렸다. "지휘관이…… 우리더러 첫번째 구덩이에 들어가래요." 엄마는 치맛자락을 움켜쥐며 말했다.

"왜요?" 내가 물었다.

코모로프가 소리치며 허리띠에서 권총을 빼들었다. 그는 권총으로 엄마를 겨누었다. 엄마가 첫번째 구덩이로 뛰어들었다. 권총이 내 머리를 향했다. 나도 뛰어들었다. 그는 계속해서 우리 네 명 모두를 구덩이에 들어가게 했다. 그러고는 껄껄 웃더니 다른 지시를 내렸다.

"양손을 머리 위에 올리래요." 엄마가 말했다.

"맙소사, 안 돼." 리마스 아주머니가 몸을 떨었다.

코모로프는 구덩이 주변을 돌면서 우리를 보고 권총을 겨누었다. 그는 우리더러 누우라고 했다. 우리는 나란히 누웠다. 엄마가 내 손을 꼭 쥐었다. 나는 위를 올려다보았다. 코모로프의 커다랗고 어깨가 떡 벌어진 몸의 윤곽 뒤쪽으로 파란 하늘이 보였다. 그가 다시 구덩이 주변을 돌았다.

"사랑한다, 리나." 엄마가 속삭였다.

"하늘에 계신 우리 아버지." 리마스 아주머니가 기도문을 읊기 시작했다.

탕!

그가 구덩이에 총을 발사했다. 머리 위에서 흙이 쏟아져내렸다. 리마스 아주머니가 비명을 질렀다. 코모로프는 닥치라고 명령했다. 그는 구덩이 주변을 몇 번이고 돌면서 우리가 역겨운 돼지들이라고 중얼거렸다. 그러던 그가 갑자기 커다란 흙더미를 발로 차 무너뜨리기 시작했다. 껄껄 웃으며 점점 더 빨리 발을 놀렸다. 흙은 내 발 위로 떨어졌고, 곧 내 치마 위로, 가슴 위로 떨어졌다. 코모로프는 여전히 우리 얼굴에 총을 겨눈 채 미친 듯이 발길질하며 우리를 흙으로 덮고 있었다. 여기서 일어나 앉으면 총에 맞을 것이었다. 일어나지 않으면 산 채로 매장될 것이었다. 나는 눈을 감았다. 무거운 흙더미가 몸 위로 떨어졌다. 그러더니 마침내 얼굴 위로 흙이 떨어졌다.

탕!

다시 우리 머리 위로 흙이 부서져내렸다. 코모로프는 미친 듯이 웃으면서 발길질로 우리 얼굴 위에 흙을 퍼부어댔다. 흙이 내 코를 덮었다. 숨을 쉬기 위해 입을 벌리자 흙이 목구멍을 막았다.

코모로프가 킬킬거리며 발길질하는 소리가 들렸다. 그는 웃다가 기침을 하더니 마치 자기 능력 이상을 발휘했다는 듯 평정을 되찾으려 애썼다. 크레츠스키가 뭐라고 말했다.

탕!

그러고는 조용했다. 우리는 거기 누운 채, 우리가 힘들게 파낸 흙속에 묻혀 있었다. 부르릉하고 트럭이 떠나는 소리가 들렸다. 나는 눈을 뜰 수 없었다. 엄마가 내 손을 꽉 쥐는 것이 느껴졌다. 엄마는 아직 살아 있었다. 나도 엄마 손을 꽉 쥐었다. 위쪽에서 크레츠스키의 목소리가 들렸다. 엄마가 일어나 앉더니 정신없이 내 얼굴에서 흙을 쓸어냈다. 그리고 나를 일으켰다. 나는 엄마를 껴안고 떨어지지 않으려 했다. 리마스 아주머니가 투덜이 여자를 흙속에서 일으켰다. 그 여자는 쌕쌕 소리를 내더니 캑캑거리며 흙을 뱉어냈다.

"이제 괜찮다, 얘야." 엄마가 나를 안고 흔들며 달랬다. "그냥 우리를 겁주려고 했던 것뿐이야. 우리더러 서류에 서명하게 하려고 말이야."

나는 울음이 나오지 않았다. 말도 나오지 않았다.

"다바이." 크레츠스키가 부드럽게 말했다. 그가 손을 뻗었다.

나는 그가 뻗은 팔을 쳐다보았다. 나는 머뭇거렸다. 그가 손을 더 아래로 뻗었다. 나는 그의 팔뚝을 붙잡았다. 그는 내 팔뚝을 잡았다. 나는 발가락을 흙속에 디디고 힘을 줘서 그가 나를 끌어당기게 내버려두었다. 구덩이 옆에서 일어서다가 크레츠스키와 정면으로 마주쳤다. 우리는 서로를 가만히 바라보았다.

"어서 꺼내줘!" 투덜이 여자가 소리쳤다. 나는 시선을 돌려 트럭이 떠나간 쪽을 바라보았다. 크레츠스키는 다시 구덩이를 파게 했다. 그날 하루가 저물 때까지 아무도 입을 열지 않았다.

38

"무슨 일 있었어?" 판잣집에 돌아갔을 때 요나스가 물었다.

"아무 일도 없었단다." 엄마가 대답했다.

요나스는 엄마와 나를 번갈아 쳐다보면서 우리 얼굴을 살폈다.

"그냥 피곤해서 그래." 엄마가 미소 지었다.

"그냥 피곤해서." 내가 요나스에게 말했다.

요나스는 우리에게 짚을 깐 침상을 가리켜 보였다. 요나스의 작은 모자 안에 커다란 감자 세 알이 있었다. 우리가 놀라 숨을 들이켜자 동생은 손가락을 입술에 갖다댔다. 울류시카에게 방세 로 감자를 빼앗기기가 싫었던 것이다.

"어디서 난 거야?" 내가 소곤거렸다.

"우리 아들, 정말 고맙구나!" 엄마가 칭찬했다. "빗물이 아직 충분히 남아 있을 거야. 맛있는 감자 수프를 만들어 먹자꾸나."

엄마는 가방에서 외투를 꺼내 쥐었다. "잠깐 나갔다 올게."

"어디 가려고요?" 내가 물었다.

"스탈라스 씨한테 음식을 갖다주러." 엄마가 대답했다.

나는 콜호스 사무실 벽에 박혀 있던 남자 시체가 떠올라 가방을 확인해보았다. 그림들은 그대로 있었다. 내 여행가방 바닥의 안감은 똑딱단추로 고정되어 있었다. 나는 그림들을 한 장 한 장, 편지지첩에서 편지들을 한 장 한 장 찢어서 가방 안감 밑에 넣고 다시 똑딱단추를 끼웠다. 아빠에게 뭐라도 보낼 방법을 찾기 전까지는 그림과 편지를 숨겨두기로 했다.

나는 물을 끓이는 요나스를 도왔다. 그러다가 문득 생각이 났다. 오늘은 그리바스 선생님이 우리한테 비트를 주지 못했는데. 엄마는 감자를 한 알도 가져가지 않았고. 그렇다면 엄마는 대체 무슨 음식을 대머리 아저씨에게 주겠다는 걸까?

나는 오두막들 사이를 걷다가 급히 몸을 숨겼다. 대머리 아저씨의 판잣집 앞에서 엄마와 안드리우스가 얘기를 나누고 있었다. 엄마는 외투를 들고 있지 않았다. 두 사람이 하는 얘기가 나한테까지 들리진 않았다. 안드리우스는 걱정스러운 표정이었다. 그는 조심스레 엄마에게 꾸러미를 건넸다. 엄마가 그걸 받아들고는 안드리우스의 등을 토닥였다. 안드리우스가 자리를 떴다.

나는 판잣집 뒤로 몸을 숨겼다. 일단 엄마가 지나가고 나서 나는 얼른 주변을 살피고는 안드리우스를 쫓기 시작했다.

안드리우스는 줄지어 늘어선 막사들 사이를 걸어갔다. 나는 안드리우스와 멀찍이 떨어져서, 그가 어디로 가는지 놓치지 않을 정도로만 거리를 유지했다. 그는 수용소 끝으로 가더니 창문들이 달린 커다란 통나무 건물로 향했다. 그가 걸음을 멈추고 주변을 둘러보았다. 나는 얼른 판잣집 벽 뒤로 몸을 숨겼다. 안드리우스는 건물 뒤쪽으로 가서 안으로 들어간 것 같았다. 살금살금 건물 쪽으로 다가간 나는 작은 나무 뒤에 숨었다.

실눈을 뜨고 창문 안을 엿보았다. NKVD 한 무리가 탁자 주변에 둘러앉아 있었다. 나는 건물 뒤쪽을 살펴보았다. 아니야, 안드리우스가 NKVD 건물에 들어갔을 리 없어. 그가 갔던 쪽으로 조금 더 따라가보려던 참이었다. 그때 나는 그녀를 보았다. 창문 안쪽에 아르비다스 부인이 유리잔들이 담긴 쟁반을 들고 나타났다. 머리를 깔끔하게 단장한 모습이었다. 옷은 다림질이 되어 있었다. 얼굴엔 화장까지 하고 있었다. 그녀는 미소 지으며 NKVD들에게 마실 것을 나누어주었다.

안드리우스와 그 엄마는 소비에트들과 함께 일하고 있었다.

39

그날 밤 나는 감사한 마음으로 감자 수프를 먹어야 했지만 그러지 못했다. 내 머릿속은 온통 안드리우스 생각뿐이었다. 어떻게 그럴 수 있지? 어떻게 그들 편에서 일할 수 있지? 그애는 그 건물에서 사는 걸까? 내가 그 구덩이 안에 누워 있던 일을 생각하는 동안 안드리우스는 침대에, 소비에트의 침대에 누워 있다니. 나는 녹물이 번진 천장을 바라보며 다리를 간질이는 짚을 발로 찼다.

"엄마, 저들이 오늘밤은 우리가 잠자게 내버려둘까요? 아니면 또 사무실로 데려가 억지로 서류에 서명하게 만들까요?" 요나스가 물었다.

"모르겠구나." 엄마가 대답했다. 엄마는 내게 고개를 돌렸다.

"안드리우스가 우리더러 수프랑 같이 먹으라고 맛있는 빵을 주더구나. 우리를 위해 그런 위험을 무릅쓰다니 안드리우스는 정말 용감해."

"네, 용기가 정말 가상해요, 그렇죠?"

"누나 말투가 왜 그래?" 요나스가 물었다. "형은 용감한 사람이야. 거의 매일같이 우리한테 음식을 구해주잖아."

"그애는 잘 먹고 지내는 것처럼 보이던걸요, 안 그래요? 실제로 몸무게도 늘었을걸요." 내가 말했다.

"그러니 다행으로 생각해." 엄마가 말했다. "모든 사람이 우리처럼 굶주리진 않다는 걸 다행으로 여겨야지."

"네, NKVD들이 굶주리지 않아서 정말 다행이에요. 그들이 굶주렸다면 어떻게 우리를 생매장할 힘이나 있었겠어요?"

"뭐?" 요나스가 물었다.

울류시카가 우리더러 조용하라고 소리쳤다.

"쉬, 리나. 우리 기도를 올리고 훌륭한 식사에 대해 감사하자. 아빠도 잘 지내고 있길 기도하자꾸나."

그날 밤 우리는 날이 밝을 때까지 잠을 잤다. 다음날 아침, 크레츠스키는 엄마에게 우리 조가 비트 밭에서 다른 여자들과 같이 일하게 되었다고 말했다. 나는 기뻐서 몸을 떨었다. 우리는 줄지어 늘어선 키 큰 녹색 사탕무 사이에서 허리를 굽힌 채 자루가 없는 괭이를 가지고 씨름했다. 그리바스 선생님이 우리의 작업 속도에 대해 귀띔해주었다. 선생님 말로는 첫째 날에 몇몇 사람들이 이마의 땀을 닦으려고 괭이자루에 잠깐 몸을 기대었더니 소비에트들은 사람들이 보는 앞에서 자루를 떼어내버렸다는 것이다. 나는 그리바스 선생님이 우리를 위해 얼마나 힘들게 비트를 훔쳤는지 짐작할 수 있었다. 무장한 경비대원들이 보초를 서고 있었다. 물론 그들은 담배를 피우고 농담하는 데 더 정신이 팔려 있는 것 같았지만, 비트 하나를 들키지 않고 속옷에 집어넣기는 결코 쉬운 일이 아니었다. 게다가 마치 다리 하나가 더 달린 것처럼 비트는 속옷 밖으로 비죽 튀어나왔다.

그날 저녁, 나는 스탈라스 아저씨에게 음식 심부름을 못 가겠다고 했다. 엄마한테는 몸이 아파서 걷지 못하겠다고 둘러댔다. 안드리우스의 얼굴을 볼 생각을 하니 견딜 수가 없었다. 그는 배신자였다. 그는 소비에트의 음식으로 살이 올랐다. 하루도 빠짐없이 우리 숨통을 조이는 그 손에서 나온 음식을 먹고서.

"오늘은 제가 스탈라스 아저씨한테 음식을 갖다드릴게요." 며칠 후 요나스가 말했다.

"리나, 같이 가렴. 요나스 혼자 보내려니 마음이 안 놓여." 엄마가 말했다. 나는 요나스와 함께 대머리 아저씨네 판잣집으로 향했다. 안드리우스가 밖에서 기다리고 있었다.

"안녕." 안드리우스가 인사했다. 나는 그를 본체만체하고 요나스를 밖에 남겨두고서 스탈라스 아저씨에게 비트를 주러 들어갔다. 아저씨는 일어서 있었다.

"왔구나. 그동안은 어디 갔었니?" 아저씨가 벽에 몸을 기대며 물었다. 짚풀 침대 속에 틀어박힌 엄마의 외투가 보였다.

"제가 죽지 않아서 실망하셨어요?" 나는 아저씨에게 비트를 건네며 말했다.

"기분이 언짢은 모양이구나."

"세상에 아저씨 혼자만 화내라는 법 있나요? 이런 심부름이 신물난다고요. 우리를 따라다니는 NKVD들도 지긋지긋하고요."

"푸하. 저들은 우리가 서명하든 말든 상관 안 해." 대머리 아저씨가 말했다. "정말 저들이 우리한테 이런 몹쓸 짓을 하는 데 우리 허락, 우리 서명이 필요할 거라고 생각하니? 스탈린은 우리 의지를 꺾으려는 거야. 아직 모르겠어? 스탈린은 우리가 그런 바보 같은 서류에 서명하면 결국 우리가 포기하고 말 거라는 걸 알고 있어. 그는 우리를 끝장내려는 거야."

"아저씨가 어떻게 알아요?" 내가 물었다.

그는 손사래를 치며 나를 물리쳤다. "너한테 그런 표정은 안 어울려, 화난 표정 말이다. 그만 가봐라."

나는 판잣집을 나왔다. "가자, 요나스."

"잠깐만." 요나스가 내 쪽으로 몸을 기울이며 소곤거렸다. "형이 살라미 소시지를 줬어."

나는 팔짱을 꼈다.

"네 누나는 친절에 무슨 알레르기가 있나보다." 안드리우스가 말했다.

"내가 알레르기가 있는 건 그게 아니야. 대체 그 살라미 소시지는 어디서 난 거야?" 내가 물었다.

안드리우스가 나를 물끄러미 보다가 말했다. "요나스, 잠깐만 우리 둘이 있게 해줄래?"

"아니, 그건 안 돼. 엄마가 요나스 혼자 두지 말라고 했단 말이야. 그래서 내가 온 거라고." 내가 말했다.

"난 괜찮아." 요나스가 말하고는 멀찍이 걸어갔다.

"그래, 넌 요즘 그런 걸 먹고 지내니? 소비에트 살라미?" 내가 물었다.

"구할 수 있으면." 그가 대답했다. 그는 담배 한 대를 꺼내 불을 붙였다. 안드리우스는 전보다 강해 보였고 팔에 근육도 붙었다. 그는 담배연기를 들이마셨다가 우리 머리 위로 내뿜었다.

"그리고 담배도 그래. 넌 저 소비에트 건물 안의 푹신한 침대에서 자는 거야?"

"넌 아무것도 몰라." 그가 말했다.

"모른다고? 글쎄, 넌 고단하거나 배가 고파 보이진 않아. 넌 한밤중에 콜호스 사무실에 끌려가지도 않았고 이십오 년 형을 받지도 않았어. 그러니까, 넌 우리가 하는 말들을 모두 저들한테 보고하는 거야?"

"내가 스파이 짓을 한다는 거야?"

"코모로프가 우리 엄마한테 사람들을 염탐해서 자기한테 보고 하라고 했어. 엄마는 거절했지만."

"넌 네가 무슨 말을 하는지도 모르고 막 지껄이는구나." 안드 리우스가 얼굴을 붉히며 말했다.

"내가 모른다고?"

"그래, 넌 아무것도 몰라."

"흙구덩이 안에서 일하는 사람 중에 너네 엄마는 안 보이던걸—"

"그래." 안드리우스가 바로 내 코앞에 바짝 다가서며 말했다. "왜 그런지 알아?" 그의 관자놀이에 핏줄이 불거졌다. 이마에 그 의 숨결이 느껴졌다.

"알아, 왜냐하면—"

"그들이 엄마한테 자기들과 같이 자지 않으면 나를 죽이겠다고 협박했기 때문이야. 그러다가 엄마한테 싫증나면 나를 죽이겠지. 그래, 리나, 넌 기분이 어떨 것 같아? 만약 너네 엄마가 네 목 숨을 구하기 위해 스스로 몸을 팔아야 한다면?"

나는 벌어진 입을 다물지 못했다.

그의 입에서 거침없이 말이 쏟아졌다. "만약 우리 아빠가 살아서 이 사실을 안다면 어떤 심정일 것 같니? 자기 남편을 죽인 사람들이랑 같이 자야 하는 우리 엄마 심정은 또 어떻고? 그래, 네엄마는 그들을 위해 통역하는 걸 거부할 수도 있겠지. 하지만 만약 그들이 네 동생 목에 칼을 들이댄다고 해도 그럴까?"

"안드리우스, 난—"

"아니, 넌 아무것도 몰라. 우리 엄마한테 이런 일을 겪게 만든나 자신을 내가 얼마나 혐오하는지, 엄마가 자유로워질 수 있게날마다 어떻게 내 숨통을 끊을까 궁리하는지 넌 하나도 몰라. 하지만 대신에 엄마와 난 우리 불행을 이용해 다른 사람들을 살리고 있어. 넌 이해해줄 마음이 없겠지, 안 그래? 넌 너무나 이기적이고 자기중심적이야. 안됐구나, 하루 종일 땅이나 파고 있어서. 아무리 그래도 넌 버릇없는 꼬마일 뿐이야." 그는 등을 돌리고 멀어져갔다.

40

짚이 얼굴에 닿아 깔끄러웠다. 요나스는 한참 전에 곯아떨어졌다. 요나스가 숨을 내쉴 때마다 나직한 휘파람 소리가 났다. 나는 몸을 뒤척였다.

"그애는 애쓰고 있어, 리나." 엄마가 말했다.

"잘 자는걸요." 내가 대답했다.

"안드리우스 말이다. 그애는 애쓰는데 네가 사사건건 가로막는구나. 남자들이 항상 품위 있게 행동하진 않는다는 걸 너도 잘 알잖니."

"엄마, 엄마는 이해 못 해요."

엄마는 내 말을 무시하고 계속 말했다. "그래, 네가 마음 상한 건 알겠다. 요나스 말이 네가 안드리우스한테 심하게 했다더구

나. 하지만 그건 불공평해. 친절한 마음이 서투른 방식으로 전해질 때도 있는 법이야. 네가 책에서 읽은 품위 있는 남자들의 행동보다는 그런 서툰 행동에 더 많은 진심이 담겨 있어. 네 아빠도 아주 서툰 사람이었지."

눈물이 뺨을 타고 흘러내렸다.

엄마가 어둠 속에서 킥킥거렸다. "아빠가 나를 본 그 순간에 내가 자기 넋을 빼놓았다나 뭐라나. 하지만 실제로 무슨 일이 있었는지 아니? 아빠는 나한테 말을 걸려다가 나무에서 떨어졌지. 떡갈나무에서 떨어져서 팔이 부러졌어."

"엄마, 이건 그런 게 아니라고요." 내가 말했다.

"여보." 엄마는 한숨을 내쉬었다. "아빠는 서투르기 짝이 없었지만 정말 진실했어. 때로는 그런 서투름 속에 아름다움이 있단다. 거기엔 스스로를 표현하려 애쓰는 사랑과 감정이 있어. 하지만 막상 그게 표현되어 나오면 어색하고 서투르지. 알아듣겠니?"

"으음, 네에." 나는 눈물을 감추려고 숨죽여 대답했다.

"좋은 남자란 멋있다기보다는 실리적인 경우가 많아." 엄마가 말했다. "안드리우스는 둘 다에 해당하고."

잠이 오지 않았다. 눈을 감으면 그때마다 내게 윙크하고 내 얼굴을 향해 다가오는 그 아름다운 얼굴이 보였다. 그의 머리카락 향기가 내 주변을 맴도는 것 같았다.

"자?" 내가 조용히 물었다.

요아나가 뒤척였다. "아니, 너무 더워서 못 자겠어."

"나는 온몸이 빙빙 도는 것 같아. 그앤 너무…… 잘생겼어." 내가 말했다.

요아나는 킬킬거리며 자기 베개 밑에 두 팔을 밀어넣었다. "게다가 그 형보다 춤도 훨씬 잘 추더라."

"우리 어떻게 보였어?"

"둘이서 멋진 시간을 보내는 것 같던데. 누가 봐도 그렇게 생각했을걸."

"빨리 내일이 돼서 그애를 만났으면 좋겠어." 나는 한숨을 쉬었다. "정말 너무 완벽해."

다음날 점심식사가 끝나고 우리는 별장으로 돌아가 머리를 빗었다. 급히 오두막을 나서다가 나는 하마터면 요나스를 깔아뭉갤 뻔했다.

"누나 어디 가?" 요나스가 물었다.

"산책." 나는 황급히 요아나를 따라가며 대답했다.

나는 달리지 않으려고 애쓰면서 최대한 빨리 걸었다. 돌돌 말아쥔 그림이 구겨지지 않도록 조심했다. 전날 밤 잠이 오지 않을 때 그의 얼굴을 그렸었다. 초상화는 아주 잘 그려졌고 그래서 요아나는 그 그림을 그에게 주라고 제안했다. 요아나는 그가 내 그림 실력에 감탄할 거라며 나를 부추겼다.

그의 형이 거리에서 요아나를 보고 달려왔다.

"어이, 이방인." 그가 요아나를 보며 미소 지었다.

"안녕!" 요아나가 대답했다.

"안녕, 리나. 손에 든 건 뭐야?" 내가 손에 쥐고 있는 종이를 가리키며 그가 물었다.

요아나는 아이스크림 가게 쪽을 살폈다. 내가 요아나 옆을 돌아가자 그애의 모습이 보였다.

"리나." 요아나가 팔을 뻗으며 나를 가로막았다.

너무 늦었다. 나는 벌써 보고 말았다. 나의 왕자님은 빨간 머리 소녀의 어깨에 팔을 두르고 있었다. 그들은 다정하게 깔깔거리며 아이스크림콘 하나를 나눠 먹고 있었다. 나는 가슴이 철렁 내려앉고 속이 뒤틀렸다.

"깜빡 잊은 게 있어." 나는 뒷걸음질치며 말했다. 손가락에 힘이 들어가면서 축축해진 손안의 종이가 구겨졌다. "금방 갔다올게."

"나도 같이 갈래." 요아나가 말했다.

"아니, 괜찮아." 나는 화끈거리는 목덜미를 들키고 싶지 않았다. 애써 웃음을 지었다. 양쪽 입꼬리가 파르르 떨렸다. 나는 몸을 돌려 걷기 시작했고, 적당히 멀어질 때까지 침착함을 잃지 않으려 애썼다.

이를 악물었지만 눈물이 그치지 않았다. 나는 걸음을 멈추고 길가 쓰레기통에 기대었다.

"리나!" 어느새 요아나가 따라왔다. "괜찮은 거야?"

나는 고개를 끄덕였다. 잘생긴 그의 얼굴이 그려진 구깃구깃해진 초상화를 펼쳤다. 그리고 초상화를 갈기갈기 찢어 던져버렸다. 내 손을 빠져나간 종잇조각들이 거리에 흩날렸다. 남자들은 멍청이야. 남자들은 모두 멍청이야.

41

가을이 다가왔다. NKVD는 우리를 더 세게 몰아붙였다. 그들은 우리가 실수만 해도 배급 빵의 양을 줄여버렸다. 내 팔뚝은 엄마의 엄지손가락과 가운뎃손가락 두 개로 쥘 수 있을 만큼 가늘어졌다. 눈물은 오래전에 말라버렸다. 울고 싶은 느낌이 가득 차올라도 내 눈은 눈물을 퍼내지 못하고 화끈거리기만 할 뿐이었다.

유럽 어딘가에서 전쟁이 계속되고 있다고 상상하기는 어려웠다. 우리는 NKVD가 다음 희생자를 선택하기를, 다음번 구덩이에 우리를 밀어넣기를 기다리면서 우리만의 전쟁을 치르고 있었다. 그들은 밭에서 우리를 때리고 발로 차는 걸 즐겼다. 어느 날 아침, 한 노인이 비트를 먹다가 그들에게 발각되었다. 경비대원

하나가 펜치로 노인의 앞니들을 뽑아버렸다. 그들은 우리에게 잠을 재우지 않았다. 하루건너 한 번씩 그들은 밤마다 우리를 깨워 이십오 년 형을 선고하는 서류에 서명하라고 다그쳤다. 우리는 코모로프의 책상 앞에 줄지어 앉아 눈을 뜬 채 쉬는 법을 배웠다. 나는 NKVD 바로 앞에 앉아 있을 때면 그들에게서 벗어날 수 있었다.

언젠가 미술 선생님이 크게 심호흡을 하고 무언가를 상상하면 그것이 있는 곳에 가게 된다고 말했었다. 그것을 볼 수 있고 그것을 느낄 수 있다고. 우리가 NKVD와 대치해 있는 동안 나는 그 요령을 배웠다. 나는 침묵의 시간이 오면 내 녹슨 꿈에 매달렸다. 내가 온갖 희망 속으로 빠져들고 마음 가장 깊은 곳에서 소망을 꺼내는 순간은 바로 총구 앞에서였다. 코모로프는 자기가 우리를 고문하고 있다고 생각했다. 하지만 우리는 우리 안의 고요 속으로 피신하고 있었다. 우리는 거기서 힘을 얻었다.

모든 사람이 가만히 앉아 있지는 못했다. 사람들은 점점 동요했고 지쳐가고 있었다. 마침내 포기하는 사람들이 하나둘 생겨났다.

"배신자들!" 그리바스 선생님이 혀를 차면서 낮은 소리로 내뱉었다. 서명한 사람들을 두고 언쟁이 벌어졌다. 첫날밤에 누군가 서명했고, 나는 분개했다. 엄마는 그 사람들을 가엾게 여기라고, 그들은 자기 정체성의 벼랑 끝으로 내몰린 사람들이라고 말했다. 나는 그들을 가엾게 여길 수가 없었다. 도무지 이해가 가지 않았다.

매일 아침 밭까지 걸어가다보면, 다음번에는 누가 서명할지 짐작할 수 있었다. 그런 사람들의 얼굴은 패배의 노래를 부르고 있었다. 엄마 역시 그런 얼굴을 알아보았다. 엄마는 그런 사람과 함께 수다를 떨고 밭에서도 옆에 붙어 일하면서 사기를 북돋우려 애썼다. 때로는 효과가 있었다. 하지만 소용없을 때가 더 많았다. 밤이면 나는 서명한 사람들의 얼굴을 그리고 NKVD가 어떻게 그들을 굴복시켰는지 글로 썼다.

NKVD가 적의를 보일수록 내 반항심은 커져만 갔다. 내 얼굴에 침을 뱉고 날이면 날마다 나를 괴롭히는 사람들에게 내가 왜 굴복하겠는가? 만약 그들에게 내 자존감을 내어주면 내게는 뭐가 남겠는가? 만에 하나 서명하지 않은 사람이 우리만 남게 된다면 어떻게 될까 나는 생각했다.

대머리 아저씨는 믿을 사람이 없다고 불평했다. 그는 모든 사람이 염탐하고 다닌다며 비난했다. 신뢰가 무너졌다. 사람들은 서로의 속셈을 물으며 의심의 씨앗을 심었다. 나는 내 그림을 조심하라던 아빠를 생각했다.

이틀 밤이 지난 후, 투덜이 여자가 서류에 서명했다. 그녀는 책상 위로 허리를 굽혔다. 손마디가 울퉁불퉁한 손에 쥔 펜이 떨리고 있었다. 그때 나는 여자가 마음을 바꿀지도 모른다고 생각했다. 하지만 여자는 별안간 휘갈겨쓰고는 펜을 내려놓으면서 자기와 어린 두 딸에게 스스로 이십오 년 형을 선고했다. 그런 여자를 우리는 물끄러미 바라보았다. 엄마는 아랫입술을 깨물며 고개를 숙였다. 투덜이 여자는 소리를 지르며 오히려 우리가 얼간이가 아니냐고, 어차피 모두 죽을 텐데 그때까지 잘 먹으면 왜 안 되냐고 항변했다. 여자의 딸 하나가 울기 시작했다. 그날 밤, 나는 여자의 얼굴을 그렸다. 축 늘어져 절망적으로 보이는 입. 분노와 혼란이 뒤섞인 채 급하게 떨어지는 눈썹 선.

엄마와 리마스 아주머니는 남자들 소식이나 전쟁 소식을 어디서 듣고 오곤 했다. 안드리우스는 요나스에게 정보를 전했다. 그는 나를 무시하고 있었다. 엄마는 보낼 곳도 모르면서 아빠에게 편지를 썼다.

"마을에 갈 방법만 있다면 얼마나 좋을까요, 엘레나." 어느 날 밤, 배급 줄에 서 있던 리마스 아주머니가 말했다. "편지를 부칠 수 있잖아요."

이십오 년 형 선고에 서명한 사람들은 마을에 갈 수 있었다. 우리는 아니었다.

"맞아요, 마을에 가야 해요." 나는 아빠에게 뭔가를 보낼 생각을 하며 말했다.

"그 매춘부를 보내요, 아르비다스네 여자 말이오." 대머리 아저씨가 말했다. "그 여자라면 척척 잘 해낼 거요. 러시아어도 지금쯤 많이 늘었을 테고."

"말씀이 지나쳐요!" 리마스 아주머니가 화를 냈다.

"아저씨 정말 너무하네요. 그 부인은 그러고 싶어서 그들과 잔다고 생각해요? 아들 목숨이 거기 달려 있다고요!" 내가 소리쳤다. 요나스는 고개를 푹 숙였다.

"아저씨는 아르비다스 부인을 가엾이 여겨야 해요." 엄마가 말했다. "우리가 아저씨를 측은하게 생각하는 것처럼요. 안드리우스와 아르비다스 부인이 아저씨 입에 음식을 구해다 바친 적이 한두 번이 아니잖아요. 사람이 어쩜 그렇게 은혜를 모르세요?"

"뭐, 그렇다면 서명한 저 심술궂은 여인네한테 뇌물을 주어야겠군. 그 여자를 매수해서 편지를 부치게 하면 되잖소." 대머리 아저씨가 말했다.

우리 모두 저마다 써둔 편지가 있었고, 엄마는 그 편지들을 엄마의 '연락책', 즉 시골에 사는 먼 친척에게 보낼 계획을 세웠다. 아빠도 똑같이 했기를 바랄 수밖에 없었다. 편지에는 우리 이름이나 구체적인 내용은 쓸 수 없었다. 우리는 소비에트가 편지들을 읽어본다는 걸 알고 있었다. 우리 모두 잘 지내고 있고, 즐거운 시간을 보내고 있고, 훌륭한 직업 기술을 배우는 중이라고 썼다. 나는 할머니 모습을 그린 뒤 서명을 휘갈겨쓰고 그 밑에 "사랑하는 알타이 할머니가"라고 썼다. 아빠는 틀림없이 그 얼굴과 내 서명, 그리고 '알타이'란 단어를 알아볼 것이다. 부디 NKVD가 눈치채지 못하기를.

42

엄마는 외투 안감 속에 감춰두었던 고급 은식기 세 개를 꺼냈다. 우리가 추방될 때부터 엄마가 갖고 다니던 것이다.

"결혼 선물로 받았던 거야." 엄마가 은식기들을 들고 말했다. "부모님이 주셨지." 엄마는 그중 하나를 투덜이 여자에게 주면서 마을에 가는 길에 편지들을 부치고 잡다한 것들을 구해오고, 새로운 소식을 알아봐달라고 부탁했다. 여자가 승낙했다.

모두가 소식을 고대하고 있었다. 대머리 아저씨는 엄마에게 러시아와 독일이 맺은 비밀 협정에 관해 말해주었다. 히틀러와 스탈린이 리투아니아, 라트비아, 에스토니아, 폴란드, 그리고 여러 나라들을 나누어가졌다는 것이다. 나는 두 통치자가 장난감을 나누는 어린아이들처럼 나라들을 나누는 모습을 그렸다. 폴란드는 네 것. 리투아니아는 내 것. 그들에겐 그것이 게임이었을까? 대머리 아저씨 말로는 히틀러가 스탈린과 맺은 협정을 깼다고 했다. 우리가 추방되고 일주일 후, 독일이 러시아를 침공했기 때문이었다. 대머리 아저씨는 어떻게 그 협정에 대해 알았을까 하고 내가 물었더니, 엄마는 모르겠다고 대답했다.

우리가 추방된 후 우리 집과 우리가 가지고 있었던 모든 것은 어떻게 되었을까? 요아나와 다른 친척들은 그동안의 일을 알까? 어쩌면 그들은 우리를 찾고 있는지도 모른다.

히틀러가 스탈린을 리투아니아에서 쫓아냈다니 기뻤지만, 히틀러는 거기서 뭐하는 걸까?

"스탈린보다 더 나쁜 건 있을 수 없어." 식탁에 둘러앉은 아저씨 중 한 명이 말했다. "그는 악의 화신이라고."

"더 좋을 것도 더 나쁠 것도 없네." 아빠는 낮은 목소리로 대답했다. 구석에 있던 나는 얘기를 들으려고 몸을 더 기울였다.

"하지만 히틀러는 우리를 쫓아내지는 않겠지." 아저씨가 말했다.

"자네는 쫓겨나지 않을지 모르지만, 우리 같은 유대인들은 어떡하나?" 아빠의 친한 친구인 셸처 박사님이 물었다. "자네도 소문은 들었을 거야. 히틀러가 유대인들에게 완장을 차게 했다지."

"마르틴 말이 맞네. 게다가 히틀러는 폴란드에서 게토 제도를 만들고 있어." 아빠가 말했다.

"제도라니? 그걸 제도라고 하는 건가, 코스타스? 그는 수십만 유대인들을 우츠에 가두었고 바르샤바에선 심지어 그보다 더 많은 유대인들을 출입금지시켜버렸어." 셸처 박사님이 절망에 젖은 목소리로 말했다.

"내가 말실수를 했어. 미안하네, 마르틴." 아빠가 사과했다. "내 말은 우리가 지옥을 통치하려고 안달한 두 악마를 상대하고 있다는 얘기네."

"하지만 코스타스, 중립을 지키거나 독립성을 유지하기는 불가능할 거야." 한 아저씨가 말했다.

"리나!" 엄마가 내 옷깃을 잡고 소곤거렸다. "네 방으로 들어가."

나는 순순히 엄마 말을 따랐다. 계속되는 정치 얘기는 따분하기만 했다. 나는 그저 그리기 게임을 하기 위해 귀기울이고 있을 뿐이었다. 얼굴은 보지 않고 대화만 듣고서 사람들의 표정을 그리는 것이었다. 이미 그동안 들은 이야기만으로도 셸처 박사님은 충분히 그릴 수 있었다.

요나스는 계속 구두 만드는 시베리아 여자 두 명과 함께 일했다. 그들은 요나스를 좋아했다. 모든 사람이 요나스와 그 상냥한 성격을 사랑했다. 구두 짓는 여자들은 겨울에 대비해 부츠를 만드는 게 좋다며 요나스에게 충고해주었다. 요나스가 구두 재료 쪼가리들을 챙기는 것도 눈감아주었다. 요나스는 나보다도 훨씬 빨리 러시아어를 배웠다. 대화의 상당 부분을 알아들었고 심지어 속된 말까지 썼다. 나는 계속 요나스에게 통역을 부탁했다. 나는 러시아어 발음이 혐오스럽기만 했다.

43

비트 밭에서 나는 엄마 옆에 앉아 땅바닥을 때리고 있었다. 내 발 근처에 검은 군화가 나타났다. 고개를 들어보았다. 크레츠스키였다. 옆 가르마를 탄 노란 머리가 이마를 덮고 있었다. 문득 그가 몇 살인지 궁금했다. 안드리우스와 나이차가 많을 것 같지는 않았다.

"빌카스." 그가 불렀다.

엄마가 고개를 들었다. 그는 러시아어로 무슨 말을 쏟아냈는데, 너무 빨라서 알아들을 수 없었다. 엄마는 눈길을 떨구더니 이윽고 다시 크레츠스키를 바라보았다. 엄마가 목소리를 높여 밭 전체에 들리도록 소리쳤다. "그림 그릴 줄 아는 사람을 찾는대요."

나는 몸이 굳어버렸다. 그들이 내 그림을 찾아낸 것이다.

"그림 그릴 줄 아는 사람 있어요?" 엄마는 소리치고는 손차양을 하고서 밭을 둘러보았다. 엄마가 지금 뭐하는 거지? 아무도 대답하지 않았다.

크레츠스키가 눈을 가늘게 뜨고 나를 보았다.

"지도 한 장과 사진 한 장을 그대로 그려주는 사람한테 담배 두 개비를 준대요—"

"내가 할래요." 나는 괭이를 내려놓으며 얼른 대답했다.

"안 돼, 리나!" 엄마가 내 팔을 잡으면서 말렸다.

"엄마, 지도라잖아요." 내가 소곤거렸다. "어쩌면 전쟁이나 남자들 소식을 들을 수 있을지도 몰라요. 이 밭에 있지 않아도 되고요." 나는 벌써부터 안드리우스에게 담배 한 개비를 줄 생각을 하고 있었다. 사과하고 싶었다.

"내가 같이 가겠어요." 엄마가 러시아어로 말했다.

"니에트!" 크레츠스키가 빽 소리질렀다. 그러고는 내 팔을 붙잡았다. "다바이!" 그가 나를 끌어당기며 소리쳤다.

크레츠스키는 비트 밭에서 나를 끌어냈다. 그가 붙잡은 팔이 아팠다. 사람들 눈이 없는 곳에 오자 곧 그는 나를 놓아주었다. 우리는 말없이 콜호스 사무실로 향했다. NKVD 두 명이 줄지어 늘어선 판잣집들 사이로 다가왔다. 한 명이 우리를 보더니 크레츠스키에게 소리쳤다.

크레츠스키는 그들을 보고 이어서 나를 보았다. 그가 갑자기 태도를 바꾸었다. "다바이!" 크레츠스키가 소리질렀다. 그리고 내 뺨을 찰싹 때렸다. 뺨이 얼얼했다. 뜻밖의 일격에 목이 돌아갔다.

NKVD 두 명이 그 장면을 지켜보면서 다가왔다. 크레츠스키는 나더러 파시스트 돼지라고 욕했다. 그들이 웃었다. 한 명이 성냥을 달라고 했다. 크레츠스키는 대원의 담배에 불을 붙여주었다. 그 NKVD가 내 코앞으로 얼굴을 들이밀었다. 그는 러시아어로 뭐라고 중얼거리더니 내 얼굴에 담배연기를 길게 내뿜었다. 나는 기침을 콜록거렸다. 그는 빨갛게 불이 붙은 담배 끝으로 내 뺨을 겨누었다. 그의 앞니 틈새에 갈색 타르 얼룩이 잔뜩 껴 있었다. 트고 갈라진 입술은 딱딱하게 굳어 있었다. 그가 물러서더니 나를 뜯어보며 고개를 끄덕였다.

나는 가슴이 방망이질했다. 크레츠스키가 껄껄 웃고는 그 대원의 어깨를 툭툭 쳤다. 또 한 명의 NKVD는 눈썹을 치켜세우며 손가락으로 음란한 표시를 해 보이고는 웃음을 터뜨렸고, 이윽고 친구와 함께 자리를 떴다. 뺨이 욱신거렸다.

크레츠스키의 어깨가 축 늘어졌다. 그는 뒤로 물러나 담배에 불을 붙였다. "빌카스." 그는 고개를 가로젓고는 입 한구석으로 연기를 내뿜었다. 그는 웃었고, 내 팔을 잡고 콜호스 사무실을 향해 끌고 갔다.

내가 대체 뭘 하기로 한 거지?

44

나는 콜호스 사무실 탁자 앞에 앉아 있었다. 떨리는 걸 멈춰보려고 손을 털었다. 지도는 왼쪽 위에, 사진은 오른쪽 위에 놓여 있었다. 시베리아 지도와 가족사진 한 장이었다. 사진 속 남자의 머리 주변으로 네모나게 검은 테두리가 그려져 있었다.

NKVD 한 명이 종이, 근사한 펜과 연필들이 담긴 상자 하나, 제도용구들을 가져왔다. 나는 이것들로 그림을 그리면 얼마나 좋을까 생각하며 손가락으로 그 필기도구들을 쓸어보았다. 크레츠스키가 지도를 가리켰다.

학교에서도 지도를 많이 보았지만 이렇게 흥미를 끄는 것은 처음이었다. 나는 시베리아의 방대함에 놀라며 지도를 바라보았다. 우리는 이 지도의 어디쯤에 있는 걸까? 그리고 아빠는 어디 있을까? 나는 지도를 꼼꼼히 살폈다. 크레츠스키가 짜증나는지 주먹으로 탁자를 쳤다.

내가 지도를 그리는 동안 몇몇 NKVD들이 주변을 서성거렸다. 그들은 서류철을 넘겨보기도 하고 지도 위의 지점들을 가리키기도 했다. 서류철에는 서류들과 사진들이 철해져 있었다. 나는 내가 그리는 지도 위의 도시들을 뚫어져라 보면서 머릿속에 담아두려고 애썼다. 나중에 혼자 다시 그려볼 생각이었다.

대원들 대부분은 내가 지도 베끼는 걸 끝내자마자 방을 나갔다. 내가 사진 속 남자를 그리는 동안 크레츠스키는 서류들을 넘겨보면서 커피를 마셨다. 나는 눈을 감고 숨을 들이쉬었다. 커피 향은 말로 표현할 수 없이 좋았다. 사무실 안은 우리 집 부엌처럼 따뜻했다. 내가 눈을 떴을 때, 크레츠스키는 나를 물끄러미 보고 있었다.

그는 커피 잔을 탁자에 내려놓으며 그림을 살폈다. 나는 종이 위에서 생기를 띠기 시작하는 남자의 얼굴을 바라보았다. 눈이 반짝거리는 남자는 따뜻한 미소를 짓고 있었다. 입매가 느긋하고 차분한 것이, 그리바스 선생님이나 대머리 아저씨처럼 굳어 있지 않았다. 이 남자가 누구인지, 혹시 리투아니아인은 아닌지 궁금했다. 나는 그의 아내와 아이들이 좋아할 만큼 멋진 그림을 그리기로 했다. 이 신사는 누구고, 어째서 중요한 인물인 걸까?

잉크는 펜에서 부드럽게 흘러나왔다. 나는 펜이 탐났다. 크레츠스키가 몸을 돌렸을 때 나는 펜을 무릎에 떨어뜨리고는 탁자에 더 바싹 몸을 기대었다.

남자의 머리카락을 제대로 포착하려면 질감이 필요했다. 나는 크레츠스키의 커피 잔에 남은 찌꺼기를 손가락에 묻혔다. 갈색 찌꺼기를 다른 손등에 올려놓고 손끝으로 으깼다. 그렇게 만든 커피 가루로 머리카락의 질감을 살렸다. 거의 비슷해. 나는 몸을 앞으로 숙이고 새끼손가락으로 그 알갱이들을 쓸었다. 손가락은 조심스럽게 부드러운 곡선을 그렸다. 완벽해. 발소리가 들렸다. 내 앞에 담배 두 개비가 나타났다. 고개를 돌리던 나는 화들짝 놀랐다. 지휘관이 내 뒤에 서 있었다. 그를 보자 소름이 돋으면서 팔과 뒷덜미의 털이 곤두섰다. 나는 무릎에 놓인 펜을 들키지 않으려고 탁자에 몸을 바싹 붙였다. 그가 눈썹을 치켜세웠고 입술 아래 금니가 번쩍거렸다.

"다 그렸어요." 나는 그림을 그에게 밀며 말했다.

"다." 지휘관이 고개를 끄덕였다. 그는 물끄러미 나를 바라보면서 혓바닥으로 이쑤시개를 돌렸다.

45

어둠 속에서 오두막들 사이를 지나 수용소 끝자락에 있는 NKVD 건물로 걸어갔다. 허술한 벽 너머로 웅얼거리는 목소리들이 들려왔다. 나는 주머니 안의 담배와 펜을 조심스레 쥐고서 나무들을 따라 걸음을 재촉했다. 그리고 어느 나무 뒤에서 걸음을 멈추었다. NKVD 막사들은 우리 판잣집에 비하면 호텔 같았다. 석유램프가 환하게 타고 있었다. 한 무리의 NKVD들이 현관에 앉아 카드놀이를 하며 작은 술병을 돌리고 있었다.

나는 어둠 속에서 발소리를 죽이고 건물 뒤쪽으로 다가갔다. 무슨 소리가 들렸다. 울음소리, 그리고 리투아니아어로 속삭이는 소리였다. 모퉁이를 돌았다. 아르비다스 부인이 궤짝 위에 앉아 있었다. 숨죽인 흐느낌에 맞추어 어깨가 오르내리고 있었다.

안드리우스는 그 앞에 무릎을 꿇고 앉아 자기 엄마 손을 꼭 쥐고 있었다. 나는 조금 더 다가갔다. 그가 홱 고개를 들었다.

"리나, 여긴 웬일이야?" 안드리우스가 물었다.

"저기…… 아르비다스 아주머니, 괜찮으세요?" 그녀는 고개를 돌려버렸다.

"어서 가, 리나." 안드리우스가 말했다.

"내가 도울 거 없을까?"

"없어."

"내가 할 일이 없을까, 뭐든?" 나는 물러서지 않았다.

"가라고 했잖아!" 안드리우스가 벌떡 일어서서 나를 마주보았다.

나는 가만히 있었다. "이거 주려고 왔어—" 나는 담배를 꺼내려고 주머니에 손을 넣었다.

아르비다스 부인이 나를 향해 고개를 돌렸다. 붉은 피멍이 든 뺨에 눈화장이 번져 검은 눈물이 흘러내렸다.

그들이 그녀에게 무슨 짓을 한 걸까? 손가락 사이에서 담배가 구겨지는 것이 느껴졌다. 안드리우스가 나를 노려보았다.

"미안해." 목이 메어 갈라진 소리가 나왔다. "정말 미안해." 나는 황급히 몸을 돌려 달리기 시작했다. 빠르게 내달리는 동안 사물들이 서로 번지고 일그러진 모습으로 눈앞을 스쳐지나갔다.

누런 이를 드러내고 웃는 울류시카, 한쪽 눈을 감지 못한 채 흙
바닥에 죽어 있는 오나, 오므린 입술로 담배연기를 내뿜으며 내
게 다가오는 경비병―그만해, 리나―화장실 구멍으로 나를 내려
다보는 아빠의 두들겨맞은 얼굴, 기차선로 옆에 누운 시체들, 내
가슴을 만지려 손을 뻗는 지휘관. 그만하라니까! 나는 그럴 수 없
었다.

나는 우리 판잣집으로 뛰어갔다.

"누나, 무슨 일이야?" 요나스가 물었다.

"아무것도 아냐!"

나는 집 안을 왔다갔다했다. 이 노동수용소가 싫었다. 우리가
왜 여기 있는 거지? 지휘관이 싫었다. 크레츠스키가 싫었다. 울
류시카가 투덜거리더니 나더러 앉으라며 발을 쿵쿵 굴렀다.

"입 닥쳐, 이 마녀야!" 내가 빽 소리질렀다.

나는 내 여행가방을 뒤졌다. 손에 안드리우스가 준 돌멩이가
만져졌다. 돌멩이를 꼭 쥐었다. 울류시카를 향해 던질까도 생각
했다. 하지만 그러는 대신 돌멩이를 으스러뜨리려 애썼다. 내겐
그럴 힘이 없었다. 나는 돌멩이를 주머니에 넣고는 종이를 집어
들었다.

우리 오두막 뒤쪽에서 희미하게 불빛이 비치는 자리를 발견했
다. 나는 훔친 펜을 쥐고 종이를 펼쳤다. 내 손은 짧게 획획 움직

이기 시작했다. 심호흡을 했다. 흐르는 듯한 필치. 종이 위에 천천히 아르비다스 부인의 모습이 나타났다. 기다란 목, 통통한 입술. 스케치를 하면서 나는 뭉크를 생각했다. 고통과 사랑, 절망은 끝없는 사슬로 연결되어 있다는 그의 이론을.

호흡이 서서히 느려졌다. 나는 부인의 얼굴 위로 완만한 곡선을 그리며 흘러내린 숱 많은 밤색 머리카락에, 뺨에 생긴 커다란 피멍에 음영을 넣었다. 잠시 손놀림을 멈추고 어깨 뒤를 살피며 주변에 사람이 없는지 확인했다. 그리고 눈물로 번진 부인의 눈화장을 그렸다. 눈물 고인 그 눈에는 주먹을 쥐고 부인 앞에 선 지휘관이 반사된 모습을 그려넣었다. 나는 스케치를 계속했고, 숨을 크게 내쉬고는 손을 털었다.

판잣집으로 돌아온 나는 펜과 그림을 내 가방 안에 숨겼다. 요나스는 바닥에 앉아 초조하게 다리를 떨고 있었다. 울류시카는 자기 침상에서 코를 골며 자고 있었다.

"엄마는 어디 갔어?" 내가 물었다.

"오늘 투덜이 아줌마가 마을에 갔대. 엄마는 아줌마가 돌아오는 길에 만난다고 큰길에 나갔어."

"시간이 늦었는데. 아줌마가 아직도 안 돌아왔나?" 나는 여러 사람의 손을 거쳐 아빠에게 보낼 목각품을 투덜이 여자한테 주었다.

엄마를 마중 나가 걷고 있는데 판잣집으로 다가오는 엄마 모습이 보였다. 엄마는 외투와 부츠 들을 들고 있었다. 나를 보자 엄마는 특유의 환한 웃음을 지었다. 그리바스 선생님이 종종걸음을 치며 우리에게 다가왔다.

"서둘러요!" 선생님이 말했다. "그것들을 눈에 띄지 않게 숨겨요. NKVD가 집집마다 돌면서 서류에 서명하러 가라고 윽박지르고 있어요."

엄마에게 아르비다스 부인 얘기를 할 겨를이 없었다. 우리는 물건을 전부 대머리 아저씨의 판잣집에 갖다두었다. 엄마는 두 팔로 나를 껴안았다. 엄마의 홀쭉해진 몸에 원피스가 헐렁하게 걸쳐져 있고 띠를 두른 허리선에서 골반뼈가 툭 튀어나와 있었다.

"우리 편지를 부쳤대!" 엄마가 환하게 웃으며 소곤거렸다. 나는 내 손수건이 편지보다 앞서 벌써 수백 마일을 갔기를 바라며 고개를 끄덕였다.

오 분도 지나지 않아 NKVD가 우리 오두막으로 들이닥쳐 사무실로 출두하라고 소리쳤다. 요나스와 나는 엄마와 나란히 걸어갔다.

"오늘 오후에 지도 그리는 건 어땠어?" 엄마가 물었다.

"쉬웠어요." 나는 가방에 넣어둔 훔친 펜을 생각하며 대답했다.

"그게 안전한 일인지 모르겠구나. 괜한 걱정이면 좋으련만."

엄마는 우리에게 팔을 둘렀다.

그랬다, 우리는 안전했다. 지옥의 품속에서 안전했다.

"오늘 타다스가 교장실에 불려갔어요." 저녁식사 때 요나스가 말했다. 요나스는 작은 입에 커다란 소시지 조각을 밀어넣었다.

"왜?" 내가 물었다.

"타다스가 지옥 얘기를 했거든." 요나스가 우물거렸다. 두툼한 소시지에서 나온 육즙이 턱을 타고 흘러내렸다.

"요나스, 입에 음식을 잔뜩 넣고 말하지 말랬지. 작게 잘라서 먹어." 엄마가 꾸짖었다.

"잘못했어요." 요나스가 불룩한 입으로 말했다. "맛있어요." 요나스는 마저 씹었다. 나는 소시지를 작게 잘라내어 먹었다. 소시지는 따뜻하고 껍질이 짭짤해서 맛있었다.

"타다스가 어떤 여자애한테 지옥은 가장 나쁜 곳이고 영원히 빠져나올 수 없다고 했거든요."

"그런데 타다스가 왜 지옥 얘기를 했을까?" 아빠가 야채에 손을 뻗으며 말했다.

"걔네 아빠가 스탈린이 리투아니아에 들어오면 우리 모두 그 자리에서 끝장이라고 했대서요."

46

"그 마을 이름은 투라차크래요." 다음날 엄마가 우리에게 말했다. "산골에 있대요. 크지는 않지만 우체국이 있고 작은 학교도 있대요."

"학교가 있어요?" 그리바스 선생님이 흥분해서 되물었다.

요나스가 나를 흘끗 보았다. 9월이 시작되면서 동생은 계속 학교에 관해 묻고 있었다.

"엘레나, 저 사람들한테 내가 교사라고 말해줘요." 그리바스 선생님이 말했다. "수용소 아이들도 학교에 다녀야 해요. 우리가 이곳에 학교 같은 걸 만들어야 한다고요."

"그 여자가 편지를 부쳤답디까?" 대머리 아저씨가 물었다.

"네. 그리고 답장 받을 주소를 우체국으로 썼대요."

"그럼 답장이 왔는지 아닌지 우리가 어떻게 알아요?" 리마스 아주머니가 물었다.

"뭐, 서명한 사람한테 계속 뇌물을 줘야겠죠." 그리바스 선생님이 얼굴을 찡그리며 말했다. "그러면 그 사람이 마을에 갈 때 우리 앞으로 온 우편물이 있는지 확인해줄 거예요."

"그 여자가 어떤 라트비아 여인을 만났는데, 남편이 톰스크 근처 감옥에 있다고 하더래요." 엄마가 말했다.

"어머, 엘레나. 우리 남편들도 톰스크에 있을까요?" 리마스 아주머니가 가슴에 손을 얹으며 물었다.

"남편이 편지를 보내왔는데, 리투아니아에서 온 많은 친구들과 시간을 보내고 있다고 쓰여 있대요." 엄마가 웃으며 말했다. "하지만 편지 내용이 알쏭달쏭하고 여기저기 까맣게 칠해져서 도착했다는군요."

"물론 그렇겠지." 대머리 아저씨가 말했다. "편지를 검열하는 거요. 그 라트비아 여자는 편지 쓸 때 조심하는 게 좋을걸. 당신들도 조심해야 하고. 머리에 총 맞아 죽고 싶지 않으면 말이오."

"적당히 좀 하시죠?" 내가 핀잔을 주었다.

"그게 사실인걸. 네 연애편지 때문에 사람들이 죽을 수도 있어. 그런데 전쟁 소식은 없었소?" 대머리 아저씨가 물었다.

"독일군이 키예프를 점령했대요." 엄마가 대답했다.

"독일군이 거기서 뭐하는데요?" 요나스가 물었다.

"뭐할 것 같냐? 사람들을 죽이는 거지. 이건 전쟁이야!" 대머리 아저씨가 소리쳤다.

"독일군이 리투아니아에서 사람들을 죽이고 있어요?" 요나스가 물었다.

"바보 같은 녀석. 아직도 모르는 거야?" 대머리 아저씨가 투덜거렸다. "히틀러, 그 작자는 유대인을 죽이고 있어. 리투아니아인들이 히틀러를 돕고 있을 수도 있어!"

"네?" 내가 되물었다.

"무슨 말씀이에요? 히틀러가 리투아니아에서 스탈린을 몰아냈잖아요." 요나스도 물었다.

"그렇다고 히틀러가 영웅이 되는 건 아니다. 우리나라는 운이 다한 거야, 모르겠니? 우리가 누구의 손아귀에 들어갔느냐 하는 문제하곤 상관없이 우리는 죽을 운명이야." 대머리 아저씨가 말했다.

"그만해요!" 그리바스 선생님이 소리쳤다. "더 듣고 있을 수가 없군요."

"그 정도면 다들 알아들었을 거예요, 스탈라스 씨." 엄마가 거들었다.

"미국이나 영국 소식은요?" 리마스 아주머니가 물었다. "그들

252

이라면 우리를 도와줄 거예요."

"아직 없어요. 하지만 곧 듣게 되겠죠." 엄마가 말했다.

몇 달 만에 처음 듣는 리투아니아 소식이었다. 엄마는 기운이 솟는 모양이었다. 배를 주리고 고된 노동으로 손에 물집이 잡혔지만 활력이 넘쳤다. 엄마는 통통 튀듯이 걸었다. 희망은 마치 산소처럼 엄마를 계속 움직이게 만들었다. 나는 아빠를 생각했다. 아빠가 정말 시베리아 어딘가의 감옥에 있는 걸까? 나는 NKVD를 위해 그렸던 지도를, 그리고 스탈린과 히틀러가 유럽을 나누는 모습을 떠올렸다. 갑자기 어떤 생각이 머리를 스쳤다. 만약 히틀러가 리투아니아에서 유대인을 죽이고 있다면, 셸처 박사님한테 무슨 일이 생긴 건 아닐까?

우리가 쓴 편지들이 우송중일 가능성을 두고 대화가 끊이지 않았다. 우리는 수용소 사람들 모두의 친척과 이웃은 물론이고 직장 동료의 이름까지 알게 되었다. 답장을 보낼 가능성이 있는 사람이면 누구든. 그리바스 선생님은 이웃집 청년이 답장을 보낼 거라고 확신했다.

"아니, 그 청년은 답장을 보내지 않을 거요. 십중팔구 댁이 옆집에 살고 있었는지도 몰랐을 테니까." 대머리 아저씨가 비아냥거렸다. "사실 댁이 그렇게 눈에 띄는 타입은 아니잖소."

그리바스 선생님은 즐거운 표정이 아니었다. 요나스와 나는 나중에 그 일을 떠올리며 낄낄거렸다. 밤이 되어 짚풀 침상에 누워서는 그리바스 선생님이 이웃 청년과 연애하는 우스꽝스러운 시나리오들을 지어냈다. 엄마가 그만하라고 꾸짖었지만, 이따금 우리와 함께 킥킥거리는 엄마의 웃음소리를 들을 수 있었다.

기온이 뚝 떨어지자 NKVD는 우리를 더욱 거세게 몰아붙였다. 심지어 어느 때인가는 우리에게 배급을 더 주기도 했는데, 눈이 오기 전에 막사 한 동을 더 짓기 위해서였다. 우리는 여전히 서류에 서명을 하지 않았다. 안드리우스도 여전히 나랑 말을 섞지 않았다. 우리는 내년 봄에 수확할 감자를 심었지만, 추위가 닥칠 때까지 우리가 계속 시베리아에 있을 거라고 믿고 싶어하는 사람은 아무도 없었다.

소비에트는 엄마를 윽박질러 알타이 아이들과 리투아니아 아이들이 같이 섞인 반에서 공부를 가르치도록 했다. 부모님이 서류에 서명한 아이들만 학교에 다닐 수 있었다. 소비에트는 엄마에게 러시아어로 가르치라고 했다. 많은 아이들이 아직 러시아어를 제대로 알아듣지 못하는데도. NKVD가 그리바스 선생님에게는 가르치는 일을 허락하지 않았다. 그래서 선생님은 괴로워했다. 그들은 서명을 하면 엄마를 보조하게 해주겠다고 말했다. 선생님은 끝까지 서명할 생각이 없었지만, 저녁에 수업 지도안을 짜는 엄마를 도와주었다.

나는 엄마가 지붕 있는 판잣집에서 아이들을 가르치게 되어 기뻤다. 요나스에게는 땔감으로 쓸 장작을 패는 일이 새로 배정되었다. 첫눈이 내렸고, 요나스는 매일 밤 젖어서 꽁꽁 언 몸으로 돌아왔다. 얼어붙은 머리카락 끝은 쉽게 바스러졌다. 나는 추위 때문에 관절이 뻣뻣했다. 내 뼈 안쪽은 얼음으로 가득 차 있는 게 분명했다. 몸을 펴면 뼈가 삐걱거리며 뚝뚝 소리가 났다. 몸이 따뜻해질 때까지 얼굴과 손발이 지독하게 따끔거렸다. 추위가 닥치자 NKVD의 짜증은 더욱 늘었다. 울류시카도 마찬가지였다. 그녀는 아무 때고 내키면 방세를 요구했다. 나는 배급받은 빵을 울류시카에게 빼앗기지 않으려고 그 여자와 말 그대로 씨름을 한 적이 한두 번이 아니었다.

요나스는 작업장에서 나무 쪼가리와 통나무들을 슬쩍해와 울류시카에게 방세를 냈다. 고맙게도 요나스는 두 명의 시베리아 여인과 일하는 동안 우리가 신을 튼튼한 부츠와 구두를 만들어 두었다. 요나스의 러시아어는 빠르게 늘고 있었다. 나는 어린 동생의 모습을 실제보다 더 크게, 얼굴은 더 어른스럽게 그렸다.

내게는 30킬로그램에 가까운 곡물을 지고 눈길을 헤쳐가는 일이 떨어졌다. 리마스 아주머니는 바늘로 자루 틈새를 벌려 곡물을 슬쩍 빼낸 뒤 들키지 않도록 도로 오므리는 방법을 가르쳐주었다. 우리는 곧 쓰레기를 뒤지는 기술까지 터득했다. 요나스는

매일 밤 몰래 나가 NKVD의 쓰레기통에서 음식 찌꺼기를 가져
왔다. 벌레나 구더기가 있다고 먹기를 마다하는 사람은 없었다.
우리는 손가락으로 그런 것들을 툭툭 쳐낸 뒤 음식을 입에 집어
넣었다. 때로 요나스는 안드리우스와 아르비다스 부인이 쓰레기
통에 숨겨둔 생필품 꾸러미를 가지고 돌아오기도 했다. 그러나
이따금 안드리우스가 구호품을 줄 때가 아니면, 우리는 쓰레기
와 썩은 것을 먹고 살아가는 밑바닥 인생이었다.

47

대머리 아저씨가 예상했던 대로, 우리는 그후로도 투덜이 여자에게 뇌물을 주어 마을에 갈 때 우체국에 들러달라고 부탁할 수 있었다. 두 달 동안은 뇌물을 먹인 효과가 없었다. 우리는 판잣집에서 벌벌 떨며 지냈다. 언젠가는 고향 소식을 실은 편지봉투가 오리라는 약속만이 우리를 덥혀줄 뿐. 기온은 한참 영하로 떨어졌다. 요나스는 작은 화덕 근처에서 자면서 몇 시간마다 일어나 땔감을 더 집어넣곤 했다. 내 발가락 감각은 사라졌고 피부는 터서 갈라졌다.

리마스 아주머니가 처음 편지를 받았다. 먼 친척 형제가 부친 편지가 11월 중순에 도착한 것이다. 편지가 도착했다는 소문은 금세 수용소 전체로 퍼졌다. 거의 스무 명이나 되는 사람들이 리투아니아에서 온 소식을 들으려고 아주머니의 판잣집에 들이닥쳤다. 리마스 아주머니는 배급을 받으러 가서 아직 돌아오지 않았다. 우리는 기다렸다. 안드리우스도 왔다. 그는 사람들 틈을 비집고 내 옆으로 왔다. 안드리우스는 훔쳐온 크래커를 주머니 여기저기서 꺼내 모두에게 나눠주었다. 우리는 목소리를 낮추려 애썼지만 빽빽이 들어찬 사람들 사이로 설레는 흥분이 번졌다.

나는 몸을 돌리다가 무심코 안드리우스를 팔꿈치로 밀게 되었다. "미안." 내가 사과하자 그가 고개를 끄덕였다.

"잘 지냈어?" 내가 물었다.

"응." 그가 대답했다. 대머리 아저씨가 판잣집으로 들어오더니 자리가 없다며 툴툴거렸다. 사람들이 앞쪽으로 밀어댔다. 내 몸이 안드리우스의 외투 앞자락에 짓눌렸다.

"엄마는 어떠셔?" 내가 힐긋 그를 올려다보며 물었다.

"기대하는 만큼 잘 지내."

"너는 요즘 무슨 일을 하니?" 내 턱은 사실상 그의 가슴에 닿아 있었다.

"숲에서 장작 패는 일." 그가 나를 내려다보며 몸의 중심을 옮겼다. "너는?" 그가 물었다. 내 정수리에 닿는 그의 숨결이 느껴졌다.

"곡물 자루를 날라." 내가 대답하자 그가 고개를 끄덕였다.

봉투가 손에서 손으로 건네졌다. 봉투에 키스하는 사람들도 있었다. 봉투는 우리에게까지 왔다. 안드리우스는 리투아니아 우표와 소인을 손가락으로 어루만졌다.

"너도 편지 썼어?" 내가 안드리우스에게 물었다.

그는 고개를 저었다. "안전한지 아직 확신이 안 서."

리마스 아주머니가 왔다. 사람들은 길을 터주려고 애썼지만, 그러기엔 사람이 너무 많았다. 나는 다시 안드리우스에게 떠밀렸다. 그는 사람들이 도미노처럼 쓰러지지 않게 기를 쓰며 나를 꽉 붙잡았다. 우리는 가까스로 균형을 잡았다. 그가 얼른 나를 놓아주었다.

리마스 아주머니는 기도문을 중얼거리고는 봉투를 뜯었다. 예상대로 편지의 몇 줄은 잉크로 시커멓게 지워져 있었다. 그래도 그럭저럭 읽을 만했다.

"'요나바에 있는 우리 친구에게서 두 통의 편지를 받았습니다.'" 리마스 아주머니가 편지를 읽었다. "그건 내 남편이 보낸 편지일 거예요." 아주머니가 외쳤다. "그이는 요나바에서 태어났거든요. 그이가 살아 있어요!" 여자들이 서로 얼싸안았다.

"계속 읽어요!" 대머리 아저씨가 소리쳤다.

"'그는 몇몇 친구들과 함께 여름 캠프를 방문하기로 했다고 합니다.'" 리마스 아주머니가 편지를 읽었다.

"그곳은 아주 아름답다고 하네요." 아주머니가 계속 읽어내려 갔다. "'시편 102편에 묘사된 것과 똑같아요.'"

"누가 성경책 좀 가져와요. 시편 102편을 펴봐요." 그리바스 선생님이 말했다. "그 안에 뭔가 전하고 싶은 말이 있을 거예요."

우리는 리마스 아주머니를 도와 편지의 나머지 부분을 해독했다. 이렇게 떼로 모여 있으니 화덕에 불을 피운 것보다 따뜻하다고 누가 농담을 했다. 나는 안드리우스를 몰래 훔쳐보았다. 그의 골격과 눈빛은 강인했고, 완벽하게 비례가 맞았다. 그는 이따금 면도할 여유도 있는 것 같았다. 피부는 다른 사람들과 마찬가지로 바람에 시달린 것 같지만, 입술은 얇지도 않고 NKVD처럼 갈라지지도 않았다. 구불거리는 갈색 머리카락은 내 머리카락에 비하면 깨끗했다. 그가 아래를 보자 나는 얼른 눈길을 돌렸다. 내가 얼마나 더러워 보일지, 또는 그가 내 머리카락에서 무얼 보았을지 상상이 가지 않았다.

요나스가 엄마의 성경책을 가지고 왔다.

"어서 찾아봐! 시편 102편." 누군가 재촉을 했다.

"찾았어요." 요나스가 말했다.

"조용, 들어봅시다."

"주님, 내 기도를 들어주시고, 내 부르짖음이 주님께 이르게 해주십시오.

내가 고난을 받을 때 주님의 얼굴을 숨기지 마십시오. 내게 주님의 귀를 기울여주십시오. 내가 부르짖을 때 속히 응답하여주십시오.

아, 내 날은 연기처럼 사라지고, 내 뼈는 화로처럼 달아올랐습니다.

음식을 먹는 것조차 잊을 정도로, 내 마음은 풀처럼 시들어서 말라버렸습니다.

신음하다 지쳐서 나는 뼈와 살이 달라붙었습니다……"

누군가 헉 하고 숨을 들이켰다. 요나스의 목소리가 기어들어갔다. 나는 안드리우스의 팔을 꽉 잡았다.

"계속 읽어라." 리마스 아주머니가 말했다. 아주머니는 두 손을 비틀었다.

바람이 윙윙거렸고 오두막의 벽들이 몸서리치고 있었다. 요나스의 목소리는 점점 희미해졌다.

"나는 광야의 올빼미와도 같고, 폐허 더미에 사는 부엉이와도 같이 되었습니다.

내가 누워서 잠을 이루지 못하는 것이 마치 지붕 위의 외로운 새 한 마리와도 같습니다.

원수들이 종일 나를 모욕하고, 나를 비웃는 자들이 내 이름을 불러 저주합니다.

나는 재를 밥처럼 먹고, 눈물 섞인 물을 마셨습니다.

주님께서 저주와 진노로 나를 들어서 던지시니

내 사는 날이 기울어지는 그림자 같으며, 말라가는 풀과 같습니다."

"그만하라고 해." 나는 안드리우스에게 속삭이며 그의 외투에 머리를 묻었다. "제발." 하지만 그는 요나스를 막지 않았다.

요나스는 결국 끝까지 읽었다. 한바탕 바람이 불어 지붕이 덜 컹거렸다.

"아멘." 리마스 아주머니가 말했다.

"아멘." 나머지 사람들도 따라 했다.

"굶주리고 있나봐요." 내가 말했다.

"그래서 뭐? 우리도 굶주리고 있어. 나도 풀잎처럼 시들어가고 있다고." 대머리 아저씨가 말했다. "그 양반이 나보다 나쁠달 것도 없어."

"그래도 살아 있네요." 안드리우스가 조용히 말했다.

나는 고개를 들어 그를 쳐다보았다. 그랬다. 그는 자기 아버지가 살아 있기를, 비록 굶주리더라도 살아 있기를 바라고 있었다.

"네, 안드리우스 말이 맞아요." 엄마가 말했다. "댁의 남편 분은 살아 있어요! 그리고 댁의 친척은 아마 댁도 살아 있다는 소식을 남편한테 보냈을 거예요!"

리마스 아주머니는 편지를 다시 읽었다. 몇몇 사람들이 판잣
집을 나섰다. 안드리우스도 그중 한 사람이었다. 요나스가 그 뒤
를 따라갔다.

48

그 일은 일주일 뒤에 일어났다. 엄마는 이미 징후가 있었다고 했다. 나는 아무것도 보지 못했다.

그리바스 선생님이 나를 향해 미친 듯이 손짓해댔다. 선생님은 기를 쓰고 눈밭을 달려오고 있었다.

"리나, 얼른 가봐라! 요나스한테 큰일났어." 선생님이 소곤거렸다.

엄마는 요나스의 안색이 달라진 걸 알아차렸다고 했다. 사실 모든 사람의 안색이 달라져 있었다. 우리 살갗 밑으로 슬금슬금 파고든 회색은 우리의 눈 밑으로 검은 그늘을 드리우고 있었다.

크레츠스키는 내가 일터를 떠나는 걸 허락하지 않았다. 나는 애원했다. "제발 부탁이에요. 요나스가 아파요." 그래도 이번 한

번만큼은 어떻게 안 될까?

크레츠스키는 곡물 자루 뒤쪽을 가리켰다. 지휘관이 소리지르고 발길질을 하며 다그치고 있었다. 눈보라가 오고 있었다. "다바이!" 크레츠스키가 소리쳤다.

내가 우리 판잣집에 돌아올 때쯤 엄마는 벌써 와 있었다. 요나스는 거의 의식을 잃고 엄마의 짚풀 침상에 누워 있었다.

"어떻게 된 거예요?" 내가 엄마 옆에 무릎을 꿇고 앉으며 물었다.

"모르겠다." 엄마는 요나스의 바짓가랑이 한쪽을 끌어올렸다. 정강이가 반점투성이였다. "뭔가에 감염된 것 같구나. 열이 있어." 엄마는 동생의 이마에 손을 얹으며 말했다. "요나스가 짜증내거나 피곤해하는 걸 알고 있었니?"

"솔직히 몰랐어요. 다들 예민하고 피곤하잖아요." 나는 요나스를 바라보았다. 어떻게 내가 모를 수 있었을까? 요나스의 아랫입술은 다 헐고 잇몸은 보랏빛을 띠었다. 손에는 붉은 반점들이 돋아나 있었다.

"리나, 가서 우리 배급을 받아오렴. 요나스가 병을 이겨내려면 영양 보충이 필요할 거야. 그리고 가능하면 리마스 아주머니도 찾아보고."

나는 어둠 속에서 휘몰아치는 눈보라를 뚫고 나아갔다. 매서운 바람이 얼굴을 에는 것 같았다. NKVD는 세 사람 몫의 배급을 주지 않으려 했다. 요나스가 일터에서 쓰러졌으니 그의 몫은 없다는 것이었다. 나는 요나스가 아프다고 설명하려고 했다. 그들은 손짓으로 나를 물리쳤다.

리마스 아주머니는 그게 무슨 병인지 알지 못했다. 그리바스 선생님도 마찬가지였다. 요나스는 점점 더 의식을 잃어가는 것 같았다.

대머리 아저씨가 왔다. 그는 요나스를 내려다보았다. "이거 전염되는 거요? 이런 반점이 생긴 사람이 또 있소? 이 아이가 우리 모두에게 죽음의 천사가 될 수도 있겠군. 며칠 전 한 여자아이가 이질로 죽었는데 어쩌면 같은 건지 모르겠소. 아마 저들은 당신들이 파놓은 구덩이에 그 죽은 아이를 버렸을 거요." 아저씨가 말했다. 엄마는 대머리 아저씨에게 나가라고 했다.

울류시카는 우리더러 요나스를 눈보라가 몰아치는 바깥으로 데려가라고 소리쳤다. 엄마는 병이 옮을까 걱정되면 당신이 다른 데 가서 잠자리를 찾아보라고 맞받아치며 소리질렀다. 울류시카는 발을 쿵쿵거리며 나가버렸다. 나는 요나스 옆에 앉아 눈으로 차갑게 만든 헝겊을 이마에 대어주었다. 엄마는 무릎을 꿇고 앉아 다정하게 말을 걸며 요나스의 얼굴과 손에 키스했다.

"우리 아이들은 안 돼요." 엄마가 속삭였다. "제발, 신이시여.

요나스는 데려가지 마세요. 얘는 너무 어려요. 얼마 살지도 못했어요. 제발…… 저를 대신 데려가세요." 엄마가 고개를 들었다. 고통으로 얼굴이 일그러져 있었다. "여보?"

시계태엽 감는 아저씨가 석유램프를 들고 찾아온 것은 한밤중이었다. "괴혈병입니다." 그는 요나스의 잇몸을 살펴보고 말했다. "많이 진행됐군요. 이가 푸르게 변하고 있어요. 걱정 마요. 전염성은 아니니까. 하지만 장기가 완전히 기능을 잃기 전에 비타민이 든 뭔가를 찾아 먹이는 게 최선이에요. 영양 상태가 너무 안 좋아요. 언제든 악화될 수 있어요."

내 동생은 시편 102편의, "풀처럼 시들어서 말라버렸습니다"라는 구절을 그대로 보여주고 있었다. 엄마는 요나스와 나를 남겨둔 채 구걸을 하러 눈보라 속으로 뛰쳐나갔다. 나는 요나스의 이마에 댄 헝겊을 계속 갈아주었다. 그리고 안드리우스가 주었던 돌멩이를 동생의 손 밑에 넣고 돌멩이 안의 불꽃들이 병을 고쳐줄 거라고 말해주었다. 나는 우리가 어릴 때 이야기들을 들려주고 우리 집을 방마다 하나하나 묘사해주었다. 그리고 엄마의 성경책을 꺼내 동생을 데려가지 말라고 하느님께 기도했다. 동생 걱정에 속이 메스꺼웠다. 나는 종이를 움켜쥐고 요나스를 위해 아무거나, 동생의 기분이 좋아질 만한 무언가를 그리기 시작했다. 요나스의 방을 그리기 시작했을 때 안드리우스가 왔다.

"이렇게 앓아누운 지 얼마나 됐어?" 안드리우스가 요나스 옆에 무릎을 꿇으면서 물었다.

"오늘 오후부터야."

"요나스가 내 목소리를 들을 수 있을까?"

"모르겠어."

"요나스. 이제 괜찮아질 거야. 먹을 것과 마실 것을 구해줄게. 기다려, 친구. 내 말 들려?" 요나스는 미동도 없이 누워 있었다.

안드리우스가 외투 안쪽에서 천 꾸러미를 꺼냈다. 그는 천을 풀어 작은 은색 깡통을 꺼내놓더니 바지에서 주머니칼을 꺼냈다. 그러고는 깡통 위쪽에 구멍을 뚫었다.

"그게 뭐야?" 내가 물었다.

"이걸 먹여야 해." 안드리우스가 동생의 얼굴 위로 몸을 숙이며 말했다. "요나스, 내 목소리가 들리면 입을 벌려."

요나스는 꼼짝도 하지 않았다.

"요나스." 내가 거들었다. "입 벌려봐. 네 병을 낫게 해줄 걸 갖고 왔어."

요나스의 입이 살짝 벌어졌다.

"잘 했어." 안드리우스가 말했다. 그는 칼날을 깡통 안으로 집어넣었다. 다시 뺄 때는 익힌 토마토 즙이 칼날을 타고 뚝뚝 떨어졌다. 나는 턱 뒤쪽이 콱 막혔다. 토마토였다. 침이 고이기 시작했다. 토마토가 요나스의 입을 건드린 순간, 동생의 입술이 떨리기 시작했다. "그래, 꼭꼭 씹어서 삼켜." 안드리우스가 말했다. 그가 나를 돌아보았다. "혹시 물 좀 있어?"

"응, 빗물 받아둔 거 있어."

"요나스한테 물 좀 줘. 이거 한 통 다 먹여야 돼."

나는 토마토 깡통에서 눈을 떼지 못했다. 안드리우스의 칼과 손가락 위로 토마토 즙이 흘러내렸다. "그건 어디서 났어?" 내가 물었다.

그는 넌더리가 난다는 듯 나를 보았다. "저기 길모퉁이 시장에서. 넌 거기 가본 적 없어?" 그는 나를 노려보다가 고개를 돌렸다. "내가 이걸 어디서 얻었겠어? 훔친 거야." 그는 나머지 토마토들을 동생의 입에 털어넣었다. 요나스는 깡통에 남은 국물까지 받아마셨다. 안드리우스는 칼날과 손가락에 묻은 즙을 바지에 닦았다. 나는 그 토마토 즙을 향해 몸이 앞으로 쏠리는 것을 느꼈다.

엄마가 구두 짓는 시베리아 여인 한 명을 데려왔다. 두 사람의 머리와 어깨에 눈이 수북이 쌓여 있었다. 여자는 러시아어로 빠르게 중얼거리며 동생에게 달려갔다.

"무슨 일인지 설명하려고 했는데 저분이 직접 요나스를 봐야겠다고 고집을 부려서." 엄마가 말했다.

"안드리우스가 토마토 통조림을 가져와서 요나스에게 먹여줬어요." 내가 말했다.

"토마토?" 엄마가 깜짝 놀랐다. "오, 고맙다! 고마워, 네 어머니께 나 대신 감사하다고 전해주렴."

시베리아 여인이 엄마에게 뭐라고 말했다.

"요나스를 낫게 해줄 차가 있대." 안드리우스가 통역했다. "재료를 모아야 하니까 네 엄마더러 도와달라는 거야." 내가 고개를 끄덕였다.

"안드리우스, 조금만 더 여기 있어주겠니?" 엄마가 물었다. "네가 있으면 요나스가 훨씬 더 든든할 거야. 리나, 찻물 좀 끓여주렴." 엄마는 동생에게 몸을 기울였다. "요나스, 엄마 금방 올 거야. 널 낫게 해줄 차를 구해올게."

49

　우리는 말없이 앉아 있었다. 안드리우스는 주먹을 꽉 쥔 채 동생을 바라보고 있었다. 무슨 생각을 하는 걸까? 요나스가 아파서 화가 난 걸까? 자기 엄마가 NKVD들이랑 자서 화가 난 걸까? 자기 아빠가 죽어서 화가 난 걸까? 어쩌면 그냥 나한테 화가 났는지도.

　"안드리우스."

　그는 나를 보지 않았다.

　"안드리우스, 내가 정말 바보였어."

　그제야 그가 내 쪽으로 고개를 돌렸다.

　"넌 우리한테 정말 잘해주는데, 난…… 난 정말 바보야." 나는 고개를 떨구었다.

그는 아무 말도 하지 않았다.

"내가 경솔했어. 내가 어리석었어. 스파이 노릇을 한다고 널 몰아세웠던 거 미안해. 나도 정말 괴로웠어." 그는 여전히 말이 없었다. "안드리우스?"

"그래, 알겠어." 그가 말하고는 다시 동생을 돌아보았다.

"그리고…… 네 엄마한테도 미안해!" 내가 불쑥 말했다.

나는 편지지첩을 움켜쥐었다. 그리고 주저앉아 요나스의 방을 마저 그렸다. 처음에는 방안의 침묵이 의식되었다. 어색하고 무거운 침묵이 내려앉아 있었다. 하지만 계속 그림을 그리다보니 그 안으로 빠져들었다. 나는 담요의 주름을 완벽하게, 부드럽게 표현하는 데 정신을 쏟았다. 책상과 책들은 그대로 나타내야 했다. 요나스는 자기 책상과 책들을 애지중지했다. 나도 책이 좋았다. 내 책들이 너무나 그리웠다.

나는 혹시라도 책들이 구겨질까 책가방을 받쳐들었다. 평소처럼 책가방이 현관 계단에 쿵쿵 부딪히게 할 수는 없었다. 어쨌든 에드바르 뭉크가 가방 안에 있었다. 선생님 편으로 이 책들을 받기까지 거의 두 달이나 기다렸다. 마침내 책이 도착했다, 오슬로에서 온 책이.

나는 부모님이 뭉크나 뭉크 스타일을 좋아하지 않으리라는 걸 알고 있었다. 어떤 사람은 뭉크의 그림을 "퇴폐적인 예술"이라고 했다. 하지만 나는 〈불안〉〈절망〉〈절규〉를 찍은 사진을 보자마자 뭉크의 작품을 더 봐야겠다고 생각했다. 그의 작품은 신경증에 걸린 사람이 그린 것처럼 뒤틀리고 일그러져 있었다. 나는 그 그림들에 푹 빠져버렸다.

나는 현관문을 열었다. 오도카니 놓인 편지봉투가 눈에 들어오자 현관 탁자를 향해 달려갔다. 봉투를 뜯어 열었다.

리나에게,

새해 복 많이 받아. 그동안 편지 못 써서 미안해. 크리스마스 연휴가 끝나고 나니 주변 분위기가 더 심각해진 것 같아. 우리 엄마와 아빠는 내내 말다툼을 하고 있어. 아빠는 계속 저기압이고 잠을 잘 못 자. 밤새도록 집 안을 오락가락하고 점심시간에는 우편물이 왔는지 확인하려고 집에 들르곤 해. 아빠는 책들이 공간을 너무 많이 차지한다며 대부분 상자에 넣어버렸어. 심지어 내 의학책들도 상자에 싸려고 하지 뭐니. 아빠가 미친 거 아닐까? 합병 이후 모든 게 달라져버렸어.

리나, 부탁이 있는데 니다의 별장 그림을 그려서 보내줘. 그 여름날의 따뜻하고 햇빛 찬란했던 기억들을 되새기면 봄이 올 때까지 이 추위를 견딜 수 있을 것 같아.

네 소식도 전해주고 요즘 무슨 생각을 하며 지내는지 그림 실력은 얼마나 좋아졌는지도 알려줘.

사랑하는 사촌,

요아나가

"요나스가 자기 비행기 이야기를 하던데." 안드리우스가 내 어깨 너머로 그림을 가리키며 말했다. 나는 그가 있다는 사실을 깜빡 잊고 있었다.

나는 고개를 끄덕였다. "요나스가 비행기를 참 좋아하지."

"좀 봐도 될까?"

"그래." 나는 편지지첩을 그에게 내밀었다.

"잘 그렸다." 안드리우스가 말했다. 그의 엄지손가락은 편지 지첩 가장자리를 꾹 누르고 있었다. "다른 그림들도 봐도 되니?"

"응." 나는 편지지첩에서 아직 뜯어내지 않은 그림이 몇 장뿐이라는 데 안도하면서 대답했다.

안드리우스가 편지지를 넘겼다. 나는 요나스의 이마에서 헝겊을 집어들고 눈으로 차갑게 식히려고 밖으로 나갔다. 다시 들어 갔을 때 안드리우스는 자기 얼굴을 그린 그림을 보고 있었다. 리마스 아주머니가 편지를 받았던 날 그린 그림이었다.

"각도가 이상하네." 그가 조용히 웃으며 말했다.

나는 옆에 앉았다. "네가 나보다 키가 크잖아. 그건 내 눈높이에서 본 거야. 그리고 그땐 모두 몸이 빈틈없이 눌려 있었고."

"그래서 내 콧구멍이 아주 잘 보였구나."

"뭐, 내가 널 올려다보고 있었으니까. 이런 각도에서는 원래 다르게 보여." 나는 그의 표정을 살피며 말했다.

그가 나를 바라보았다.

"봐, 이 시점에서 보면 또 다르고." 내가 설명했다.

"더 괜찮아 아니면 더 별로야?" 그가 물었다.

그때 엄마와 시베리아 여인이 돌아왔다.

"고맙다, 안드리우스." 엄마가 말했다.

그는 고개를 끄덕이더니 몸을 숙여 요나스에게 뭐라고 속삭였다. 그리고 돌아갔다.

우리는 내가 끓여둔 물에 이파리들을 담갔다. 요나스는 그 잎을 우려낸 물을 마셨다. 엄마는 요나스의 곁을 지키고 앉아 있었다. 나는 자리에 누웠지만 잠이 오지 않았다. 눈을 감을 때마다 머릿속에 〈절규〉가 떠올랐다. 그런데 그림 속 얼굴이 내 얼굴이었다.

50

이 주가 지나자 요나스는 조금 나아졌다. 걸을 때 다리가 후들거렸다. 목소리는 속삭임보다 겨우 클까 말까 한 정도였다. 그동안 엄마와 나는 쇠약해졌다. 우리 몫의 빵조각 두 개를 쪼개어 요나스한테 먹였던 것이다. 처음에는 우리가 부탁하면 사람들은 자기 몫의 빵을 나누어주었다. 하지만 추위는 수용소 판잣집들 안으로 더욱 깊숙이 파고들어 사람들의 인심마저 얼어붙게 만들었다. 어느 날, 나는 그리바스 선생님이 배급을 받자마자 돌아서서 빵을 통째로 입속에 꾹꾹 쑤셔넣는 것을 보았다. 선생님을 탓할 수는 없었다. 나도 그런 생각을 한 적이 한두 번이 아니었으니까. 그뒤로 엄마와 나는 빵을 나눠달라고 부탁하지 않았다.

여러 번 애원했지만 NKVD는 요나스가 먹을 음식을 주지 않았다. 심지어 엄마가 지휘관에게 직접 부탁까지 해보았다. 그는 엄마를 비웃었다. 무슨 말을 들었는지는 몰라도 엄마는 며칠 동안 기분이 좋지 않았다. 이제 우리에겐 팔 물건도 남아 있지 않았다. 사실상 우리가 가진 모든 것을 알타이 여인의 따뜻한 옷과 물물교환하면서 넘겨버렸던 것이다. 엄마의 외투 안감은 펄럭이는 성긴 무명천처럼 얄팍하게 매달려 있었다.

크리스마스가 다가오면서 분위기가 살아났다. 우리는 서로의 판잣집에 모여 리투아니아에서 보냈던 크리스마스 연휴의 추억을 되새기곤 했다. 우리는 리투아니아의 크리스마스이브 행사인 쿠초스에 관해 끝없이 이야기를 나누었다. 대머리 아저씨의 판잣집에서 쿠초스를 열자는 결정이 났다. 아저씨는 마지못해 승낙했다.

예수의 열두 제자를 나타내는 열두 가지 요리를 묘사할 때면 우리는 눈을 감고 귀를 기울였다. 사람들은 고개를 끄덕이며 몸을 앞뒤로 흔들었다. 엄마는 맛있는 양귀비 씨앗 수프와 크랜베리 푸딩에 대해 이야기했다. 리마스 아주머니는 웨이퍼와 "주여, 내년에도 우리가 한자리에 모이게 하옵소서" 하는 크리스마스 전통 기도 이야기가 나오자 울음을 터뜨렸다.

NKVD들은 일과가 끝나면 술을 마시며 몸을 덥혔다. 종종 우리를 감시하는 일을 잊어버리거나 아니면 살을 에는 찬바람을 뚫고 밖에 나오고 싶어하지 않았다. 덕분에 우리는 매일 밤 모여서 누군가의 크리스마스 연휴에 얽힌 이야기를 들었다. 그리고 각자의 그리움과 소중한 기억들을 통해 서로를 알아갔다. 엄마는 투덜이 여자도 우리 모임에 불러야 한다고 주장했다. 엄마 말은 그 여자가 서명을 했다고 해서 고향을 그리워하지 않는 건 아니라는 거였다. 눈이 내리고 기온이 곤두박질쳤지만, 일도 추위도 참을 만하게 느껴졌다. 우리에게는 기대할 것이 있었으니까. 우리의 회색 낮들과 캄캄한 밤들을 조금이나마 위로해줄 작은 의식이 있었으니까.

나는 화덕의 불을 꺼뜨리지 않으려고 얼마 전부터 통나무를 훔치기 시작했다. 엄마는 계속 걱정했지만, 나는 충분히 조심하고 있고 NKVD들은 게을러서 추운 날씨에 밖으로 나오지 않는다며 엄마를 안심시켰다. 어느 날 밤, 나는 화덕에 땔 장작을 구하려고 대머리 아저씨의 판잣집을 나왔다. 아저씨의 오두막을 살금살금 돌아가고 있을 때였다. 부스럭거리는 소리가 나서 나는 그 자리에 얼어붙었다. 그림자 속에 누군가 있었다. 크레츠스키일까? 심장이 멎는 것 같았…… 혹시 지휘관일까?

"나야, 리나."

어둠 속에서 안드리우스의 목소리가 들렸다. 그는 성냥을 그어 담배에 불을 붙였다. 잠깐 타오르는 불빛에 그의 얼굴이 비쳤다.

"겁나서 죽는 줄 알았잖아. 그런데 왜 여기 서 있는 거야?"

"여기서 얘기를 들으려고."

"안으로 들어가지그래? 몸이 꽁꽁 얼 텐데."

"내가 들어가면 사람들이 싫어할 거야. 그건 공평하지 않아. 모두 너무 굶주리고 있잖아."

"그렇지 않아. 네가 오면 사람들은 기뻐할 거야. 우린 그냥 크리스마스 이야기를 하고 있었어."

"알아. 나도 들었어. 우리 엄마가 매일 밤 무슨 이야기가 오갔는지 듣고 와서 전해달라고 조르셔."

"정말? 난 크랜베리 푸딩 이야기를 한 번만 더 들으면 돌아버릴 것 같은데." 나는 웃으면서 말했다. "하지만 이제 땔감을 구하러 가야 해서."

"땔감을 훔친단 말이야?" 그가 물었다.

"뭐, 그런 셈이지." 내가 대답했다.

그는 고개를 젓더니 킬킬거렸다. "너 정말 겁이 없구나, 안 그래?"

"맞아. 추워서 그래." 내 말에 그가 웃었다.

"나랑 같이 걷지 않을래?" 내가 물었다.

"아니, 그냥 돌아가는 게 낫겠어." 그가 말했다. "조심해라. 잘 자고."

사흘 후, 아르비다스 부인과 안드리우스가 보드카 한 병을 들고 나타났다. 두 사람이 문으로 들어온 순간, 사람들은 입을 다물었다. 아르비다스 부인은 스타킹을 신고 있었다. 머리는 깨끗하고 예쁘게 말려 있었다. 안드리우스는 눈을 내리깔았다. 그는 양손을 주머니에 찌른 채 서 있었다. 아르비다스 부인이 깨끗한 원피스를 입고 배를 곯지 않아도 나는 상관하지 않았다. 부인과 처지를 바꾸고 싶어하는 사람은 아무도 없었다.

"건배해요." 엄마가 보드카 병을 아르비다스 부인을 향해 들어올리며 말했다. "좋은 친구들을 위해서."

아르비다스 부인이 미소 지으며 고개를 끄덕였다. 엄마는 병째 한 모금 마시더니 좋아서 엉덩이춤을 추었다. 우리 모두 같이 한 모금씩 보드카를 마시고 웃으면서 그 순간을 만끽했다. 안드리우스는 비스듬히 벽에 기대어 우리를 바라보며 활짝 웃고 있었다.

그날 밤, 나는 아빠가 크리스마스 연휴를 보내러 우리를 찾아오는 상상을 했다. 아빠가 윗도리 주머니에 내 손수건을 꽂고 알타이를 향해 눈 속을 터벅터벅 걸어, 크리스마스에 때맞춰 도착하는 모습을 그렸다. 빨리 오세요, 아빠. 내가 재촉했다. 제발, 빨리요.

"걱정 마, 리나. 아빠는 곧 올 거야." 엄마가 말했다. "식탁에 깔 건초를 구하러 갔어."

나는 창가에 서서 눈 내리는 바깥을 내다보았다.

요나스는 식당에서 엄마를 돕고 있었다. "그럼 내일은 열두 가지 요리가 나오겠네요. 하루 종일 먹기만 하겠다." 요나스는 입맛을 다셨다.

엄마는 하얀 식탁보를 잡아당겨 주름을 폈다.

"할머니 옆에 앉아도 돼요?" 요나스가 물었다.

할머니 옆에는 내가 앉아야 한다는 말을 채 하기도 전에 거리에 아빠의 검은 형체가 나타났다.

"아빠다!" 내가 소리쳤다. 나는 외투를 손에 들고 현관 계단으로 뛰어나가 거리 한가운데 섰다. 작고 검은 형체는 어스름 속 흐릿한 빛과 눈의 장막 속을 헤치고 다가오면서 점점 커졌다. 말방울이 딸랑거리는 소리가 거리에 울려퍼졌다.

내가 아빠 얼굴을 알아보기 전에 목소리가 먼저 들렸다. "아니, 이렇게 눈이 내리는데 어느 집 정신 나간 딸이 길 한가운데 서 있을까?"

"아빠가 늦게 오는 집 딸이겠죠." 내가 놀렸다.

추워서 붉게 상기된 아빠 얼굴이 보였다. 아빠는 작은 건초 꾸러미를 손에 들고 있었다.

"아빤 안 늦었어." 아빠가 내 어깨에 팔을 얹으며 말했다. "딱 시간 맞춰서 온 거지."

51

크리스마스이브가 되었다. 나는 하루 종일 장작을 팼다. 콧김
이 얼어붙어 콧구멍 주변을 뒤덮었다. 집에서 보냈던 매년 크리
스마스를 사소한 것까지 하나하나 기억해내느라 내 머릿속은 분
주했다. 그날 밤은 배급받은 빵을 그 자리에서 삼키는 사람이 아
무도 없었다. 우리는 서로 다정하게 인사를 나누고 각자의 판잣
집으로 돌아갔다. 요나스는 그럭저럭 원래 모습을 되찾았다. 우
리는 눈 녹인 물로 머리를 감고 손톱의 때도 문질러 닦았다. 엄마
는 머리를 올려 핀을 꽂고 입술에 립스틱을 찍어 발랐다. 엄마는
생기 있어 보이라고 내 뺨에도 붉은 립스틱을 살짝 발라주었다.

"완벽하진 않지만 그래도 우리가 할 수 있는 한 최선을 다해야
지." 엄마가 우리 옷과 머리를 매만져주며 말했다.

"가족사진도 가져가요." 요나스가 말했다.

다른 사람들도 똑같은 생각을 한 모양이었다. 대머리 아저씨의 판잣집에는 가족들과 사랑하는 사람들의 사진이 아주 많았다. 리마스 아주머니와 그 남편의 사진도 있었다. 아저씨는 아주머니처럼 키가 작았다. 사진 속 아주머니는 웃고 있었다. 건강해 보이는 모습이 영 딴사람 같았다. 지금의 아주머니는 마치 누군가 몸속의 공기를 빨아들인 것처럼 축 늘어져 있었다. 대머리 아저씨는 유난히 말이 없었다.

우리는 식탁에 둘러앉듯 바닥에 둥글게 둘러앉았다. 가운데는 건초 위에 하얀 천을 펼쳐놓았고, 저마다 전나무 가지를 앞에 놔두었다. 자리 하나는 빈 채로 두었다. 그 앞에는 양초 토막이 타고 있었다. 리투아니아에는 집을 떠났거나 죽은 식구들을 위해 식탁에 빈자리를 남겨두는 전통이 있었다. 빈자리 주변에는 가족이나 친구들의 사진이 있었다. 나는 빈자리에 우리 가족사진을 가만히 놓았다.

나는 그동안 모아둔 음식들을 꺼내 임시 식탁에 놓았다. 작지만 깜짝 놀랄 만한 음식을 가져온 사람들도 있었다. 아껴두었던 감자 한 알이나 슬쩍한 것들이었다. 투덜이 여자는 마을에서 사온 것이 분명한 비스킷 몇 개를 꺼냈다. 엄마가 고맙다며 호들갑을 떨었다.

"아르비다스 부인과 그 아들이 이걸 보내왔더군." 대머리 아저씨가 말했다. "식사 후에 먹으라고." 아저씨가 뭔가를 던졌다. 그것이 털썩 소리를 내며 떨어졌다. 사람들은 헉 하고 숨을 삼켰다. 믿을 수가 없었다. 나는 너무 놀라 웃기 시작했다. 초콜릿이었다. 진짜 초콜릿! 대머리 아저씨는 그걸 먹지 않고 아껴두었던 것이다.

요나스가 탄성을 질렀다.

"쉬…… 요나스. 소리 낮춰." 엄마가 타일렀다. 그러고는 식탁 위의 그 상자를 바라보았다. "초콜릿이라니! 정말 근사하네요. 우리 잔이 넘치나이다."

대머리 아저씨는 보드카 한 병을 식탁에 내놓았다.

"하지만 아실 텐데요. 쿠초스에 술은 안 돼요." 그리바스 선생님이 나무랐다.

"제길, 내가 어떻게 알겠소?" 대머리 아저씨가 떽떽거렸다.

"식사 후에는 마셔도 괜찮을 거예요." 엄마가 한쪽 눈을 찡긋했다.

"난 어느 부분에든 낄 생각 없소." 대머리 아저씨가 말했다. "난 유대인이오."

모두가 아저씨를 쳐다보았다.

"하지만…… 스탈라스 씨. 왜 진작 말하지 않았어요?" 엄마가 물었다.

"그건 당신네가 상관할 일이 아니니까." 아저씨가 퉁명스럽게 대꾸했다.

"하지만 우린 그동안 모여서 크리스마스 이야기를 해왔잖아요. 그리고 스탈라스 씨는 내내 친절하게도 이 오두막을 우리에게 내주었고요. 진작 말해주었더라면 하누카* 의식도 같이 할 수 있었을 텐데요." 엄마가 말했다.

"그런 명절을 챙기지 않았다고 내가 마카베오 가문**을 기리지 않았다고는 생각하지 마시오." 대머리 아저씨가 말하면서 손가락으로 우리를 가리켰다. "난 그냥 당신네 같은 바보들과 그 얘기를 지껄이고 싶지 않을 뿐이니까." 방안에 침묵이 내려앉았다. "내가 뭐라고 예배를 올렸는지 떠들고 싶은 생각이 없다는 거요. 그건 개인적인 문제니까. 그리고 솔직히 말해서, 양귀비 씨앗 수프라니, 나 참."

사람들이 불편한 듯 자세를 바꾸었다. 요나스가 웃음을 터뜨

---

* 유대교 봉헌절. 솔로몬이 예루살렘 성전을 지어 신께 바친 것이 기원으로, 기원전 2세기 마카베오 가문이 예루살렘 성전을 되찾은 뒤 재봉헌한 것을 기념하는 날이다. 유대력으로 키슬레브 25일부터 팔 일간 거행하는데 크리스마스와 비슷한 시기이다.

** 기원전 2세기 시리아에서 독립해 예루살렘을 중심으로 유대인 왕조를 확립한 가문.

렸다. 요나스는 양귀비 씨앗 수프라면 질색했다. 대머리 아저씨도 같이 웃었다. 잠시 후 우리도 모두 정신 나간 사람들처럼 웃고 있었다.

우리는 준비한 음식들이 놓인 임시 식탁 주변에 몇 시간 동안 앉아 있었다. 노래와 크리스마스캐럴을 불렀다. 엄마가 한참을 졸라 결국 대머리 아저씨는 하누카 명절 때 올리는 히브리 기도인 '마오즈 추르'를 읊었다. 아저씨 목소리에는 평소와 같은 풀죽은 느낌이 없었다. 아저씨는 눈을 감았다. 감정이 격해져서 한 마디 한 마디가 떨렸다.

나는 빈자리에 놓인 우리 가족사진을 멍하니 보고 있었다. 거리에서는 딸랑거리는 종소리가 들려오고 부엌에서는 따뜻한 냄새가 솔솔 풍겨오는 가운데, 우리 가족은 늘 크리스마스를 집에서 보냈다. 지금쯤 컴컴할 우리 집 식당과 거미줄이 내려앉은 샹들리에, 고운 먼지가 내려앉았을 식탁을 머릿속에 그려보았다. 아빠 생각도 났다. 아빠는 크리스마스에 뭘 할까? 혀에 올려놓고 녹여먹을 초콜릿 한 조각이라도 있을까?

판잣집 문이 벌컥 열렸다. NKVD들이 우리에게 총을 겨누며 불쑥 들어왔다.

"다바이!" 경비대원이 시계태엽 감는 아저씨를 붙잡으며 소리쳤다. 사람들이 항변하기 시작했다.

"제발요, 오늘은 크리스마스이브예요." 엄마가 애원했다. "크리스마스이브에 서명하라고 시키지는 마세요."

대원들은 고래고래 소리지르며 사람들을 판잣집 밖으로 밀쳐댔다. 나는 아빠 없이는 떠날 수 없었다. 나는 임시 탁자 저쪽을 향해 기를 쓰고 달려갔다. 우리 가족사진을 집어 원피스 안에 넣었다. 콜호스 사무실에 가는 길에 숨길 생각이었다. 크레츠스키는 눈치채지 못했다. 그는 소총을 든 채 꼼짝 않고 서서 사진들을 하나하나 뜯어보고 있었다.

52

그들은 크리스마스에도 우리에게 혹독히 일을 시켰다. 전날 밤 한숨도 못 잔 탓에 나는 피곤해서 비틀거렸다. 판잣집으로 돌아올 때는 겨우 걸음을 뗄 정도였다. 엄마는 벌써 울류시카에게 크리스마스 선물로 담배 한 갑을 통째로 주었었다. 울류시카는 화덕 근처에 발을 걸치고 앉아 담배를 피우고 있었다. 엄마는 담배를 어디서 구했을까? 나는 엄마가 왜 울류시카에게 뭐든 줘버리는지 이해할 수 없었다.

요나스가 안드리우스와 함께 들어왔다.

"메리 크리스마스." 안드리우스가 인사했다.

"어제 초콜릿 고마웠다. 다들 좋아서 어쩔 줄 모르더라." 엄마가 말했다.

"안드리우스 형, 기다려봐." 요나스가 말했다. "형한테 줄 게 있어."

"나도 줄 게 있어." 내가 말했다. 나는 여행가방을 열고 종이 한 장을 꺼내 안드리우스에게 내밀었다.

"썩 잘 그리진 못했어. 하지만 이번엔 각도가 훨씬 나아. 콧구멍도 더 작고." 내가 말했다.

"대단한데." 안드리우스가 그림을 보며 말했다.

"정말?"

그의 눈이 반짝하더니 내게서 떨어질 줄 몰랐다. "고마워."

나는 입을 뗐지만 아무 말도 나오지 않았다. "메리 크리스마스." 겨우 그 말이 나왔다.

"여기." 요나스가 손을 내밀었다. "원래 형 건데 형이 누나한테 줬잖아. 내가 아플 때 누나가 나한테 줬어. 덕분에 살았어. 이건 틀림없이 행운을 가져다주는 돌일 거야. 이제 형이 이 돌을 가질 차례야." 요나스가 손을 벌려 반짝이는 광물이 박힌 돌멩이를 보여주었다. 요나스는 돌을 안드리우스에게 주었다.

"고마워. 나도 이게 행운의 돌인 것 같아." 안드리우스가 돌멩이를 바라보며 말했다.

"메리 크리스마스." 요나스가 말했다. "그리고 토마토도 고마웠어."

"돌아가는 길이면 나랑 같이 가자." 엄마가 말했다. "네 엄마한테 크리스마스 인사를 드리고 싶어. 네 엄마가 잠깐 시간을 낼 수 있다면 말이야."

요나스와 나는 외투와 부츠로 단단히 무장하고 짚풀 침상에 누웠다.

"우리가 파자마 입고 자던 때 기억나?" 요나스가 물었다.

"그래, 거위털 이불을 덮었지." 내가 말했다. 내 몸은 짚풀 속으로 가만히 꺼져들었다. 딱딱한 바닥의 한기가 천천히 등을 타고 어깨 위까지 올라오는 게 느껴졌다.

"아빠가 오늘밤 거위털 이불을 덮고 있었으면 좋겠다." 요나스가 말했다.

"나도." 내 마음도 같았다. "메리 크리스마스, 요나스."

"메리 크리스마스, 누나."

"메리 크리스마스, 아빠." 내가 속삭였다.

53

"리나!" 안드리우스가 우리 판잣집으로 헐레벌떡 뛰어오며 소리쳤다. "서둘러, 그들이 널 찾으러 오고 있어."

"누가?" 나는 화들짝 놀라 물었다. 방금 일터에서 돌아온 터였다.

"지휘관과 크레츠스키가 지금 오고 있다고."

"뭐? 무슨 일로?" 엄마가 깜짝 놀라 물었다.

내 여행가방 안에 숨겨둔 훔친 잉크 펜이 문득 떠올랐다. "그게…… 제가…… 펜을 훔쳤어요." 내가 고백했다.

"뭐가 어째?" 엄마가 되물었다. "무슨 생각으로 그런 바보 같은 짓을 한 거야! NKVD 물건을 훔치다니?"

"펜 때문이 아니에요." 안드리우스가 말했다. "지휘관이 리나한테 자기 초상화를 그리게 하려는 거예요."

나는 우뚝 서서 안드리우스를 바라보았다. "뭐?"

"그 사람 지독히도 자기중심적이야." 안드리우스가 말했다.
"콜호스 사무실에 자기 초상화를 걸어야겠다고 말하고 다녔어,
자기 아내 초상화도—"

"그 사람 아내?" 요나스가 물었다.

"난 못 해." 내가 말했다. "그 사람이 있으면 집중이 안 된단 말
이야." 나는 안드리우스를 보았다. "그 사람이 불편하다고."

"내가 같이 가야겠다." 엄마가 말했다.

"그건 허락하지 않을 거예요." 안드리우스가 말했다.

"꼭 그려야 한다면 차라리 손을 부러뜨리고 말지. 난 못 그려."

"리나, 그런 소리 하는 게 아니야." 엄마가 말했다.

"네가 손을 부러뜨리면 일을 못 하게 될 거야." 안드리우스가
달렸다. "일을 못 하면 굶어 죽게 돼."

"누나한테 다른 그림들이 있는 거 그 사람들이 알아?" 요나스
가 조용히 물었다. 안드리우스는 고개를 저었다.

"리나." 안드리우스가 목소리를 낮추었다. "넌 그림을 그려야
해…… 아부하는 그림을."

"지금 나한테 그림을 가르치는 거야?"

그가 한숨을 쉬었다. "난 네 그림이 맘에 들어. 어떤 건 아주

사실적인데, 하지만 어떤 그림들은 뭐랄까, 왜곡되어 있어."

"하지만 난 눈에 보이는 대로 그리는 거야."

"내 말이 무슨 뜻인지 알잖아." 안드리우스가 말했다.

"그래서 그림을 그려주면 나한테 뭘 준대?" 내가 물었다. "빵한 조각이나 구부러진 담배 몇 개비로는 어림도 없어."

우리는 무엇을 요구할 것인지를 두고 언쟁을 벌였다. 엄마는 우표와 씨앗을 얻고 싶어했다. 요나스는 감자를 원했다. 나는 우리만의 오두막과 거위털 이불이 갖고 싶었다. 나는 안드리우스가 한 말을 떠올리며 어떤 게 "아부하는 그림"인지 끙끙대며 궁리했다. 넓은 어깨는 권위를 상징할 것이다. 고개를 살짝 돌리게 하면 강한 턱선이 강조될 것이다. 제복은 그리기 쉬울 것이다. 아주 정확하게 그릴 수 있었다. 걱정되는 것은 얼굴이었다. 처음에 지휘관을 그린다고 상상했을 때는 전혀 문제가 없었다. 그의 얼굴에 이르기 전까지는. 다림질된 깨끗한 제복, 그의 목에서 무수히 돋아난 사악한 뱀들, 또는 텅 빈 검은 눈의 해골이 담배를 피워대는 모습이 머릿속에 그려졌다. 강렬한 인상이었다. 그걸 그리고 싶어 손이 근질거렸다. 그 모습을 그려야 했다. 하지만 그럴 수는 없었다, 지휘관 앞에서는.

54

콜호스 사무실 안에서 딱딱 소리를 내며 난롯불이 타고 있었다. 방에선 나무 타는 냄새가 났다. 나는 벙어리장갑을 벗고 손에 불을 쬐었다.

지휘관이 들어왔다. 그는 파란 줄이 들어간, 티끌 하나 없는 녹색 제복을 입고 있었다. 머리를 넣어 위로 착용하게 되어 있는 검은 띠에는 권총집이 달려 있었다. 나는 그를 오래 관찰할 필요가 없도록 재빨리 특징을 찾으려고 애썼다. 파란 바지, 챙 위쪽에 빨간 띠가 둘러진 파란 모자. 제복 왼쪽에 달려 있는 반짝이는 훈장 두 개. 물론 항상 그의 입가 양쪽으로 들락날락하며 춤추는 이쑤시개까지.

나는 그의 책상 근처에 의자를 끌어당겨 앉으면서 지휘관에게 자리에 앉으라는 손짓을 했다. 그는 자기 의자를 끌어당겨 내 앞에 거의 무릎이 맞닿을 정도로 가까이 앉았다. 나는 적당한 각도를 찾는 척하면서 의자를 뒤로 뺐다.

"외투." 그가 말했다.

내가 그를 올려다보았다.

"벗어."

나는 꼼짝하지 않았다.

그는 고개를 끄덕이며 움푹 들어간 눈으로 나를 노려보았다. 그는 혀로 이쑤시개를 감고는 이쪽에서 저쪽으로 굴렸다.

나는 고개를 젓고는 팔을 문질렀다. "추워요." 내가 말했다.

지휘관이 눈을 부라렸다.

나는 심호흡을 하고 지휘관을 쳐다보았다. 그가 나를 빤히 보고 있었다.

"몇 살이야?" 그가 내 몸을 위아래로 훑어보면서 물었다.

그것이 시작되었다. 그의 목깃에서 뱀들이 기어나오더니 얼굴 주변에서 서로 몸을 꼬면서 나를 향해 쉭쉭거렸다. 나는 눈을 깜박였다. 그의 목 위에는 턱을 쩍 벌린 채 웃는 회색 해골이 얹혀 있었다.

나는 눈을 비볐다. 뱀은 없었다. 뱀은 그리면 안 돼. 에드바르 뭉크의 심정이 어땠는지 이제 알 것 같았다. "네 눈에 보이는 그

296

대로 그려라." 그는 평생 그렇게 말했다. "화창한 날에도 네 눈에는 어둠과 그림자가 보인다. 보이는 그대로 그려라." 나는 다시 눈을 깜박였다. 그럴 순 없어, 나는 생각했다. 보이는 그대로 그릴 수는 없어.

"무슨 말인지 몰라요." 나는 거짓말을 했다. 그러고는 그에게 왼쪽으로 고개를 돌리라는 몸짓을 했다.

대강의 윤곽을 그렸다. 우선 제복부터 그려야 했다. 얼굴은 쳐다볼 수가 없었다. 나는 빨리 그리려고 애썼다. 이 남자 근처에는 필요 이상으로 단 일 분도 더 있고 싶지 않았다. 그의 앞에 앉아 있다보니 절대 가시지 않을 오한이 덮친 느낌이 들었다.

어떻게 한 시간 안에 끝내지? 집중해, 리나. 뱀은 없어.

지휘관은 가만히 앉아 있지 못하고 담배를 피우겠다며 자꾸만 쉬자고 고집했다. 나는 진척된 그림을 보여주면 그를 더 오래 앉아 있게 할 수 있다는 걸 깨달았다. 그는 넋이 나가 자기 모습을 보며 자아도취에 빠졌다.

다시 십오 분이 흐른 뒤, 지휘관은 쉬고 싶어했다. 그는 책상에 내려놓았던 이쑤시개를 집어들고 방을 나갔다.

나는 그림을 바라보았다. 그림 속의 그는 힘 있고 강인해 보였다.

지휘관이 돌아왔다. 크레츠스키와 함께였다. 지휘관은 내 손에서 스케치북을 낚아챘다. 그러고는 크레츠스키에게 그림을 보여주면서 손등으로 부하의 어깨를 찰싹찰싹 쳤다.

크레츠스키의 얼굴은 그림을 향해 있었지만 눈으로는 나를 보고 있다는 것이 느껴졌다. 지휘관이 크레츠스키에게 뭐라고 말했다. 크레츠스키가 대답했다. 말할 때 그의 목소리는 명령할 때와는 사뭇 달랐다. 차분하고 어린 목소리였다. 그러는 동안 나는 내내 고개를 떨구고 있었다.

지휘관이 스케치북을 돌려주었다. 검은 군화를 신은 그는 천천히 규칙적인 걸음으로 내 의자 주위를 맴돌았다. 그는 내 얼굴을 보더니 이윽고 크레츠스키에게 떽떽거리며 명령을 내렸다.

나는 그의 모자를 그리기 시작했다. 그게 마지막 부분이었다. 크레츠스키가 돌아와 지휘관에게 서류철 하나를 내밀었다. 지휘관 코모로프는 서류철을 펼치고 서류들을 들춰보았다. 그가 나를 바라보았다. 저 서류철에는 뭐라고 쓰여 있을까? 그는 우리에 대해 무엇을 알고 있을까? 거기 아빠에 대해 뭐라고 쓰여 있는 건 아닐까?

나는 맹렬하게 속도를 내기 시작했다. 서둘러, 다바이, 나는 속으로 말했다. 지휘관이 질문하기 시작했다. 나는 토막토막 그의 말을 알아들을 수 있었다.

"어릴 때부터 그랬나?"

그가 왜 관심을 갖는 걸까? 나는 고개를 끄덕이면서 그에게 머리를 살짝 돌리라는 몸짓을 했다. 그는 고분고분하게 자세를 잡았다.

"즐겨 그리는 건 뭐지?" 그가 물었다.

지금 이 사람이 나랑 대화를 하자는 건가? 나는 어깨를 으쓱했다.

"좋아하는 화가는?"

나는 손을 멈추고 고개를 들었다. "뭉크요." 내가 대답했다.

"뭉크, 음." 그는 고개를 끄덕였다. "뭉크는 몰라."

모자챙 위의 빨간 띠는 좀더 자세하게 묘사해야 했다. 하지만 시간을 끌고 싶지 않아서 그냥 재빨리 음영만 넣고 말았다. 나는 조심스레 스케치북에서 종이를 뜯었다. 종이를 지휘관에게 내밀었다.

그는 서류철을 책상에 내려놓고 초상화를 낚아챘다. 그러고는 자기 모습에 감탄하면서 방안을 서성거렸다.

나는 서류철에서 눈을 떼지 않았다.

서류철은 거기, 책상 위에 아무렇게나 놓여 있었다. 그 안에 틀림없이 아빠에 관한 뭔가가, 아빠에게 그림을 보내는 데 도움이 될 만한 뭔가가 있을 터였다.

지휘관이 크레츠스키에게 명령을 내렸다. 빵. 그는 크레츠스키더러 내게 빵을 주라고 했다. 나는 빵보다 더 좋은 걸 받기로 되어 있었다.

지휘관이 방을 나갔다. 나는 항의하기 시작했다.

크레츠스키가 앞문을 가리켰다. "다바이!" 그가 나가라고 손 짓하면서 소리질렀다. 밖에서 요나스가 기다리는 것이 보였다.

"하지만—" 나는 입을 열었다.

크레츠스키는 뭐라고 외치더니 책상 뒤쪽 문으로 나가버렸다.

요나스가 문을 열고 고개를 내밀었다. "우리더러 주방문으로 가래. 아까 그 사람이 말하는 거 들었어. 거기 가서 빵을 가져가 래." 요나스가 소곤거렸다.

"하지만 감자를 주기로 했었잖아." 내가 볼멘소리를 했다. 지휘관이 거짓말을 했던 것이다. 나는 뱀을 못 그린 게 분했다. 몸을 돌려 스케치북을 집어들었다. 순간 책상 위의 서류철이 눈에 들어왔다.

"가자, 누나. 배고파." 요나스가 졸랐다.

"알았어." 나는 종이를 챙기는 척하면서 얼른 서류철을 집어 외투 안에 감추었다.

"그래, 가자." 나는 문을 쌩 나서면서 말했다. 요나스는 내가 무슨 짓을 했는지 까맣게 몰랐다.

55

우리는 NKVD 막사로 걸어갔다. 쿵쾅거리는 심장 소리가 귀에 들리는 것 같았다. 나는 마음을 진정시키려고, 평소처럼 행동하려고 애썼다. 어깨 너머를 돌아보았다. 크레츠스키가 콜호스 사무실 뒷문으로 나오고 있었다. 그는 어둠 속에서 막사로 걸어갔다. 기다란 모직 외투가 발치에서 펄럭거렸다. 우리는 시킨 대로 주방 뒷문 근처에서 기다렸다.

"크레츠스키는 안 올지도 몰라." 나는 어서 오두막으로 뛰어가고 싶은 마음이 간절했다.

"꼭 와야 하는데. 누나가 그림을 그려줬으니 대가로 먹을 걸 줘야지." 요나스가 말했다.

크레츠스키가 뒷문에 나타났다. 빵 한 덩어리가 날아와 땅에 떨어졌다. 직접 건네주면 안 되나? 그게 그렇게 힘든가? 나는 크레츠스키가 미웠다.

"됐어, 요나스. 그만 가자." 내가 말했다. 갑자기 감자 몇 알이 날아왔다. 주방 안쪽에서 웃음소리가 들렸다.

"꼭 이렇게 던져야겠어요?" 나는 어두운 문간으로 다가가며 소리쳤다. 문이 닫혔다.

"저기 봐, 감자가 여러 개야!" 요나스가 감자를 주우러 달려가며 말했다.

문이 열렸다. 깡통 하나가 내 이마를 때렸다. 딱 소리와 함께 눈썹으로 뜨끈한 국물이 떨어지는 것이 느껴졌다. 깡통과 쓰레기들이 우리 주변에 비 오듯 쏟아졌다. NKVD들이 쓰레기를 던져 힘없는 아이들을 공격하며 좋아라 하고 있었다.

"저 사람들은 취했어. 어서 가자! 총을 쏘기 전에 얼른 여기를 떠야 해." 나는 서류철을 떨어뜨릴까봐 마음이 급했다.

"기다려, 음식도 섞여 있어!" 요나스가 정신없이 땅바닥에서 음식들을 주우며 말했다. 자루 하나가 날아와 어깨를 치는 바람에 요나스가 뒤로 벌렁 자빠졌다. 문 뒤쪽에서 왁자하게 웃음이 터졌다.

"요나스!" 나는 동생에게 달려갔다. 뭔가 축축한 것이 얼굴을 때렸다.

크레츠스키가 문간에 나타나더니 뭐라고 말했다.

"서둘러." 요나스가 말했다. "우리가 음식을 훔치고 있다고 보고하겠대."

우리는 마당의 암탉들처럼 허둥지둥 돌아다니면서 목을 빼고 바닥에서 닥치는 대로 아무거나 주워들었다. 나는 냄새나는 찌꺼기를 치우려고 눈가에 손을 가져갔다. 썩은 감자 껍질이었다. 나는 고개를 숙이고 허겁지겁 집어삼켰다.

"파시스트 스비냐!" 크레츠스키가 소리쳤다. 그리고는 문을 쾅 닫았다.

나는 치마폭에 먹을 것들을 주워담으면서도 서류철을 숨긴 외투에서 팔꿈치를 떼지 않았다. 나는 들고 올 수 있는 것은 전부, 심지어 바닥에 남은 것이 있을까봐 빈 깡통까지 챙겼다. 이마 왼쪽이 욱신거렸다. 손을 대어보니 커다랗고 축축한 거위알 같은 게 만져졌다.

안드리우스가 건물 옆에서 나타났다. 그가 주변을 두리번거렸다. "그림 값으로 뭔가 얻은 모양이구나."

나는 그의 말은 듣는 둥 마는 둥 하고 치마를 붙잡지 않은 손으로 얼른 감자들을 줍기 시작했다. 하나라도 놓칠세라 주머니와 치마폭에 챙겨넣었다.

내가 다리 사이에 끼고 있던 자루를 안드리우스가 들어올렸다. 그는 내 어깨에 손을 얹고 다정하게 말했다. "걱정 마. 전부 가져갈 테니까."

나는 그를 바라보았다.

"피가 나."

"아무것도 아니야, 괜찮아." 나는 머리카락에서 썩은 감자를 떼어내며 말했다.

요나스가 양손 가득 빵을 들었다. 안드리우스는 커다란 자루를 들쳐멨다.

"그 안에 든 건 뭐야?" 요나스가 물었다.

"밀가루. 이건 내가 들어다줄게."

"그런데 팔 다쳤니?" 안드리우스가 외투에서 팔을 떼지 못하는 나를 보고 물었다.

나는 고개를 저었다.

우리는 말없이 터벅터벅 눈 속을 걸어갔다.

56

"어서 가자, 요나스." NKVD 건물에서 안전할 만큼 멀어지자마자 내가 재촉했다. "엄마가 걱정할 거야. 너 먼저 뛰어가서 우리가 무사하다고 말씀드려."

요나스가 우리 판잣집을 향해 뛰었다. 나는 걸음을 늦추었다. "저들이 우리에 대한 서류철을 가지고 있어." 나는 동생의 모습이 멀리 작아지는 것을 지켜보며 말했다.

"저들은 모든 사람의 서류철을 갖고 있어." 안드리우스가 말했다. 그는 밀가루 자루를 어깨에 고쳐멨다.

"어쩌면 네가 날 도울 수 있을 거야." 내가 말했다.

안드리우스는 고개를 저었다. 헛웃음이 나올 것 같은 모양이었다. "리나, 나도 서류철은 못 훔쳐. 그건 땔감이나 토마토 통조림하곤 전혀 달라. 주방에 들어가는 건 그렇다 쳐도—"

"너더러 서류철을 훔쳐달라는 게 아니야." 나는 판잣집에 거의 다 와서 멈춰 섰다.

"뭐?" 안드리우스도 걸음을 멈추었다.

"너더러 서류철을 훔쳐달라는 게 아니야." 나는 주변을 살피고는 살짝 외투를 젖혀 보였다. "벌써 내가 훔쳤거든." 내가 속삭였다. "이게 지휘관 책상 위에 있었어. 일단 내가 읽고 나면 네가 제자리에 갖다놔줘."

안드리우스는 충격에 휩싸인 표정이었다. 그는 주변에 사람이 없는지 확인하려고 이쪽저쪽으로 재빨리 고개를 돌렸다. 그러고는 나를 판잣집 뒤로 끌고 갔다. "너 어떻게 된 거 아냐? 죽고 싶어 환장했어?" 그가 소곤거렸다.

"대머리 아저씨가 그랬단 말이야. 우리가 어디로 보내졌는지, 어쩌면 나머지 가족들이 어떻게 됐는지도 전부 서류철에 있을 거라고. 여기서 보면 괜찮을 거야." 나는 감자와 다른 것들을 내려놓으면서 쭈그려앉았다. 그러고는 외투에 손을 집어넣었다.

"리나, 너 이러면 안 돼. 이리 내. 내가 가져다놓을게."

발소리가 가까워졌다. 안드리우스가 내 앞에 서서 가려주었다. 누군가 지나갔다.

자루를 내려놓은 그는 서류철을 집으려고 손을 뻗었다. 나는 뒤로 물러나면서 서류철을 펼쳤다. 손이 부들부들 떨렸다. 거기엔 우리 가족사진들, 서류들이 집게에 끼워져 있었다. 심장이 쿵 내려앉았다. 전부 러시아어였다. 나는 안드리우스 쪽으로 몸을 돌렸다. 그가 내 손에서 서류철을 낚아챘다.

"제발, 뭐라고 쓰여 있는지 말해줘." 내가 애원했다.

"너 정말 그렇게 이기적인 애였어? 아니면 그냥 멍청한 거야? 저들은 너랑 네 가족을 죽일 거야." 그가 화를 냈다.

"아니야." 나는 그의 팔을 붙잡았다. "제발, 안드리우스. 아빠를 찾는 데 도움이 될지 몰라. 그때 기차에서 우리 아빠 얘기 들었잖아. 난 아빠가 우리를 찾게 도울 수 있어. 아빠한테 내 그림을 보낼 수 있어. 어디 있는지 그것만 알면. 나…… 난 네가 이해해줄 거라고 믿어."

그는 나를 물끄러미 보다가 서류철을 펼쳤다. "러시아어를 썩 잘 읽지는 못해." 그는 재빨리 서류를 훑어보았다.

"뭐라고 쓰여 있어?"

"대학교에서 학생들." 그는 어깨 뒤를 힐끔거리며 말했다. "이 단어는 '화가'란 뜻이야. 네 이야기네. 네 아빠는……" 그가 어떤 단어를 손가락으로 짚으며 말했다.

"그래, 뭐야?"

"소재지."

나는 안드리우스 옆에 바싹 붙어앉았다. "뭐라고 쓰여 있어?"

"크라스노야르스크. 감옥."

"아빠가 크라스노야르스크에 계시다고?" 나는 NKVD에게 그려준 지도에서 크라스노야르스크의 위치를 기억해냈다.

"이 단어는 '위법' 아니면 '기소'인 것 같은데." 그가 어떤 글자를 가리켰다. "여기 쓰인 대로라면 네 아빠는—"

"뭐래?"

"이 단어는 모르겠어." 안드리우스가 소곤거렸다. 그는 서류철을 닫고 자기 외투 안에 집어넣었다.

"나머지는 뭐라고 쓰여 있는데?"

"그게 전부야."

"그 단어가 뭔지 알아봐줄래? 우리 아빠에 대해 쓴 그 단어 말이야."

"이거 들고 있다가 걸리면 어떡하라고?" 안드리우스가 버럭 화를 내며 말했다.

그가 걸리면 어떡하지? 그들이 안드리우스한테 무슨 짓을 할까? 돌아서서 가려는 그를 내가 붙잡았다. "고마워. 정말 고마워."

그는 고개를 끄덕이고는 멀어져갔다.

57

엄마는 먹을 것들을 보고 기뻐서 어쩔 줄 몰라했다. 혹시라도 NKVD가 도로 빼앗아갈 경우에 대비해 우리는 음식 대부분을 당장 먹어치우기로 했다. 정어리 통조림은 기가 막히게 맛있어서 이마에 난 가벼운 상처와 맞바꿀 가치가 있었다. 정어리기름은 마치 실크처럼 혀에 감겼다.

엄마는 울류시카에게 감자 한 알을 주고 음식을 같이 먹자고 권했다. 그러면 울류시카가 우리한테 식량이 있다고 섣불리 일러바치지 못하리란 걸 알고 있었기 때문이다. 나는 엄마가 울류시카에게 먹을 걸 나눠주는 게 싫었다. 요나스가 아플 때 눈 내리는 바깥으로 쫓아내려고 했던 여자였다. 그리고 거리낌없이 우리 음식을 훔치곤 했다. 자기 음식을 나눠주는 법은 결코 없었다. 우리가 보는 바로 앞에서 달걀 몇 개를 연거푸 먹기도 했다. 하지만 엄마는 여자와 나눠먹어야 한다고 고집했다.

　나는 안드리우스가 걱정되었다. 그가 들키지 않고 서류철을 제자리에 갖다두는 데 성공하기를 빌었다. 그런데 안드리우스가 가리켰던 단어, '위법'이나 '기소' 같다는 그 단어는 무엇이었을까? 아빠가 뭔가 나쁜 일을 했다고는 믿고 싶지 않았다. 머릿속으로 곰곰 되씹어보았다. 라스쿠나스 부인은 아빠랑 같은 대학교에서 일했다. 그러나 추방당하지 않았다. 우리가 끌려가던 그날 밤 부인이 창밖을 엿보는 걸 나는 보았다. 그러니 대학교에서 일한다고 무조건 추방당하는 건 아니었다. 왜 아빠였을까? 아빠는 크라스노야르스크로 끌려갔다고 엄마에게 말하고 싶었지만 그럴 수 없었다. 아빠가 감옥에 있다는 걸 알면 엄마는 걱정할 테고, 내가 서류철을 훔쳤다고 화를 낼 것이다. 또 안드리우스가 서류철을 갖고 있다는 것도 걱정할 것이다. 나는 안드리우스가 걱정되었다.

　그날 밤, 나는 편지지첩에서 그림들을 다시 찢어내 다른 것들과 함께 내 여행가방 안감 밑에 감추었다. 남은 편지지는 이제 두 장뿐이었다. 연필을 쥔 손이 편지지 가장자리 근처를 맴돌고 있었다. 고개를 들어보았다. 엄마와 요나스가 조용조용 얘기를 나누고 있었다. 나는 손가락 사이에서 연필을 굴렸다. 칼라부터 그렸다. 뱀 한 마리가 절로 그려지면서 위쪽으로 똬리를 틀었다. 나는 재빨리 북북 선을 그어 뱀을 지워버렸다.

다음날 오후 일터에서 돌아오는 길에 안드리우스를 보았다. 서류철을 어떡했나 궁금해서 그의 얼굴을 살폈다. 그가 고개를 끄덕였다. 긴장했던 어깨 근육이 스르르 풀렸다. 그는 서류철을 갖다놓은 것이다. 그런데 그 단어의 뜻은 알아냈을까? 나는 그에게 미소를 지어 보였다. 그는 짜증스러운 것 같으면서도 미소 비슷한 것을 지으며 고개를 저었다.

나는 얇고 납작한 자작나무 토막 하나를 주워서 오두막으로 가져왔다. 밤에 나뭇조각 가장자리를 리투아니아 전통자수 무늬로 장식했다. 가운데에는 카우나스에 있는 우리 집을 그리고 리투아니아의 다른 상징들도 함께 그려넣었다. 밑에는 이렇게 썼다. "크라스노야르스크 감옥에 전해주세요. 알타이 양이 사랑을 담아." 그리고 날짜와 함께 서명을 휘갈겼다.

"나더러 그걸 어쩌라는 거냐?" 내가 다가가자 투덜이 여자는 그렇게 물었다.

"마을에서 마주치는 리투아니아 사람한테 전해주시면 돼요. 계속 전달하라고만 얘기해주세요. 크라스노야르스크까지 가야 한다고 말예요."

투덜이 여자는 리투아니아 문장紋章, 트라카이 성, 우리의 수

호성인 성 카시미르와 리투아니아의 나라새인 황새를 그린 내 그림을 살펴보았다.

"여기요." 나는 곱게 접어 손에 쥐고 있던 누더기 옷을 내밀었다. "속치마인데 따님 중 한 명은 입을 수 있을 거예요. 보잘것없다는 건 알지만—"

"속치마는 됐다." 투덜이 여자가 그림에서 눈을 떼지 않고 말했다. "알아서 전달해주마."

58

3월 22일. 내 열여섯번째 생일. 잊혀버린 내 생일. 엄마와 요나스는 판잣집을 나서 일하러 갔다. 두 사람 모두 내 생일이라는 걸 모르는 것 같았다. 내가 뭘 기대했던 걸까, 축하? 우리에게는 음식 쪼가리도 거의 없었다. 엄마는 아빠에게 편지를 부칠 우표를 구하기 위해 갖고 있는 건 뭐든 바꾸었다. 엄마에게는 생일에 대해 입도 벙긋하지 않을 작정이었다. 딸 생일을 잊어버렸다는 걸 알면 속상해할 테니까. 한 달 전, 엄마가 잊고 있던 할머니 생신을 내가 일러드린 적이 있었다. 엄마는 며칠 동안 마음에 걸려했다. 이유야 어쨌든 간에 어떻게 어머니 생일을 잊어버릴 수 있단 말인가?

나는 나무를 쌓으며 하루를 보내는 동안, 우리가 아직 리투아니아에 있었다면 어떤 생일 파티를 했을까 상상했다. 학교에서는 친구들과 선생님들이 생일 축하 인사를 건넸겠지. 가족 모두 가장 좋은 옷을 입었을 거야. 아빠 친구가 사진을 찍어주었을 거고. 우리는 카우나스에서도 비싼 레스토랑에 갔을 거야. 그날이 특별하고 다르게 느껴졌겠지. 요아나도 선물을 보내왔을 거야.

작년 생일을 떠올려보았다. 아빠는 레스토랑에 늦게 도착했다. 나는 요아나에게서 아무것도 못 받았다고 아빠에게 말했다. 내 사촌 얘기가 나온 순간 아빠 표정이 굳어지는 것 같았다. "요아나가 바쁜 모양이구나." 아빠는 그렇게 말했다.

스탈린은 우리 집과 아빠를 앗아갔다. 이제 그는 내 생일까지 앗아가버렸다. 일을 끝내고 눈 속을 걸어오는데 다리가 질질 끌렸다. 배급을 타려고 걸음을 멈추었다. 요나스가 줄을 서 있었다.

"빨리 와!" 요나스가 재촉했다. "리마스 아주머니가 리투아니아에서 온 편지를 받았어. 아주 두꺼운 편지야!"

"오늘?"

"그래! 어서 줄 서! 이따가 대머리 아저씨네 집에서 봐."

줄은 천천히 움직였다. 나는 지난번에 리마스 아주머니가 편지를 받았던 때를 생각했다. 사람들이 북적이던 판잣집 안은 따뜻했다. 안드리우스도 올지 궁금했다.

배급을 받은 나는 대머리 아저씨네 판잣집까지 눈 속을 달려갔다. 추위로 다들 몸을 옹송그리며 모여 있었다. 요나스가 보였다. 나는 요나스 뒤쪽으로 다가갔다.

"벌써 뭐 시작한 거야?" 내가 작은 소리로 물었다.

"이거." 요나스가 대답했다.

사람들이 양쪽으로 갈라섰다. 엄마가 보였다.

"생일 축하해!" 모두가 소리쳤다.

목구멍으로 뭔가 울컥 치밀었다.

"생일 축하한다, 우리 딸!" 엄마가 나를 껴안으며 말했다.

"생일 축하해, 누나. 우리가 잊어버린 줄 알았지?" 요나스가 말했다.

"그래. 다들 잊어버린 줄 알았어."

"우리가 잊을 리 있니." 엄마가 나를 안은 팔에 힘을 주며 말했다.

나는 두리번거리며 안드리우스를 찾아보았다. 그는 없었다.

사람들이 생일 축하 노래를 불러주었다. 우리는 앉아서 배급받은 빵을 같이 먹었다. 시계태엽 감는 아저씨는 자기 열여섯번째 생일 이야기를 들려주었다. 리마스 아주머니는 케이크 겉에 바르는 버터크림을 만들었던 이야기를 해주었다. 아주머니는 일어서서 허리에 반죽 그릇을 끼고 주걱으로 휘젓는 시늉을 해 보였다. 크림. 나는 그 부드러운 촉감과 달콤함을 떠올렸다.

"우리가 선물을 준비했어." 요나스가 말했다.

"선물?"

"사실 포장은 못 했지만, 그래도 선물이야." 엄마가 말했다.

리마스 아주머니가 꾸러미 하나를 내밀었다. 종이첩과 몽당연필이었다.

"감사합니다! 어디서 이걸 구하셨어요?" 내가 물었다.

"그건 비밀이라서 말 못 해." 엄마가 말했다. "종이는 줄이 그어진 거야. 하지만 구할 수 있는 게 그것뿐이어서."

"아뇨, 정말 근사해요! 줄이 있어도 상관없어요."

"그림이 좀더 똑바르게 그려지겠네." 요나스가 미소 지었다.

"오늘을 기억할 수 있게 뭐라도 그리렴. 특별한 생일로 남을 테니까. 얼마 안 있으면 이런 날도 추억이 될 거야." 엄마가 말했다.

"추억이라고, 쳇. 생일 축하는 충분히 했으니, 그만들 나가봐요. 피곤하단 말이오." 대머리 아저씨가 투덜거렸다.

"생일 파티를 열어주셔서 감사합니다." 내가 인사했다.

아저씨는 얼굴을 찡그리더니 두 팔을 휘휘 내저으며 우리를 문밖으로 쫓아냈다.

우리는 팔짱을 끼고 울류시카의 판잣집으로 향했다. 나는 차가운 회색 하늘을 올려다보았다. 눈이 더 쏟아질 것 같았다.

"리나." 안드리우스가 대머리 아저씨네 판잣집 뒤에서 불쑥 나타났다.

엄마와 요나스는 손을 흔들며 나를 남겨두고 갔다.

"생일 축하해." 그가 말했다.

나는 그에게 다가섰다. "너도 알고 있었어?"

"요나스가 말해줬어."

그의 코끝이 빨갰다. "그럼 안으로 들어오면 좋았잖아." 내가 말했다.

"알아."

"서류철에 있는 단어가 뭔지 알아낸 거야?" 내가 물었다.

"아니, 그 때문에 온 건 아니고. 이거…… 너한테 주려고." 안드리우스는 등뒤에서 뭔가를 꺼냈다. 그것은 천으로 싸여 있었다. "생일 축하해."

"선물 가져온 거야? 고마워! 난 네 생일이 언제인지도 모르는데."

나는 꾸러미를 받아들었다. 안드리우스가 가려고 돌아섰다.

"잠깐만. 좀 앉았다 가." 나는 어느 판잣집 앞의 통나무를 가리키며 말했다.

우리는 나란히 앉았다. 안드리우스는 초조해하며 이마를 찡그렸다. 나는 천을 풀었다. 그리고 그의 얼굴을 바라보았다.

"나…… 난 무슨 말을 해야 할지 모르겠어." 나는 말을 더듬 거렸다.

"그냥 마음에 든다고 해."

"정말 마음에 들어!"

나는 선물이 너무 좋았다. 그건 책이었다. 디킨스 책.

"사실 『피크위크 페이퍼스』는 아니야. 내가 담배 말아 태워버린 책 말이야, 그거였지?" 그가 웃었다. "이건 『돔비와 아들』이야. 내가 유일하게 구할 수 있었던 디킨스 책이었어." 그는 장갑 낀 손을 호호 불고는 손을 비볐다. 따뜻한 숨결이 담배연기처럼 차가운 공기 속을 맴돌았다.

"완벽해." 나는 책을 펼쳤다. 러시아어로 인쇄되어 있었다.

"그러니까 넌 이제 러시아어를 배워야 해, 안 그러면 이 선물을 읽지 못할 테니까." 그가 말했다.

나는 짐짓 그를 쏘아보았다. "이 책은 어디서 난 거야?"

그가 숨을 길게 들이쉬면서 고개를 저었다.

"알 만하네. 지금 당장 이 책으로 담배를 피워 없애야 하는 거 아니야?"

"어쩌면 그럴지도." 그가 말했다. "책을 조금 읽어봤어." 그가 하품하는 시늉을 했다.

나는 웃었다. "하긴 디킨스 책은 처음엔 좀 따분할 수도 있어." 나는 무릎에 놓인 책을 가만히 보았다. 암적색 제본은 매끄럽고 단단하게 느껴졌다. 제목은 금박으로 깊게 새겨져 있었다. 아름다운 책, 진짜 선물, 완벽한 선물이었다. 갑자기, 진짜 생일 같은 기분이 들었다.

나는 안드리우스를 바라보았다. "고마워." 나는 벙어리장갑을 낀 손으로 그의 뺨을 감쌌다. 그러고는 그의 얼굴을 끌어당겨 입을 맞추었다. 그의 코가 차가웠다. 입술은 따뜻했고 피부에선 깨끗한 냄새가 났다. 가슴이 두근거렸다. 나는 그의 잘생긴 얼굴을 보면서 몸을 뒤로 빼고는 숨쉬는 방법을 기억해내려 애썼다. "정말, 고마워. 정말 멋진 선물이야."

안드리우스는 멍하니 통나무에 앉아 있었다. 나는 일어섰다.

"11월 20일이야." 그가 말했다.

"뭐가?"

"내 생일."

"기억할게. 잘 자." 나는 돌아서서 걸었다. 눈이 내리기 시작했다.

"그 책 한꺼번에 담배로 피우진 마." 뒤에서 그의 목소리가 들렸다.

"안 그럴 거야." 나는 내 보물을 꼭 껴안으며 어깨 너머로 소리쳤다.

59

감자밭까지 가려면 햇볕에 눈이 녹아 질퍽해진 진창길을 뚫고
가야 했다. 콜호스 사무실 바깥의 온도계는 영상을 살짝 웃도는
기온을 가리키고 있었다. 외투 단추를 풀어도 될 정도였다.

엄마가 오두막으로 뛰어들어왔다. 얼굴이 발갛게 상기된 채
손에는 봉투 하나를 쥐고 있었다. 엄마의 손이 떨리고 있었다.
우리 집 가정부의 사촌에게서 편지를 받았는데, 아빠가 살아 있
다는 암호 같은 편지를 해독했다는 것이었다. 엄마는 나를 꼭 껴
안으며 "됐어"와 "감사합니다"라는 말만 되풀이했다.

편지에는 아빠가 있는 곳에 대한 언급은 전혀 없었다. 나는 우
리가 추방된 후로 엄마 이마에 새로 생긴 주름살을 쳐다보았다.
엄마에게 그 얘기를 하지 않는 건 부당한 일이었다. 나는 엄마에

게 서류철을 보았고 아빠는 크라스노야르스크에 있다고 말했다. 처음에 내가 어떤 위험을 무릅썼는지 알게 된 엄마는 충격을 받고 화를 냈지만 며칠이 지나자 기분이 나아진 것 같았고 목소리에서는 행복에 겨워 들뜬 기색까지 전해졌다. "아빠가 우릴 찾아낼 거예요, 엄마. 꼭 찾아낼 거라고요!" 나는 벌써 아빠한테 가고 있을 자작나무 조각을 생각하며 말했다.

수용소가 점점 부산해지고 있었다. 모스크바에서 배달된 짐들이 들어왔다. 안드리우스는 개중에는 서류철 상자들도 있었다고 전했다. 경비대원들이 떠나고, 새로운 대원들이 왔다. 나는 크레츠스키가 떠나기를 바랐다. 그가 나한테 뭔가 던지지 않을까 끊임없이 두려워하며 조바심을 내는 게 지긋지긋했다. 그는 떠나지 않았다. 그와 안드리우스가 이따금 이야기를 나눈다는 걸 나는 눈치채고 있었다. 어느 날 장작을 패러 가고 있는데 병사들을 태운 트럭들이 도착했다. 처음 보는 얼굴들이었다. 제복 색깔이 달랐다. 걸음걸이도 절도가 있었다.

지휘관의 초상화를 억지로 그린 뒤로 나는 내가 보거나 느끼는 것은 전부 그림으로 그렸다. 어떤 것은 뭉크의 그림처럼 고통으로 넘쳐났고, 또 어떤 것은 희망이나 그리움이 가득했다. 그래도 하나같이 정확한 묘사였으므로 얼마든지 반 소비에트 그림으로 여겨질 만했다. 밤이면 나는 『돔비와 아들』을 반쪽 정도 읽었다. 한 자 한 자 쩔쩔매며 읽어나갔다. 끊임없이 엄마에게 해석을 부탁했다.

"고풍스럽고 아주 점잖은 러시아어구나." 엄마가 말했다. "이 책을 보고 말하는 법을 배우면 학자 같은 말투를 쓰게 되겠는걸."

안드리우스는 배급 줄에 서 있는 나를 만나러 오기 시작했다. 나는 작업시간이 더 빨리 지나가기를 바라면서 더 열심히 장작을 팼다. 밤에는 눈으로 세수했다. 이도 닦고 엉킨 머리카락을 애써 빗어보았다.

"그래, 지금까지 몇 쪽이나 담배로 피웠니?" 내 뒤에서 그가 속삭이는 소리가 들렸다.

"거의 열 쪽." 나는 어깨 너머로 대답했다.

"지금쯤 러시아어가 많이 유창해졌겠네." 안드리우스가 내 모자를 당기며 놀렸다.

"피레스탄." 내가 웃으며 말했다.

"그만하라고? 이야, 아주 잘하는걸. 진짜 뭔가 공부를 하긴 하는 모양이구나. 이 단어는 어때, 크라시바야?"

나는 몸을 돌렸다. "그건 무슨 뜻이야?"

"네가 알아내야지." 안드리우스가 대답했다.

"좋아. 알아낼 거야."

"엄마한테 여쭤보기 없기." 그가 말했다. "약속이다?"

"그래. 좀전의 그 말 다시 해봐."

"크라시바야. 정말이야, 꼭 혼자 힘으로 알아내야 해."

"알았어."

"나중에 보자." 그는 미소 지으며 멀어져갔다.

60

그날은 봄이 오고 처음으로 날씨가 포근했다. 안드리우스가
배급 줄에 있는 나를 보러 왔다.

"어젯밤에는 두 쪽을 다 읽었어, 온전히 내 힘으로." 나는 내
몫의 빵을 받으면서 뻐겼다.

안드리우스는 미소 짓지 않았다. "리나." 그가 내 팔을 잡았다.

"왜?"

"딴 데 가서 얘기해." 우리는 줄을 벗어나 걸었다. 안드리우스
는 말이 없었다. 그가 근처 오두막 뒤로 부드럽게 나를 밀었다.

"왜 그래?" 내가 물었다.

그가 어깨 뒤를 힐끔거렸다.

"무슨 일이야?"

"저들이 사람들을 이주시키고 있어." 그가 작은 소리로 말했다.

"NKVD가?"

"응."

"어디로?"

"아직 몰라." 지난번 그의 눈에서 반짝이던 광채는 사라지고 없었다.

"무슨 일로 사람들을 이주시킨대? 넌 그걸 어떻게 알아냈니?"

"리나." 그가 내 팔을 붙잡으며 말했다. 그의 표정을 보자 나는 겁이 났다.

"왜 그래?"

그가 내 손을 잡았다. "너도 명단에 있어."

"무슨 명단?"

"이주시킬 사람들 명단 말이야. 요나스와 네 엄마도 같이 명단에 있고."

"저들이 내가 서류철을 가져간 걸 알아챈 걸까?" 내가 묻자, 안드리우스는 고개를 저었다. "그건 누구한테 들었어?"

"내가 아는 건 그게 전부야." 그는 고개를 떨구었다. 그가 내 손을 꽉 쥐었다.

나는 꼭 잡은 우리 손을 바라보았다. "안드리우스." 내가 천천히 물었다. "너도 명단에 있어?"

그가 시선을 들었다. 그리고 고개를 저었다.

나는 그의 손을 놓고 허름한 판잣집들 사이를 내달렸다. 엄마. 엄마한테 말씀드려야 해. 저들은 우리를 어디로 보내려는 걸까? 우리가 서명하지 않았기 때문일까? 명단에 또 누가 올라 있을까?

"리나, 진정해!" 엄마가 말했다. "진정하라니까."

"저들이 우리를 다른 데로 보낼 거래요. 안드리우스가 그랬어요." 나는 헐떡거리며 말했다.

"드디어 집으로 가는 건지도 몰라." 요나스가 말했다.

"바로 그거야!" 엄마가 말했다. "어쩌면 더 나은 곳으로 가게 될지도 몰라."

"아빠랑 같이 있게 될지도 모르고." 요나스가 말했다.

"엄마, 우리는 서명을 안 했잖아요. 엄마가 안드리우스의 표정을 못 봐서 그래요."

"안드리우스 형은 어딨어?" 요나스가 물었다.

"몰라. 걔는 명단에 없대."

엄마는 안드리우스와 리마스 아주머니를 찾으러 판잣집을 나섰다. 나는 집 안을 서성였다.

서성이는 아빠에게 불평하듯 마룻널이 끼익거렸다.

"스웨덴이 더 나아요." 엄마가 말했다.

"그건 불가능해. 독일이 유일한 선택이야." 아빠가 반박했다.

"여보, 우리가 도와야 해요." 엄마가 말했다.

"지금 돕고 있잖소. 일단 폴란드로 가는 기차를 타라고 하고 거기서 독일까지 갈 방법을 우리가 알아봅시다."

"그럼 서류는요?" 엄마가 물었다.

"다 준비됐어."

"스웨덴이었으면 훨씬 마음이 놓일 텐데."

"그건 안 된다니까. 독일이야."

"누가 독일에 가요?" 내가 식당에서 소리쳐 물었다.

침묵.

"리나, 네가 여기 있는 줄 몰랐구나." 엄마가 부엌에서 나오며 말했다.

"숙제하고 있었어요."

"네 아빠 동료 한 분이 독일에 가신대." 엄마가 말했다.

"저녁식사 시간에 맞춰 돌아오리다." 아빠는 엄마 볼에 입을 맞추고 황급히 뒷문으로 나갔다.

이주가 임박했다는 소식은 휘발유에 붙은 불꽃처럼 삽시간에 수용소 전체로 번졌다. 여기저기 오두막에서 사람들이 들락날락거렸다. 억측이 난무했다. 이야기가 시시때때로 바뀌었다. 또다른 이야기들이 꼬리를 물고 등장했다. 누군가는 NKVD들이 수용소에 더 도착했다고 주장했다. 또 누군가는 소총을 장전하는 NKVD 무리를 보았다고 했다. 하지만 진실을 아는 사람은 아무도 없었다.

울류시카가 판잣집 문을 벌컥 열어젖혔다. 그리고 요나스에게 뭐라고 하고는 쌩하니 나가버렸다.

"울류시카가 엄마를 찾고 있어." 요나스가 말했다.

"뭔가 알고 있는 건가?" 내가 물었다.

그리바스 선생님이 허겁지겁 우리 판잣집에 들어오며 물었다. "엄마는 어디 계시니?"

"안드리우스와 리마스 아주머니를 찾는다고 나갔어요." 내가 대답했다.

"리마스 아주머니는 우리랑 같이 있어. 대머리 아저씨네 집으로 엄마를 모셔와라."

우리는 기다렸다. 무엇을 해야 좋을지 알 수 없었다. 내 여행가방에 모든 짐을 싸야 하는 건가? 정말로 떠나는 걸까? 요나스 말이 맞을 수도 있지 않을까? 어쩌면 집으로 가는 게 아닐까? 우리는 서명하지 않았다. 나는 우리가 명단에 있다고 말하던 안드리우스의 근심 가득한 표정을 머릿속에서 떨쳐버릴 수가 없었다. 우리가 명단에 있다는 건 어떻게 알았을까? 자기가 명단에 없다는 건 또 어떻게 알았을까?

엄마가 돌아왔다. 사람들은 대머리 아저씨의 판잣집에 빈틈없이 들어서 있었다. 우리가 들어가자 목소리들이 높아졌다.

"쉬." 시계태엽 감는 아저씨가 말했다. "다들 자리에 앉아요. 엘레나 얘기를 들어봅시다."

"사실이었어요." 엄마가 입을 열었다. "명단이 실제로 있고 이주하는 사람들 얘기도 있어요."

"안드리우스 형은 그 사실을 어디서 알아냈을까요?" 요나스가 물었다.

"아르비다스 부인이 약간의 정보를 얻었나봐요." 엄마가 시선을 돌렸다. "어떻게 그 정보를 얻었는지는 몰라요. 제 이름은 명단에 있어요. 우리 아이들도 그렇고요. 리마스 아주머니도 명단에 있어요. 그리바스 선생님, 선생님은 명단에 없어요. 이게 제가 아는 전부예요."

사람들은 자기 이름이 명단에 있는지 다급하게 묻기 시작했다.

"그만들 지껄여요. 저 여자가 아는 건 그게 전부라고 하잖소." 대머리 아저씨가 소리쳤다.

"흥미롭군요." 시계태엽 감는 아저씨가 말했다. "그리바스 선생님이 명단에 없다니. 선생님은 서명하지 않았어요. 그러니까

단지 서명을 거부한 사람들은 아니란 얘기예요."

"부탁이에요." 그리바스 선생님은 목이 메었다. "나를 두고 떠나지 마요."

"질질 짜지 좀 마요. 아직 뭐가 어떻게 돌아가는 건지 모르잖소." 대머리 아저씨가 말했다.

나는 어떤 원칙을 찾아보려 애썼다. 저들은 이주를 앞두고 우리를 어떻게 구분하고 있을까? 하지만 원칙은 없었다. 스탈린이 공포를 불러일으키는 비결은 뭐가 어떻게 될지 전혀 예상하지 못하게 만드는 데 있는 것 같았다.

"우리는 준비를 해야 합니다." 시계태엽을 감으면서 루카스 아저씨가 말했다. "우리가 여기 오면서 겪은 일들을 생각해보세요. 우리는 그때만큼 건강하지 않아요. 또 한번 그런 여행을 해야 한다면 준비를 단단히 해야 해요."

"설마 우리를 다시 그 화차에 밀어넣을 거라고 생각하진 않죠?" 리마스 아주머니가 질겁해서 숨을 죽였다. 사람들 사이로 절규가 물결처럼 퍼져갔다.

우리가 어떻게 준비할 수 있단 말인가? 우리 가운데 먹을 것이 있는 사람은 아무도 없었다. 우리는 영양실조였고 쇠약했다. 이미 값나가는 것들은 거의 모두 팔아버렸다.

"만약 그게 사실이라면 전 가지 않는 거네요. 그럼 차라리 서류에 서명하겠어요." 그리바스 선생님이 선언했다.

"안 돼요! 선생님 그러면 안 돼요!" 내가 소리쳤다.

"그만해요." 리마스 아주머니가 말했다. "선생님은 지금 제정신이 아니에요."

"제 정신은 아주 또렷해요." 그리바스 선생님이 코를 훌쩍이며 눈물을 삼켰다. "아주머니와 엘레나가 떠나버리면 저는 혼자나 다름없는 신세가 될 거예요. 제가 서명하면 저들은 수용소에서 아이들을 가르치도록 허락해줄 거예요. 비록 러시아어 실력은 보잘것없지만, 그래도 가르칠 수는 있어요. 그리고 저 혼자 남는다면 마을에 갈 방법이 있어야 해요. 제가 서명해야만 저들이 마을에 가게 해줄 거라고요. 그런 식으로, 나는 우리 모두를 위해 편지 쓰는 일을 계속할 수 있어요. 그래야만 해요."

"아직은 어떤 결론도 내리지 말자고요." 엄마가 그리바스 선생님의 손을 토닥거리며 말했다.

"어쩌면 전부 착오일지도 몰라." 리마스 아주머니가 말했다.

엄마는 고개를 숙이고 눈을 감았다.

61

그날 밤 늦게 안드리우스가 우리 판잣집을 찾아와 바깥에서 엄마와 이야기를 나누었다.

"안드리우스가 너랑 얘기하고 싶다는구나." 엄마가 말했다. 울류시카가 러시아어로 엄마에게 뭐라고 말했다. 엄마는 고개를 끄덕였다.

나는 바깥으로 나갔다. 안드리우스는 양손을 주머니에 넣고 서 있었다.

"안녕." 그는 구둣발로 흙을 찍었다.

"안녕."

나는 수용소에 늘어선 판잣집들을 내려다보았다. 산들바람에 머리카락 끝이 나붓거렸다. "날씨가 점점 따뜻해지네." 마침내 내가 말을 꺼냈다.

"그래." 안드리우스가 하늘을 쳐다보며 말했다. "좀 걷자."

눈은 녹아서 자취를 감추었고 진흙은 굳어 있었다. 대머리 아저씨네 판잣집을 지날 때까지 우리 둘 다 말이 없었다.

"우리를 어디로 데려가는지 혹시 알아?" 내가 물었다.

"아마 다른 수용소로 이동시키는 것 같아. 몇몇 NKVD도 함께 가는 모양이야. 짐을 싸고 있어."

"아빠 생각이 머릿속을 떠나지 않아. 서류철에 쓰여 있던 글도."

"리나, 서류철에 있던 그 단어가 무슨 뜻인지 알아냈어." 안드리우스가 말했다.

나는 걸음을 멈추고 그를 보며 대답을 기다렸다.

그가 손을 내밀어 내 눈을 가리는 머리카락을 부드럽게 쓸어 넘겼다. "그건 '종범'이란 뜻이었어." 안드리우스가 말했다.

"종범?"

"아마 네 아빠가 위험에 처한 사람들을 도우려 했다는 뜻일 거야."

"하긴 아빠는 얼마든지 그럴 분이지. 근데 너 우리 아빠가 진짜로 무슨 범죄를 저질렀다고 생각하는 건 아니지, 그렇지?"

"물론 아니지! 우린 범죄자가 아니야." 그가 말했다. "아니, 너라면 모르겠다. 통나무며 펜이며 서류철을 훔쳤으니까." 그가 웃음을 참으며 내 표정을 살폈다.

"흥, 자기는 어떻고. 토마토에 초콜릿에 보드카까지."

"그래, 또다른 것도 훔쳤는지 누가 알겠어." 안드리우스가 말했다.

그는 내 손을 잡고 손에 입을 맞추었다.

우리는 손을 잡고 걸었다. 둘 중 누구도 입을 열지 않았다. 나는 걸음을 늦추었다. "안드리우스, 나…… 무서워."

그가 걸음을 멈추고 나를 돌아보았다. "안 돼. 두려워하지 마. 저들한테 어떤 것도 내주어선 안 돼, 리나. 두려움조차도 보이면 안 돼."

"그게 마음대로 안 돼. 심지어 난 이 수용소에도 적응이 안 되는걸. 집에 가고 싶어. 아빠가 보고 싶고, 학교에도 가고 싶고, 내 사촌도 보고 싶어." 나는 숨이 가빠왔다.

"쉬." 안드리우스가 말했다. 그는 나를 자기 품으로 끌어당겼다. "항상 네가 어떤 상대한테 말하고 있는지 잊지 마. 경계심을 늦춰선 안 돼, 알았지?" 그가 속삭였다. 나를 안은 팔에 힘이 들어갔다.

"난 가고 싶지 않아." 내가 말했다. 우리는 말없이 서 있었다.

어쩌다가 이렇게 되었을까? 어쩌다가 잘 알지도 못하는, 하지만 정말이지 잃고 싶지 않은 남자애의 품에 안기게 되었을까? 문득 리투아니아에 있었다면 내가 안드리우스를 어떻게 생각했을지 궁금해졌다. 내가 그를 좋아했을까? 그가 나를 좋아했을까?

"나도 네가 가는 게 싫어." 마침내 그가 들릴락 말락 한 소리로 속삭였다.

나는 눈을 감았다. "안드리우스, 우린 고향 집으로 돌아가야 해."

"알아. 꼭 돌아갈 거야." 그가 내 손을 잡았고, 우리는 돌아가기 시작했다.

"편지 쓸게. 마을로 편지를 보낼게." 내가 말했다.

그가 고개를 끄덕였다.

우리는 우리 판잣집으로 돌아왔다. "잠깐만 기다려." 나는 그를 바깥에 세워놓고 안으로 들어갔다. 그동안 그렸던 그림들을 모두 꺼냈다. 작은 종잇조각에 그린 그림까지, 내 여행가방 안감 밑에서 모두 꺼냈다. 스케치북에서 그림이 그려진 종이들도 뜯어냈다. 그러고는 바깥으로 나와 종이 무더기를 안드리우스에게 건넸다. 그의 엄마를 그린, 멍든 얼굴을 그린 그림이 빠져나와 사뿐히 바닥으로 떨어졌다. 그림 속 두 눈이 흙 위에서 우리를 물끄러미 보고 있었다.

"뭐하는 거야?" 안드리우스가 황급히 그림을 주우며 물었다.

"이걸 숨겨줘. 나 대신 안전하게 보관해줘." 나는 두 손을 그의 손 위에 놓으며 말했다. "우리가 어디로 가게 될지 모르잖아.

이 그림들을 없애고 싶지 않아서 그래. 여기엔 나와 우리 모두의 많은 것이 들어 있어. 이 그림들 속에. 이 그림들을 숨길 안전한 장소를 찾을 수 있겠지?"

그가 고개를 끄덕였다. "우리 침상 아래 마룻널이 헐거운 데가 있어. 『돔비와 아들』을 숨겨놓았던 데도 바로 거기야. 리나." 그가 그림들을 내려다보면서 천천히 말했다. "넌 계속 그림을 그려야 해. 우리 엄마 말이 소비에트가 우리에게 어떤 짓을 하고 있는지 세상은 전혀 모른대. 우리 아빠들이 어떤 희생을 했는지 아무도 모른대. 만약 다른 나라들이 사실을 안다면 우리를 도와줄지도 몰라."

"계속 그릴게." 내가 말했다. "그리고 그동안 모든 일을 글로 적어놓고 있었어. 그러니까 네가 나 대신 이 그림들을 안전하게 지켜줘야 해. 잘 숨겨줘."

그는 고개를 끄덕였다. "조심하겠다고만 약속해. 어리석은 짓 하지 말고, 서류철을 보러 가거나 기차 밑에서 달리는 짓은 하지 마."

우리는 서로를 바라보았다.

"참, 나 없을 때는 어떤 책이든 담배 종이로 태우면 안 돼, 알았지?" 그가 말했다.

나는 미소 지었다. "알았어. 앞으로 우리한테 시간이 얼마나 있을까?"

"모르겠어. 조만간 그날이 오겠지."

나는 발끝으로 서서 그에게 입을 맞추었다.

"크라시바야." 그가 내 귓가에 속삭였다. 그의 코가 내 볼을 스쳐내려갔다. "아직 못 알아냈어?" 그가 내 목에 입을 맞추었다.

"아직." 나는 눈을 감으며 대답했다.

안드리우스는 숨을 내쉬더니 천천히 뒤로 물러났다. "요나스한테 내일 아침 내가 보러 갈 거라고 전해줘, 알았지?"

나는 고개를 끄덕였다. 목에 그의 입술이 닿았던 자리가 아직도 따뜻했다.

그는 내 그림들을 외투 밑에 꼭 끼고서 어둠 속으로 걸어갔다. 그가 몸을 돌려 어깨 너머로 보았다. 나는 손을 흔들었다. 그도 손을 흔들었다. 그의 형체가 점점 작아지더니 이윽고 어둠 속에 묻혀버렸다.

62

그들은 해가 뜨기 전에 왔다. 소총을 흔들면서 우리 판잣집으로 들이닥쳤다. 열 달 전 우리 집에 들이닥쳤던 그때처럼. 우리에겐 몇 분밖에 주어지지 않았다. 이번에 나는 준비가 되어 있었다.

울류시카가 침상에서 일어나 엄마에게 떽떽거렸다.

"그만 소리질러요. 우리 이제 나간다고요." 내가 말했다.

그녀는 엄마에게 감자와 비트, 그밖에 저장해두었던 식량을 건넸다. 요나스에게는 두꺼운 동물 가죽을 가방에 넣어주었다. 나에게는 연필 한 자루를 주었다. 나는 믿기지가 않았다. 이 여자가 무슨 일로 우리한테 식량을 주는 걸까? 엄마는 그녀를 껴안으려고 했지만 포옹은 시늉으로 끝났다. 울류시카는 엄마를 밀치더니 쿵쿵거리며 나가버렸다.

NKVD는 우리에게 판잣집 밖에서 기다리라고 했다. 시계태엽 감는 아저씨가 우리 쪽으로 왔다. 손에 가방을 들고 있었다. 아저씨도 명단에 있었던 것이다. 리마스 아주머니가 그 뒤를 따라왔고, 인형을 안은 소녀와 그 엄마, 그리고 다른 사람들이 줄줄이 왔다. 우리는 소지품을 질질 끌면서 콜호스 사무실을 향해 천천히 걷기 시작했다. 열 달 전 우리가 도착했을 때보다 몇 년은 더 나이 들어 보이는 얼굴들이었다. 나도 더 나이 들어 보일까? 그리바스 선생님이 울부짖으며 달려왔다.

"그들이 여러분을 부른 거예요. 여러분은 미국으로 가는 거라고요. 그냥 알 수 있어요. 부디 나를 잊지 말아주세요." 선생님이 애원했다. "여기서 썩게 내버려두지 마세요. 난 집에 가고 싶어요."

엄마와 리마스 아주머니가 그리바스 선생님을 안아주었다. 두 사람은 선생님을 잊지 않겠다고 다짐했다. 나는 절대 선생님을 잊지 않을 것이다. 선생님이 치마 속에 감춰 가져왔던 비트도.

우리는 터덜터덜 걸었다. 그리바스 선생님이 울부짖는 소리가 뒤에서 차츰 약해지고 있었다. 투덜이 여자가 판잣집에서 걸어 나왔다. 여자는 주글주글한 손을 들고 고갯짓으로 인사했다. 두 딸은 여자의 다리에 매달려 있었다. 나는 그 뚱뚱한 몸으로 기차의 화장실 구멍을 가리고 있던 모습이 떠올랐다. 그사이 여자는 아주 많이 야위었다. 나는 눈으로 열심히 안드리우스를 찾았다.

『돔비와 아들』은 내 여행가방 깊숙이, 우리 가족사진 옆에 들어 있었다.

콜호스 사무실 근처에 커다란 트럭 한 대가 서 있었다. 크레츠 스키는 근처에서 NKVD 두 명과 담배를 피우고 있었다. 지휘관은 내가 모르는 대원과 함께 현관에 서 있었다. 그들이 알파벳순으로 이름을 부르기 시작했다. 사람들이 트럭 뒤칸에 올라탔다.

"몸조심해, 요나스." 뒤에서 안드리우스의 목소리가 들렸다. "안녕히 가세요, 빌카스 아주머니."

"잘 있어, 안드리우스." 엄마가 안드리우스의 손을 붙잡고 뺨에 입을 맞추었다. "엄마 잘 보살펴드려라."

"엄마도 배웅 나오고 싶어했지만……"

"알아. 엄마한테 안부 전해주렴." 엄마가 말했다.

NKVD는 계속해서 명단의 이름을 불러나갔다.

"편지해, 요나스. 알았지?" 안드리우스가 말했다.

"응." 요나스가 말했다. 그리고 작은 손을 뻗어 악수를 청했다.

"이 두 사람을 잘 돌봐야 해, 알았지? 너네 아빠와 난 너만 믿고 있어." 안드리우스가 말했다.

요나스가 고개를 끄덕였다.

안드리우스가 고개를 돌렸다. 그와 눈이 마주쳤다. "내가 널 찾아갈게." 그가 말했다.

얼굴을 찡그리지도 않았다. 소리를 내지도 않았다. 그런데 몇 달 만에 처음으로 울음이 나왔다. 말라버린 눈에서 눈물이 솟아 뺨을 타고 줄줄 흘러내렸다. 나는 고개를 돌렸다.

NKVD가 대머리 아저씨의 이름을 불렀다.

"날 봐." 안드리우스가 가까이 다가서며 소곤거렸다. "난 너를 찾아낼 거야. 그것만 생각해. 내가 네 그림들을 가지고 찾아간다는 생각만 해. 그걸 그려, 왜냐하면 내가 갈 거니까."

나는 고개를 끄덕였다.

"빌카스." NKVD가 불렀다.

우리는 트럭으로 걸어가 올라탔다. 나는 안드리우스를 내려다보았다. 그는 손가락으로 머리카락을 쓸어올렸다. 시동이 걸리면서 엔진이 부르릉거렸다. 나는 손을 흔들어 작별인사를 했다.

그는 입모양으로 "내가 찾아갈 거야"라고 말했다. 그리고 다짐하듯 고개를 끄덕였다.

나도 고개를 끄덕였다. 트럭 뒤칸의 문이 쾅 닫히고 나는 자리에 앉았다. 트럭이 갑자기 앞으로 내달렸다. 바람이 얼굴을 때리기 시작했다. 나는 외투를 여미고 손을 주머니에 찔러넣었다. 그때 그것이 만져졌다. 돌멩이. 안드리우스가 주머니에 몰래 넣어줬던 것이다. 나는 돌멩이를 찾았다는 것을 그에게 알리려고 일어섰다. 그는 보이지 않았다.

얼음과 재

63

우리는 트럭을 타고 오전 내내 이동했다. 숲속 나무들 사이로 좁다란 길이 숨어 있었다. 엄마처럼 나도 긍정적으로 생각하려고 애썼다. 안드리우스를 생각했다. 아직도 그의 목소리가 귓가에 생생했다. 그나마 우리는 지휘관과 크레츠스키를 떠나왔다. 나는 우리가 크라스노야르스크 근처에, 아빠와 더 가까운 곳으로 가게 되기를 바랐다.

트럭이 들판 옆에 멈췄다. 트럭에서 내려 풀밭에서 쉬어도 좋다는 허락이 떨어졌다. NKVD들은 몇 초를 못 참고 고함을 지르기 시작했다.

"다바이!"

귀에 익은 목소리였다. 주변을 둘러보았다. 크레츠스키였다.

우리는 그날 오후 늦게 어느 기차역에 도착했다. 색 바랜 표지판이 바람에 삐걱거리고 있었다. 비스크. 열차 조차장 여기저기에 트럭들이 서 있었다. 우리가 추방당했을 때의 기차역과는 다른 광경이 펼쳐지고 있었다. 작년 6월, 카우나스에서 우리는 겁에 질려 허둥거렸다. 어디서나 공포가 피어올랐었다. 그러나 지금은 피로에 찌들고 안색이 창백한 사람들이 열차를 향해 천천히, 언덕을 오르는 지친 개미 떼처럼 움직이고 있었다.

"열차에 오르면 다들 입구 쪽에 몰려 서 있어요." 대머리 아저씨가 지시했다. "그리고 불편한 표정을 지어요. 그러면 우리 칸에 사람을 더 집어넣지 않을 거고 우리도 숨쉴 공간이 생길 거요."

나는 열차에 올라탔다. 전에 탔던 차량과는 달랐고 훨씬 길었다. 위에는 램프 하나가 걸려 있었다. 차량에서는 시큼한 몸 냄새와 지린내가 났다. 벌써부터 노동수용소의 신선한 공기와 나무 향기가 그리웠다. 우리는 대머리 아저씨의 말대로 문간에 몰려 서 있었다. 효과가 있었다. 두 무리의 사람들이 다른 칸으로 비켜갔다.

"여긴 더럽네요." 리마스 아주머니가 말했다.

"그럼 뭘 기대했소? 호화로운 침대차?" 대머리 아저씨가 비아냥거렸다.

그들은 문을 쾅 닫기 전에 우리 차량에 몇 사람을 더 밀어넣었다. 두 소년을 데리고 있는 여자 한 명과 나이 많은 남자 한 명이 올라탔다. 키 큰 남자 한 명도 들어오더니 불안하게 두리번거렸다. 여자 한 명과 그 딸도 도움을 받아 올라왔다. 요나스가 내 팔을 쿡쿡 찔렀다. 소녀는 피부가 레몬처럼 노랬고 눈언저리가 퉁퉁 부어 눈이 가느다란 선처럼 보였다. 소녀는 어디서 지내다 온 걸까? 그 엄마는 딸에게 리투아니아어로 말했다.

"한 번만 더 여행하면 우리 집에 가게 될 거야." 소녀의 엄마가 말했다. 엄마는 여자가 짐을 부리는 걸 거들었다. 소녀는 밭은기침을 해댔다.

우리는 운이 좋았다. 차량에 탄 사람은 겨우 서른세 명이었다. 이번에는 여유 공간도 있고 불빛도 있었다. 우리는 널빤지 선반을 레몬 소녀의 잠자리로 양보했다. 엄마는 요나스에게도 선반을 내주어야 한다고 우겼다. 나는 인형을 안은 소녀 옆 바닥에 앉았다. 이제 소녀의 품에는 인형이 없었다.

"인형은 어디 갔니?" 내가 물었다.

"죽었어." 소녀는 공허한 눈으로 대답했다.

"저런."

"NKVD가 죽였어. 그 사람들이 아기 엄마를 어떻게 죽였는지 알지? 리알레한테도 똑같이 했어. 이번에는 공중에 던지더니 머리를 쏴버렸어. 비둘기를 죽이는 것처럼."

"인형이 많이 보고 싶겠구나." 내가 위로했다.

"응, 처음에는 많이 보고 싶었어. 계속 울기만 했어. 경비병이 나한테 울음을 그치라고 했어. 나도 안 울려고 했는데, 울음이 안 그쳤어. 경비병이 내 머리를 세게 때렸어. 이 흉터 보여?" 소녀는 이마에 생긴 굵고 붉은 주름을 가리켰다.

나쁜 놈들. 이런 어린아이한테.

"언니도 울음이 안 그쳤어?" 소녀가 물었다.

"응?"

소녀는 내 눈썹 위의 흉터를 가리켰다.

"아니, 그 사람들이 청어리 통조림 깡통으로 날 맞혔어."

"언니가 울어서?"

"아니, 그냥 장난으로."

소녀는 손가락을 구부려 가까이 오라는 손짓을 했다. "아주 커다란 비밀이 있는데 얘기해줄까?" 소녀가 물었다.

"그게 뭔데?"

소녀는 몸을 기울이더니 내 귀에 속삭였다. "엄마가 그러는데 NKVD들은 지옥에 갈 거래." 소녀가 몸을 뗐다. "아무한테도 얘기하면 안 돼. 비밀이니까, 알았지? 그리고 내 인형 리알레는 천국에 있어. 리알레가 그랬어. 리알레는 나한테 전부 다 얘기해 주거든. 이건 비밀이지만 리알레가 언니한테는 얘기해도 된댔어."

"아무한테도 얘기 안 할게." 내가 말했다.

"언니 이름이 뭐야?" 소녀가 물었다.

"리나."

"동생은?"

"요나스."

"내 이름은 야니나야." 소녀는 계속 조잘거렸다. "언니 엄마 말이야, 지금은 늙어 보여. 우리 엄마도 그렇고. 언니는 트럭 근처에서 기다리던 오빠 좋아하지?"

"뭐?"

"언니 주머니에 뭐 넣어준 오빠 있잖아. 내가 봤어. 오빠가 뭐 줬어?"

나는 돌멩이를 보여주었다.

"반짝반짝하네. 리알레도 그거 좋아할 텐데. 나한테 주면 좋겠다."

"안 돼, 이건 선물받은 거야. 당분간은 내가 간직하고 있어야 해." 내가 말했다.

엄마가 내 옆에 앉았다.

"리나 언니가 남자친구한테 받은 선물 봤어요?" 야니나가 엄마에게 물었다.

"걘 내 남자친구 아니야."

안드리우스가 내 남자친구였던가? 나는 그가 내 남자친구였으면 했다. 엄마에게 돌멩이를 내보였다.

"결국엔 너한테 다시 돌아왔구나. 행운이네." 엄마가 말했다.

"내 인형은 죽었어요." 야니나가 말했다. "지금은 천국에 있어요."

엄마는 고개를 끄덕이고 야니나의 팔을 토닥였다.

"누가 저 계집아이 좀 조용히 시켜요." 대머리 아저씨가 투덜거렸다. "거기, 키 큰 양반. 전쟁 소식 아는 거 있소?"

"일본군이 진주만을 폭격했대요, 폭탄을 퍼부었답니다." 남자가 대답했다.

"진주만을? 일본이 미국을 폭격했다고요?" 리마스 아주머니가 되물었다.

"그게 언제요?" 대머리 아저씨가 물었다.

"몇 달 됐어요. 크리스마스 즈음인가, 예, 크리스마스 때였어요." 남자는 같은 말을 되풀이했다. 신경성 안면 경련이었다.

"그럼 미국이 일본에 선전포고를 한 건가요?" 엄마가 물었다.

"네, 영국도 그렇고요. 영국도 전쟁을 선포했어요."

"댁은 어디서 왔소?" 대머리 아저씨가 물었다.

"리투아니아요." 남자가 대답했다.

"그건 나도 알아요, 답답한 양반 같으니. 오늘 어디서 오는 길이냐고요?"

"칼만카요." 남자가 대답했다. "네, 칼만카."

"칼만카? 그건 교도소요 수용소요?" 대머리 아저씨가 물었다.

"수용소요, 음, 수용소. 감자 농장이에요. 댁들은요?"

"투라차크 근처의 비트 농장에서 왔어요." 엄마가 대답했다.
"그쪽 수용소에는 전부 리투아니아인들만 있었나요?"

"아뇨, 대부분은 라트비아인들이었어요. 그리고 핀란드인들
하고. 네, 핀란드인들요."

핀란드인들. 그동안 핀란드는 까맣게 잊고 있었는데. 나는 셸
처 박사님이 아빠를 찾아 우리 집에 왔던 그날 밤을 떠올렸다.
소비에트가 핀란드를 침공했다고 했다.

"핀란드는 레닌그라드에서 불과 30킬로미터 거리예요, 엘레
나." 셸처 박사님이 엄마에게 설명했다. "스탈린은 서방 국가들
로부터 자기를 보호해줄 방패를 원해요."

"핀란드인들이 협상하려 할까요?"

"핀란드인들은 강인한 민족이에요. 그들은 싸울 겁니다." 셸
처 박사님이 말했다.

64

열차가 흔들리며 앞으로 나아갔다. 끼익하고 쿵쿵거리는 선로의 리듬이 고문처럼 느껴졌다. 그들은 나를 안드리우스에게서 떼어내 점점 알지 못하는 곳으로 데려갔다. 머리 위에서 추처럼 흔들리는 금속제 램프는 공허한 얼굴들을 비추며 차량 전체에 그림자를 드리우고 있었다. 야니나는 죽은 인형의 유령과 소곤대면서 키득거리고 있었다.

노란 소녀는 요나스 옆에서 밭은기침을 하며 쌕쌕거렸다. 그러다가 요나스의 등판 전체에 피를 토하고 말았다. 엄마는 널빤지 선반에서 요나스를 홱 끌어내렸다. 거칠게 요나스의 셔츠를 벗겨 화장실 구멍으로 던져버렸다. 굳이 그럴 필요까진 없어 보였다. 어차피 우리 모두 그 노란 소녀와 같은 공기를 호흡하고 있었다. 셔츠에 묻은 가래와 피가 전염성이 더 심하다고 할 수도 없었다.

"미안해." 소녀가 흐느꼈다. "나 때문에 셔츠를 버렸구나."

"괜찮아." 요나스가 벌거벗은 웃통을 팔로 감싸며 말했다. 괴혈병으로 생겼던 반점은 아직 완전히 사라지지 않았다. 앙상한 가슴팍 곳곳에 붉은 얼룩들이 보였다.

말끝마다 반복하는 키 큰 남자는 확신에 차서 미국, 미국 하고 활기차게 말했다. 나는 아무것도 확신할 수 없었다. 내가 아빠를, 안드리우스를, 우리 집을 그리워한다는 것을 빼면.

셋째 날 밤에 나는 잠이 깼다. 무언가 내 가슴을 툭툭 쳤다. 눈을 떴다. 내 얼굴 위로 눈을 동그랗게 뜬 야나나의 얼굴이 어른거렸다. 불빛이 야나나 머리 뒤에서 앞뒤로 흔들리고 있었다.

"야나나? 무슨 일이야?"

"리알레가 깨웠어."

"리알레한테 지금은 잘 시간이라고 전해." 나는 도로 눈을 감으며 말했다.

"리알레는 잠이 안 온대. 리알레가 그러는데 노란 언니가 죽었대."

"뭐?"

"리알레가 그랬어, 죽었다고. 그 언니가 눈을 뜨고 있는지 언니가 봐줄래? 난 무서워서 못 보겠어."

나는 야니나를 끌어당겨 가슴에 머리를 안았다. "쉬. 어서 자." 품안의 야니나는 떨고 있었다. 나는 귀를 기울였다. 기침 소리가 들리지 않았다. "쉬, 야니나. 지금은 잘 시간이야." 나는 소녀를 살살 얼렀다.

나는 안드리우스를 생각했다. 그는 지금 수용소에서 뭐하고 있을까? 내 그림들을 봤을까? 나는 주머니에 손을 넣어 돌멩이를 살며시 쥐었다. 배급 줄에서 내 모자를 잡아당기며 웃던 모습이 눈에 선했다.

노란 소녀는 죽었다. 입가에서 턱까지 흘러내린 핏자국이 말라붙어 있었다. 다음날 경비병들이 뻣뻣한 소녀의 시체를 열차에서 끌어냈다. 소녀의 엄마는 울부짖으며 뒤따라 뛰어내렸다. 총성이 울렸다. 풀썩 흙바닥을 때리는 소리가 났다. 비탄에 몸부림치는 어머니는 성가신 존재였다.

울류시카, 내가 경멸해 마지않던 그 여자가 열차에 탄 우리를 살렸다. 그녀가 엄마에게 준 식량으로 우리는 하루하루를 버텼다. 우리는 다른 사람들에게도 나누어주었다. 나는 열차의 진동에 손이 흔들리지 않도록 애쓰며 울류시카의 넓적한 얼굴과 비죽비죽 뻗친 검은 머리카락을 그렸다.

양동이에 든 물이나 회색 여물 같은 수프를 거부하는 사람은 아무도 없었다. 우리는 손바닥을 핥고 더러운 손톱 밑까지 빨아대며 게걸스럽게 먹었다. 야니나의 엄마는 곧잘 잠을 잤다. 나는 기진맥진했는데도 좀처럼 잠을 이룰 수 없었다. 기차의 소음과 흔들림 때문에 잠이 달아났다. 나는 그들이 우리를 어디로 데려가는지, 아빠한테는 어떻게 소식을 알릴지 생각하면서 계속 앉아 있었다.

야니나가 대머리 아저씨의 어깨를 톡톡 쳤다. "아저씨가 유대인이라는 말 들었어요."

"그렇게 말하디?" 대머리 아저씨가 말했다.

"그게 사실이에요?" 야니나가 물었다.

"그래. 난 네가 귀찮은 계집애라고 들었는데, 그게 사실이냐?"

야니나가 잠시 생각하는 듯, 말을 멈추었다. "아뇨, 그런 것 같진 않아요. 그런데 히틀러와 나치가 유대인을 죽일지도 모른다는데, 아저씨도 알아요? 우리 엄마가 그랬어요."

"네 엄마가 틀렸다. 히틀러는 실제로 유대인을 죽이고 있어."

"왜요?" 요나스가 물었다.

"유대인들이 독일의 모든 문제를 뒤집어쓴 속죄양인 거지." 대머리 아저씨가 말했다. "히틀러는 인종적 순수성이 답이라고 확신하고 있어. 아이들이 이해하기엔 너무 복잡한 문제야."

"그래서 아저씨는 우리랑 있는 거예요, 나치랑 있지 않고요?"

요나스가 물었다.

"난들 이러고 싶어서 여기 이렇게 있는 줄 아니? 히틀러나 스탈린, 둘 중 누구 손아귀에 있든 이 전쟁으로 우리 모두가 끝장 날 거다. 리투아니아는 중간에 끼어서 이러지도 저러지도 못해. 아까 저 남자 얘기 들었지. 일본군이 진주만을 폭격했다는 거. 미국은 벌써 소비에트와 동맹을 맺었을 거다. 그만하면 됐다. 이제 입 좀 다물어라." 대머리 아저씨가 말했다.

"우린 미국으로 가고 있어요." 반복하는 아저씨가 말했다. "미국으로."

65

　일주일 후 늦은 밤에 기차가 멈추었다. 리마스 아주머니가 마
카로프라는 표지판을 봤다고 했다. NKVD는 우리를 차량 밖으
로 몰아냈다. 깨끗하고 신선한 바깥공기가 얼굴을 감쌌다. 나는
코로 숨을 들이쉬었다가 바싹 마른 입술로 숨을 내쉬었다. 경비
대원들은 우리에게 350미터쯤 떨어진 커다란 건물로 가라고 지
시했다. 우리는 열차에서 꼬질꼬질한 소지품들을 끌어내렸다.
엄마가 흙바닥에 쓰러졌다.

　"얼른 엄마를 일으켜라." 리마스 아주머니가 주변에 경비대원
들이 있는지 두리번거리며 말했다. "자식 잃고 애통해하는 어미를
쏘아 죽였으니 다리 힘이 풀린 여자라고 못 죽일 것도 없을 거야."

　"괜찮아질 거예요, 그냥 피곤해서 그래요." 엄마가 말했다. 리

마스 아주머니와 나는 엄마를 부축했다. 요나스가 우리 가방을 끌고 갔다. 엄마는 건물 근처에 와서 다시 넘어졌다.

"다바이!" NKVD 두 명이 소총을 움켜쥐고 다가왔다. 엄마가 제대로 보조를 맞추지 못했던 것이다.

그들이 우리 쪽으로 다가왔다. 엄마가 똑바로 일어섰다. NKVD 한 명이 바닥에 침을 뱉었다. 다른 한 명이 엄마를 바라보았다. 가슴이 철렁했다. 크레츠스키였다. 그는 내내 우리와 같이 이동해온 것이다.

"니콜라이." 엄마가 힘없는 목소리로 말했다.

크레츠스키는 다른 방향으로 돌아섰다. 그러고는 한 무리의 사람들을 향해 저벅저벅 걸어갔다.

건물은 아주 커서 거대한 헛간처럼 느껴졌다. 우리 같은 사람이 천 명은 되는 것 같았다. 너무 피곤해서 말할 힘도 없었던 우리는 각자의 짐 위에 털썩 주저앉았다. 잔뜩 긴장되었던 근육이 풀어졌다. 마치 누군가의 손이 메트로놈을 멈춘 것처럼, 덜컹거리지 않는 바닥이 더없이 편안하게 느껴졌다. 선로의 끽끽 소리가 마침내 그쳤다. 나는 내 여행가방을 감싸안았고, 그 안에 든 『돔비와 아들』을 감싸안았다. 고요했다. 우리는 각자 누더기 위에 누워 잠을 잤다.

아침이 밝았다. 내 등에 몸을 붙이고 자는 야니나의 숨결이 느껴졌다. 요나스는 자기 여행가방 위에 앉아 있었다. 요나스가 내게 고갯짓을 했다. 나는 엄마를 돌아보았다. 엄마는 여행가방을 안은 채 가방에 얼굴을 대고 곤히 잠들어 있었다.

"엄마가 그 녀석을 니콜라이라고 불렀어." 요나스가 말했다.

"무슨 말이야?" 내가 물었다.

요나스는 서성거리기 시작했다. "크레츠스키 말이야. 엄마가 한 말 못 들었어? 어젯밤에 친한 척 니콜라이 하고 불렀잖아."

"그게 그 자식 이름이니?" 내가 물었다.

"맞아. 나는 몰랐어. 엄마가 그 이름을 어떻게 알았지?" 요나스가 톡 쏘아붙였다. "그 녀석은 왜 우리랑 같이 온 거야?" 요나스는 흙바닥을 발로 찼다.

NKVD가 버섯 수프가 든 양동이와 빵을 들고 왔다. 우리는 엄마를 깨우고 잔이나 접시를 꺼내려고 가방을 뒤졌다.

"저들이 우리한테 음식을 주고 있어요, 음식을 주고 있어요." 말을 반복하는 남자가 말했다. "미국에서는 날마다 만찬을 들 거예요. 날마다."

"웬일로 우리한테 먹을 걸 주지?" 내가 물었다.

"먹고 힘내서 일하라는 거지." 요나스가 말했다.

"하나도 남기지 말고 다 먹어." 엄마가 말했다.

식사가 끝나자 경비대원들이 무리별로 사람들을 모으기 시작했다. 엄마는 귀를 쫑긋 세웠다.

엄마가 힘없이 웃었다. "우리를 목욕시킨다는구나. 드디어 목욕을 할 수 있게 됐어!"

우리는 허둥지둥 나무로 지은 커다란 목욕탕으로 향했다. 엄마의 걸음도 어느새 안정되어 있었다. 우리는 입구에서 남자와 여자로 나누어 섰다.

"기다려." 엄마가 요나스에게 말했다.

옷을 벗어서 문간에서 대기하고 있는 시베리아 남자들에게 건네주라는 지시가 떨어졌다. 체면 같은 건 잊은 지 오래였다. 여자들은 재빨리 옷을 벗었다. 다들 어서 빨리 씻고 싶어했다. 나는 고개를 숙인 채 머뭇거렸다.

"빨리 해, 리나!"

나는 그들의 손길이 내 몸에 닿는 게, 나를 빤히 보는 게 싫었다. 나는 두 팔을 가슴 위에 포갰다.

엄마가 한 시베리아 남자에게 말을 걸더니 우리에게 말했다. "서둘러야 한대. 여긴 중간 기착지라는 거야. 오늘 이따가 더 많은 사람들이 올 거래. 벌써 라트비아인, 에스토니아인, 우크라이나인 들이 여기를 거쳐갔다는구나. 괜찮아, 정말 아무 일 없을 거야."

그 남자들은 조금도 관심이 없는 것처럼 보였다. 당연했다. 말라비틀어진 우리 몸은 거의 중성처럼 보였다. 나는 몇 달째 생리를 거르고 있었다. 여성스럽다고 느낄 만한 구석이 전혀 없었다. 차라리 돼지고기 한 점이나 거품 나는 맥주 한 잔이 남자들에게 더 매혹적일 것이다.

샤워를 마친 후 우리는 짐과 함께 트럭 한 대에 태워졌다. 우리가 탄 트럭은 숲속을 몇 킬로미터나 달린 끝에 앙가라 강 둔덕에 도착했다.

"우리를 왜 여기로 데려왔어요?" 요나스가 물었다.

강변 군데군데 커다란 나무 창고들이 있었다. 숲 근처 아늑한 곳에는 커다란 NKVD 건물이 자리잡고 있었다.

"저들은 우리를 배에 태우고 있어요. 모르겠어요? 우리는 미국으로 간다고요. 미국으로!" 반복하는 남자가 말했다. "우리는 앙가라 강을 거슬러 레나까지 간 다음 다시 바다를 건너 베링 해협으로 갈 거예요. 베링 해협으로."

"그렇게 간다면 몇 달은 걸릴 텐데." 시계태엽 감는 아저씨가 말했다.

미국? 아빠를 크라스노야르스크 감옥에 남겨두고 우리가 어떻게 떠날 수 있을까? 어떻게 아빠에게 그림을 전달하지? 전쟁은 어떻게 되어가고 있을까? 다른 나라들이 스탈린과 동맹을 맺으면 어떻게 되지? 우리가 명단에 있다고 말할 때 안드리우스의 얼굴을 나는 똑똑히 보았다. 그 표정에는 우리가 미국으로 가는 게 아님을 말해주는 무언가가 있었다.

66

배들은 일정보다 늦어졌다. 우리는 앙가라 강의 돌투성이 강변에서 일주일 넘게 기다렸다. 그들은 우리에게 보리죽을 먹였다. 빵 말고도 음식을 더 주는 이유를 나는 알 수 없었다. 그것은 친절에서 우러난 행동이 아니었다. 앞으로 우리 힘이 필요하기 때문이었다, 하지만 어디에 쓰려고? 우리는 마치 휴가 온 사람들처럼 햇볕에 앉아 있었다. 나는 날마다 아빠에게 보낼 그림을 그렸고 안드리우스에게 편지를 썼다. 그림은 눈에 띄지 않게 작은 종잇조각에 그렸고, 그렇게 그린 그림들을 『돔비와 아들』의 책갈피에 숨겨두었다. 한 에스토니아 여인이 내가 그림 그리는 것을 눈치채고는 종이를 갖다주었다.

우리는 통나무를 끌어오는 일을 했지만, 그건 밤에 모닥불을 피울 땔감이었지 다른 용도는 없었다. 우리는 딱딱 소리를 내며 타는 모닥불 가에 둘러앉아 리투아니아 노래를 불렀다. 숲 전체에 저마다 고향 노래를 부르는 발트해 연안 사람들의 노랫소리가 메아리쳤다. NKVD가 사용할 보급품 운반을 돕기 위해 체렘초프까지 기차로 다녀올 여자 두 명이 뽑혔다. 그들이 우리 대신 편지를 부쳐주었다.

"부탁이에요. 이걸 체렘초프로 가져가서 다른 사람한테 전달해주세요." 나는 한 여자에게 나뭇조각을 건넸다.

"멋지구나. 이 꽃들하며. 정말 잘 그렸네. 우리 집 뒤뜰에도 운향 꽃이 있었지." 여자가 한숨을 쉬며 말했다. 여자가 나를 바라보았다. "아빠가 크라스노야르스크에 계시니?"

나는 고개를 끄덕였다.

"리나, 너무 큰 기대는 하지 마라. 여기서 크라스노야르스크는 정말 멀어." 엄마가 말했다.

어느 날, 엄마와 나는 햇볕을 쬐며 앉아 있다가 앙가라 강 속으로 걸어들어갔다. 우리는 웃으면서 물 밖으로 달려나왔다. 앙상한 몸에 젖은 옷이 찰싹 달라붙었다.

"몸 좀 가려요!" 요나스가 주변을 둘러보며 소리쳤다.

"무슨 소리야?" 엄마가 젖어서 달라붙은 옷을 잡아당기며 물었다.

"저들이 보고 있단 말이에요." 요나스가 NKVD들 쪽으로 고갯짓을 하면서 말했다.

"요나스, 저 사람들은 아무 관심 없어. 우리 모습을 보렴. 어디가 매력적이니?" 엄마는 머리카락을 비틀어 물을 짜내며 말했다. 나는 양팔로 몸을 감쌌다.

"저들은 아르비다스 부인에게 관심을 보였어요. 어쩌면 그 자식은 엄마한테 관심이 있는지도 몰라요." 요나스가 말했다.

엄마는 두 손을 떨어뜨렸다. "지금 누구 얘기하는 거니? 누구 말이니?"

"니콜라이요." 요나스가 대답했다.

"크레츠스키? 그 자식이 뭐 어쨌다고?" 내가 되물었다.

"엄마한테 물어봐." 요나스가 말했다.

"그만해, 요나스. 우린 니콜라이를 잘 몰라." 엄마가 말했다.

나는 엄마를 보았다. "엄마는 왜 그 자식을 니콜라이라고 불러요? 그 자식 이름은 어떻게 알았어요?"

엄마는 내게서 요나스에게로 눈길을 돌리고 말했다. "내가 물어봤어."

나는 가슴이 철렁했다. 요나스 말이 맞는 걸까? "하지만 엄마, 그 자식은 괴물이에요." 나는 이마의 흉터에서 물을 닦아내며 말했다.

엄마는 치마를 짜며 내게 다가섰다. "우리는 그가 어떤 사람인지 몰라."

나는 코웃음을 쳤다. "그 자식은—"

엄마가 내 팔을 꽉 붙잡았다. 어깨까지 통증이 솟구쳤다. 엄마는 어금니를 앙다물고 말했다. "우리는 몰라. 엄마 말 알아듣겠어? 그가 어떤 사람인지 우린 모른다고. 그는 소년이야. 그냥 소년." 엄마가 내 팔을 놓았다. "그리고 엄마는 그 사람이랑 안자." 엄마는 요나스에게 내뱉듯이 말했다. "감히 네가 어떻게 그런 말을 해?"

"엄마……" 요나스가 더듬거렸다.

엄마는 아픈 팔을 쓰다듬는 나를 두고 먼저 가버렸다.

요나스는 엄마가 터뜨린 분노에 충격을 받고 멍하니 서 있었다.

67

　몇 주 동안 바지선들은 슬금슬금 앙가라 강을 거슬러 북쪽으로 올라갔다. 바지선에서 내린 뒤에는 다시 트럭 짐칸에 실려 울창한 숲속을 며칠 동안 달렸다. 도중에 쓰러진 거대한 나무들을 지나갔는데, 나무들이 어찌나 굵직한지 나무기둥 안으로 트럭이 들어갈 수 있을 것 같았다. 사람이라곤 그림자도 보이지 않았다. 울창한 숲이 우리를 에워싸고 빠져나가지 못하게 하는 것 같았다. 우리를 어디로 데려가는 걸까? 우리는 낮에는 더워서 헉헉거리다가도 밤이면 오들오들 떨었다. 물집은 다 나았다. 우리는 우리에게 주어지는 것은 뭐든 남김없이 먹어치웠고, 일을 시키지 않는 데 감사했다.

　트럭들은 레나 강변에 있는 우스트 쿠트에 도착했다. 우리는 거기서 다시 바지선을 기다렸다. 레나 강변에는 조그만 조약돌들이 깔려 있었다. 비가 쏟아졌다. 강가에 세워진 간이 천막도 비를 피할 만한 곳은 못 되었다. 나는 『돔비와 아들』과 돌멩이, 그림들, 우리 가족사진이 젖지 않도록 내 여행가방 위에 누웠다. 야니나는 빗속에 서 있었다. 야니나는 하늘을 쳐다보면서 허공에 대고 인형과 대화를 계속하고 있었다. 크레츠스키의 군홧발이 자갈밭을 자박거리며 강둑을 오르내렸다. 그는 우리에게 무리를 벗어나지 말라고 소리쳤다. 밤이면 그는 레나 강에 비친 은색 리본 같은 달빛을 물끄러미 보면서 빨간 담뱃불을 입에 가져갈 뿐 꼼짝 않고 서 있었다.

내 러시아어 실력은 향상되었다. 그래도 요나스가 나보다 한참 나았다.

이 주가 지나자 바지선들이 도착했고, NKVD들은 또 한번 우리를 태우고 북쪽으로 향했다.

우리는 우스트 쿠트를 떠나 키렌스크를 지났다.

"우린 북쪽으로 가고 있어." 요나스가 말했다. "어쩌면 정말 미국으로 가는 건지도 몰라."

"아빠를 남겨두고?" 내가 물었다.

요나스는 강물을 바라보았다. 아무 말이 없었다.

말을 반복하는 남자는 입만 열었다 하면 미국 이야기였다. 그는 친구나 친척들에게서 들은 이야기들을 늘어놓으며, 미국 지도를 그리려고 애썼다. 그는 미국으로 가는 게 가능하다고 믿어야만 했다.

"미국 뉴잉글랜드라는 지역에는 훌륭한 대학교가 많대. 그리고 뉴욕은 정말 근사한 곳이래." 요아나가 말했다.

"뉴욕이 근사하다고 누가 그래?" 내가 물었다.

"우리 엄마 아빠가."

"두 분이 미국에 대해 뭘 알고 계신데?" 내가 물었다.

"엄마네 삼촌이 미국에 계시거든."

"숙모님네 가족은 전부 독일에 계신 줄 알았는데." 내가 말했다.

"미국에도 친척 한 분이 계신가봐. 엄마 삼촌한테서 편지가 와. 펜실베이니아에 계시대."

"흥. 난 미국에는 별로 관심 없어. 미국 사람들은 확실히 예술성이 부족해. 미국 화가 중에 위대한 사람이 있단 얘기는 못 들어봤어."

"내 모습은 안 그리는 게 좋아." 대머리 아저씨가 말했다. "내 그림은 단 한 장도 남기고 싶지 않다."

"실은 거의 다 그렸어요." 나는 반점이 얼룩진 뺨의 회색 부분에 음영을 넣으며 말했다.

"찢어버려라." 아저씨가 고집을 부렸다.

"싫어요." 내가 말했다. "걱정 마세요, 아무한테도 보여주지 않을 거니까."

"그래야 할 거다. 그게 네 신상에 좋을 거야."

나는 그림을 내려다보았다. 삐죽거리는 입과 항상 짓곤 하는 뚱한 표정을 제대로 담아냈다. 아저씨는 못생긴 얼굴이 아니었다. 눈썹 위의 깊은 주름들 때문에 심술궂게 보일 뿐이었다.

"아저씨는 왜 추방됐어요?" 내가 물었다. "아저씨는 우표 수집가라고 했잖아요. 그런데 어째서 우표를 수집했다는 이유로 추방했을까요?"

"그건 네가 상관할 일이 아니다."

"아저씨 가족은 어디 있어요?" 나는 계속 물었다.

"네가 상관할 일이 아니라고 했다." 아저씨가 굽은 손가락으로 나를 가리키며 떽떽거렸다. "그리고 뭐가 네 신상에 이로운지 안다면, 그 그림들은 눈에 띄지 않게 보관해야 해, 내 말 알겠지?"

야니나가 내 옆에 와서 앉았다.

"넌 유명한 화가는 못 될 거다." 대머리 아저씨가 말했다.

"아뇨, 언니는 될 거예요." 야니나가 우겼다.

"아니, 못 될 거다. 왜 그런지 아니? 죽지 않았으니까. 그래도 어쩌면 죽는 건 가능할지 모르겠구나. 미국이라니, 나 참."

나는 아저씨를 노려보았다.

"내 인형은 죽었는데." 야니나가 말했다.

68

야쿠츠크가 가까워졌다.

"이제 곧 알게 되겠죠. 알게 될 거예요." 말을 반복하는 남자는 안절부절못했다. "만약 여기서 내리면, 우리는 미국에 가는 게 아니에요. 미국에 가는 게 아니에요."

"우린 어디로 가게 될까요?" 요나스가 물었다.

"콜리마 지역으로." 대머리 아저씨가 말했다. "거기 감옥으로 가게 될 거야. 어쩌면 마가단일지도 모르고."

"우리는 마가단으로 가지 않을 거예요." 엄마가 말했다. "그런 얘긴 그만하세요, 스탈라스 씨."

"콜리마는 아니에요, 네, 콜리마는 아니에요." 말을 반복하는 남자가 말했다.

바지선이 속도를 늦추었다. 우리는 기착지에 다가가고 있었다.

"안 돼, 제발, 안 돼." 요나스가 중얼거렸다.

리마스 아주머니는 울기 시작했다. "남편하고 이렇게 멀리 떨어진 감옥에서 지낼 순 없어."

야니나가 내 소매를 잡아당겼다. "리알레가 그러는데 우린 콜리마에 가는 게 아니래."

"뭐?" 내가 되물었다.

"우리는 안 내릴 거래." 야니나는 어깨를 으쓱했다.

우리는 바지선 가장자리에 모여 서 있었다. NKVD 몇 명이 내렸다. 크레츠스키도 그 가운데 있었다. 그는 배낭을 메고 있었다. 지휘관 한 명이 강가에 나와 경비대원들을 맞았다. 지휘관이 임무를 배정하는 동안 우리는 지켜보았다.

"저기 봐." 요나스가 말했다. "몇몇 NKVD가 배에 보급품을 싣고 있어."

"그럼 우리는 여기서 내리는 게 아니네?" 내가 물었다.

갑자기 강둑에서 목소리가 높아졌다. 크레츠스키였다. 그는 지휘관과 입씨름을 하고 있었다. 나는 지휘관의 말을 알아들었다. 그는 크레츠스키에게 바지선으로 돌아가라고 명령했다.

"크레츠스키는 내리고 싶은 거야." 요나스가 말했다.

"잘됐네, 여기 내리라지." 내가 말했다.

크레츠스키는 두 팔을 마구 흔들며 항의했지만, 지휘관은 우리 배를 가리켰다.

엄마는 한숨을 쉬더니 고개를 숙였다. 크레츠스키가 몸을 돌려 바지선으로 향했다. 그는 떠나지 않았다. 우리가 어디를 가든, 그는 우리와 함께 가고 있었다.

승객들이 환호하며 얼싸안는 동안 바지선은 야쿠츠크에서 멀어져갔다.

일주일 후에도 분위기는 여전히 들떠 있었다. 사람들은 바지선 갑판에서 노래를 불렀다. 어떤 사람은 아코디언을 연주했다. 크레츠스키는 사람들을 옆으로 마구 밀치며 호통을 쳐댔다. "어떻게 된 거 아냐? 너희 모두 얼간이들이야? 마치 미국으로 갈 것처럼 환호하는군. 멍청이들!"

들떴던 목소리들이 중얼거림으로 잦아들었다.

"미국. 미국이라고?" 말을 반복하는 남자가 조용히 중얼거렸다.

그들은 우리를 어디로 데려가는 걸까? 벌써 8월이었다. 배가 북쪽으로 항해하는 동안 기온은 뚝 떨어졌다. 여름이 아니라 10월 말 같았다. 레나 강변을 따라 늘어선 숲은 점점 듬성듬성해졌다.

"우린 북극권 안으로 들어왔어요." 시계태엽 감는 아저씨가 말했다.

"네?" 요나스가 깜짝 놀랐다. "그게 말이 돼요? 도대체 우리를 어디로 데려가는 걸까요?"

"바로 그거예요." 말을 반복하는 남자가 말했다. "우린 레나 강 하구로 가서 미국으로 가는 커다란 증기선을 탈 거예요. 증기선을."

바지선은 북극의 불룬과 스톨바이에 멈췄다. 우리는 여러 무리의 많은 사람들이 바지선에서 내린 뒤 아무것도 없이 휑한 강가에 우두커니 남겨진 것을 보면서 다시 멀어져갔다. 우리는 계속 강을 따라갔다.

8월 말에 우리는 레나 강 하구에 도착했다. 기온은 간신히 영상을 유지했다. 바지선이 정박하는 사이 랍테프 해의 차가운 파도가 바지선에 부딪혔다.

"다바이!" 경비대원들이 소총 개머리판으로 우리를 찔러대면서 소리쳤다.

"우리를 물에 빠뜨려 죽이려는 거야." 대머리 아저씨가 말했다. "우리를 여기서 물에 빠뜨려 몰살시키려고 그 먼 길을 데려온 거야."

"설마 그럴 리가요. 안 돼요." 리마스 아주머니가 말했다.

NKVD들이 바지선 한쪽에 널빤지를 얹었다. 그들은 어린아이들을 널빤지 위로 밀어대면서 빨리 내리라고 고래고래 소리질렸다.

"빨리 내리라니, 어디로? 여기엔 아무것도 없잖아." 엄마가 말했다.

엄마 말이 맞았다. 그곳에는 정말 아무것도 없었다. 작은 관목한 그루, 나무 한 그루 없이, 끝없이 펼쳐진 바다 가장자리까지그저 척박한 흙뿐이었다. 주변에는 북극 툰드라와 랍테프 해를빼면 아무것도 없었다. 바람이 매섭게 휘몰아쳤다. 모래가 날아와 입안으로 들어갔고 눈을 따끔따끔 찔렀다. 나는 여행가방을움켜잡고 주변을 둘러보았다. NKVD들은 벽돌 건물 두 채로 걸어갔다. 어떻게 우리를 저기 다 집어넣으려는 거지? 우리는 삼백명이 넘었다.

크레츠스키가 몇몇 NKVD와 말다툼을 하면서, 자기는 야쿠츠크로 가야 한다고 주장하고 있었다. 갈색 뻐드렁니에 머리는 기름에 전 NKVD가 우리를 멈춰세웠다.

"어디를 가려는 거야?" 그가 물었다.

"저 건물에요." 엄마가 대답했다.

"저기는 대원들 숙소야." 그가 딱 잘라 말했다.

"그럼 우리는 어디서 지내요?" 엄마가 물었다. "마을은 어디있어요?"

그가 두 팔을 쫙 벌렸다. "여기가 마을이야. 여기 전체가 다 너희를 위한 마을이라고." 다른 NKVD들이 왁자지껄 웃었다.

"뭐라고요?" 엄마가 되물었다.

"아니, 마음에 안 들어? 귀하신 몸이라 여기는 성에 안 찬다는 건가? 파시스트 돼지 같으니. 돼지들은 진흙 속에서 자는 거야. 그걸 몰랐단 말이야? 하지만 자기 전에 제빵소를 완성하고 생선 공장을 지어야 해." 그가 엄마에게 다가섰다. 그의 삭은 이가 윗입술 아래에서 튀어나왔다. "너희 파시스트들은 생선 좋아하잖아, 안 그래? 너희 돼지들 때문에 역겨워 죽겠어." 그는 엄마 가슴에 침을 뱉고는 뚜벅뚜벅 걸어갔다. "너희한테는 진흙 구덩이도 아까워." 그가 뒤돌아보며 소리쳤다.

그들은 우리에게 바지선에서 벽돌과 목재를 내리라고 시켰다. 우리는 줄을 지어 바지선의 짐칸 안쪽 깊숙이 들락날락하며 최대한 많은 벽돌을 날랐다. 바지선의 짐을 다 내리기까지 열 시간이 걸렸다. 벽돌과 목재 외에도 등유통과 밀가루, 심지어 작은 고깃배들까지 옮겼다. 모두 NKVD를 위한 것이었다. 나는 힘이 부쳐서 팔이 후들거렸다.

"리알레가 그러는데 우리는 미국에 가는 게 아니래." 야니나가 말했다.

"정말 그렇군. 네 인형 유령이 우리가 여기 올 거라는 말은 안 했냐?" 대머리 아저씨가 물었다. 그는 비바람에 갈라지고 색이

바랜 표지판을 가리켰다.

트로피모프스크. 북극권의 꼭대기, 북극 근처였다.

69

우리는 조금이라도 추위를 이겨보겠다고 외투를 단단히 여미고 옹송그리며 모여 있었다. 노동수용소가, 울류시카의 오두막이, 안드리우스가 그리웠다. 증기선의 기적 소리가 허공을 가르며 바지선들을 끌고 레나 강을 다시 거슬러갔다. 더 많은 사람들을 실어오려는 걸까?

"여기서는 어떻게 아빠한테 편지를 부치죠?" 요나스가 물었다.

"근처에 마을이 있을 거야." 엄마가 말했다.

나는 체렘초프에서 전달했던 나뭇조각을 생각했다. 지금쯤 어느 것 하나는 아빠에게 도착했을 것이다.

"결국 이게 저들 계획이었군." 대머리 아저씨가 주변을 돌아보며 말했다. "스탈린은 이런 식으로 우리를 끝내려는 거군? 결국 우리가 얼어 죽게 내버려두려는 거요. 여우 밥이 되도록 내버려두는 거라고."

"여우요?" 리마스 아주머니가 되물었다. 야니나의 엄마가 대머리 아저씨를 쏘아보았다.

"진짜로 여우가 있으면, 잡아먹을 수 있겠네요." 요나스가 말했다.

"꼬마야, 너 한 번이라도 여우를 잡아봤냐?" 대머리 아저씨가 물었다.

"아뇨, 하지만 틀림없이 잡을 수 있을 거예요." 요나스가 대답했다.

"아까 그 남자가 우리더러 공장을 지어야 한댔어요." 내가 말했다.

"여기가 우리 목적지일 리 없어요." 엄마도 거들었다. "분명 우리를 어디 다른 곳으로 데려갈 거예요."

"너무 확신하지 마요, 엘레나." 시계태엽 감는 아저씨가 말했다. "소비에트들에게 더이상 리투아니아, 라트비아, 에스토니아는 없어요. 스탈린은 자기 계획에 거치적거리는 쓰레기들이 없도록 우리를 완전히 제거할 생각인 거예요."

쓰레기. 스탈린에게는 우리가 정말 쓰레기일까?

"며칠 있으면 9월이에요." 시계태엽 감는 아저씨가 말했다.

"조만간 북극의 밤이 우리를 덮칠 겁니다."

곧 9월이었다. 우리는 추위에 몸이 얼고 있었다. 학교에서 극지방의 밤에 대해 배운 적이 있었다. 극지방에서는 해가 백팔십일 동안 지평선 아래 숨어서 올라오지 않는다. 일 년의 절반 가까이가 암흑이다. 수업 시간에 나는 별로 주의를 기울이지 않고 지평선 너머로 가라앉는 해를 그렸다. 지금은 내 심장이 위 속으로 가라앉아서 쓰디쓴 담즙이 심장을 갉아먹고 있었다.

"우리에겐 시간이 많지 않아요." 시계태엽 감는 아저씨가 말했다. "내 생각엔—"

"그만해요! 얘기 좀 그만하라고요!" 야니나의 엄마가 빽 소리를 질렀다.

"무슨 일이에요?" 엄마가 물었다.

"쉬…… 괜히 경비대원들의 관심을 끌 거 없잖아요." 리마스 아주머니가 달랬다.

"엄마, 왜 그래요?" 야니나가 물었다. 야니나의 엄마는 계속 비명을 질렀다.

여자는 여행 내내 거의 말이 없었는데, 갑자기 제지할 방법이 없어져버렸다.

"이렇게는 못 살아! 여기서 죽지는 않을 거야. 맥 놓고 있다가 여우 밥이 되지는 않을 거야!" 별안간 여자가 야니나의 목을 움켜쥐었다. 야니나의 목구멍에서 꾸르륵거리는 소리가 났다.

엄마가 몸을 날려 야니나의 목에서 여자의 손을 떼어냈다. 가까스로 숨을 쉬게 된 야니나는 훌쩍거리기 시작했다.

"죄송해요." 야니나 엄마가 울부짖었다. 여자는 우리에게서 등을 돌리더니 자기 목에 손을 갖다대 스스로 목을 조르려고 했다.

리마스 아주머니가 여자의 뺨을 때렸다. 시계태엽 감는 아저씨는 여자의 두 팔을 붙잡았다.

"대체 무슨 짓이오? 자살하고 싶으면 아무도 안 보이는 곳에 가서 해요." 대머리 아저씨가 꾸짖었다.

"아저씨 때문이에요. 여우한테 잡아먹힌다는 얘기는 아저씨가 했잖아요." 내가 따졌다.

"그만해, 누나." 요나스가 말렸다.

"엄마." 야니나는 훌쩍거렸다.

"저 계집아이는 이미 죽은 인형하고 얘기를 나누고 있어요. 이젠 죽은 엄마랑 얘기하는 것까지 들어야 하는 거요?" 대머리 아저씨가 물었다.

"엄마!" 야니나가 빽 소리를 지르며 울었다.

"아무 일 없을 거예요." 엄마는 여자의 더러운 머리를 쓰다듬으며 달랬다. "우리 모두 무사할 거예요. 하지만 정신을 놓아선 안 돼요. 모두 괜찮을 거예요. 정말이에요."

70

동틀 녘에 NKVD들은 우리더러 일하러 나가라며 소리를 질렀
다. 여행가방을 베고 잔 탓에 목이 아팠다. 요나스와 엄마는 바
람을 피해 고깃배 밑에 들어가서 잠을 잤다. 나는 고작 몇 시간
눈을 붙였을 뿐이다. 어젯밤 모두 잠든 후 달빛 아래서 그림을
그렸다. 나는 야니나의 엄마가 자기 딸의 목을 조르고, 야니나
의 눈이 툭 불거져나온 모습을 그렸다. 우리가 트로피모프스크
에 왔다고 안드리우스에게 편지도 썼다. 편지를 부칠 방법이나
있을까? 안드리우스는 내가 자기를 잊어버렸다고 생각하지 않을
까? 내가 널 찾아갈게, 그는 그렇게 말했다. 그가 무슨 수로 여기
있는 우리를 찾는단 말인가? 아빠. 아빠는 우리한테 오고 있을
거야. 서둘러요.

NKVD는 한 조에 열다섯 명씩, 우리를 25개 조로 나누었다. 우리는 11번 조였다. 그들은 조금이라도 힘이 있는 남자들을 뽑아 NKVD 막사를 완성하도록 시켰다. 소년들은 고기잡이를 하도록 랍테프 해로 보냈다. 나머지 여자들과 나이 많은 사람들에게는 각 조가 들어가 살 오두막인 유르타를 지으라는 지시가 떨어졌다. 그런데 NKVD 건물 주변에 있는 벽돌이나 목재는 하나도 쓰면 안 되었다. 그것들은 NKVD 막사를 짓기 위한 것이었다. 어쨌거나 겨울이 다가오고 있었으므로 NKVD들에게도 따뜻한 건물이 필요하다고, 갈색 뻐드렁니의 경비대원 이바노프가 말했다. 우리가 쓸 수 있는 건 해안에 떠밀려온 파편들이나 통나무 조각들이었다.

"뭐라도 지을 궁리를 하기 전에, 우선은 자재가 필요해요." 리마스 아주머니가 말했다. "일단 흩어져서 닥치는 대로 주워요. 눈에 띄는 건 모조리, 다른 사람들이 차지하기 전에 주워서 여기로 가져와요."

나는 커다란 돌들, 나뭇가지들, 벽돌 조각들을 주워왔다. 정말 이런 나뭇가지와 돌멩이로 집을 지을 수 있을까? 엄마와 리마스 아주머니는 해안에 떠밀려온 통나무들을 찾아냈다. 두 사람은 끙끙대며 우리가 있는 곳까지 통나무들을 끌어다놓고 더 가지러 다시 갔다. 나는 한 여자가 손으로 이끼를 파내어 그것들을 모르타르 삼아 바위 틈새를 메우는 걸 보았다. 야니나와 나는 이 끼 조각들을 뜯어 우리가 구한 재료들 옆에 쌓았다. 배가 고파서 속이 뒤집혔다. 요나스가 물고기를 잡아올 때까지 기다리기 어려울 것 같았다.

요나스가 흠뻑 젖은 채 와들와들 떨면서 돌아왔다. 빈손이었다.

"물고기는 어딨어?" 내가 물었다. 이가 절로 딱딱 부딪쳤다.

"경비대원들이 우리는 물고기를 먹으면 안 된대. 우리가 잡은 물고기는 모두 NKVD들이 먹으려고 저장했어."

"그럼 우린 뭘 먹으라고?" 내가 물었다.

"배급 빵." 요나스가 대답했다.

우리가 유르타의 뼈대를 만들 만큼 통나무를 충분히 모으는 데는 일주일이 걸렸다. 남자들은 어떤 형태로 지을지 의논했다. 내가 스케치를 했다.

"이 나무들은 별로 튼튼해 보이지 않아요. 그냥 떠내려온 것들 이잖아요." 요나스가 말했다.

"우리가 가진 건 그게 전부야." 시계태엽 감는 아저씨가 말했다. "서둘러야 해요. 첫눈이 오기 전에 공사를 끝내야 합니다. 안 그러면 우리는 살아남지 못할 거예요."

"서둘러요, 서둘러." 말을 반복하는 남자가 말했다.

나는 납작한 돌로 딱딱한 흙바닥을 깊이 파서 표시를 했다. 땅

은 얼어 있었다. 깊이 팔수록 얼음을 깨부수어야 했다. 엄마와
나, 리마스 아주머니는 표시된 자리에 통나무를 똑바로 세우고
주변을 흙으로 메웠다.

"열다섯 명이 지내기에는 좁을 것 같아요." 나는 나무 뼈대를
바라보며 말했다. 세찬 바람에 얼굴이 얼얼했다.

"서로 가까이 붙어 지내면 더 따뜻할 거야." 엄마가 말했다.

이바노프가 크레츠스키와 함께 다가왔다. 나는 그들의 대화
대부분을 알아들었다.

"트로피모프스크에서 제일 느려터진 돼지들이군!" 이바노프
가 썩은 이 사이로 내뱉었다.

"지붕이 있어야 해." 크레츠스키가 담배를 쥔 손으로 몸짓을
해가며 말했다.

"네, 나도 알아요. 그런데 불은 어떡하죠?" 내가 말했다. 지붕
을 올릴 나무는 충분했지만, 불은 무엇으로 땐단 말인가?

"화덕을 만들어야겠어." 엄마가 러시아어로 말했다.

이바노프는 그 말이 유난히 우스운 모양이었다. "화덕이 있으
면 좋겠다고? 또다른 건? 뜨거운 물이 나오는 욕실? 코냑 한 잔?
닥치고 가서 일이나 해." 그러고선 가버렸다.

엄마는 크레츠스키를 보았다.

그도 눈을 내리깔더니 돌아서서 가버렸다.

"그것 봐요. 저 자식은 우릴 도와주지 않을 거예요." 내가 말했다.

우리는 다시 일주일 동안 이것저것 긁어모아 공사를 계속했다. 그것은 집이 아니었다. 진흙과 모래, 이끼가 덮인 통나무 더미, 한마디로 똥 무더기에 지나지 않았다. 어린아이가 흙으로 만든 것 같았다. 그리고 우리는 그 안에서 살아야 했다.

남자들은 NKVD들을 위한 막사와 제빵소 공사를 끝냈다. 번듯한 벽돌 건물이었고 방마다 화덕이나 벽난로가 있었다. 시계 태엽 감는 아저씨는 거기에는 시설이 잘 갖춰졌다고 말했다. 그러면서 우리더러는 진흙 오두막에서 북극의 겨울을 견디라고? 아니, 그들은 우리가 겨울을 견디기를 전혀 기대하지 않았다.

71

우리가 유르타를 완성한 다음날, 야니나가 내게 달려왔다. "리
나 언니, 배가 있어! 저기 배가 오고 있어!"

순식간에 NKVD들이 나타나서는 우리 얼굴에 소총을 겨누었
다. 모두 유르타에 들어가라는 명령이 떨어졌다. 그들은 미친 듯
이 소리지르며 날뛰었다.

"요나스는?" 엄마가 소리쳤다. "리나, 요나스 어디 있니?"

"고기 잡으러 불려갔는데요." 내가 말했다.

"다바이!" 이바노프가 나를 유르타 안으로 밀치며 윽박질렀다.

"요나스!" 엄마는 이바노프를 피하다 발을 헛디디며 소리쳤다.

"요나스는 오고 있어요, 엘레나." 루카스 아저씨가 우리에게
달려왔다. "내 뒤에 따라오는 걸 봤어요."

요나스가 숨을 헐떡이며 도착했다. "엄마, 저기 배가 와요. 미국 국기를 달고 있어요."

"미국인들이 도착했어요. 미국인들이 도착했어!" 말을 반복하는 남자가 말했다.

"미국인들이 NKVD와 싸우는 거예요?" 야니나가 물었다.

"멍청한 계집애야. 미국인들은 NKVD를 도우러 온 거야." 대머리 아저씨가 말했다.

"저들이 우리를 숨기는 거야." 엄마가 설명했다. "경비대원들은 우리가 미국인들 눈에 띄는 게 싫은 거야. 자기네가 우리한테 무슨 짓을 하고 있는지 들키고 싶지 않은 거지."

"이 진흙 오두막이 뭔지 미국인들이 궁금해하지 않을까요?" 내가 물었다.

"무슨 군사 시설이겠거니 할 거다." 시계태엽 감는 아저씨가 말했다.

"그럼 밖으로 뛰쳐나가야 하는 거 아니에요, 미국인들이 우리를 보게?" 내가 물었다.

"그랬다간 총에 맞아 죽을걸." 대머리 아저씨가 말했다.

"가만있어, 리나!" 엄마가 말했다. "내 말 알겠지?"

엄마 말이 맞았다. NKVD들은 미국인들 눈에 띄지 않게 우리를 숨겼다. 우리는 다섯 시간 넘게 유르타에서 꼼짝하지 못했다.

미국 배에서 짐을 내리는 데 그만큼의 시간이 걸렸던 것이다. 배가 떠나자마자 NKVD들은 일하라고 우리에게 소리를 질러댔다. 제빵소와 NKVD 막사로 옮겨야 할 보급품이 있었다. 나는 점점 멀어져가는 미국 배를 지켜보았다. 구조에 대한 희망도 멀어져갔다. 나는 해안으로 달려가 팔을 휘저으며 소리지르고 싶었다.

나무로 짠 커다란 화물 운반대 위에 보급품이 차곡차곡 쌓여 있었는데, 카우나스에 있는 집 네 채만큼이나 높고 컸다. 식량이다. 식량이 너무도 가까이 있었다. 요나스는 내게 그 화물 운반대에서 눈을 떼지 말라고, 그걸로 우리 유르타의 문을 만들자고 했다.

시계태엽 감는 아저씨는 영어를 할 줄 알았다. 아저씨는 컨테이너에 찍힌 글자들을 통역해주었다. 콩 통조림, 토마토, 버터, 연유, 분말계란, 설탕, 밀가루, 보드카, 위스키까지. 삼백 명이 넘는 리투아니아인들과 핀란드인들이 다시는 손도 대지 못할 산더미 같은 식량과 보급품을 날랐다. 배 한 척이 스무 명 남짓한 경비대원을 위해 이처럼 엄청난 보급품을 가져다줄 수 있다면 미국에는 식량이 얼마나 많을까? 이제 미국인들은 가버렸다. 그들은 소비에트의 소름 끼치는 비밀을 알고 있을까? 알면서도 눈감아주는 걸까?

식량을 나르고 나서는 보급품을 날랐다. 등유, 어망, 모피 안감을 댄 외투, 모자, 두꺼운 가죽 장갑 들이었다. NKVD는 안락하게 겨울을 날 것이다. 올이 다 해진 외투를 뚫고 바람이 들어왔다. 나는 안간힘을 쓰며 요나스와 함께 보급품 궤짝을 계속해서 날랐다.

"제발 그만하세요." 엄마가 루카스 아저씨에게 사정했다.

"미안합니다." 아저씨가 시계태엽을 감으며 말했다. "태엽을 감으면 마음이 놓이거든요."

"제 말은 그게 아니에요. 저 궤짝에 찍힌 글씨들을 그만 통역하라고요. 우리가 옮기고 있는 게 뭔지 아니까 괴로워서 못 견디겠어요." 엄마가 자리를 뜨면서 말했다.

"난 알고 싶구먼." 대머리 아저씨가 반대했다. "혹시라도 당신네 가운데 한 명에게 기회가 온다면 어떤 걸 얻게 될지 궁금하거든."

"아저씨가 뭐라고 하는 거야?" 요나스가 물었다.

"우리더러 자기 대신 물건을 훔치라는 뜻이겠지." 내가 말했다.

"또 저런다." 요나스가 말했다.

"응?" 내가 물었다.

요나스가 엄마를 가리켰다. 엄마는 크레츠스키와 이야기하고 있었다.

72

요나스는 랍테프 해에 떠다니던 빈 드럼통을 하나 발견했다. 요나스는 기다란 나무를 가지고 그 통을 해안으로 끌어냈다. 그러고는 통을 굴려 우리 유르타로 가져왔다. 사람들이 환호했다.

"화덕으로 쓰게요." 요나스가 싱긋 웃으며 말했다.

"잘했다, 우리 아들!" 엄마가 칭찬했다.

남자들은 통을 가지고 작업을 시작했고, NKVD가 버린 쓰레기에서 빈 깡통들을 가져와 연통을 만들었다.

이바노프가 주변에 있을 때는 배급 빵을 들고 다니거나 아껴두는 것은 위험했다. 그는 걸핏하면 배급 빵을 빼앗았다. 300그램. 그게 우리가 먹는 전부였다. 언젠가 나는 그가 제빵소 앞에 줄서 있던 한 할머니의 빵조각을 가로채는 걸 보았다. 그는 그 빵을 자기 입에 집어넣고는 우적우적 씹었다. 그 모습을 지켜보던 할머니는 그를 따라서 맨입을 오물거렸다. 그는 씹던 빵을 할머니 발치에 뱉었다. 할머니는 씹어서 뭉개진 빵을 남김없이 허겁지겁 주워 먹었다. 리마스 아주머니는 이바노프가 크라스노야르스크 교도소에서 재배치되어왔다는 소리를 들었다고 했다. 트로피모프스크로 재배치된다는 건 강등되었다는 뜻일 터였다. 그럼 크레츠스키도 강등당한 걸까? 나는 이바노프가 아빠랑 같은 감옥에 있었는지 궁금했다.

나는 뱃속이 타는 것 같았다. 열차에서 그들이 우리에게 주던 회색 죽이 간절히 그리웠다. 나는 음식들의 정밀화를 그렸다. 바삭바삭 윤기 나는 껍질에 김이 오르는 닭고기, 그릇 가득 담긴 자두, 껍질이 파삭파삭 부서지는 사과 케이크. 미국 배와 그 배가 두고 간 음식들에 대해 자세하게 글도 썼다.

NKVD는 우리에게 랍테프 해에서 통나무들을 굴려서 옮겨오게 시켰다. 그 통나무들을 패어 땔감용으로 말려야 한다는 것이다. 우리 몫으로는 어떤 목재도 허용되지 않았다. 우리는 유르타 안에서 빈 화덕을 마주하고 앉았다. 내 눈앞에는 우리 집 저녁식탁에서 음식 접시들이 치워지고 찌꺼기들이 쓰레기통으로 들어가는 장면이 보였다. 음식을 마저 먹으라고 했을 때 하지만 엄마, 배 안 고파요, 하는 요나스의 목소리도 들렸다. 배 안 고파요. 배가 안 고프던 때가 언제였더라?

"추워요." 야니나가 말했다.

"그럼 가서 화덕에 땔 나무라도 구해오든가!" 대머리 아저씨
가 말했다.

"어디 가서 나무를 구해요?" 야니나가 물었다.

"훔쳐오면 되잖아. NKVD 건물 근처에서." 대머리 아저씨가
말했다. "다른 사람들도 거기서 나무를 가져가고 있어."

"야니나한테 도둑질 시키지 마요. 제가 가서 뭐든 구해올게
요." 내가 말했다.

"나도 같이 가." 요나스가 말했다.

"엄마?" 나는 엄마가 말려주기를 기대했다.

"응?" 엄마가 되물었다.

"요나스와 내가 나무를 구하러 다녀올게요."

"그래, 알았다." 엄마가 낮은 소리로 말했다.

"엄마 괜찮은 거야?" 나는 우리 진흙 오두막을 나서며 요나스
에게 물었다.

"몸이 쇠약해져서 정신까지 혼란스러운 것 같아." 요나스가
대답했다.

나는 우뚝 걸음을 멈추었다. "요나스, 너 엄마가 먹는 거 본 적
있어?"

"그런 거 같은데."

"잘 생각해봐. 엄마가 빵을 조금씩 먹긴 했지만, 항상 우리한테 줬어. 바로 어제도 우리한테 빵을 줬잖아. 통나무들을 끌어와서 배급량을 더 받았다면서."

"엄마 몫의 빵을 우리한테 주는 거란 말이야?"

"그래, 아니면 적어도 일부라도." 그랬다. 엄마는 굶주리면서도 우리를 먹이고 있었던 것이다.

NKVD 건물 쪽으로 걸어가는 동안 바람이 윙윙 휘몰아쳤다. 숨을 쉴 때마다 목구멍이 타는 것 같았다. 해는 떠오르지 않았다. 북극의 밤極夜이 시작된 것이다. 달빛은 황량한 풍경을 파란색과 회색으로 칠해놓고 있었다. 말을 반복하는 남자는 우리가 첫번째 겨울을 무사히 넘겨야 한다고 계속 말했다. 엄마도 같은 생각이었다. 첫번째 겨울만 무사히 넘기면 우리는 살 수 있을 것이었다. 북극의 밤을 견디고 다시 해를 보아야 했다.

"추워?" 요나스가 물었다.

"얼어 죽을 것 같아." 바람이 옷 사이를 뚫고 들어와 살갗을 찔렀다.

"외투 벗어줄까?" 요나스가 물었다. "이거 누나한테 맞을 거야."

나는 동생을 보았다. 엄마가 맞교환한 외투는 요나스에게 너무 컸다. 더 자라야 옷이 맞을 것이다.

"아니, 그럼 네가 춥잖아. 고맙지만 됐어."

"빌카스!" 크레츠스키였다. 그는 기다란 모직 외투를 입고 캔버스 자루를 들고 있었다.

"너희 뭐하는 거야?" 그가 물었다.

"떠내려온 나무가 있는지 찾고 있어요, 땔감으로 쓰게. 혹시 그런 나무 못 봤어요?" 요나스가 물었다.

크레츠스키가 머뭇거렸다. 그는 자루에 손을 넣더니 장작 하나를 우리 정강이에 내던지고는 우리가 뭐라고 말하기도 전에 가버렸다.

그날 밤, 9월 26일에 첫번째 눈보라가 몰아쳤다.

눈보라는 이틀 동안 계속되었다. 바람과 눈이 아우성치면서 유르타의 빈 틈새를 비집고 불어닥쳤다. 모든 것이 얼어붙는 찬 공기가 내 무릎과 엉덩이를 슬금슬금 파고들었다. 몸이 쑤시고 욱신거려서 움직이기도 힘들었다. 우리는 온기를 잃지 않으려고 옹송그린 채 서로 꼭 붙어 있었다. 말을 반복하는 남자가 가까이 밀고 들어왔다. 그의 입김에서 비릿한 냄새가 났다.

"생선 드셨소?" 대머리 아저씨가 물었다.

"생선요? 네, 생선 조금." 그 남자가 대답했다.

"우리 것도 좀 챙겨오지 그랬소?" 대머리 아저씨가 나무랐다. 다른 사람들도 말을 반복하는 남자더러 이기적이라고 소리를 지르고 비난했다.

"훔쳤어요. 아주 조금밖에 없었어요. 아주 조금밖에."

"리알레는 생선 안 좋아해." 야니나가 소곤거렸다. 나는 야니나를 보았다. 야니나는 머리를 긁적거렸다.

"머리 가렵니?" 내가 물었다.

야니나가 고개를 끄덕였다. 머릿니였다. 우리 진흙 오두막 전체에 이가 우글거리는 건 이제 시간문제였다.

우리는 돌아가면서 문 앞의 눈을 치워 제빵소까지 배급 타러 가는 길을 냈다. 나는 녹여서 마실 물을 얻기 위해 눈을 한 덩어리 떠냈다. 요나스는 엄마가 자기 몫의 빵 전부를 먹고 물을 마시게 했다. 지금까지 우리는 바깥에 나가 용변을 해결했지만, 눈보라가 사나운 기세로 몰아치자 유르타 안에서 양동이에 앉아 볼일을 보는 수밖에 없었다. 예의를 지키느라 다른 사람들에게 등을 돌렸지만, 오히려 뒷모습이 더 꼴사납다고 주장하는 이들도 있었다.

73

눈보라가 그치자 NKVD는 우리더러 다시 일하러 나가라고 소리쳤다. 우리는 진흙 오두막에서 나왔다. 비록 날은 어두웠지만 하얀 눈이 암회색 풍경을 밝히고 있었다. 하지만 우리가 볼 수 있는 건 그게 전부였다. 어디를 봐도 회색이었다. NKVD는 땔감으로 쓸 통나무를 굴려와서 패라고 명령했다. 요나스와 나는 완전히 눈에 파묻힌 유르타를 지나갔다.

"안 돼." 한 여자가 유르타 바깥에서 울부짖고 있었다. 여자의 손가락 끝에는 피가 맺혀 있고 손톱이 찢어져 너덜거렸다.

"멍청이들. 문을 밖으로 열게 집을 짓다니. 눈이 쌓이니까 꼼짝없이 안에 갇혀버린 거야. 저 약골들은 문을 당기지도 못하고 손톱으로 문을 허물지도 못한 거야!" 이바노프가 넓적다리를 때리면서 웃어댔다. "저 안에서 네 명이 죽었어! 멍청한 돼지들."
그가 다른 경비대원에게 말했다.

요나스의 입이 딱 벌어졌다. "뭘 구경하고 있어?" 이바노프가
소리쳤다. "어서 가서 일이나 해."

나는 요나스를 끌고 울부짖는 여인과 눈 덮인 언덕을 떠났다.

"웃고 있었어. 사람들이 죽었는데 이바노프는 웃고 있었어."
내가 치를 떨었다.

"첫번째 눈보라에서 네 명이나 죽다니." 요나스가 자기 발을
보면서 중얼거렸다. "어쩌면 더 많이 죽었을지도 몰라. 땔감이
많이 필요하겠어. 어떻게든 겨울을 나야 해."

그들은 우리를 몇 개 조로 나누었다. 나는 NKVD를 위한 땔감
을 찾아서 수목한계선까지 3킬로미터를 걸어야 했다. 대머리 아
저씨는 우리 조였다. 우리는 터벅터벅 눈 속을 걸었다. 발밑에서
뽀드득뽀드득 소리가 났다.

"성치도 않은 다리로 어떻게 이런 눈 속을 걸으란 말이야?" 대
머리 아저씨가 투덜거렸다.

나는 앞서 가려고 했다. 아저씨 옆에 있고 싶지 않았다. 아저
씨 때문에 내 걸음도 늦어질 것 같았다.

"나를 두고 가지 마라!" 아저씨가 말했다. "네 벙어리장갑 이
리 다오."

"네?"

"네 장갑 달라고. 난 장갑이 없어."

"싫어요. 손이 얼 거예요." 나는 거절했다. 추위가 벌써 얼굴을 할퀴고 있었다.

"내 손은 벌써 얼었다! 장갑 좀 다오. 몇 분만 빌리자꾸나. 넌 주머니에 손을 넣으면 되잖니."

나는 내게 외투를 벗어주려던 동생을 떠올렸고, 내가 대머리 아저씨와 장갑을 나누어 껴야 하는지 고민했다.

"나한테 장갑을 주면 나도 뭔가 얘기해주마." 아저씨가 말했다.

"무슨 말을 하려고요?" 내가 미심쩍은 듯이 물었다.

"네가 알고 싶어하는 거."

"제가 아저씨한테서 알고 싶은 게 뭐 있겠어요?"

"어서, 장갑 좀 달라니까." 아저씨의 이가 딱딱 부딪쳤다.

나는 말없이 계속 걸었다.

"그 장갑만 건네주면 너희가 왜 추방당했는지 알려주마!"

나는 우뚝 서서 아저씨를 빤히 쳐다보았다.

아저씨는 얼른 내 손에서 장갑을 채어갔다. "아, 거기 가만히 서 있으면 안 된다. 계속 걸어. 안 그러면 얼어 죽을 거야. 주머니에 손을 넣어라."

우리는 걸었다.

"그래서요?"

"페트라스 빌카스 알지?" 그가 물었다.

페트라스 빌카스. 아빠의 동생. 요아나의 아빠였다. "네. 우리 삼촌이에요. 요아나는 나랑 제일 친한 친구고요."

"요아나가 누구냐, 그 사람 딸이냐?"

나는 고개를 끄덕였다.

"그렇군, 너희가 추방된 건 바로 그 때문이다." 아저씨가 장갑 낀 손을 비비며 말했다. "네 엄마도 안다. 다만 너희한테 얘기를 안 했을 뿐이지. 그래서 너희가 이렇게 된 거다."

"무슨 말이에요, 우리가 추방된 게 그 때문이라니? 아저씨는 어떻게 아는데요?"

"내가 어떻게 알았는지가 뭐 중요하냐? 네 삼촌은 너희가 추방되기 전에 리투아니아를 탈출했어."

"거짓말 마세요."

"거짓말이라고? 네 숙모의 처녀 시절 이름이 독일식이다. 그래서 네 삼촌네 식구가 탈출한 거야. 아마 독일을 통해 송환되었겠지. 네 아빠는 삼촌네 가족이 탈출하게 도왔다. 그 계획에 가담했어. 그렇게 해서 네 식구들이 추방자 명단에 오르게 되었지. 그렇게 네 아빠는 감옥에 간 거고, 너희는 여기 이 망할 북극에서 죽게 되겠지. 네 가장 친한 친구는 지금쯤 미국에서 신나게 살고 있을 테고."

이게 다 무슨 말일까? 요아나가 탈출해서 미국으로 갔다고? 어떻게 그런 일이 있을 수 있지?

"송환되는 거야, 무사히 빠져나갈 수만 있다면." 아빠가 문간에 나타난 나를 보더니 갑자기 말을 멈추었다.

리나에게,

크리스마스 연휴가 끝나고 나니 주변 분위기가 더 심각해진 것 같아. 아빠는 책들이 공간을 너무 많이 차지한다며 대부분 상자에 넣어버렸어.

작년 생일을 떠올려보았다. 아빠는 레스토랑에 늦게 도착했다.

나는 요아나에게서 아무것도 못 받았다고 아빠에게 말했다. 내 사촌 얘기가 나온 순간 아빠 표정이 굳어지는 것 같았다. "요아나가 바쁜 모양이구나." 아빠는 그렇게 말했다.

"스웨덴이 더 나아요." 엄마가 말했다.

"그건 불가능해. 독일이 유일한 선택이야." 아빠가 반박했다.

"누가 독일에 가요?" 내가 식당에서 소리쳐 물었다.

침묵.

"숙모님네 가족은 전부 독일에 계신 줄 알았는데." 내가 말했다.
"미국에도 친척 한 분이 계신가봐. 엄마 삼촌한테서 편지가 와.
펜실베이니아에 계시대."

있을 수도 있는 일이었다.
요아나가 누리는 자유는 내 자유를 희생한 대가였다.
"담배 한 대만 피울 수 있다면 뭐라도 내주고 싶은 심정이군."
대머리 아저씨가 말했다.

74

"왜 말 안 했어요?"

"우린 네 삼촌을 보호하려고 애쓰고 있었어. 삼촌 식구들은 우리를 도울 예정이었고." 엄마가 말했다.

"우리를 돕다니, 뭘요?" 요나스가 물었다.

"탈출." 엄마가 소곤거렸다.

우리는 목소리를 낮출 필요가 전혀 없었다. 저마다 손톱이나 옷가지에 열중하는 척했지만, 우리의 대화 하나하나를 다 들을 수 있었다. 야니나만 빤히 우리를 바라보고 있었다. 요나스 옆에 무릎을 꿇고 앉은 야니나는 머릿니가 있는지 눈썹 부분을 찰싹 찰싹 때렸다.

"삼촌네 식구들이 독일에 가면, 우리도 송환시키려고 서류 작업을 하기로 되어 있었어."

"송환이 뭐예요?" 야니나가 물었다.

"집안 식구들의 원래 고향으로 돌아가는 거." 내가 대답했다.

"아줌마 독일 사람이에요?" 아니나가 엄마에게 물었다.

"아니. 하지만 아줌마의 동서네 가족이 독일에서 태어났지."
엄마가 대답했다. "우린 삼촌네 식구들을 통해 서류를 받을 수
있다고 생각했어."

"그래서 아빠가 삼촌네를 도운 거예요? 아빠는 종범이었어
요?" 내가 물었다.

"종범이라니? 아빠는 범죄를 저지른 게 아니야, 리나. 삼촌네
를 도운 거야. 같은 가족이잖아."

"그럼 요아나는 독일에 있어요?" 내가 물었다.

"아마 그럴 거야." 엄마가 대답했다. "모든 게 끔찍이도 잘못
되어버렸어. 삼촌네가 떠나고 4월에 네 아빠는 NKVD가 삼촌네
집을 수색했다는 걸 알게 됐어. 누군가 소비에트에 밀고한 것
같아."

"누가 그런 짓을 했을까요?" 요나스가 물었다.

"소비에트에 협력하는 리투아니아 사람들이지. 그런 사람들은
제 한 몸 보호하려고 다른 사람들 정보를 넘긴단다."

오두막 안에서 누가 쿨럭쿨럭 기침을 해댔다.

"요아나가 나한테 얘기를 안 했다니, 믿을 수가 없어요." 내가
말했다.

"요아나는 몰랐어! 틀림없이 삼촌이 말하지 않았을 거다. 요
아나가 다른 사람한테 이야기할까봐 걱정했겠지. 요아나는 부모
님의 친구를 만나러 가는 줄 알았어." 엄마가 말했다.

"안드리우스 형 말이 소비에트는 자기 아빠가 외국과 연락했
을 거로 믿었다던데요. 그럼 소비에트가 우리 아빠도 리투아니
아 바깥의 누군가와 연락했다고 생각하는 거네요." 요나스가 조
용히 말했다. "그건 아빠가 위험하다는 얘기잖아요."

엄마는 고개를 끄덕였다. 야니나가 일어나서 자기 엄마 옆에
가서 누웠다.

머릿속에 온갖 생각이 밀려왔다. 한 가지를 생각하려고 하
면 다른 생각이 끼어들었다. 요아나의 가족이 독일에서 편안하
게 사는 동안 우리 가족은 벌을 받고 있었다. 우리는 그들을 위
해 우리 삶을 포기한 것이다. 대머리 아저씨가 그 얘기를 나한
테 해서 엄마는 화가 났다. 아저씨가 비밀을 지킬 거라고 믿었는
데, 아저씨는 오 분 동안 벙어리장갑을 끼는 대가로 비밀을 포기
했다. 엄마 아빠는 우리를 믿을 생각은 하지 않았던 걸까? 엄마
아빠는 삼촌 가족의 탈출을 돕기 전에 그 일로 나중에 무슨 일이
생길지 생각은 했을까? 나는 뒤통수를 긁었다. 머릿니가 뒷목까

지 물어뜯고 있었다.

"정말 이기적이야! 어떻게 삼촌네가 우리한테 그럴 수 있어?"
내가 불쑥 내뱉었다.

"삼촌네도 많은 걸 포기해야 했잖아." 요나스가 말했다.

나는 입을 다물지 못했다. "그게 무슨 소리야?" 내가 따졌다.
"삼촌네는 아무것도 포기하지 않았어! 우리는 삼촌네를 위해 다
포기했는데."

"삼촌네는 살던 집을 포기했어, 삼촌은 가게를 포기했고, 요아
나 누나는 공부를 포기했어."

공부. 내가 화가가 되고 싶어했던 것만큼 요아나는 의사가 되
고 싶어했다. 비록 나는 지금도 그림을 그릴 수 있지만, 전쟁에 휩
싸인 독일에서 요아나가 의학 공부를 할 수는 없을 것이다. 요아
나는 어디 있을까? 우리한테 무슨 일이 생겼는지 알고 있을까?
소비에트는 사람들을 추방한 사실이 바깥세상에 새어나가지 않
도록 하는 데 성공했을까? 만약 그렇다면 그 비밀은 얼마나 오래
갈까? 나는 멀어져간 미국 보급선을 떠올렸다. 이런 시베리아 북
극에서 우리를 찾아볼 생각을 할 사람이나 있을까? 만약 스탈린
이 자기 뜻대로 한다면, 눈과 얼음 속이 우리 무덤이 될 것이다.

나는 종이를 꺼냈다. 화덕의 불빛 근처에 앉았다. 속에서 화가
부글부글 끓어올랐다. 너무 불공평했다. 하지만 나는 요아나를

미워할 수 없었다. 그건 요아나 잘못이 아니었다. 그럼 누구의 잘못이란 말인가? 나는 서로 꼭 붙잡고 있지만 점점 멀어지는 두 손을 그렸다. 요아나의 손바닥에는 나치의 상징인 십자장을, 내 손등에는 망치와 낫을, 그리고 그 가운데에 찢어져 떨어진 리투아니아 국기를 그렸다.

뭔가 긁는 소리가 들렸다. 시계태엽 감는 아저씨가 칼로 작은 나뭇조각을 파고 있었다. 통나무들이 딱딱 소리를 내며 통 밖으로 재를 뱉고 있었다.

"마치 긁힌 것 같아." 요나스가 말했다. 요나스는 내 침대 위에 책상다리를 하고 앉아 오슬로에서 날아온 뭉크의 그림들 가운데 하나를 보고 있었다.

"맞아. 뭉크는 팔레트 나이프를 사용해 캔버스를 긁어서 질감을 냈어." 내가 말했다.

"그래서인지 이 여자 표정이…… 혼란스러워 보여. 이렇게 긁지 않았다면 그냥 슬퍼 보였을 거야. 그런데 이렇게 긁어버려서 혼란스러워하는 표정이 됐어."

"정확히 봤어." 나는 따뜻하고 깨끗한 머리카락을 길게 쓰다듬어 빗질하며 대답했다. "하지만 뭉크는 그렇게 하면 그림이 살아 있는 것처럼 느껴질 거라고 생각했어. 그는 정서가 불안정한 사람이었어.

비례를 신경쓰기보다는 그림이 사실적으로 느껴지기를 원했어."

요나스는 다음 장으로 넘겼다. "누나는 이게 사실적으로 느껴져?"
요나스는 눈이 동그래져서 물었다.

"두말하면 잔소리지. 그건 〈재〉라는 판화야."

"뭐가 사실적인지 모르겠어. 진짜처럼 무섭기는 하다." 요나스가
방을 나가려 하면서 말했다. "하지만 누나. 난 이것들보다 누나 그림
이 훨씬 좋아. 이 그림들은 너무 괴상해. 잘 자."

"잘 자." 나는 그림이 인쇄된 종이들을 들고 침대에 털썩 드러누
워 푹신한 거위털 이불에 파묻혔다. 종이 아래쪽에는 어느 미술비평
가의 글이 쓰여 있었다. "뭉크는 무엇보다 색채의 서정시인이다. 그
는 색을 느끼지만, 색을 보지는 않는다. 대신에 그는 슬픔, 절규, 시
듦을 본다."

슬픔, 절규, 시듦. 나 또한 〈재〉에서 그것을 보았다. 그건 정말 탁
월했다.

재. 좋은 생각이 떠올랐다. 나는 화덕 옆에 있던 나뭇가지를
집어들었다. 나무껍질을 벗기자 하얀 속이 드러났다. 나는 그 속
을 가닥가닥 찢어 붓처럼 만들었다. 그리고 문밖에서 눈을 한 줌
그러담아와 통에서 꺼낸 재와 조심스레 섞었다. 색이 고르지는
않았지만, 그럴싸한 회색 물감이 되었다.

75

11월이 되었다. 엄마의 눈에서 깜박임과 반짝임이 사라졌다. 엄마의 미소를 보려면 우리가 더 많이 애써야 했다. 엄마는 손에 턱을 고이고 있을 때나 요나스가 저녁 기도 시간에 아빠 얘기를 할 때 겨우 미소를 보일 뿐이었다. 그럴 때면 엄마는 고개를 들고 입가에 희망의 미소를 지어 보였다. 나는 엄마가 걱정되었다.

밤이면 눈을 감고 안드리우스를 생각했다. 안드리우스가 헝클어진 갈색 머리를 손가락으로 쓸어올리는 모습과, 떠나오기 전날 밤 내 뺨을 스쳐내려가던 그의 코의 느낌을. 배급 줄에 서 있는 나를 놀리던 그의 환한 웃음을 떠올렸다. 『돔비와 아들』을 건넬 때 머뭇거리던 눈빛, 그리고 트럭이 멀어져갈 때 그가 했던 다짐을 떠올렸다. 그는 나를 찾아내겠다고 했다. 우리가 어디로 끌려왔는지 그는 알고 있을까? 저들이 우리 죽음을 비웃고 우리 죽음을 놓고 내기를 건다는 사실을 알고 있을까? 어서 나를 찾아, 나는 속삭였다.

시계태엽 감는 아저씨가 하늘을 올려다보았다. 아저씨는 폭풍이 다가오고 있다고 했다. 나는 아저씨 말을 믿었다. 옅은 회색 하늘 때문이 아니라 부산을 떠는 NKVD들 때문이었다. 그들은 우리에게 고함을 질러댔다. 다급하게 "다바이"를 연발했다. 심지어 이바노프도 우리에게 다가왔다. 평소에는 멀리서 명령을 내리던 그가 오늘은 이 막사 저 막사를 급히 들락거리며 모두를 지휘했다.

리마스 아주머니는 폭풍에 대비해 배급을 당겨 받으려고 협상을 시도했다.

이바노프가 웃었다. "폭풍이 오면 너희는 일 안 할 거잖아. 그런데 왜 배급을 줘야 하지?"

"하지만 빵도 없이 어떻게 살아요?" 리마스 아주머니가 따졌다.

"내가 알 게 뭐야. 어떻게 살 건데?" 이바노프가 물었다.

나는 NKVD 막사에서 나무를 훔쳤다. 다른 방법이 없었다. 폭풍에 대비하려면 땔감이 많이 필요했다. 더 훔치기 위해 막사로 돌아갔다. 눈이 내리기 시작했다.

그 장면을 본 건 그때였다.

엄마가 NKVD 막사 뒤에서 이바노프와 크레츠스키와 얘기하고 있었다. 엄마가 뭐하는 거지? 나는 눈에 띄지 않게 숨어서 실눈을 뜨고 지켜보았다. 이바노프가 땅바닥에 침을 뱉었다. 그러더니 엄마의 얼굴 앞으로 몸을 기울였다. 내 심장이 쿵쾅거리기 시작했다. 갑자기 이바노프가 장갑 낀 손을 자기 관자놀이에 갖다대더니 총 쏘는 시늉을 해 보였다. 엄마는 움찔했다. 이바노프가 고개를 젖히고 웃어댔다. 그러고는 NKVD 막사로 들어갔다.

엄마와 크레츠스키는 펑펑 내리는 눈 속에 꼼짝 않고 서 있었다. 크레츠스키가 엄마의 어깨에 손을 얹었다. 그의 입술이 달싹이는 것이 보였다. 엄마의 무릎이 꺾였다. 크레츠스키가 엄마의 허리를 잡았다. 엄마는 일그러진 얼굴을 그의 가슴에 묻었다. 엄마가 주먹으로 크레츠스키의 어깨를 때렸다.

"엄마!" 나는 엄마에게 달려가며 소리쳤다. 외투 아래로 떨어진 땔감에 발이 걸려 비틀거렸다.

나는 엄마를 붙잡아 크레츠스키에게서 떼어냈다. "엄마." 우리는 풀썩 무릎을 꿇고 앉았다.

"여보." 엄마가 흐느꼈다.

나는 엄마를 안고 머리를 쓰다듬었다. 크레츠스키의 군홧발이 움직였다. 나는 그를 올려다보았다.

"총살당했어. 크라스노야르스크 교도소에서." 그가 말했다.

주위의 공기가 나를 한껏 짓누르며 눈 속 깊이 밀어넣는 것 같았다. "아냐, 그럴 리 없어." 나는 시선을 피하는 크레츠스키를 마주보려 하며 말했다. "아빠는 우리한테 오고 있어. 벌써 오고 있다고. 엄마, 크레츠스키가 잘못 안 거예요! 아빠가 떠났으니까 저들이 아빠가 죽었다고 생각한 거예요. 아빠는 내 그림을 받았어요. 지금 오고 있다고요!"

"아냐." 크레츠스키가 고개를 저었다.

나는 그를 노려보았다. 아니라고?

엄마는 흐느꼈다. 들썩거리는 엄마의 움직임이 나한테도 전해졌다.

"아빠가?" 입에서는 겨우 그 말밖에 나오지 않았다.

크레츠스키가 엄마를 부축하려고 한 발짝 다가왔다. 혐오감이 목구멍으로 치밀어올랐다. "엄마 몸에서 손 떼! 건드리지 마. 네가 정말 싫어. 내 말 알아들었어? 네가 미워 죽겠다고!"

크레츠스키는 엄마를 바라보았다. "나도 그래." 그가 말했다. 그는 주저앉은 엄마와 나를 내버려두고 멀어져갔다.

눈이 담요처럼 두텁게 내려앉으면서 우리는 더 깊숙이 가라앉았다. 뺨에 와 닿는 바람이 바늘처럼 매서웠다. "가요, 엄마. 폭풍이 오고 있어요." 엄마는 다리를 제대로 움직이지 못했다. 한 걸음 옮길 때마다 엄마의 가슴이 들썩이는 바람에 우리는 균형을 잃고 비틀거렸다. 휘몰아치며 날리는 눈 때문에 앞이 제대로 보이지 않았다.

"도와주세요!" 나는 소리를 질렀다. "누가 좀 도와주세요!" 하지만 울부짖는 바람 소리밖에 들리지 않았다. "엄마, 내 걸음에 맞춰봐요. 나랑 같이 걸어요. 어서 돌아가야 해요. 폭풍이 와요."

엄마는 걷지 않았다. 내리는 눈을 향해 그저 아빠 이름을 계속 부를 뿐이었다.

"도와주세요!"

"엘레나?"

리마스 아주머니였다.

"네! 우리 여기 있어요. 도와주세요!" 내가 외쳤다.

바람과 눈의 장막을 뚫고 두 사람의 형체가 나타났다.

"누나?"

"요나스! 어서!"

동생과 리마스 아주머니가 눈을 뚫고 다가와 팔을 뻗었다.

"어머나, 세상에, 엘레나!" 리마스 아주머니가 소리쳤다.

우리는 끙끙거리며 엄마를 유르타로 데려왔다. 엄마는 널빤지에 엎드려 누웠다. 리마스 아주머니가 엄마 옆에 앉았고, 야니나는 목을 빼고 엄마를 살폈다.

"누나, 무슨 일이야?" 요나스가 겁에 질려 물었다.

나는 멍하니 엄마를 바라보았다.

"누나?"

나는 동생을 돌아보았다. "아빠."

"아빠가?" 동생이 절망한 표정을 지었다.

나는 천천히 고개를 끄덕였다. 말을 할 수가 없었다. 입에서는 한심하게도 뒤틀린 신음소리만 나올 뿐이었다. 이건 현실이 아니야. 그럴 리가 없어. 아빠는 아니야. 내가 그림을 보냈는데.

나는 요나스의 얼굴이 내 앞에서 되감기를 하듯 변하는 것을 보았다. 갑자기 동생이 제 또래의, 연약한 아이로 보였다. 가족을 위해 싸우고 책장을 찢어 담배를 피우는 다 큰 남자가 아니라 우리가 추방당하던 날 밤 내 방으로 달려오던 어린 초등학생 같았다. 동생이 나를 바라보더니 다시 엄마를 보았다. 엄마에게 다가간 동생은 나란히 누워 조심스레 엄마에게 팔을 둘렀다. 흙벽 틈새로 바람에 날려온 눈송이가 두 사람의 머리에 떨어졌다.

야니나가 두 팔로 내 다리를 꼭 안았다. 그리고 나지막이 노래를 흥얼거렸다.

"유감입니다. 정말 유감입니다." 말을 반복하는 남자가 말했다.

76

잠이 오지 않았다. 말도 나오지 않았다. 눈을 감을 때마다 아빠의 얼굴이 떠올랐다. 맞아서 퉁퉁 부은 채 열차 화장실 구멍으로 내려다보던 얼굴. 힘을 내, 리나. 아빠는 그렇게 말했다. 피로감과 슬픔이 내 몸 속속들이 조금씩 무겁게 파고들었지만, 정신은 말똥말똥했다. 머릿속에서는 합선이라도 된 것처럼 고통과 불안, 슬픔의 이미지들이 끊임없이 톡톡 튀며 깜박거렸다.

크레츠스키는 그 사실을 어떻게 알았을까? 뭔가 착오가 있었어. 아빠가 아니라 다른 사람일 거야. 그럴 수도 있잖아? 문득 자기 아빠를 찾아 열차들을 헤매고 다니던 안드리우스가 떠올랐다. 안드리우스도 그건 착오일 거라고 생각했다. 그때 나는 안드리우스에게 사실을 말해주고 싶었다. 나는 주머니에 손을 넣어 돌멩이를 움켜쥐었다.

내 그림은 효과가 없었다. 나는 실패했다.

그림을 그리려고 해보았지만 마음대로 되지 않았다. 마침내 그림을 그리기 시작했을 때는 내 안에 사는 소름 끼치는 무언가에 떠밀린 듯 연필이 저절로 움직였다. 아빠의 얼굴이 일그러졌다. 고통으로 입이 벌어졌다. 눈에선 공포가 뿜어져나왔다. 나는 크레츠스키에게 소리를 지르는 내 모습도 그렸다. 입술이 일그러졌다. 날카로운 이빨을 가진 검은 뱀 세 마리가 벌어진 내 입에서 튀어나왔다. 나는 그림들을 『돔비와 아들』의 책갈피에 숨겼다.

아빠는 강인했다. 애국자였다. 아빠는 죽음에 맞서 싸웠을까? 아니면 느닷없이 죽임을 당했을까? 그들은 아빠도 오나처럼 흙속에 팽개쳐뒀을까? 나는 요나스도 같은 의문을 품고 있는지 궁금했다. 그러나 우리는 그런 얘기를 나누지 않았다. 나는 안드리우스에게 편지를 썼지만, 편지는 눈물로 얼룩져버렸다.

폭풍이 사납게 몰아쳤다. 바람과 차가운 눈은 귀가 먹먹해지는 백색 소음의 아우성을 만들어냈다. 우리는 배급 빵을 타기 위해 눈을 치워 문밖에 길을 냈다. 핀란드 사람 두 명이 눈보라 속에 길을 잃고 자기네 유르타를 찾아가지 못했다. 그들은 우리 유르타로 비집고 들어왔다. 한 사람은 이질을 앓고 있었다. 그 악취 때문에 나는 구역질이 났다. 내 머리엔 머릿니가 기어다녔다.

둘째 날, 엄마가 일어나서 삽으로 문을 파내야 한다고 고집했다. 얼굴이 핼쑥한 엄마는 정신이 반쯤 나간 사람처럼 보였다.

"엄마는 좀 쉬어야 해요." 요나스가 말했다. "눈은 제가 팔게요."

"여기 누워 있는 건 아무 도움이 안 돼. 해야 할 일이 있는데. 나도 내 몫을 해야지." 엄마는 고집을 부렸다.

폭풍이 몰아친 지 사흘째 되는 날, 시계태엽 감는 아저씨가 핀란드 사람들에게 그들의 유르타로 돌아가는 길을 알려줬다.

"양동이를 밖으로 가져나가. 눈으로 양동이를 씻어와." 대머리 아저씨가 내게 말했다.

"왜 하필 저예요?" 내가 물었다.

"순번제로 할 거야." 엄마가 말했다. "모두가 돌아가면서 그 일을 해야지."

나는 양동이를 들고 어둠 속으로 나갔다. 바람은 잠잠해졌다. 갑자기 숨을 쉴 수 없었다. 콧구멍 속의 습기가 얼어붙은 것이었다. 이제 겨우 11월이었다. 북극의 밤은 3월 초까지 이어지곤 한다는데. 날씨는 점점 악화될 것이다. 우리가 어떻게 견뎌낼 수 있을까? 우리는 첫번째 겨울을 무사히 나야 했다. 나는 서둘러 양동이를 비워 씻어서 유르타로 돌아왔다. 밤이면 아빠에게 속삭이고 있는 나 자신이 죽은 인형에게 속삭이는 야나나처럼 느꺼졌다.

11월 20일. 안드리우스의 생일이었다. 나는 주의깊게 날짜를 꼽고 있었다. 아침에 잠을 깼을 때는 그의 생일을 축하해주고 낮에 통나무를 끌고 오면서는 그를 생각했다. 밤에는 화덕 옆에 앉아 『돔비와 아들』을 읽었다. 크라시바야. 아직도 그 단어는 보이지 않았다. 어쩌면 뒤로 건너뛰면 찾게 될지도 몰랐다. 나는 책장을 휘리릭 넘겨보았다. 무슨 표시가 눈길을 사로잡았다. 뒤로 계속 넘겨보았다. 278쪽 여백에 연필로 쓰여 있었다.

안녕, 리나. 278쪽까지 왔구나. 정말 수고했어!

나는 숨이 턱 막혔지만, 곧 책에 푹 빠져 읽는 척했다. 안드리우스의 글씨를 살펴보았다. 내 이름을 길쭉하게 쓴 글씨를 손가락으로 어루만졌다. 혹시 더 있을까? 나는 책을 착실히 읽어가야 한다는 건 알고 있었다. 하지만 기다릴 수가 없었다. 여백을 살피면서 조심스레 책장을 넘겨나갔다.

300쪽.

정말 300쪽을 읽고 있는 거야, 아니면 여기까지 건너뛴 거야?

나는 웃음이 나오려는 걸 참았다.

322쪽.

『돔비와 아들』은 지루해. 너도 인정해.

364쪽.

난 네 생각을 하고 있어.

412쪽.

아마 너도 내 생각을 하고 있겠지?

나는 눈을 감았다.

그래, 네 생각 하고 있어. 생일 축하해, 안드리우스.

77

12월 중순이었다. 겨울은 아가리를 벌려 우리를 집어삼켰다. 말을 반복하는 남자는 동상에 걸렸다. 손가락 끝이 쪼글쪼글해져 새까맣게 변했다. 코끝에는 볼록한 회색 종기들이 돋아났다. 우리는 옷가지나 천 쪼가리들을 죄다 꺼내 몸에 두르고 바닷가에 떠내려온 낡은 그물로 발을 동여맸다. 유르타 안에서는 너나 할 것 없이 누구나 사소한 일로 다투면서 서로의 신경을 긁었다.

어린아이들이 죽기 시작했다. 엄마는 굶주리는 한 소년에게 엄마의 빵을 가져갔다. 소년은 한 조각 빵을 기다리듯 조그만 손을 뻗은 채 벌써 죽어 있었다. 수용소에는 의사나 간호사는 없고 에스토니아에서 온 수의사 한 명뿐이었다. 우리는 그 수의사에게 의지했다. 그는 최선을 다했지만, 환경이 비위생적이었다. 물론 약도 전혀 없었다.

이바노프와 NKVD들은 유르타 안에는 들어오려고 하지 않았다. 그들은 죽은 사람을 문밖으로 끌어내라고 소리쳤다. "이 더러운 돼지들아. 너희는 오물 속에 살고 있잖아. 그렇게 죽어나가는 것도 당연하지."

이질, 티푸스, 괴혈병이 수용소를 서서히 덮쳤다. 머릿니는 아물지 않는 상처들에서 배를 불렸다. 어느 날 오후, 핀란드 남자 하나가 소변을 보겠다고 장작을 패던 작업장을 빠져나갔다. 야니나가 나뭇가지에 매달려 흔들리는 남자를 발견했다. 그는 고기잡이 그물로 자기 목을 매단 것이었다.

땔감을 구하려면 점점 더 멀리 가야 했다. 우리는 수용소에서 거의 5킬로미터 떨어진 곳까지 갔다. 일과가 끝날 무렵 야니나가 내 옆에 와서 붙었다.

"리알레가 나한테 뭔가 보여줬어."

"뭘 보여줬는데?" 나는 화덕에 넣을 땔감과 붓으로 쓸 잔가지들을 주머니에 집어넣으면서 물었다.

야니나는 주변을 돌아보았다. "이쪽으로 와봐. 내가 보여줄게."

야니나는 내 손을 잡고 눈 속으로 데려갔다. 야니나가 벙어리 장갑을 낀 손으로 가리켰다.

"그게 뭐야?" 내가 물었다. 나는 눈 속을 살폈다.

"쉬⋯⋯" 야니나는 나를 가까이 끌어당기며 다시 가리켰다.

나는 보았다. 눈 속에 커다란 올빼미가 누워 있었다. 흰색 깃털이 눈밭과 분간이 가지 않아 처음에 못 알아본 것이었다. 몸길이가 거의 60센티미터는 되어 보였다. 그 커다란 맹금의 머리와 몸통에는 작은 갈색 반점들이 있었다.

"자는 거야?" 야니나가 물었다.

"죽은 것 같아." 내가 대답했다. 나는 주머니에서 나뭇가지 하나를 꺼내 날개를 찔러보았다. 올빼미는 움직이지 않았다. "응, 죽었어."

"이거 먹어야 하는 거 아닐까?" 야니나가 물었다.

처음에 나는 충격을 받았다. 그러나 다음 순간 화덕에 구워지는 닭처럼 토실토실한 몸통을 상상했다. 다시 한번 새를 찔러보았다. 이어서 죽은 올빼미의 날개를 붙잡고 끌어당겼다. 무거웠지만 눈밭에서 끌고 갈 만했다.

"아니야! 끌고 가면 안 돼! NKVD한테 들킬 거야. 그럼 뺏길 거라고." 야니나가 말했다. "언니 외투 안에 숨겨."

"야니나, 이 올빼미는 너무 커. 외투에 들어가지도 않아." 죽은 올빼미를 외투 안에 품을 생각을 하니 소름이 끼쳤다.

"하지만 난 배고프단 말이야." 야니나가 울상을 지었다. "제발. 내가 언니 앞에서 걸어갈게. 아무도 못 보게."

나 역시 배가 고팠다. 엄마도 배가 고팠다. 요나스도 마찬가지였다. 나는 올빼미 위로 허리를 굽혀 양날개를 잡고 오므려 배에 붙였다. 뻣뻣했다. 얼굴은 날카롭고 무시무시하게 생겼다. 죽은 새를 안고 갈 수 있을지 자신이 없었다. 나는 야니나를 보았다. 야니나가 눈을 동그랗게 뜨고 고개를 끄덕였다.

나는 주위를 둘러보았다. "내 외투 단추를 풀어." 야니나의 작은 손이 바삐 움직였다.

나는 죽은 올빼미를 들어올려 품에 안았다. 혐오스러워서 온몸에 소름이 돋았다. "어서, 단추를 채워."

야니나는 단추를 채우지 못했다. 올빼미가 너무 컸다. 내 외투는 죽은 새를 가까스로 덮을 정도밖에 안 되었다.

"새를 돌려봐, 그럼 새 얼굴이 비죽 안 튀어나오잖아." 야니나가 말했다. "눈이랑 비슷해서 잘 보이지 않을 거야. 빨리 가자."

빨리 가자고? 죽은 올빼미를 넣어 배가 불룩한 채로 NKVD에게 들키지 않고 어떻게 5킬로미터를 걸어간단 말인가? "야니나, 천천히 가. 난 빨리 못 걷겠어. 새가 너무 크잖아." 뾰족한 부리가 가슴을 찔렀다. 올빼미 시체는 오싹하기만 했다. 그러나 배가 너무도 고팠다.

다른 추방자들이 나를 바라보았다.

"우리 엄마들이 아파요. 먹을 걸 갖다드려야 해요. 좀 도와주세요." 야니나가 말했다.

모르는 사람들이 나를 둥글게 에워싸고 내가 보이지 않게 가려주었다. 그들은 우리 유르타까지 들키지 않고 안전하게 나를 데려다주었다. 그들은 아무것도 요구하지 않았다. 아무런 이득이 없을지라도 그저 누군가를 돕게 되어서, 뭔가를 해낼 수 있어서 기뻐했다. 우리는 바다 밑바닥에서 하늘에 손을 뻗으려 애쓰고 있었다. 나는 우리가 서로를 북돋아주기만 하면, 어쩌면 하늘에 좀더 가까워질 수 있다는 것을 깨달았다.

야니나의 엄마가 올빼미 깃털을 뽑았다. 올빼미가 익는 냄새에 모두 간이 화덕 주변에 몰려들어 끙끙거리며 음식 냄새를 맡았다.

"오리고기 냄새 같아, 안 그래?" 요나스가 말했다. "오리고기라고 생각하자."

따뜻한 고기의 맛은 이 세상의 것 같지 않았다. 약간 질긴 건 문제되지 않았다. 오히려 오래 씹어야 해서 먹는 느낌이 더 오래 지속되었다. 우리는 우리가 왕실 연회에 와 있다고 상상했다.

"구스베리에 재운 맛이 나지 않아요?" 리마스 아주머니가 한숨을 내쉬며 감탄했다.

"정말 근사하구나. 고맙다, 리나." 엄마가 칭찬했다.

"고마워, 야니나. 야니나가 올빼미를 발견했어요." 내가 말했다.

"리알레가 찾아췄어요." 야나나가 내 말을 정정했다.

"고마워, 야나나!" 요나스가 말했다.

야나나는 깃털을 한 움큼 쥐고 환하게 웃었다.

78

크리스마스가 되었다. 우리는 겨울의 절반을 지나왔다. 감사해야 할 일이었다.

혹독한 날씨가 계속되었다. 폭풍이 지나가면 뒤이어 또다른 폭풍이 닥쳤다. 우리는 층층이 덮인 눈과 얼음 밑에서 꽁꽁 언 채 펭귄처럼 생활하고 있었다. 리마스 아주머니는 제빵소 바깥에 서 있었다. 아주머니는 버터와 코코아 냄새를 맡고 울었다. NKVD들은 제빵소에서 케이크와 빵을 만들었다. 그들은 생선을 먹고 따뜻한 커피를 마시고, 미국에서 온 통조림 고기와 야채를 배불리 먹었다. 식사가 끝나면 그들은 카드놀이를 하고 담배, 혹은 시가를 피우고 독한 브랜디 한 잔을 마셨다. 그러고 나면 벽돌로 지은 막사에서 불을 피우고 모피 담요를 덮었다.

내 그림은 점점 작아졌다. 남은 종이가 별로 없었다. 엄마는 기력이 없었다. 쿠초스 크리스마스 행사 때는 제대로 앉아 있지도 못했다. 너무 오래 누워만 있었다. 엄마의 머리카락은 얼어서 판자에 달라붙어버렸다. 엄마는 선잠이 들다 말다 하다가 우리가 가까이 있는 걸 느끼면 깨서 손으로 키스를 보내주는 게 고작이었다.

머릿니 때문에 티푸스가 돌았다. 말을 반복하는 남자가 티푸스를 앓았다. 그는 우리 유르타를 나가겠다고 고집했다.

"여러분은 정말 좋은 분들이에요. 내가 있으면 여러분 모두 위험해져요. 위험해져요." 그가 말했다.

"그래요, 얼른 나가시오." 대머리 아저씨가 말했다.

말을 반복하는 남자는 비슷한 증세를 보이는 사람들이 있는 유르타로 옮겼다. 고열과 발진, 가끔 헛소리를 하는 사람들이었다. 리마스 아주머니와 나는 아저씨를 부축했다.

나흘 후, 나는 아저씨가 눈을 부릅뜬 채 알몸으로 시체 무더기 속에 있는 것을 보았다. 동상에 걸렸던 손은 떨어져나가고 없었다. 흰여우들이 아저씨의 배를 뜯어먹어 내장이 드러나 있었고, 흘러내린 피로 눈이 얼룩져 있었다.

나는 돌아서서 눈을 가렸다.

"리나, 식탁 위에 있는 책들 좀 치워주렴. 그 끔찍한 사진들을 볼수가 없구나, 아침식사 자리에선 보고 싶지 않아." 엄마가 말했다.

"하지만 바로 이게 에드바르 뭉크의 미술에 영감을 주었다고요. 뭉크는 이 이미지들을 죽음이 아닌 탄생으로 보았어요."

"치우라니까."

신문 뒤에서 아빠가 껄껄 웃었다.

"하지만 아빠, 뭉크가 뭐라고 말했는지 들어보세요."

아빠가 신문을 내렸다.

나는 책장을 들췄다. "뭉크는 이렇게 말했어요. '썩어가는 내 몸에서 꽃들이 피어날 것이며 그 꽃들 속에 내가 있을 것이다. 그것이 영원이다.' 멋있지 않아요?"

아빠가 나를 보고 미소 지었다. "그걸 멋있게 보는 네가 더 멋있구나."

"리나, 제발 그 책들 좀 치우라니까." 엄마가 다그쳤다. 아빠가 내게 눈을 찡긋해 보였다.

"무슨 수를 써야 해요!" 나는 요나스와 리마스 아주머니에게 외쳤다. "사람들이 이렇게 죽어가는 걸 보고만 있을 수는 없다고요."

"우린 최선을 다할 거야. 우리가 할 수 있는 건 그게 전부야." 리마스 아주머니가 말했다. "그리고 기적을 위해 기도해야지."

"아뇨! 그런 말씀 마세요. 우리는 살아남을 거예요." 내가 말했다. "맞지, 요나스?"

요나스가 고개를 끄덕였다.

"어디가 안 좋니?" 내가 물었다.

"괜찮아." 요나스가 대답했다.

그날 밤 나는 무릎에 엄마의 머리를 누이고 앉아 있었다. 엄마의 이마 위로 이들이 의기양양하게 행진해갔다. 나는 이들을 손끝으로 튕겨냈다.

"너 사과했니?" 엄마가 무거운 눈꺼풀을 들고 물끄러미 나를 보며 물었다.

"누구한테요?"

"니콜라이한테. 면전에 대고 그애가 싫다고 했잖아."

"진짜 싫은걸요. 그 자식은 우리를 도울 수도 있었어요. 근데도 돕지 않는 거라고요."

"우리를 도와주었어." 엄마가 나지막이 말했다.

나는 엄마를 내려다보았다.

"그날, 마을에 다녀오던 투덜이 여인을 엄마가 마중 나갔을 때였어. 날은 벌써 어두웠지. NKVD 몇 명이 차를 몰고 지나가더라. 그들이 나를 놀리기 시작했어. 엄마 치마를 들추더구나. 마침 니콜라이가 와서 다른 NKVD들을 쫓아주었어. 그러곤 엄마를 태워다주었어. 나는 니콜라이한테 네 아빠 소식을 알아봐달라고 사정했지. 우리는 어둠 속에서 길을 걷고 있는 투덜이 여인을 만났어. 니콜라이는 수용소 3킬로미터 앞까지 우리를 태워다주었지. 우리는 나머지 거리만 걸어오면 되었어." 엄마가 고개를 들어 내 얼굴을 보면서 말했다. "그렇게 우리를 도와준 거야. 그런데 아마 지휘관이 그 사실을 알게 되었던 것 같아. 그래서 니콜라이도 벌을 받고 여기까지 오게 됐을 거야."

"여기로 와도 싸요. 아마 그 자식이 병에 걸리면 다들 본체만체할걸요. 그러면 자기도 그게 어떤 느낌인지 알겠죠. 우리를 위해 의사를 찾아줄 수도 있었잖아요!"

"리나, 아빠라면 뭐라고 할지 생각해보렴. 부당한 일을 당했다고 옳은 사람들이 나쁜 짓을 하지는 않아. 너도 알잖니."

나는 아빠를 생각했다. 엄마 말이 옳았다. 아빠도 그 비슷한 말을 했을 것이다.

요나스가 유르타 안으로 들어왔다. "엄마는 어때?"

나는 엄마의 이마에 손을 얹었다. "아직도 열이 높아."

"우리 아들." 엄마가 요나스를 불렀다. "엄만 아주 춥구나. 너도 춥니?"

요나스는 외투를 벗어 나한테 건넸다. 그러고는 엄마 옆에 누워 엄마를 감싸안았다. "누나, 그 외투를 우리 위에 덮어줘. 그리고 울류시카가 준 작은 가죽 가져와." 요나스가 말했다.

"울류시카." 엄마가 다정하게 불렀다.

"내가 따뜻하게 해줄게요, 엄마." 요나스가 엄마 볼에 입을 맞추며 말했다.

"벌써 많이 나은 것 같구나." 엄마가 말했다.

79

나는 러시아어 단어들을 연습했다. 의사. 약. 엄마. 부탁합니다. 속이 울렁거렸다. 나는 돌멩이를 꼭 쥐었다. 안드리우스의 목소리가 들리는 것 같았다. 저들한테 어떤 것도 내주어선 안 돼, 리나. 두려움도 보이면 안 돼.

엄마만이 아니었다. 시계태엽 감는 아저씨도 아팠다. 야니나의 엄마도 아팠다. 약을 좀 구할 수만 있다면. 하지만 그들에게 무엇 하나라도 부탁한다는 건 생각만 해도 싫었다. NKVD들은 아빠를 죽였다. 그래서 그들이 미웠다. 그렇지만 그들이 엄마에게도 똑같은 짓을 하게 놔둘 수는 없었다.

NKVD 막사 근처에서 크레츠스키를 보았다. 그는 이바노프와 함께였다. 나는 기다렸다. 크레츠스키와 따로 이야기하고 싶었다. 시간이 지나갔다. 배급 빵을 얻으려면 일하러 가야 했다. 하는 수 없이 그들을 향해 눈 위를 터벅터벅 걸어갔다.

"저기 봐, 꼬마 돼지가 오는군." 이바노프가 말했다.

"우리 엄마가 아파요." 내가 말했다.

"정말?" 그는 걱정하는 척 호들갑을 떨었다. "도움이 될 만한 걸 내가 아는데."

나는 그를 빤히 보았다.

"충분한 햇볕을 쬐게 하고, 신선한 과일과 야채를 많이 먹여." 그는 자신의 역겨운 농담이 재밌는지 웃었다.

"의사가 필요해요. 약도요." 나는 부들부들 떨면서 말했다.

"또 뭐가 필요하지? 목욕탕? 학교? 그래, 건물을 짓는 게 낫겠군. 다바이!"

나는 크레츠스키를 바라보았다.

"제발, 도와줘요. 의사가 필요해요. 약이 필요해요. 엄마가 아파요."

"의사는 없어." 크레츠스키가 말했다.

"약, 약이 필요해요."

"이십 년 형을 더 살고 싶어?" 이바노프가 소리쳤다. "내가 그렇게 해줄 수도 있어. 오늘은 빵 없는 줄 알아, 배은망덕한 것 같으니. 가서 일이나 해! 다바이!"

의사를 불러오지 못했다. 약을 구하지도 못했다. 그 과정에서
나는 배급 빵을 잃었고 굴욕을 당했다. 나는 숲을 향해 걷기 시
작했다. 얼굴에 닿는 햇볕이 어떤 느낌인지 잊어버렸다. 눈을 감
으면 리투아니아의 햇빛이 보이고, 안드리우스의 머리카락에서
반짝거리는 햇빛이 보였다. 그러나 랍테프 해의 햇빛은 상상이
되지 않았다. 설령 우리가 이번 겨울을 이겨낸다 쳐도 뭔가를 지
을 만한 힘이 있을까? 우리가 정말 목욕탕과 학교를 지을 수 있
을까? 가르칠 사람이 누가 남아 있기는 할까?

엄마마저 잃을 수는 없었다. 싸울 것이다. 무슨 수를 써서든
싸울 것이다. 엄마는 와들와들 몸을 떨면서 잠이 들었다 깨었다
를 반복했다. 요나스와 나는 엄마가 따뜻하고 편안히 느끼도록
양쪽에서 껴안았다. 리마스 아주머니는 벽돌들을 달궈 엄마의
발을 따뜻하게 덥혀주었다. 야니나는 엄마 눈썹의 머릿니를 잡
아주었다.

대머리 아저씨가 엄마 위로 몸을 숙이더니 아저씨 몫의 빵을
손에 쥐여주었다. "정신 차려요, 아주머니. 댁은 이겨낼 수 있어
요. 돌봐야 할 아이들이 있잖아요, 부탁이오."

몇 시간이 지났다. 엄마는 이를 딱딱거리며 부딪쳤다. 입술이
파랗게 변했다.

"요, 요나스, 이거 잘 간직해." 엄마가 아빠의 결혼반지를 건

넸다. "사랑의 징표란다. 사랑보다 중요한 건 없어."

엄마는 점점 더 심하게 떨었다. 숨쉬는 중간중간 신음을 흘렸다. "제발." 엄마는 간절한 눈으로 우리를 보면서 애원했다. "여보."

우리는 야윈 엄마를 양쪽에서 꼭 껴안아주었다.

요나스의 숨소리가 빨라졌다. 요나스의 겁에 질린 눈이 내 눈과 마주쳤다. "안 돼." 요나스가 속삭였다. "제발."

80

1월 5일. 요나스는 외로운 오전 시간 내내 엄마를 안고 엄마가 우리에게 해주었던 것처럼 가만히 흔들었다. 리마스 아주머니는 엄마에게 음식을 먹이려 애쓰고 혈액순환이 되도록 팔다리를 주물러주었다. 엄마는 먹지도 말하지도 못했다. 나는 화덕에서 달군 벽돌들을 부지런히 날랐다. 엄마 옆에 앉아 손을 문질러주고, 집에서 지내던 이야기들을 들려주었다. 우리 집의 방 하나하나를, 심지어 부엌 서랍 속 숟가락에 새겨진 무늬들까지 자세하게 묘사했다. "오븐에선 케이크가 구워지고 있고 부엌은 더워요. 그래서 엄마가 싱크대 위 창문을 열어 따뜻한 산들바람이 들어와요. 바깥에서 아이들이 노는 소리가 들려요."

그날 오전 늦게 엄마의 숨소리는 더욱 힘겹게 이어졌다.

"벽돌을 더 많이 달궈, 누나." 동생이 말했다. "엄마 몸이 너무 차가워."

문득 엄마가 요나스를 보았다. 엄마의 입이 벌어졌다. 아무 소리도 나오지 않았다. 떨림이 멈추었다. 어깨가 축 처지면서 머리가 요나스 쪽으로 툭 떨어졌다. 눈은 초점 없이 빛을 잃었다.

"엄마?" 나는 엄마한테 다가서며 불렀다.

리마스 아주머니가 엄마의 목에 손을 대보았다.

요나스는 울기 시작했다. 열한 살짜리가 품속의 엄마를 흔들며. 작게 훌쩍거리던 동생은 곧 온몸을 들썩이며 낮고 고통스럽게 흐느꼈다.

나는 요나스 뒤에 누워 껴안았다.

리마스 아주머니가 우리 옆에 무릎을 꿇었다. "여호와는 나의 목자시니 내게 부족함이 없으리로다." 아주머니가 기도문을 읊기 시작했다.

"엄마." 요나스가 울부짖었다.

눈물이 내 뺨을 타고 흘러내렸다.

"아름다운 영혼을 가진 분이었습니다." 시계태엽 감는 아저씨가 말했다.

야니나가 내 머리를 쓰다듬었다.

"엄마, 사랑해요." 내가 속삭였다. "아빠, 사랑해요."

리마스 아주머니는 계속 기도문을 외었다.

"내가 비록 죽음의 그늘 골짜기로 다닐지라도, 주님께서 나와 함께 계시고, 주님의 막대기와 지팡이로 나를 보살펴주시니, 내게는 두려움이 없습니다. 주님께서는, 내 원수들이 보는 앞에서 내게 잔칫상을 차려주시고, 내 머리에 기름 부으시어 나를 귀한 손님으로 맞아주시니 내 잔이 넘칩니다. 진실로 주님의 선하심과 인자하심이 내가 사는 날 동안 나를 따르리니 나는 주님의 집으로 돌아가 영원히 그곳에서 살겠습니다."

"아멘."

엄마에게 완벽히 들어맞는 성경 구절이었다. 엄마의 잔은 사랑으로 넘쳐 주변의 모든 사람과 모든 것, 심지어 적에게도 베풀었다.

리마스 아주머니가 울기 시작했다. "다정한 엘레나. 너무도 소중한 사람이었는데, 모두한테 너무도 잘해주었는데."

"부탁이에요, 저들이 엄마를 못 데려가게 해주세요." 요나스가 리마스 아주머니에게 애원했다. "엄마를 묻어드리고 싶어요. 엄마가 여우 밥이 되게 할 순 없어요."

"우리가 엄마를 묻어드릴 거야." 나는 눈물이 그렁그렁한 채 요나스에게 다짐했다. "관을 만들 거야. 우리가 깔고 자던 판자로 만들면 돼."

요나스가 고개를 끄덕였다.

대머리 아저씨는 멍하니 보고 있었다. 그때만큼은 아저씨도 아무 말이 없었다.

"할머니가 예뻐 보여요." 요나스가 할머니의 관 옆에 서서 말했다. "아빠, 제가 여기 온 걸 할머니가 알까요?"

"알다마다." 아빠는 우리를 감싸안으며 말했다. "할머니는 저 위에서 지켜보고 있어."

요나스는 천장을 올려다보았다가 다시 아빠를 보았다.

"작년 여름 생각나니? 우리가 연을 날렸잖아." 아빠가 물었다.

요나스는 고개를 끄덕였다.

"바람이 불었고 아빠가 너희한테 때가 됐다고 소리쳤지. 손을 놓으라고. 연줄이 풀리면서 나무 얼레가 손에서 돌아갔지, 기억나? 연은 높이 높이 올라갔어. 아빠가 얼레에 연줄을 묶는다는 걸 깜빡했으니까. 그때 어떻게 됐는지 생각나니?"

"연이 하늘로 사라졌잖아요." 요나스가 말했다.

"바로 그거야. 사람들이 죽으면 바로 그렇게 된단다. 사람들의 영혼이 파란 하늘로 날아올라가는 거란다."

"어쩌면 할머니가 그 연을 찾아낼지도 모르겠네요." 요나스가 말했다.

"어쩌면." 아빠가 말했다.

대머리 아저씨는 무릎에 팔꿈치를 괴고 앉아서 혼잣말을 중얼거렸다. "죽기가 왜 이렇게 힘든 거야?" 아저씨가 말했다. "내가 당신들을 고발하는 걸 도왔어. 내가 싫다고 했을 땐 너무 늦었어. 내가 명단을 봐버렸거든."

리마스 아주머니가 고개를 홱 돌렸다. "뭐라고요?"

아저씨는 고개를 끄덕였다. "그들이 나한테 사람들의 직업을 확인해달라고 했소. 교사, 변호사, 그리고 주변에 사는 군인들 명단을 작성하라고 시켰던 거요."

"그래서 그걸 하셨단 말이에요?" 내가 물었다.

요나스는 엄마를 붙잡은 채 여전히 울고 있었다.

"그러겠다고 했지." 대머리 아저씨가 말했다. "하지만 곧 마음을 바꿨어."

"배신자! 이 한심한 늙은이야!" 내가 소리쳤다.

"한심하지, 그런데도 난 이렇게 멀쩡하게 살아 있어. 그래, 살아 있다는 것이 바로 내가 받은 벌이야. 틀림없이 그럴 거야. 이 여자는 눈을 감았고 이제 떠나갔어. 나는 그 첫날 이후로 내내 죽기를 바랐지만 지금도 이렇게 살아 있고. 죽기가 정말 이렇게 힘들 수 있을까?"

81

나는 불안해서 잠을 깼다. 잔인한 밤이었다. 나는 엄마의 시체 옆에서 요나스가 겁먹지 않도록 소리 죽여 흐느끼다 잠이 들었다. 아름다운 우리 엄마, 엄마의 미소를 다시는 못 보겠지, 나를 안아주던 그 품을 다시는 못 느끼겠지. 벌써부터 엄마의 목소리가 그리웠다. 몸속이 텅 빈 것 같았다. 속이 비어 쑤시는 팔다리를 통해 심장박동이 느릿느릿 메아리치는 것 같았다.

대머리 아저씨의 질문을 생각하느라 잠이 오지 않았다. 죽기가 더 힘들까, 아니면 끝까지 살아남기가 더 힘들까? 내 나이 열여섯 살, 시베리아에 고아로 남겨졌다. 하지만 나는 알고 있었다. 그것만큼은 결코 의심하지 않았던 한 가지였다. 나는 살고 싶었다. 동생이 커가는 것을 보고 싶었다. 다시 리투아니아를 보고 싶었다. 요아나를 만나고 싶었다. 산들바람에 실려오는 내 방 창문 밑의 은방울꽃 향기를 맡고 싶었다. 들판에서 그림을 그리고 싶었다. 내 그림들을 가지고 있는 안드리우스를 만나고 싶었다. 시베리아에서는 오직 두 가지 결과만 있을 수 있었다. 성공은 생존을 뜻했다. 실패는 죽음을 뜻했다. 나는 삶을 원했다. 살아남고 싶었다.

마음 한구석에서 죄책감이 느껴졌다. 부모님이 세상을 떠났는데도 이렇게 살고 싶어하는 건 이기적인 걸까? 우리 가족이 함께 있는 것 그 이상을 원하는 게 이기적인 걸까? 나는 이제 열한 살인 남동생의 보호자였다. 내가 죽어버리면 동생은 어떻게 할까?

일과를 마친 후 요나스는 시계태엽 감는 아저씨를 도와 관을 짰다. 리마스 아주머니와 나는 엄마의 시신을 수습했다.

"엄마 여행가방 안에 뭐 남은 게 있을까?" 리마스 아주머니가 물었다.

"아마 없을걸요." 나는 엄마가 누웠던 판자 밑에서 엄마의 여행가방을 꺼냈다. 내 짐작이 틀렸다. 가방 안에는 깨끗한 옷가지들이 있었다. 밝은색 원피스, 실크 스타킹, 흠집 하나 없는 구두, 립스틱. 남자 셔츠와 넥타이도 있었다. 아빠 것이었다. 나는 울기 시작했다.

리마스 아주머니는 손을 입으로 가져갔다. "네 엄마는 정말로 집에 돌아갈 생각이었구나."

나는 아빠의 셔츠를 보았다. 셔츠를 들어 얼굴에 대어보았다. 엄마의 몸은 싸늘하게 얼어가고 있었다. 이 옷들을 입을 수도 있었을 텐데. 그러나 엄마는 깨끗한 차림으로 리투아니아에 돌아가려고 이 옷들을 고이 간직해두었던 것이다.

리마스 아주머니가 실크 원피스를 꺼냈다. "정말 아름답구나. 이걸 입혀드리자."

나는 엄마의 외투를 벗겨냈다. 엄마는 추방당하던 밤에 걸쳤던 외투를 다 해지도록 내내 입고 있었다. 귀중품을 바느질해넣었던 안쪽에는 바늘땀 자국이 송송 나 있고 터진 실오라기들이 삐져나와 있었다. 나는 안감을 들춰보았다. 종이 몇 장이 남아 있었다.

"이건 카우나스에 있는 너희 집과 부동산 문서들이구나." 리마스 아주머니가 서류들을 들여다보며 말했다. "잘 보관해라. 집에 돌아가게 되면 이 서류들이 필요할 거다."

작은 종이가 또 하나 있었다. 나는 종이를 펼쳐보았다.

그건 독일 비베라흐의 주소였다.

"독일이네. 우리 사촌이 있는 곳 주소일 거예요."

"그런가보다. 하지만 그 주소로 편지 쓰면 안 돼. 그 사람들이 위험해질 수도 있어." 리마스 아주머니가 말했다.

그날 밤 요나스와 나는 NKVD 막사 바깥에서 삽과 아이스픽을 훔쳐왔다. "우리가 기억하기 쉬운 곳에 묻어야 해." 내가 말했다. "리투아니아로 돌아갈 때 엄마 시신을 모셔갈 거니까." 우리는 랍테프 해 근처의 작은 언덕으로 걸어갔다.

"여기가 전망이 좋네." 요나스가 말했다. "여기라면 기억하기 쉬울 거야."

우리는 밤새도록 얼음을 쪼아내고 최대한 깊이 땅을 파냈다. 아침이 다가올 무렵 리마스 아주머니와 시계태엽 감는 아저씨가 와서 거들었다. 야니나와 대머리 아저씨까지 와서 땅을 팠다. 얼음은 너무 단단했고, 무덤은 매우 얕았다.

다음날 아침, 리마스 아주머니가 엄마의 손에서 결혼반지를 뺐다. "잘 간직했다가 고향으로 시신을 모셔가면 그때 같이 묻어 드려라."

우리는 유르타 밖으로 관을 옮기고 언덕까지 천천히 눈 속을 걸어갔다. 요나스와 내가 앞에서, 리마스 아주머니와 시계태엽 감는 아저씨는 중간에서, 그리고 대머리 아저씨는 뒤에서 관을 들었다. 야니나는 내 옆에서 따라왔다. 사람들이 우리와 합류했다. 내가 모르는 사람들이었다. 그들은 엄마를 위해 기도했다. 곧이어 수많은 사람들의 행렬이 우리를 뒤따라 걸었다. 우리는 NKVD 막사를 지나갔다. 크레츠스키가 현관에서 경비대원들과

이야기하고 있었다. 그는 우리를 보고 말을 멈추었다. 나는 앞을
보며 땅속의 차가운 구덩이를 향해 걸어갔다.

82

나는 재와 눈을 섞고 올빼미 깃털을 사용해 무덤 위치를 지도로 그렸다. 엄마의 빈자리에는 앞니가 빠진 입이, 아가리를 벌린 구멍이 남아 있었다. 영원히 걷힐 것 같지 않은 수용소의 회색은 한층 더 짙어졌다. 북극의 밤이 가장 깊을 때 우리의 유일한 태양이 구름 아래로 떨어진 것이다.

"우리는 물에 뛰어들어 목숨을 끊을 수도 있을 거야." 대머리 아저씨가 말했다. "그게 훨씬 더 쉽겠어, 안 그래?"

아무도 대꾸하지 않았다.

"사람 말을 무시하지 마라, 얘야!"

"아저씨를 무시하는 게 아니에요. 모르겠어요? 우리 모두 아저씨한테 지쳤단 말이에요!" 내가 말했다.

나는 너무너무 지쳐 있었다. 정신적으로, 신체적으로, 감정적으로 지쳤다. "아저씨는 항상 죽음이 어떻다는 등 우리더러 차라리 자살하자는 등 떠들기나 하죠. 아직 모르겠어요? 우리는 죽는 덴 관심이 없다고요."

"하지만 난 관심 있어!" 아저씨가 우겼다.

"어쩌면 아저씨는 진짜로 죽기를 바라는 게 아닐지 몰라요." 요나스가 말했다. "아마 죽어도 싸다고만 생각하고 있겠죠."

대머리 아저씨가 요나스를 보더니 이윽고 나를 보았다.

"아저씨는 아저씨 생각밖에 안 해요. 정말 그렇게 목숨을 끊고 싶은데도 못 죽게 만드는 게 뭐예요?" 내가 물었다. 우리의 시선 사이에 침묵이 내려앉았다.

"두려움." 아저씨가 말했다.

엄마를 땅에 묻은 지 이틀 밤이 지났을 때, 공기중에 휘파람 소리 같은 것이 섞였다. 다음날 폭풍이 온다는 징조였다. 나는 닥치는 대로 모두 껴입고서 NKVD 건물에서 땔감을 훔치려고 칠흑 같은 어둠 속으로 나섰다. 날마다 장작을 패고 옮기는 일을 하면서 우리는 나뭇단 뒤에 여분의 장작을 던져두었다. 그것은 땔감을 훔칠 만큼 용기가 있다면 얼마든지 가져가라는 뜻이었다. 26조에 속한 한 남자는 땔감을 훔치다가 발각되었다. NKVD는

그에게 추가로 오 년 형을 선고했다. 장작 하나에 오 년. 그러다
가 오십 년이 될 수도 있을 것이다. 우리의 형량은 우리가 살아
있을수록 늘어났다.

나는 NKVD 막사를 향해 걸었다. 빙 돌아서 건물 뒤쪽 나뭇단
가까이로 갈 참이었다. 눈만 내놓고 얼굴과 귀를 옷가지로 칭칭
감싼 채였다. 머리엔 엄마의 모자를 쓰고 있었다. 커다란 널빤지
를 든 형체 하나가 허둥지둥 내 옆을 지나갔다. 용감하군. 그 널
빤지들은 막사에 기대어놓은 것이었다. 나는 나뭇단 뒤쪽 근처
로 돌아섰다. 우뚝 걸음을 멈췄다. 거대한 나뭇단 뒤쪽에 기다란
외투를 입은 사람이 서 있었다. 어두워서 잘 보이지가 않았다.
나는 자리를 뜨기 위해, 소리를 내지 않으려 애쓰면서 천천히 몸
을 돌렸다.

"거기 누구야? 누군지 밝혀!"

나는 돌아섰다.

"몇 조 소속이야?" 그가 물었다.

"11조요." 나는 뒷걸음질치며 대답했다.

그 형체가 가까이 다가왔다. "빌카스?"

나는 대답하지 않았다. 그가 나를 향해 다가왔다. 커다란 모피
모자 아래 눈이 보였다. 크레츠스키였다.

그는 비틀거렸고, 휘청거리는 소리가 들렸다. 그는 술병을 들

고 있었다.

"훔치려고?" 그가 한 모금 벌컥 들이켜며 물었다.

나는 아무 말도 하지 않았다.

"여기서는 네가 초상화를 그리게 주선해줄 수가 없어. 아무도 초상화를 갖고 싶어하지 않거든." 크레츠스키가 말했다.

"내가 널 위해 그림을 그리고 싶을 것 같아?"

"왜 아니야?" 그가 되물었다. "초상화를 그린 덕분에 따뜻했 잖아. 식량도 얻었고, 게다가 넌 멋지고 사실적인 초상화를 그렸 잖아." 그가 웃었다.

"사실적? 난 그렇게 누가 시켜서 억지로 그림 그리긴 싫어." 내가 왜 크레츠스키랑 얘길 하고 있지? 나는 자리를 뜨려고 몸을 돌렸다.

"네 엄마 말이야." 그가 말했다.

나는 멈칫했다.

"네 엄마는 좋은 사람이었어. 옛날에는 아주 예뻤을 것 같아."

나는 홱 돌아섰다. "그게 무슨 말이야? 엄마는 항상 예뻤어! 못생긴 건 바로 너야. 사실 너야말로 엄마의 아름다움을, 아니 다른 누구의 아름다움도 못 봤을걸!"

"아니, 난 봤어. 네 엄마는 예뻤어. 크라시바야."

안 돼. 그 말만은. 나는 그 단어의 뜻을 내 힘으로 알아내어야 했다. 크레스스키를 통해서는 아니었다.

"그건 아름다우면서도 강인하다는 뜻이야." 그가 혀 꼬인 소리로 말했다. "독특하기도 하고."

나는 그를 볼 수 없었다. 그래서 나뭇단을 보았다. 장작 하나를 집어들고 싶었다. 그것으로 저 얼굴을 후려갈기고 싶었다. 그가 정어리 통조림으로 그랬듯이.

"그래, 나를 싫어한다고?" 그가 웃었다.

엄마는 어떻게 크레츠스키를 참아냈을까? 엄마는 분명 크레츠스키에게 도움을 받았다고 했다.

"나도 네가 싫다." 그가 말했다.

나는 그를 올려다보았다.

"넌 나를 이렇게 그리고 싶지? 네가 좋아하는 뭉크가 그랬던 것처럼?" 그가 물었다. 얼굴이 부어 보였다. 혀 꼬인 러시아어 발음을 알아듣기가 힘들었다. "난 네 그림에 대해서 알아." 그가 흔들리는 손가락으로 나를 가리켰다. "네 그림을 전부 봤다고."

그는 내 그림에 대해 알고 있었다. "우리 아빠 소식은 어떻게 알았지?" 내가 물었다.

그는 내 말을 무시했다.

"우리 엄마, 우리 엄마도 화가였어." 그는 술병을 든 손으로 손짓하며 말했다. "하지만 네 엄마랑 같이 있지. 죽었으니까."

"유감이야." 본능적으로 그 말이 튀어나왔다. 내가 왜 그런 말을 했을까? 아무 상관 없는데.

"유감이라고?" 그는 못 믿겠다는 듯 콧방귀를 뀌며 술병을 겨드랑이에 끼고는 장갑 낀 손을 비볐다. "우리 엄마, 엄마는 폴란드인이었어. 내가 다섯 살 때 세상을 떠났지. 아빠는 러시아인이고. 내가 여섯 살 때 러시아 여자랑 재혼했어. 엄마 몸이 식은 지채 일 년도 안 되었을 때였는데. 엄마의 친척 몇 사람이 콜리마에 있지. 나는 거기로 가서 친척들을 돕기로 되어 있었어. 그래서 내가 야쿠츠크에서 바지선을 내리려고 했던 거야. 하지만 지금 난 여기 있어. 그러니까 말이야, 감옥살이를 하는 사람이 너혼자만이 아니라는 거야."

그는 다시 한번 병째 쭉 들이켰다. "장작을 훔치고 싶지, 빌카스?" 그가 두 팔을 활짝 벌렸다. "훔쳐." 그는 나뭇단 쪽을 향해 손짓했다. "다바이."

귀가 화끈거렸다. 눈꺼풀은 추위로 따가웠다. 나는 나뭇단을 향해 걸어갔다.

"우리 아빠가 재혼한 여자 말이야, 그 여자도 날 미워해. 그 여잔 폴란드인들을 미워해."

나는 장작 하나를 집어들었다. 그는 나를 가로막지 않았다. 나는 나무를 쌓기 시작했다. 무슨 소리가 들렸다. 크레츠스키가 돌아서 있고 술병은 그의 손에서 달랑거리고 있었다. 어디 아픈 걸까? 나는 장작을 한 아름 안고 걸음을 떼었다. 아까 그 소리가 또 들렸다. 크레츠스키는 아픈 게 아니었다. 그는 울고 있었다.

어서 가, 리나. 빨리! 나무를 가지고. 그냥 가란 말이야. 나는 그 옆을 떠나려고 한 걸음 옮겼다. 하지만 두 다리는 그에게로 향하고 있었다. 여전히 장작들을 안은 채. 내가 지금 뭐하는 거지? 애써 억누른 듯 끅끅대는 크레츠스키의 소리에 마음이 불편했다.

"니콜라이."

그는 돌아보지 않았다.

나는 말없이 거기 서 있었다. "니콜라이." 나는 나뭇단 밑으로 한 손을 뻗어 그의 어깨에 얹었다. "미안해." 마침내 내가 말했다.

우리는 어둠 속에서 말없이 서 있었다.

마침내 내가 자리를 뜨려고 돌아섰다.

"빌카스."

다시 돌아섰다.

"네 엄마 일은 미안했어." 그가 말했다.

내가 고개를 끄덕였다. "나도 미안했어."

83

나는 그 NKVD에게 어떻게 복수해줄지, 혹시라도 기회가 생기면 소비에트들을 어떻게 짓밟아줄지 각본을 짜서 연습했었다. 기회는 있었다. 그를 비웃고, 장작을 던지고, 얼굴에 침을 뱉어줄 수 있었다. 그 남자는 내게 물건들을 던지고 모욕감을 주었다. 나는 그를 미워한다, 그렇지 않은가? 나는 그에게 등을 돌리고 가버렸어야 했다. 내심 고소해했어야 했다. 그런데 그러지 않았다. 그의 울음소리는 물리적으로 나를 아프게 했다. 내가 어떻게 된 걸까?

나는 그 일을 아무에게도 말하지 않았다. 다음날 크레츠스키는 떠났다.

2월이 되었다. 야니나는 괴혈병과 싸우고 있었다. 시계태엽 감는 아저씨는 이질에 걸렸다. 리마스 아주머니와 나는 온 힘을 다해 그들을 보살폈다. 야니나는 몇 시간 동안이나 죽은 인형에게 말을 걸면서 이따금 소리를 지르거나 웃어댔다. 며칠이 지나자 야니나는 말을 하지 않았다.

"이제 어떻게 하지?" 내가 요나스에게 물었다. "야니나의 상태가 시간이 갈수록 나빠지고 있어."

요나스가 나를 보았다.

"왜 그래?" 내가 물었다.

"반점이 다시 생겼어."

"어디? 좀 봐."

요나스의 배에 괴혈병 반점이 다시 나타났다. 머리카락도 뭉텅뭉텅 빠지고 없었다.

"이번에는 토마토도 없는데. 안드리우스 형도 여기 없는데."
요나스는 고개를 가로젓기 시작했다.

나는 동생의 어깨를 붙잡았다. "요나스, 누나 말 잘 들어. 우리는 살 거야. 내 말 알겠어? 우린 집에 갈 거라고. 우린 죽지 않아. 우린 집으로 가는 거야, 그리고 우리 침대에서 거위털 이불을 덮고 잘 거야. 꼭 그렇게 될 거야. 알았지?"

"엄마 아빠도 없는데 우리끼리 어떻게 살아?" 요나스가 물었다.

"삼촌과 숙모가 있잖아. 요아나도 있고. 삼촌네 식구들이 도와줄 거야. 우린 숙모가 만든 사과 케이크와 잼이 든 도넛을 먹을 거야. 네가 좋아하는 것들이잖아, 알았지? 그리고 안드리우스가 우릴 도와줄 거야."

요나스가 고개를 끄덕였다.

"따라 해봐, 어서. 우리는 집에 간다."

"우리는 집에 간다." 요나스가 따라 말했다.

나는 요나스를 끌어안고 머리카락이 빠져 딱지가 앉은 자리에 입을 맞추었다. "이거 받아." 나는 안드리우스가 준 돌멩이를 주머니에서 꺼내 요나스에게 내밀었다. 요나스는 멍한 표정을 지을 뿐 돌멩이를 받지 않았다.

나는 가슴이 무너져내렸다. 이제 어떻게 하지? 약은 하나도 없다. 모두가 아프다. 나만 혼자 남게 되는 걸까, 대머리 아저씨랑?

우리는 돌아가면서 배급을 타러 갔다. 나는 비트 농장에서 지낼 때 엄마가 도움을 주었던 다른 유르타 사람들에게 구걸했다. 어느 유르타 안으로 들어갔을 때였다. 두 여자가 앉아 있고 나머지 네 사람은 얼굴까지 덮고 잠자듯 누워 있었다. 모두 죽은 사람들이었다.

"부탁이다, 소문내지 말아줘." 여자들이 애원했다. "폭풍이 끝나면 묻어주고 싶어. 이 사람들이 죽은 걸 NKVD가 알게 되면 시신을 눈밭에 던져버릴 거야."

"얘기 안 할게요." 나는 두 여자에게 다짐했다.

폭풍이 기승을 부렸다. 얼얼한 두 귀 사이에서 바람 소리가 윙윙 울렸다. 마치 하얀 불처럼 바람이 너무 차가웠다. 나는 우리 유르타를 향해서 젖 먹던 힘을 다해 걸어갔다. 오두막마다 바깥에 나뭇단처럼 쌓인 시체들은 하얗게 눈이 덮여 있었다. 시계태엽 감는 아저씨가 아직 오지 않았다.

"나가서 찾아봐야겠어요." 나는 리마스 아주머니에게 말했다.

"그 양반 제대로 걷지도 못해." 대머리 아저씨가 말했다. "바람이 몰아치니까 가장 가까운 유르타를 찾아갔을 거다. 위험한 짓은 하지 마라."

"우린 서로 도와야 한다고요!" 내가 소리쳤다. 하지만 다른 사람도 아닌 그 아저씨에게 어떻게 내 말을 이해해주기를 바란단 말인가?

"넌 여기 붙어 있어라. 요나스 상태가 좋지 않구나." 리마스 아주머니가 야니나를 돌보며 말했다.

"야니나 엄마는요?" 내가 물었다.

"내가 그 여자를 티푸스 오두막에 데려다주었어." 리마스 아주머니가 소곤거렸다.

나는 동생 옆에 앉았다. 동생이 덮고 있는 누더기와 낚시그물을 다시 여며주었다.

"누나, 나 너무 피곤해." 동생이 말했다. "잇몸이 아프고 이가 욱신거려."

"알아. 폭풍이 그치는 대로 누나가 나가서 음식을 찾아볼게. 넌 생선을 먹어야 해. 저기 생선은 아주 많아, 몇 통이나 있어. 그냥 조금 훔쳐오기만 하면 돼."

"너, 너무 추워." 요나스가 덜덜 떨며 말했다. "그리고 다리도 안 펴져."

나는 벽돌들을 달궈 동생 발밑에 놓았다. 야니나에게도 하나 가져다주었다. 야니나의 얼굴과 목 군데군데 괴혈병으로 멍이 들어 있었다. 작은 코끝은 동상에 걸려 까맣게 변색되어 있었다.

나는 불을 계속 지폈다. 별 도움은 되지 않았다. 땔감을 아껴야 해서 한 번에 조금씩밖에 땔 수 없었다. 이번 폭풍은 또 얼마나 오래갈지 알 수 없었다. 나는 엄마가 누워 있던 빈자리를 바라보았다. 야니나의 엄마와 시계태엽 감는 아저씨와 말을 반복하는 남자가 누워 있던 빈자리를. 어느새 우리 유르타의 바닥에는 빈 공간들이 생겨났다.

나는 요나스 옆에 누워 내 몸으로 동생 몸을 감싸주었다. 우리가 엄마에게 해주었던 것처럼. 동생을 껴안고 손을 꼭 잡아주었다. 바람이 허물어져가는 우리 유르타를 때렸다. 바람에 불어들어온 눈송이가 우리 주변을 날아다녔다.

이렇게 끝낼 수는 없었다. 그럴 순 없었다. 삶은 내게 무얼 묻고 있는 걸까? 그 질문을 모르는데 어떻게 답을 할 수 있을까?

"사랑해." 나는 요나스에게 속삭였다.

84

하루가 지나자 폭풍이 물러났다. 요나스는 말을 거의 못 했다.
나는 마치 관절이 얼어붙은 듯 움직일 수 없었다.

"오늘은 일하러 가야 해요." 리마스 아주머니가 말했다. "배급
빵이 있어야 해요, 땔감도."

"알겠소." 대머리 아저씨가 고개를 끄덕였다.

두 사람의 말이 맞다는 건 나도 알고 있었다. 하지만 그럴 힘
이 남아 있는지 자신이 없었다. 나는 요나스를 살펴보았다. 동생
은 볼이 움푹 꺼지고 입을 벌린 채 판자 위에 꼼짝 않고 누워 있
었다. 동생이 번쩍 눈을 떴지만, 눈에는 초점이 없었다.

"요나스?" 나는 벌떡 일어나 앉으며 동생을 불렀다.

바깥에서 떠들썩한 소란이 일었다. 남자들 목소리와 고함소

리가 들렸다. 요나스의 다리가 조금 달싹거렸다. "괜찮아." 나는 요나스를 달래며 발을 따뜻하게 해주려고 애썼다.

유르타의 문이 벌컥 열렸다. 한 남자가 안으로 고개를 들이밀었다. 민간인 복장의 남자였다. 그는 모피를 댄 외투를 입고 두꺼운 털모자를 쓰고 있었다.

"여기 아픈 사람 있어요?" 그가 러시아어로 물었다.

"네!" 리마스 아주머니가 대답했다. "우리 다 아파요. 도움이 필요해요."

남자가 걸어들어왔다. 그는 랜턴을 들고 있었다.

"부탁이에요. 제 동생과 이 여자애가 괴혈병에 걸렸어요. 여기서 지내던 한 사람은 행방을 모르겠고요."

남자는 요나스와 야니나에게로 뚜벅뚜벅 다가갔다. 그는 한숨을 내쉬더니 러시아어로 길게 욕설을 늘어놓았다. 그가 뭐라고 소리쳤다. NKVD 한 명이 문간에서 고개를 들이밀었다.

"생선!" 남자가 소리쳤다. "이 꼬마 둘 먹이게 날생선 가져와, 당장. 또 아픈 사람 있니?" 그가 나를 빤히 보았다.

"전 괜찮아요." 내가 대답했다.

"이름이 뭐지?"

"리나 빌카스요."

"몇 살이냐?"

"열여섯이에요."

그는 상황을 살폈다. "내가 너희를 도와주마. 그런데 아프거나 죽은 사람이 여기에만 수백 명이구나. 나를 거들어줄 사람이 필요한데, 혹시 이 수용소에 의사나 간호사는 없을까?"

"아뇨, 수의사 한 명뿐이에요. 하지만—" 나는 말을 멈추었다. 어쩌면 수의사도 죽었을 것이다.

"수의사 한 명? 그게 전부야?" 그는 고개를 숙이고 절레절레 내저었다.

"우리가 도울게요." 리마스 아주머니가 말했다. "걸을 수는 있어요."

"댁은 어때요, 노인 양반? 수프를 만들고 생선을 자를 사람들이 필요해요. 이 아이들한테 아스코르빈산을 먹여야 하니까."

남자는 하필이면 사람을 잘못 골랐다. 대머리 아저씨는 누구를 도울 사람이 아니었다. 심지어 자기 자신조차도.

대머리 아저씨가 고개를 들고 말했다. "네, 돕겠소."

나는 아저씨를 바라보았다. 아저씨가 일어섰다.

"내가 도와드리리다, 하지만 어디까지나 이 아이들을 먼저 돌본다는 조건하에서요." 대머리가 아저씨가 요나스와 야니나를 가리키며 말했다.

의사는 고개를 끄덕이며 요나스 옆에 무릎을 꿇었다.

462

"아저씨가 우리를 돕는 걸 NKVD가 허락할까요?" 나는 의사에게 물었다.

"그래야 할 거다. 나는 조사관이야. 내가 조사위원회에 보고를 올릴 수도 있거든. 그들은 내가 돌아가서 이 수용소의 모든 것이 괜찮다, 정상적이지 않은 것은 하나도 없다는 보고를 올리길 바랄 거야. 그들이 기대하는 게 그런 보고서야."

남자의 손이 불쑥 다가왔다. 나는 두 손바닥을 올려 방어 자세를 취했다.

"난 사모두로프 박사라고 한다." 그가 손을 뻗어 악수를 청했다. 나는 그가 보인 존중의 표시에 깜짝 놀라 멍하니 그 손을 바라보았다.

우리는 사모두로프 박사의 감독하에 일했다. 그날 우리는 한 사람당 완두콩 수프 한 그릇과 반 킬로그램의 생선을 먹었다. 의사는 다가올 폭풍에 대비해 우리가 생선을 저장하고 백 구가 넘는 시신을 묻을 묏자리를 정하도록 도왔다. 시계태엽 감는 아저씨의 시신도 있었다. 아저씨는 얼어 죽은 것이었다. 의사는 30킬로미터 못 미친 곳에서 사냥과 낚시를 하며 사는 원주민인 예벤크족에게 도움을 청했다. 예벤크족은 개가 끄는 썰매를 타고 외투와 장화, 보급품을 실어왔다.

열흘이 지나자 의사는 다른 곳에 가봐야 한다면서 추방된 사람들이 고통받는 수용소들이 또 있다고 말했다. 나는 안드리우스에게 썼던 편지들을 모두 그에게 건넸다. 의사는 편지를 부쳐주겠다고 약속했다.

"네 아빠는 어디 있니?" 의사가 물었다.

"감옥에서 돌아가셨어요. 크라스노야르스크에서요."

"그걸 어떻게 알았니?"

"이바노프가 엄마한테 얘기해줬어요."

"이바노프가? 흐음." 의사는 고개를 저으며 말했다.

"그 사람이 거짓말을 한 걸까요?" 내가 얼른 물어보았다.

"오, 그건 모르겠구나, 리나. 그동안 난 감옥이나 수용소를 여러 군데 다녀봤다. 여기처럼 외진 곳은 처음이다만. 그런데 수용된 사람들이 수십만 명이나 된다. 한번은 어느 유명한 아코디언 연주자가 총살되었다는 소문을 들었는데, 몇 달 후 어느 감옥에서 그 사람을 만난 일도 있었다."

가슴이 마구 뛰었다. "제가 엄마한테 했던 말이 바로 그거예요. 아마 이바노프가 잘못 안 거라고요!"

"글쎄, 모르겠다, 리나. 하지만 죽은 줄 알았던 사람들을 만난 적이 아주 많다고만 말해두자꾸나."

나는 고개를 끄덕이며 미소 지었다. 방금 의사가 내게 준 희망이 샘솟는 걸 억누르지 못하고.

"사모두로프 박사님, 그런데 어떻게 우리를 찾아냈어요?" 내가 물었다.

"니콜라이 크레츠스키." 그것이 대답의 전부였다.

85

요나스는 서서히 회복되기 시작했다. 야니나는 다시 말수가 많아졌다. 우리는 시계태엽 감는 아저씨를 묻어주었다. 나는 아코디언 연주자의 이야기가 준 희망에 매달려, 내 그림들이 아빠의 손에 들어가는 과정을 눈앞에 그려보았다.

봄이 오면 어떻게든 소식을 전할 방법이 생길지도 모른다는 생각에 나는 그림을 더욱 많이 그렸다.

"예벤크족이 썰매 타고와서 의사 선생님을 도왔다고 했잖아." 요나스가 말했다. "어쩌면 우리도 도와줄 거야. 생필품이 아주 많다던데."

그랬다. 아마도 예벤크족이 우리를 도와줄 것이다.

자꾸만 같은 꿈을 꾸었다. 소용돌이치는 눈보라를 뚫고 수용소에 있는 나를 향해 남자의 형체가 다가오는 꿈. 늘 얼굴을 보기 전에 잠을 깼지만, 한번은 아빠 목소리를 들은 것도 같았다.

"아니, 이렇게 눈이 내리는데 어느 집 정신 나간 딸이 길 한가운데 서 있을까?"

"아빠가 늦게 오는 집 딸이겠죠." 내가 놀렸다.

추워서 붉게 상기된 아빠 얼굴이 보였다. 아빠는 작은 건초 꾸러미를 들고 있었다.

"아빤 안 늦었어." 아빠가 내 어깨에 팔을 얹으며 말했다. "딱 시간 맞춰서 온 거지."

나는 땔감을 구하려고 유르타를 나왔다. 숲 가장자리까지 5킬로미터의 눈길을 걷기 시작했다. 그때였다, 그것을 본 것은. 지평선을 뒤덮은 여러 회색 색조들 사이에서 금빛으로 반짝이는 조그만 것이 나타났다. 나는 호박색 띠 같은 그 햇빛을 바라보며 웃음 지었다. 태양이 다시 떠오른 것이다.

나는 눈을 감았다. 안드리우스가 가까이 오는 것이 느껴졌다. "내가 널 찾을 거야." 그가 말했다.

"그래, 나도 널 찾을 거야." 나는 속삭였다. "꼭."

나는 주머니에 손을 넣고 돌멩이를 꼭 쥐었다.

에필로그

1995년 4월 25일, 리투아니아 카우나스

"뭐하고 있어? 빨리 움직이지 않으면 오늘 안에 못 끝내." 남자가 말했다. 건설 장비들이 그 뒤에서 요란한 소리를 내고 있었다.

"여기 뭔가 있어." 땅을 파던 일꾼이 구덩이 안을 가만히 살피면서 말했다. 그는 무릎을 꿇고 자세히 들여다보았다.

"그게 뭐야?"

"모르겠어." 일꾼이 땅에서 나무 상자 하나를 들어올렸다. 그는 경첩이 붙은 뚜껑을 비틀어 열고 안을 들여다보았다. 종이가 가득 담긴 커다란 유리병이 있었다. 그는 유리병을 열고 편지를 읽기 시작했다.

친구에게

지금 당신이 손에 들고 있는 이 편지와 그림들은 1954년에, 저와
제 동생이 십이 년 동안 갇혀 있었던 시베리아의 수용소에서 돌아
와 묻은 것입니다. 우리 같은 사람들이 수천 명이나 있었지만, 거의
다 죽었습니다. 살아 있는 사람들은 입을 열 수 없습니다. 아무 죄를
짓지 않았는데도 죄인 취급을 받고 있기 때문입니다. 심지어 지금도
우리가 겪었던 공포를 발설하는 것이 죽음을 초래할지 모릅니다. 그
래서 우리는 당신을, 미래의 언젠가 이 기억의 캡슐을 발견하게 될
당신을 믿기로 했습니다. 우리는 당신의 손에 진실을 맡기려 합니
다. 왜냐하면 이 안에 담긴 내용이 바로 진실이기 때문입니다.

저의 남편 안드리우스는, 선한 사람들이 행동하기 전까지는 악이
세상을 지배할 거라고 말합니다. 저는 남편 말이 옳다고 믿습니다.
여기 담긴 증언들은 확실한 기록을 남기기 위해, 우리의 목소리가
사라져간 세상에 진실을 알리기 위해 쓰인 것입니다. 어쩌면 당신은
이 글들을 읽고 충격에 빠지거나 몸서리칠지도 모르지만, 제가 바라
는 것은 그게 아닙니다. 이 병에 든 글들이 당신의 마음속 가장 깊은
곳에 있는 인간적 연민의 샘을 휘젓는 것, 그것이 저의 큰 바람입니
다. 부디 이 글들로 인해 당신이 무엇인가를 하게 되길, 누군가에게
말하게 되길 바랍니다. 그래야만 우리는 비로소 이와 같은 악이 다

시는 되풀이되지 않게 할 수 있을 것입니다.

진심을 담아,

리나 아르비다스 부인

1954년 7월 9일, 카우나스에서

작가의 말

"겨울의 한복판에서 마침내 나는 내 안에 불굴의 여름이 있다
는 것을 알았다."

_알베르 카뮈

1939년, 소련은 발트해 연안의 리투아니아, 라트비아, 에스토
니아를 점령했습니다. 얼마 후 크렘린은 반 소비에트 인사들의
명단을 작성하고, 그들을 살해하거나 감옥에 보내거나 시베리아
로 보내 강제노동을 시키기로 결정했지요. 의사, 변호사, 교사,
군인, 작가, 사업가, 음악가, 미술가, 심지어 도서관 사서들까지
반 소비에트로 여겨지는 사람들이 모두 추려지면서 몰살시킬 사
람들의 명단은 점점 더 늘어났습니다. 첫번째 강제 추방은 1941
년 6월 14일에 일어났습니다.

저희 아버지는 리투아니아 군 장교의 아들이었습니다. 요아나
처럼 아버지도 부모님과 함께 독일을 통해 탈출해 난민수용소에
들어갔지요. 그러나 아버지의 친척들은 리나처럼 추방되거나 교

도소로 보내졌습니다. 추방된 사람들이 견디어야 했던 공포는 무시무시했습니다. 한편, 소비에트는 도서관을 불태우고 교회를 파괴하면서 그 사람들의 나라를 쑥대밭으로 만들었습니다. 그렇게 발트 3국은 소비에트와 나치 제국 사이에서 꼼짝 못하고 나머지 세계에서 잊힌 채 지도상에서 사라져갔지요.

저는 이 책을 쓰기 위해 조사차 리투아니아로 두 차례 여행을 떠났습니다. 거기서 아버지의 친척들, 추방되었다가 살아 돌아온 사람들, 강제수용소인 굴라크의 생존자들, 심리학자들, 역사학자들, 정부 관리들을 만났습니다. 제가 이 소설에서 묘사한 사건과 상황 가운데 많은 부분은 생존자들과 그 가족들을 통해 저와도 관련이 있으며, 그들이 들려준 경험들은 시베리아 곳곳으로 추방당했던 많은 사람들이 비슷하게 겪었던 일입니다. 비록 소설의 등장인물들은 허구이지만, 사모두로프 박사는 실존 인물입니다. 박사는 간신히 제때 북극권에 도착해 수많은 생명을 살렸습니다.

살아남은 사람들은 십 년에서 십오 년을 시베리아에서 보냈습니다. 1950년대 중반에 고국으로 돌아온 리투아니아인들은 소비에트가 자기네 집을 차지하고, 자기네 모든 물건을 사용하고 있으며, 심지어 자기네 이름까지 멋대로 사용했다는 사실을 알았습니다. 모든 것이 사라져버린 것이지요. 돌아온 추방자들은 죄인 취급을 받았습니다. 정해진 지역에 살도록 강요당했고, NKVD의 후신인 KGB의 끊임없는 감시 속에서 지냈습니다. 그동안 겪었던 일을 입 밖에 낸다는 건 곧바로 감옥에 가거나 다시 시베리아로 추방된다는 것을 뜻했지요. 그 결과, 그들이 감내했던 공포는 묻힌 채 수백만 명이 공유하는 끔찍한 비밀이 되었습니다.

리나와 안드리우스처럼 결혼해 서로간의 비밀스러운 표정과 늦은 밤 잠자리의 속삭임에서 위안을 찾은 추방자들도 있었습니다. 요나스와 야니나 같은 어여쁜 어린아이들은 강제노동수용소에서 성장해 어른이 되어 리투아니아로 돌아왔습니다. 수많은 어머니들과 아내들이 엘레나처럼 죽어갔습니다. 그러나 진실이 영원히 사라질까봐 염려했던 용감한 사람들은 그동안의 일기나 그림들을 발트해 연안의 흙속에 묻었습니다. 혹시라도 KGB가 그 캡슐을 발견했을 때 닥칠 죽음의 위험을 무릅쓰고서 말입니다. 많은 사람들이 리나처럼 자신을 표현할 수 있는 유일한 수단인 미술과 음악에 여러 감정과 두려움을 쏟아넣으면서 마음속에 항상 조국을 간직했습니다. 그런 그림과 스케치는 공개적으로 내보이기 위한 것이 아니었지요. 은밀히 전달되던 그림들 속에는 여러 수용소의 소식과 서로에게 전하고 싶은 말들이 암호처럼 담겨 있었습니다. 추방자들에게, 조국의 상징들이 담긴 스케

치는 때로는 앞으로 나아갈 수 있는, 하루를 더 버틸 수 있는 힘
을 주기에 충분했습니다.

이오시프 스탈린의 공포정치 치하에서 사망자는 2천만 명이
넘는다고 추정됩니다. 발트 3국인 리투아니아, 라트비아, 에스
토니아는 소비에트의 인종청소작전 중에 인구의 3분의 1 이상
을 잃었지요. 추방의 손길은 멀리 핀란드에도 뻗쳤습니다. 오늘
날 많은 러시아인들은 단 한 사람도 추방한 사실이 없다고 잡아
떼고 있습니다. 그러나 발트 3국 사람들은 대체로 어떤 원한이
나 유감, 악의도 품고 있지 않습니다. 연민을 보여준 소비에트들
에 감사하고 있지요. 그들은 자유를 소중히 여기고, 자유 안에서
사는 법을 배우고 있습니다. 일부 사람들은, 우리가 미국 시민으
로서 누리는 자유는 시베리아의 묘비 없는 무덤들 속에 누운 사
람들의 희생이 있었기에 가능하다고 생각합니다. 우리의 자유는
그들이 자유를 희생한 대가이지요. 리나가 희생해 요아나가 자
유를 얻은 것처럼 말입니다.

전쟁이 폭탄을 터뜨리는 일일 수도 있습니다. 그러나 발트 3국
사람들에게 이 전쟁은 믿음에 대한 것입니다. 1991년, 잔인했던
오십 년간의 소비에트 점령기가 끝난 후, 발트 3국은 평화롭고
품위 있는 방식으로 독립을 되찾았습니다. 그들은 미움 대신 희
망을 선택했고, 밤이 아무리 어두울지언정 빛이 있다는 것을 세

계에 보여주었습니다. 부디 여러분도 알아보세요. 그리고 누군
가에게 말하세요. 이 작은 세 나라는 사랑이 가장 막강한 군대임
을 가르쳐주었다고. 친구간의 우정이든, 나라에 대한 사랑이든,
신에 대한 사랑이든, 또는 적에 대한 사랑이든 간에, 사랑은 참
으로 기적 같은 인간 정신의 본질을 우리에게 드러내줍니다.

루타 E. 서페티스

지은이 **루타 서페티스**
1967년 미국 미시건 주에서 리투아니아 이민자의 손녀로 태어났다. 오랫동안 음악 산업에 종사하다가 2011년 첫 장편소설 『회색 세상에서』를 발표했다. 충격적인 역사적 사실을 담담하고 서정적인 필치로 그려낸 이 책은 전세계 40개국에 판권이 팔렸고 뉴욕 타임스 베스트셀러에 올랐으며 퍼블리셔스 위클리, 월스트리트 저널 등 각종 매체에서 '올해의 책'으로 꼽혔다. 2013년 두번째 장편소설 『아웃 오브 이지』가 미국에서 출간되었다.

옮긴이 **오숙은**
서울대학교 노어노문학과를 졸업하고, 한국 브리태니커 편집실에서 일했다. 현재 전문 번역가로 활동하고 있다. 옮긴 책으로 『유럽 문화사』 『고전의 유혹』 『궁극의 리스트』 『추의 역사』 『브루클린』 등이 있다.

문학동네 세계문학
회색 세상에서

초판인쇄 2013년 4월 5일 | 초판발행 2013년 4월 19일

지은이 루타 서페티스 | 옮긴이 오숙은 | 펴낸이 강병선
책임편집 홍지은 | 편집 황문정 | 독자모니터 박미진
디자인 김현우 이원경 | 저작권 한문숙 박혜연 김지영
마케팅 정민호 김도윤 박보람 양서연 | 온라인마케팅 김희숙 김상만 이원주 한수진
제작 서동관 김애진 임현식 | 제작처 영신사(인쇄) 경일제책사(제본)

펴낸곳 (주)문학동네
출판등록 1993년 10월 22일 제406-2003-000045호
주소 413-756 경기도 파주시 문발동 파주출판도시 513-8
전자우편 editor@munhak.com | 대표전화 031) 955-8888 | 팩스 031) 955-8855
문의전화 031) 955-3576(마케팅) 031) 955-8863(편집)
문학동네카페 http://cafe.naver.com/mhdn

ISBN 978-89-546-2113-7 03840

www.munhak.com